붉은 이마 여자

붉은 이마 여자

붉은 이마 여자

ⓒ 강윤신 외 12명, 2004

초판 1쇄 인쇄일 | 2004년 10월 15일
초판 1쇄 발행일 | 2004년 10월 20일

지은이 | 강윤신 외 12명
펴낸이 | 김현주
펴낸곳 | 이룸

출판등록 | 1997년 10월 30일 제10-1502호
주소 | 121-210 서울시 마포구 서교동 395-101 우신빌딩 5층
전화 | 편집부 (02)324-2347, 영업부 (02)2648-7224
팩스 | 편집부 (02)324-2348, 영업부 (02)2654-7696
e-mail | erum9@hanmail.net
Home page | http://www.erumbooks.com

ISBN 89-5707-124-5 (03810)

값 9,000원

강윤신
김서련
김이은
류현담
방장희
신성현
윤채호
윤미연
이정경
임옥연
최승정
정재

붉은
이마
여자

이룸

|차례|

청기와가 이어진 대문을 열고 들어서면 촘촘히 박힌 잔디사이로 보도블록이 징검다리를 이루고 있었다. 하지만 나는 보도블록을 따라서 곧장 걸어가지 않고 우측으로 꺾어서 돌아야만 했다. 우측으로는 건물과 담 사이로 아주 조그마한 길이 있는데 그 길이 얼마나 협소한지, 겨우 한 사람이 드나들 수 있는 통로에 가까웠다. 통로를 따라 걷다보면 시멘트 골조 건물이 버티고 있었다. 판자로 엉성하게 문을 달아놓은 그곳은 빨래터 겸 샤워장이었다. 거기서 다시 몸을 옆으로 바투 세워 지나면 빨래터 겸 샤워

양동이에 받아둔 물을 바가지로 퍼서 끼얹어 내려야만 했다. 그나마 그렇게 뒷일을 해결할 수 있는 것만도 다행이었다. 꽁꽁 얼어 붙어버린 수세식 화장실이란, 상상만 해도 끔찍했다. 지하로 내려가는 계단은 비바람에 부식되어 쇳물이 흘러내리는 샐세었나, 하나씩 계단을 내려오면 삐걱 소리를 냈다. 또 한 계단을 내려오면 이번에는 덜컹거리며 계단이 무너져 내릴 듯한 소리가 났다. 계단은 가파르게 경사져서 몸의 균형을 최대한 뒤로 실어서 내려와야 했다. 하지만 비나 눈이 오는 날에는 미끄러지기 일쑤였다. 뒷목이 뻣뻣할 정도로 온 신경을 다 썼는데도 나동그라질

청기와가 이어진 대문을 열고 들어서면 촘촘히 박힌 잔디 사이로 보도블록이 징검다리를 이루고 있었다. 하지만 나는 보도 블록을 따라서 곧장 걸어가지 않고 우측으로 꺾어서 돌아야만 했다. 우측으로는 건물과 담 사이로 아주 조그마한 길이 있는데 그 길이 얼마나 협소한지, 겨우 한 사람이 드나들 수 있는 통로에 가까웠다. 통로를 따라 걷다보면 시멘트 골조 건물이 버티고 있었다. 퍄자로 엉성하게 문을 달아놓은 그곳은 빨래터 겸 샤워장이었다. 거기서 다시 몸을 옆으로 바투 세워 지나면 빨래터 겸 샤워장을 반으로 나눠놓은 화장실문 앞에 다다른다. 화장실은 똥을 누고 고무 양동이에 받아둔 물을 바가지로 퍼서 씻어 내려야만 했다. 그나마 그렇게 뒷일을 해결할 수 있는 것만도 다행이었다. 꽁꽁 얼어붙어버린 수세식 화장실이란, 상상만 해도 끔찍했다.

지하로 내려가는 계단은 비바람에 부식되어 쇳물이 흘러내리는 철제였다. 하나씩 계단을 내려오면 삐걱 소리를 냈다. 또 한 계단을 내려오면 이번에는 덜컹거리며 계단이 무너져 내릴 듯한 소리가 났다. 계단은 가파르게 경사져서 몸의 균형을 최대한 뒤로 실어서 내려와야 했다. 하지만 비나 눈이 오는 날에는 미끄러지기 일쑤였다. 뒷목이 뻣뻣할 정도로 온 신경을 다 썼는데도 나동그라질 때의 참담함이란, 말 그대로 당해본 사람만이 알 수 있을 것이다. 나뒹굴어진 자세에서 제일 먼저 눈에 들어온 것은 지난겨울에 쓰다 남은 연탄이었다. 비닐로 엉성하게 덮어놓았지만 바닥은 언제나 그을린 부뚜막처럼 새카맣다. 지하방으로 향하는 문은 두 개였다. 나는 그중 하나의 문을 열고 들어섰다.

낮인데도 지하는 누에고치 속처럼 어두웠다. 빛은 완강히 차단당했다. 나는 짐작으로 한 걸음씩 나아갔다. 얼마를 나아갔을까. 벽을 더듬어서 스위치를 올렸다. 방문 앞에 연탄아궁이가 툭 불거져 있는데 그 사각 아궁이는 항상 꽃무늬의 비닐 커튼이 쳐 있었다. 하지만 철사줄로 엉성하게 연결되어 있었기 때문에 그 흉물스러운 아궁이를 완전히 가리지는 못했다. 바닥도 노란 장판을 깔아놓았다. 하지만 이제 이 꽃무늬 비닐 커튼과 노란 장판을 걷어야겠다고 생각했다

방문 옆에는 한 단짜리 낡은 싱크대가 놓여 있고 개수통 위에는 호스를 연결한 수도꼭지가 있었다. 하지만 하수구가 없었기 때문에 버려진 물은 웅덩이로 흘러 나가게 되었다. 그래서 일단 버려진 물은 웅덩이에 고이고 고인 물은 모터를 이용해서 지상으로 끌어올려야만 했다. 그런데 그 웅덩이와 모터 작동 스위치

가 옆집 지하실에 설치되어 있었다. 물을 쓰고 싶어도 옆집 문이 잠겨 있기 일쑤였다. 쓰고 난 허드렛물을 들고 계단을 오를 때는 나둥그러지기 십상이었다.

방문을 열고 들어서면 매캐한 곰팡내가 훅 끼쳤다. 푸른곰팡이는 비닐 장판 속에서부터 피기 시작하였다. 한 번 피기 시작한 곰팡이 꽃은 좀처럼 가시지를 않았다. 마른걸레로 조심스럽게 닦아도 보았으나 이내 벽 중간까지를 점령하더니만 끝내 천장까지 잠식해 들어가고 말았다. 곰팡이 꽃의 기세는 놀라울 정도였다. 방 안에 있는 모든 것들을 먹어치웠다. 행거에 걸린 옷가지와 방바닥에 수북히 쌓여 있는 책과 오디오와 텔레비전까지. 나는 완전히 승복하고야 말았다. 방 안에 있는 모든 사물을 다 먹어 치우고 이제 남은 것은 오직 나밖에 없었다. 하지만 겨우내 연탄가스도 참고 견디어온 터였다. 야금야금 뇌세포를 먹어 들어가는 일산화탄소 앞에도 속수무책으로 침범 당할 수밖에 없었던 지난겨울을 생각하면 오히려 곰팡내가 살갑게 느껴지기까지 했다.

천장에 거의 맞닿다시피 조그만 창문이 하나 있긴 있었다. 밖에서 보면 창은 땅바닥과 거의 닿아 있었지만 유일하게 빛이 들어올 수 있는 곳이었다. 하지만 주인집의 정원수로 쓰인 탱자나무가 빛을 차단시켰다. 어쩌면 주인집의 베란다만 조금 좁게 빼놓았어도 탱자나무 사이로 빛의 입자가 부서지는 광경을 목격할 수도 있었으리라.

나는 눅눅한 이부자리 위에 벌러덩 드러누웠다. 천장에서 물이 쏟아질 듯 요란한 소리가 들렸다. 주인집에서 변기 내리는 소리였다. 주인양반이 곽란이라도 만났나, 벌써 쏴하고 변기 물 빠지는 소리가 반복되고 있다. 나는 어둠 속에서 오지 않는 잠을 청했다. 내가 어둠 속에서 찾고 싶은 것은 무엇일까. 큰 나무 아래에 꽃무늬가 화려한 포플린 식탁보가 풀을 먹어서 칼날처럼 빳빳하다. 그때만은 지상의 공기를 마시면서 지상과 지하의 세계를 무너뜨리는 시간이리라. 햇살이 따사로운 봄날에 누리고 싶은 바람이 아니었을까.

땅바닥과 맞닿아 있는 창문으로 사람들의 발자국소리가 들렸다. 저벅저벅 발자국소리는 점점 가까이 들리기 시작했다. 그 발자국은 나를 향하여 돌진하기 시작했다. 하지만 그것은 다만 보이지도 않는 소리일 뿐이었다. 그런데 이게 어떻게 된 일인가. 음부의 모양새를 한 벌레가 지하로 향하는 좁은 통로를 타고 쏟아져 내려오는 것 같았다. 버러지 떼는 철제계단을 뒤덮고, 홍수처럼 지하실로 밀려들어왔다. 꿈틀거리며, 그것들은 방문을 향해 밀려왔다. 꾸역꾸역 쏟아져 나온 벌레가 얼마나 엄청난지 이제 헐벗은 방은 수천 수만의 버러지들로 뒤덮여 있다.

미친 듯이 발로 밟아 죽인다. 하지만 역부족이다. 죽을힘을 다하여 발길질을 해보지만 꾸역꾸역 쏟아져 나오는 버러지 떼에 나는 그만 묻히고 만다. 픽하고 밟혀죽는 버러지들의 소리에 소름이 돋는다. 그것은 거스를 수 없는 물줄기이다. 나는 공포에 휩싸여 몸을 세워 마구 흔들어댄다. 귓속에서, 겨드랑이에서, 옷 속에서 버러지는 끊임없이 떨어져 내리고 머리카락 사이에 박혀 있는 벌레를 뜯어내다 결국 나는 쓰러진다. 나 또한 거대한 벌레에 불과했다. 이렇게 어둠 속에서 웅크리고 있으면 나는 정말 벌레가 된 듯했다. 손에 잡힌 리모콘을 눌렀다. 푸르스름한 빛이 방

안에 퍼졌다.

전화벨이 울렸다. 나는 정신을 차리고 상대방을 헤아려보았다. 아마 주인여자일 것이다. 주인여자는 공과금을 받으러 오지 않고 매달 전화로 통보했다. 이번 달은 얼마인데 그렇게 알고 있으라는 것이다. 그러다가 우연히 길에서 마주치면 돈을 요구했다. 돈이 없는지 뻔히 알면서 보증금마저 까먹고 거리로 나앉을 시간을 기다리고 있는 눈치였다.

나는 시선을 화면에 고정시킨 채 굼뜨게 수화기를 들었다. 여보세요, 하고 말하자 툭하고 끊어버렸다. 주인여자는 분명 아니었다. 전화를 건 사람이 누굴까 궁금했지만 좀처럼 떠오르는 사람이 없었다. 텔레비전 화면에는 죽은 소가 널브러졌다.

절단된 소를 피 한 방울 남기지 않은 채 다시 제 자리에 옮겨놓았습니다. 이 소 절단 사건은 오랫동안 지속되고 있습니다. 이 사건은 두 가지 측면에서 생각해볼 수 있습니다. 한 가지 측면은 UFO의 소행일 가능성입니다. 또 다른 시각은 소의 절단이 아주 정밀하다는 점에 있습니다. 그것은 소가 살아 있는 상태에서 내장이 꺼내졌다는 것입니다. 아마도 해부학에 대한 전문지식 없이는 불가능한 일이겠죠. 소의 신체부위는 줄기세포, 즉 생물학적 실험으로 유용되었을 것입니다. 그렇다면 이것은 아주 조직적이며 거대한 단체의 소행일 것입니다.

그때 또다시 수화기가 울리기 시작했다. 나는 조금 망설이다가 수화기를 들었다. 상대방이 아주 자신감 없는 목소리로 여보세요, 라고 말했다. 나는 화면에 정신을 빼앗기고 있었던지라 통화 내용에 집중할 수가 없었다. 하지만 나는 그녀를 금방 기억해 낼 수 있었다.

정지수. 그녀는 그 옛날에도 나를 먼저 불러주었다. 그녀의 집은 성깥에서 구멍가게를 하고 있었다. 성깥은 성밖이라는 뜻으로 그야말로 걸인의 신세나 간신히 면하고 사는 빈민굴이었다. 그녀의 가게는 그런 성깥의 경계선 사이에 있었는데 꽤나 규모가 컸다. 햇빛 잘 드는 나른한 오후였다. 그녀가 빈민가에 쪼그리고 앉아서 볕을 쬐고 있었다. 이제 나는 초등학교를 졸업하고 무료로 영어를 가르쳐준다는 곳으로 걸어갔다. 야! 너 어디 가냐? 그녀가 햇빛 때문에 눈이 부신지 눈을 찡그리며 말했다. 그 후 중학교 입학식에 그녀가 모습을 드러냈다. 의외였다. 그녀는 성중학교라는 비정규학교에 다니고 있었기 때문이었다. 그러니까 일 년 동안 그곳에 다니다가 그만 두고 정규중학교로 입학했던 것이다. 1학년 1반. 그녀와 나는 같은 반이 되었다. 그녀와 짝이 된 아이 엄마가 그녀와 짝이 된 것을 성토했다. 나는 그런 것은 아랑곳하지 않고 일 년 동안 그녀와 붙어 다녔다. 학원은 그날 하루를 끝으로 다니지 않았다. 학교만 끝나면 우리 집으로 쪼르르 오는 그녀에게 어머니는 성깥에서 있지, 뭐 하러 내려오냐고 힐난했다. 그리고 갑자기 그녀의 어머니가 죽었다는 소식과 함께 퉁퉁 부어버린 슬픈 눈, 그리고 얼마 되지 않아서 자살했다는 그의 할머니의 얼굴까지 떠올랐다.

넌 시인이 되었다면서? 시인은 무슨 그냥 룸펜이지. 나는 네가 시인이 되어 있을 줄 알았는데, 아니면 디자이너…… . 말이 끝나기도 전에 그녀는 한껏 달뜨기 시작했다. 역시 자기를 알아주는 사람은 너밖에 없다는 둥. 그런데 자기는 그런 직업을 가진 사람들을 두루 디자인해주는 생활설계사를 하고 있다는 것이다. 거침없이 어려울 때 가끔 너를 생각했다는 그녀의 말은 그냥 인사치레로 하는 말이겠거니 했다. 하지만 두 번째 들었을 때는 생선가시가 목에 걸린 듯 갑갑함을 느꼈다.

그제야 나는 이루지도 못하는 꿈을 부여잡고 살아온 날들을, 시간들을 헤아려보았다. 그 시간들이 아쉬워서 버리지도 못하는 초라한 시어(詩語)들. 그 공부를 다른 곳에 쏟아 부었다면 지금은 말단공무원이라도 되었을 거라고, 이제는 체념조로 말하는 어머니. 자꾸만 나를 배반하는 세상에 나는 이미 등을 돌리고 있었다. 아니 한 번도 제대로 세상 속으로 나아가지 못했던 것은 아니었을까.

생활설계사를 한다는 그녀는 사람 만나는 것이 일이라고 했다. 썩 내키지 않았지만 막무가내인 그녀 앞에서는 어쩔 도리가 없었다. 나는 몇 번의 거절 끝에 집으로 찾아오는 길을 가르쳐주고 말았다. 신천 전철역에서 내리면 대한민국에서 제일 작다는 7.5평짜리 아파트에서부터 13평짜리 서민용 주공 아파트가 펼쳐진다. 그쪽으로 가지 않고 새마을 시장을 끼고 걷다보면 철탑이 높은 천주교회가 보이고 그 뒤쪽으로 전봇대가 있는 청기와 2층집이다. 그 집 지하에 살고 있다.

그녀에게 다시 전화가 온 것은 며칠 뒤였다. 난데없이 수화기를 들자말자, 아니 왜 이리 전봇대가 많은 거야! 하고 소리를 버럭 지르지 않는가. 바로 코앞에다 집을 두고서 찾지 못하고 빙글빙글 돌다가 화가 나서 전화를 했던 것이다. 그녀는 어느새 내 주위에 성큼 다가와 있었던 것이다. 마중을 나가서 유심히 바라보니 정말로 전봇대는 한 집 건너 한 대씩 서 있었다. 전봇대가 이렇게 많았나, 하고 의아해하면서 그녀가 기다리고 있다는 천주교회 앞으로 걸어갔다. 그녀는 대바구니를 들고 서 있었다. 그 안에는 초콜릿인지 사탕인지 울긋불긋한 것이 가득 담겨 있었다.

지하계단을 내려오면서 뒤따라 내려오는 그녀에게 조심하라고 그렇게 일렀건만 그만 나둥그러지고 말았다. 바구니에 담겨 있던 초콜릿이 바닥에 떨어졌다. 문제는 토슈즈처럼 생긴 끈 달린 샌들 때문이었다. 지그재그로 발목 위에까지 묶어 놓았으나 계단에서 굴러 떨어지는 바람에 샌들이 종아리에서 덜렁거렸다. 초콜릿 포장지 하나하나에 그녀의 이름과 전화번호가 박혀 있었다.

로또라도 당첨되었나? 신수가 훤하구만! 상황을 수습하고 어두운 지하방에 불을 켜고 차를 한 잔 끓여내면서 내가 말했다. 그녀 특유의 찡그림이 교태로 번졌다. 언뜻 실망과 초조감으로 번들거리는 그녀의 얼굴을 보았다. 휴대폰이 계속 울어댔다. 받지 그래. 내가 말하자 안 반가운 전화야, 하며 손사래를 쳤다. 난 부평공장에 다니면서 야간고등학교에 다녔어. 그때 참! 힘들었지. 갑자기 공장이 구미로 옮기는 바람에 나는 하루아침에 거리로 내몰렸지. 공장에서 기숙사생활을 하면서 고등학교를 다니고 있었으니까. 공장장이 구미로 가자고 했지만 그곳은 학교에 다닐 수 있는 여건이 아니었어. 나는 부평에서 버텨냈어. 같은 학교에 다니면서 기숙사를 이용하지 않고 자취를 하던 친구가 있었거든. 나는 그 친구 집에서 얹혀 지내게 되었는데 친구도 어렵기는 마찬가지였어. 우리는 주인이 버린 라면 스프를 주워다가 쌀을 넣고 끓여먹었지. 그때 주인집에서 끓이던 김치찌개 냄새가 얼마나 코를 자극하던지. 김치에도 향기가 있다는 거, 넌 모르지? 하지만 그래도 그때는 희망이 있었어. 대학을 갈 수 있다는 희망, 좀 더 좋은 곳에 취직을 할 수 있다는 희망, 좋은 남자랑 결혼 할 수 있다는 희망. 그러나 이제 난 희망을 가질 만큼 어리석지 않아. 사실은 돈을 좀 빌릴까 해서 왔는데…… 그런데 넌 어쩌다가 이 지경이 된 거야? 고객에게 친구가 시인이라고 하니까, 놀라던데, 시인도 별거 아니네.

알지도 못하는 사람에게 팔리고 있다는 느낌 때문에 심하게 불쾌했지만 나는 그냥 참기로 했다. 돈은 없는 것 같고 너 그 고객 좀 만나줄 수 있니? 네 고객을 왜 내가 만나니? 나는 볼멘소리를 내뱉고 말았다. 아주 큰 고객이거든. 한 껀만 올리면 신세 펴는데 말이야. 우리 회사에 예치만 시키면 5퍼센트는 떨어지는데, 너에게 2퍼센트 떼어줄게. 아니 딱 반반씩 먹자. 그때 한동안 잠잠하던 휴대폰이 다시 울리기 시작했다. 가방에서 휴대폰을 꺼내서 수신자 번호를 확인하는가 싶더니, 폴더를 사정없이 탁하고 닫아버렸다. 카드사야. 그녀가 묻지도 않는 말을 했다.

그녀는 차를 후르르 마시고 나서 다시 한 입 머금더니만 양 볼을 심하게 움직였다. 그리곤 소가 되새김질하듯이 그대로 삼켰다. 그때 왜 도살당하던 소가 떠오른 것인가. 처음 그녀에게 전화가 온 날도 텔레비전에서는 소가 살아 있는 상태에서 내장이 꺼내지고 있다는 코멘트를 하고 있지 않았는가.

소는 들판에 나뒹굴면서도 마지막까지 저항하는 투사 같았다. 부르르 떨고 있는 소의 정수리를 향하여 벙어리가 도끼를 내리

찍었다. 날렵한 손놀림은 한 치의 오차도 허용하지 않았다. 피가
폭포수처럼 치솟았다. 그의 얼굴에 피가 튀어 빨간 탈을 쓴 광대
처럼 보였다. 벙어리가 번들거리는 얼굴의 피를 우람한 팔뚝으
로 씩 닦아서 혀로 핥았다. 그의 얼굴에 미소가 번지기 시작했다.
옆에 있던 남정네도 그런 그가 만족스러운 듯 쳐다보았다. 벙어
리가 들고 있던 도끼를 내려놓고 손가락을 구부리며 허공에 대
고 헛손질을 했다. 주인에게 먹어보라는 말을 수화로 하고 있는
것이다. 남정네가 솟구치는 핏줄기 아래에 양동이를 갖다 댔다.
그릇 안에 핏물이 넘실댔다. 그는 바가지로 떠서 피를 마셨다.

　구수하구만. 마셔봐.

　주인이 피를 한 바가지 떠서 벙어리에게 권했다. 벙어리는 그
릇을 넘겨받고 몇 모금 마신 척하다가 쏟아 버렸다. 소는 이내 목
이 떨어져 나가고 사지 관절 부분이 잘려나갔다. 가죽을 벗겨내
자 선홍색의 선명한 빛깔만이 남아 있는 초라한 육괴(肉塊)로 변
했다. 벙어리는 우리 집을 도와주고 있는 규만이었다. 언젠가 어
머니가 그렇게 생목숨을 잡으면 신상에 좋지 못하다고 했던 말
이 생각났다. 그때는 우리 집에서 묵묵히 일만 하고 있는 그의 순
한 눈을 보면서 그것이 무슨 말인지 몰랐다. 벙어리는 얼마나 영
특하던지 입 모양만 보고서 상대방이 무슨 말을 하는지 금방 알
아들었다. 숨어서 구경하고 있던 그녀가 자기 목을 찰싹 때렸다.
윙윙거리는 모기 소리가 희미하게 들렸다. 거! 누구야. 남정네가
외쳤다. 나와 그녀는 후다닥 뛰었다.

　야산에서 밀살하던 것 생각나니?

　그녀는 전혀 기억할 수 없다는 표정을 지었다. 그때 나와 함께

도살장면을 목격했던 그 아이는 어디로 갔을까. 나는 그녀의 유난히 크고 넓적한 얼굴을 바라보았다. 면적에 비해 턱없이 낮은 코를 보았다. 아무렇게나 찢어진 눈을 보았다. 두툼한 눈두덩을 보았다. 그런 그녀를 나는 누구보다도 좋아했었다. 얼굴 면적은 그대로였지만 코는 조금 높아지고 두툼하던 눈두덩도 쌍꺼풀이 되어 있어 확연히 다른 인상이었다. 얼굴이 달라 보여. 내가 하고 싶은 말을 그녀가 했다. 뭐가 달라졌지? 그녀가 또다시 물었다. 그래! 난 변했어. 그때의 내가 아니야. 조금 단호한 어투가 되었다. 그녀 특유의 호들갑. 나는 어쩜 그녀가 말하는 라이프스타일을 맡길 수도 있을 것이다.

웬 거니? 초콜릿을 가리키면서 내가 물었다. 그녀는 고객에게 나누어주는 초콜릿이라고 말하면서 초콜릿에 대해서 자세히 알려주었다. 포장지 낱개마다 전화번호와 이름이 박혀 있는 걸로 봐서 이미 짐작하고 있었지만 나는 할 말을 찾지 못하고 그렇게 묻고 말았다.

멕시코 아스텍의 켓살코아틀은 낙원의 정원사였다. 그는 힘과 행운을 관장하는 자이기도 했다. 아스텍족은 켓살코아틀을 카카오나무를 지키는 자로 숭배했다. 그는 카카오나무의 열매를 아스텍족에게 균등하게 배분했으며 그것은 소비재를 얻기 위한 도구로 쓰이거나 왕에게 바치는 공물의 용도로 쓰였다. 그래서 카카오에 옥수수를 곁들이면 가난한 사람들에게 유용한 음식이 되었고 아스텍의 왕 폰테수마 2세에게는 즐거움을 느끼기 위해서 꼭 필요한 음료가 되었다.

400년경 유카탄에서 마야족이 처음으로 카카오나무 재배를 시작했지만 1502년 인디언 추장에게서 카카오열매를 선사받은 크리스토퍼 콜럼버스는 그 열매의 가치를 제대로 알지 못했다. 그는 단지 정복만 생각했을 뿐 새로운 신대륙 사람들의 관습에는 관심을 갖지 않고 무시했던 것이다.

그래서 카카오열매의 중요성을 인식하고 초콜릿을 발견하기 위해서는 메르난 코르테스와 그의 부하들이 서인도를 정복할 때까지 기다려야 했다. 콩키스타도르(정복자)는 엘도라도를 찾아 떠났다. 그는 놀라운 '갈색 금' 곧 카카오를 발견했다. 카카오는 곧바로 화폐로 통용되었는데 백 알로 노예 한 사람을 살 수 있을 정도로 귀한 가치로 쓰였다.

그렇게 귀한 초콜릿이 이제 더 이상 필요없게 되었어. 네가 나의 마지막 고객이 되어주었으면 해. 이것은 홀로우 초콜릿으로 안이 텅 비어 있는 인형이나 동물의 형태를 한 초콜릿이야. 이 초콜릿이 우리를 아주 좋은 곳으로 인도해줄 거야. 물론 너도 함께 갔으면 해. 그녀의 말투에서 죽음을 감지할 수 있었다면 지나친 상상이었을까. 그리고 그녀의 제안을 받아들일 수밖에 없을 만큼 절박했다고 하면 지나친 것일까. 하지만 나의 상상력은 정확했고 우리는 곧 행동으로 옮겼다.

나는 붉은색 초콜릿을 한 입 베어물었다. 약국 문을 열고 나오는 그녀 머리 위로 태양은 도시를 녹이려는 듯 거세게 타올랐다. 지나는 행인들의 걸음도 더디고 플라타너스의 잎사귀는 정물처럼 움직이지 않았다. 나는 플라타너스 나무 밑에 서서 입천장에 달라붙어 있는 초콜릿을 떼어내려고 안간힘을 쓰며 지나가는 행인들을 노려보았다. 해태가 포효한다면 마치 그런 굉음을 지르지 않았을까 싶게, 요란한 소리를 내면서 기차는 사람들을 토해 놓고 사라졌다. 얼마나 지났을까. 눈에 이물질이 긴 듯 시야가 흐려졌다. 그녀는 다시금 약국 문을 열고 들어갔다. 초콜릿이 없어질수록 쌓여가는 비바르비탈. 초콜릿이 바닥났을 때 비바르비탈은 초콜릿 양만큼 되었다.

꾸역꾸역 승강기를 빠져나가는 사람들 사이의 틈을 비집고 기차 안으로 들어가는 무리들, 승차권을 들고 자리를 찾는 승객들, 아쉬움을 뒤로하고 자리를 비켜준 여자, 처음부터 기댈 수 있는 장소를 마치 먹이를 찾는 짐승의 더듬이처럼 포획해내는 남자, 그녀들의 몸피보다도 더 커다랗고 무거워 보이는 짐을 이고 들어서는 아낙네들 사이를 비집고, 나와 그녀도 간신히 플랫폼으로 올랐다.

손은 호주머니 속에서 땀으로 끈적거렸으나 아귀를 꼬옥 쥐었다. 손에는 약봉지가 있기 때문이었다. 진주 가는 기차였다. 플랫폼에 오를 때 반사적으로 호주머니에서 손을 빼려고 했다. 행동이 굼뜰 수밖에 없었다. 뒤에서 밀치기 시작했다. 몸이 앞으로 쿨렁 쏠리더니 넘어졌다. 무수히 많은 사람들이 그냥 밟고 올라갔다. 이대로 늘어져 죽을 수도 있으리라. 압사 당한 생쥐 꼴. 꼭 쥔 손은 호주머니에서 땀으로 끈적거리고 있었다. 그녀는 어디로 갔는지 보이지 않았다. 얼마나 짓밟고 올랐을까. 간신히 몸을 일으켜세웠다. 나는 비틀거리며 기차 안으로 들어갔다. 그런데 이게 어떻게 된 일인가. 기차 안에는 사람이 한 명도 없고 소들이 눈을 멀뚱거리고 앉아 있지 않는가. 내가 가축을 싣고 가는 기차를 잘못 탄 것인가. 가축을 실어 나르는 기차가 있긴 있는가. 하지만 머릿속은 텅 비어 있는 듯 아무 생각도 나지 않았다. 어떻게 된 일이지. 아마도 기차에 딸린 화물칸이겠지. 나는 바삐 다음 칸을 향하여 걸음을 옮겼다. 급하게 문을 열고 들어갔지만 그곳에도 사람은 보이지 않고 온통 소뿐이었다. 2인용 의자를 혼자서 차지하고 누워서 자고 있는 소, 큰 몸을 웅크리고 다소곳이 앉아 있는 소, 바닥에 엎드려 있는 소, 두 발을 의자 옆구리에 걸쳐놓은 소, 문이 열리자 음흉한 시선으로 바라보는 소, 의뭉스럽게 쳐다보는 소, 나는 내 눈을 의심했다.

그녀는 어디로 갔을까. 이 기차를 타기는 탔을까. 아니면 마음이 변해서 집으로 돌아간 것일까. 그녀를 찾는 것도 중요하지만 그보다 더 급한 것은 이 기차의 정체를 밝히는 것이었다. 우선 기차를 끌고 가는 기관사를 확인해야만 했다. 9호차, 8호차, 7호차, 6호차, 5호차, 4호차, 3호차, 2호차, 1호차. 기관실 앞에 당도했다. 힘껏 문을 열어보았지만 열리지 않았다. 언젠가 투명한 유리 너머로 보이던 기관사의 모습도 보이지 않았다.

무서웠다. 나는 기차 안에서 달리기 시작했다. 9호차를 막 빠져 나오려는데 그녀가 화장실 문을 열고 나왔다. 나는 반가워서 그만 울먹이며 소리쳤다. 집에 가버린 줄 알았어. 내가 울먹이며 말하자, 담배 한 대 꼬실렀어. 그녀가 아무렇게나 말하고선 담배 냄새가 진동을 하는 입으로 휘파람을 불었다. 이상한 일이 생기고 있어. 내가 다소 긴장된 어조로 말했다. 이상한 일은 무슨 이상한 일. 하지만 그녀는 내 말은 들으려고도 하지 않았다. 기차 안에 사람이 한 명도 없고 소가 가득 차 있어. 내가 다급하게 말하자, 그녀가 무슨 잠꼬대냐고 힐난하듯이 쳐다봤다. 그리고는 싱싱한 놈 하나 봐뒀어, 하면서 나를 잡아끌었다. 나는 그녀가 이끄는 곳으로 갈 수밖에 없었다.

그녀가 유난히 머리가 긴 소 앞에 멈춰 섰다. 제 친구여요, 하고 그녀가 나를 소개했다. 조금 전에 지나갔죠? 소는 두꺼운 목을 움직이며 그렇게 물었다. 나는 누군가 옆에서 말을 대신 해주는 줄 알고 사방을 두리번거렸다. 하지만 아무도 없었다. 대부분의 소들이 피곤에 지친 듯 침을 흘리며 졸고 있었다. 소가 말을 하다니. 알 수 없는 일이었다.

어디까지 가지? 소가 상냥하게 물었다. 진주요. 그녀가 대답했다. 내가 그곳에서 대학에 다니고 있는데. 소가 말했다. 그래요오. 그녀가 반가워서 죽겠다고 호들갑을 떨었다. 그리고선 진주엔 뭐가 유명하죠? 하고 물었다. 알잖아. 남강의 피로 흐르는 기생. 그곳에 혹시 조가비는 없습니까? 내가 그렇게 묻자, 소가 의아한 표정을 지었다. 납골당은요? 묘지는요? 내가 계속해서 질문을 해대자, 소로써는 도저히 알 수 없다는 표정이었다.

잠시 후 도착지인 진주에 5분간 정차하겠습니다. 목적지에 도착한 손님들께서는 빠지신 물건이 없으신지 다시 한 번 확인하시고, 종착지에 도착하시거든 안녕히 가십시오. 안내 방송이 나오자 기차 안에 있던 소들이 웅성거리기 시작했다. 성질 급한 소는 문밖으로 미리 나가서 기다리고 있었다. 서서히 기차가 정차하자, 그녀가 소를 끌고 기차에서 내렸다. 나도 그 뒤를 졸래졸래 따라서 내렸다. 혹시 나도 소로 변한 것은 아닐까. 기차는 소리도 없이 지나갔다. 기차가 쏜살같이 지나가자 그녀 옆에 있던 소가 사라지고 유난히 얼굴이 긴 남자가 그곳에 서 있었다. 그리고 그녀와 남자는 기차가 지나갔던 철로를 가로질러 걸어갔다. 나도 철로를 밟으며 나아갔다. 개찰구 앞에서 두리번거렸지만 역무원의 모습은 보이지 않았다. 할 수 없군. 그녀와 남자도 저만치 걸어 나갔다.

대합실을 빠져 나오자, 송아지의 울음소리. 나는 분명 그런 간헐적인 소리를 들었다. 죽음의 장소로 정해놓은 곳에서 탄생의 소리를 듣다니, 나는 이상한 흥분으로 미세하게 몸을 떨었다. 혹시 기차가 지나면서 내는 파열음이 아닐까, 뒤를 돌아보았으나 기차는 지나가지 않았다.

역을 빠져 나와 혼잡한 도로를 지나서 복개천이 흐르는 곳까지 걸었다. 해가 지고 어두워지기 시작한 여름 날씨는 더 없이 상쾌했다. 바람이 살갗을 스치고 있었다. 소였던 남자를 따라가는 꼬락서니하고는. 복개천을 꺾어 들어서니 나무대문이 나왔다. 남자는 아무 말도 없이 대문 안으로 쭉 들어갔다. 나와 그녀도 따라 들어갔다. 아줌마가 반갑게 손님을 맞았다. 그곳은 간판도 내걸지 않은 여관이었다. 너네 혼숙할 것 아니지? 아줌마가 묻자, 친구랑 이모 집에 왔는데, 이사를 가버려서요. 그녀가 거짓말을 해댔다. 남자는 어느새 줄행랑을 쳐버렸는지 보이지 않았다.

안개를 옮겨놓은 듯, 방은 습기 때문에 기분 나쁘게 끈적거렸다. 그녀가 구질구질하고 축축한 이불 한 자락을 깔고 누웠다. 나도 그녀 옆으로 반듯하게 누웠다. 호주머니 속에 있던 약봉지가 불룩 튀어 나와서 누워 있는데 불편했다. 나는 약봉지를 던져버렸다. 진노랑 장판에 약봉지가 떨어졌다. 약봉지 위로는 벽지가 누랬다. 변색된 것인지, 아니면 원래 누런색인지 분간할 수가 없었다. 벽지의 문양을 따라서 시선을 옮겼다. 둥근 모양을 중심으로 작은 동그라미가 둘러싸여 있는데 전체적인 모양은 팔자모양이었다. 끝없이 이어지는 팔자모양은 천장까지 맞닿아 있었다. 나는 다시 시선을 약봉지에 고정시켰다. 그리고 노랑장판과 벽지의 문양을 따라서 시선을 옮겨나갔다. 몇 번을 그렇게 했을까. 진노랑 장판, 그러니까 약봉지가 있는 벽지에 낙서가 보였다. 왜 이제야 낙서가 보이는 것일까. 나는 가만히 글자를 읽기 시작했다.

나는 누워 있는 그녀를 발로 살짝 건드려보았다. 잠이 들었는지, 아무런 반응도 보이지 않았다. 제법 세게 발로 툭 차보았다. 하지만 그녀는 꼼짝도 하지 않았다. 자니? 하고 물어도 아무 말이 없었다. 애가 약도 먹기 전에 죽기라도 했나, 하고 몸을 일으켜 그녀를 바라보았다. 그녀는 소리도 내지 않고 울고 있었다. 울고 있는 게 부끄러운지 얼른 이불을 뒤집어썼다. 왜 그래? 너 죽기 싫은 거구나. 살고 싶은 거지? 내가 다그치자, 아니야, 그게 아니야, 하고 고개를 힘껏 흔들었다. 그런데 이상하게 슬퍼. 이렇게 끝난다는 게 슬퍼. 그렇게 말하면서 이불자락을 와락 끌어안았다.

너 기차 안에서 우글거리던 소를 보지 않았니? 분위기를 바꿔보려고 내가 물었다. 너는 아까부터 이상한 말만 했어. 그녀가 코를 훌쩍거리며 말했다. 정말로 소를 보지 못했다는 거야? 내가 재차 묻자, 소는 무슨 놈의 소야! 그녀는 잔뜩 짜증 섞인 목소리로 쏘아붙였다. 알 수 없는 일이었다. 어떻게 너에게는 보이지 않을 수가 있지? 한 마리도 아니고 그 많은 소 떼가 말이다. 네가 분명 기차에서 소를 몰고 내려오지 않았어? 하고 내가 물었다. 너는 통 알 수 없는 말만 하고 있어. 좀 알아들을 수 있는 말 좀 해, 라고 그녀가 코맹맹이 소리로 말했다. 그때 노크도 없이 문이 드르륵 열렸다. 가버린 줄 알았던 대학생 신분의 소. 아니었다. 소가 사람으로 변한 남자가 들어섰다. 나는 얼른 약봉지를 이불 속으로 숨겼다. 다행히 그는 약봉지를 보지 못했다. 다만 내가 잔뜩 웅크리고 그를 경계하고 있다고 생각한 모양이었다. 저녁이나 같이 먹자. 그를 따라 마루를 지나 'ㄴ'자의 마당을 돌아서니 그의 방이 있었다. 그는 여관방에서 자취를 하고 있었던 것이다.

부엌도 없는 여관방. 그것도 가장 구석진 방이었다. 쪽마루 앞 마당에는 등산용 버너가 놓여 있고 버너 위 둥근 코펠 안에는 밥이 익어가고 있었다. 나는 엎드려서 버너의 불꽃이 타고 있는지 보았다. 마치 카바이드 불꽃처럼 심하게 흔들렸다. 나는 불꽃의 바람막이처럼 우두커니 서 있었다. 그가 쪽마루에 밑반찬을 꺼내 놓기 시작했다. 깻잎김치, 콩장, 멸치볶음, 깍두기김치. 그리고는 그와 그녀가 쪽마루를 차지하고 앉았다. 둘이 도란도란 이야기를 나누다가, 가끔씩 그녀 특유의 거침없는 웃음소리가 들렸다. 나는 마당에서 서성이면서 빈 공기에 밥을 퍼주었다.

식사를 끝내고 반찬을 대충 치워놓았다. 그리고 그가 방문을 열었다. 그가 들어가고 그녀가 들어가고 내가 마지막으로 들어갔다. 미닫이문에는 검은 커튼이 쳐져 있어서 그 검은 커튼을 걷으면서 들어갔다. 앉은뱅이책상과 그 책상보다도 더 큰 오디오가 있고 한쪽 구석에는 기타가 세워져 있었다. 그가 오디오를 틀어놓고 나갔다. 그녀도 따라 나갔다. 나는 낯선 방에 혼자 앉아서 'crazy love'를 듣고 있었다. 웬일일까. 웬일일까. crazy love와 검은 커튼. 알 수 없는 평화가 밀려오는 듯했다. 그것은 꼭 포만감에서 오는 것만은 아니었다. 그야말로 멀게만 느껴졌던 평화가 아늑하게 울려 퍼지고 있는 듯했다. 그런 순간은 아주 잠깐이었다. 그와 그녀가 커피를 들고 들어왔다.

커피를 마시고 그가 기타를 쳐주고 나자, 더 이상 할 일이 없었나. 나와 그녀는 그 방을 나와서 눅눅한 방으로 돌아갔다. 방 안은 높은 습도 때문인지 무더웠다. 그녀가 이불을 걷어버리고 맨바닥에 힘없이 누웠다. 나도 배를 깔고 엎드렸다. 방 안은 정적만이 감돌았다. 별일 없는 겨? 순찰 나온 경찰인 듯했다. 나는 숨도 쉬지 않고 마른침을 꿀꺽 삼켰다. 별일은유. 아줌마 말이 끝나자 책장 넘어가는 소리가 들렸다. 아마도 경찰이 숙박일지를 넘기고 있으리라. 나와 그녀는 숙박일지도 쓰지 않았다. 이내 대문 여닫는 소리. 휴, 아줌마의 한숨 내쉬는 소리를 끝으로 한동안 아무 소리도 들리지 않았다. 그리고 조금 후. 다시 대문 열리는 소리가 들렸다. 좀 들어가 봐. 아줌마의 말이 끝나기도 전에 방문이 드르륵 열렸나. 미닫이문 여는 소리가 방안의 정적을 깨뜨렸다.

갑자기 들이닥친 남자를 보자, 나는 마치 도둑질하다 들킨 사람모양 자리에서 벌떡 일어났다. 그녀는 멍청하게 눈을 깜박거리면서 그 광경을 지켜보고 있었다. 그는 삼십대 초반쯤 되어 보였다. 얼굴이 넓적하고 얼굴빛이 약간 붉은 혈기왕성한 노동자의 모습이었다. 그는 경상도 사투리로 뭐라고 떠들어댔다. 하지만 무슨 말을 하는지 도저히 알아들을 수가 없었다. 말소리는 질그릇이 깨어질 때 내는 시끄러운 소음에 불과했다. 하지만 아줌마가 뭐라고 했는지, 그는 인간미 넘치는 친절함을 잃지 않으려 했다. 비록 혈기왕성한 노동자의 모습을 하고 있지만 근본적으로 친절한 사람인지도 모르겠다.

후텁지근하다고 그녀가 이불을 걷어버렸기 때문에 이불 속에 숨겨놓았던 약봉지가 덩그렇게 드러나 있었다. 그의 힘이 완강하게 느껴졌다. 그의 사투리는 점점 강해져갔다. 중간 부분이 뭉뚝 잘려져버린 말은 언어라고도 할 수도 없었다. 그는 그만큼 흥분했던 것이리라. 그도 답답했는지 귀 뒤에 꽂힌 볼펜을 들고 뭔가를 찾는 듯 두리번거렸다. 아마도 뭔가 적을 수 있는 종이를 찾는 듯했다. 한참을 두리번거리더니만 약봉투에 뭔가를 쓰기 시작했다.

남자가 쓰던 것을 멈추고서 야근을 해야 한다고 급하게 나갔다. 소가 들어올 시간이므로 빨리 가 봐야 하니까, 내일 아침에 꼭 찾아오라는 말을 남기고 나간 것이다. 그가 주고 간 쪽지에는 빨간 볼펜으로 그려 놓은 약도가 있었다. 복개천과 기름집을 지나 시내를 빠져 나와 도살장이 그려져 있고, 도살장이라고 쓴 곳에 볼펜으로 동그라미를 진하게 그려놓았다. 방위표는 없었지만 도살장까지의 거리는 그리 멀게 느껴지지 않았다. 못 찾을 것을 염려해서 전화번호도 적혀 있었다. 얼굴이 붉은 남자는 어디선가 실려 온 소를 도살하는 일을 하고 있었던 것이다.

그녀가 텔레비전을 켰다. 화면 가득히 푸른 들판이 펼쳐졌다. 그녀에게 전화를 받던 날 보았던 화면이었다. 나는 잠시 혼란스러웠다. 하지만 곧 재방송이라는 글자가 화면 상단에 떴다. '절 단된 소를 피 한 방울 남기지 않은 채 다시 제 자리에 옮겨놓았습 니다. 이 소 절단 사건은 오랫동안 지속되고 있습니다. 이 사건은 두 가지 측면에서 생각해볼 수 있습니다. 한 가지 측면은 UFO의 소행일 가능성입니다.' 나는 이 부분에서 상당한 호기심이 일었 다. UFO가 소를 절단하고 있다. 그것은 마치 신비로운 현실이 눈앞에 펼쳐질 것만 같다. 푸른 들판에 비록 처참하게 사지가 찢 긴 소가 펼쳐져 있지만 말이다.

'또 다른 시각은 소의 절단이 아주 정밀하다는 점에 있습니다. 그것은 소가 살아 있는 상태에서 내장이 꺼내졌다는 거죠. 아마 도 해부학에 대한 전문지식 없이는 불가능한 일이겠죠. 소의 신 체부위는 줄기세포, 즉 생물학적 실험으로 유용되었을 것입니 다. 그렇다면 이것은 아주 조직적이며 거대한 단체의 소행일 것 입니다.' 그럴 듯한 추측이었다. 하지만 미스터리이기 때문에 어 느 것 하나 확실한 것은 없었다. 다만 추측에 불과할 따름이었다. 내장이 텅 비어 있어, 앙상한 가지를 연상시키는 죽은 소는 사라 지고 푸른 들판이 시원하게 펼쳐지고 있다. 그곳에서 유유자적 풀을 뜯어먹고 있는 소 떼들.

나는 갈고리 모양으로 생긴 방문 고리를 걸었다. 그리곤 방관 자처럼 바라보고 있던 그녀를 꼭 껴안았다. '나는 섹스보다 이렇 게 안고 있는 게 좋다. 이게 영원처럼 느껴진다. 그리고 세상의 시작처럼 느껴지기도 한다. 누군가를 안고 있으면 그의 삶 속으 로 들어가는 것 같다. 그랬으면 좋겠다. 나도 다른 몸으로 다시 태어났으면 좋겠다. 벌레라도 상관없다. 지금의 내 몸을 나는 증

오한다.' 나는 초콜릿을 한 입 베어 물었다. 하지만 그것은 초콜릿이 아니었다. 초콜릿은 비바르비탈을 사면서 이미 게걸스럽게 먹어 치웠다. 내가 물고 있는 것은 다량의 수면제였다.

몽롱해지기 시작했다. 그것은 도배지에 그려진 팔자 모양의 작은 문양에서부터 시작되었다. 문양들이 일제히 움직이기 시작했다. 그 문양들은 서서히 소의 모습으로 바뀌었다. 조그맣던 소가 갑자기 천장을 뒤덮은 거대한 소로 변해갔다. 다시 사방 벽에서 소가 움직이기 시작했다. 천장에서 거대한 소가 그들을 짓눌렀다. 그러다가 점점 작아지고 또다시 비대해지는 천장의 소.

강윤신 1961년 전남 구례에서 태어났으며, 1998년 《한국소설》 신인상으로 등단했다. 한국방송통신대학교 국어국문학과를 졸업하고, 동국대학교 문학 석사, 명지대학교 문예창작과 박사과정. 제97호 살풀이춤을 전수했으며, 한국소설작가회 부회장에 재직 중이다. 〈쉼표〉, 〈소금창고〉, 〈마른 장마〉, 〈푸른 길〉, 〈유리구두를 신은 발〉 등의 소설을 발표했다.

김서련

흑 모 란 모 란 앵 무

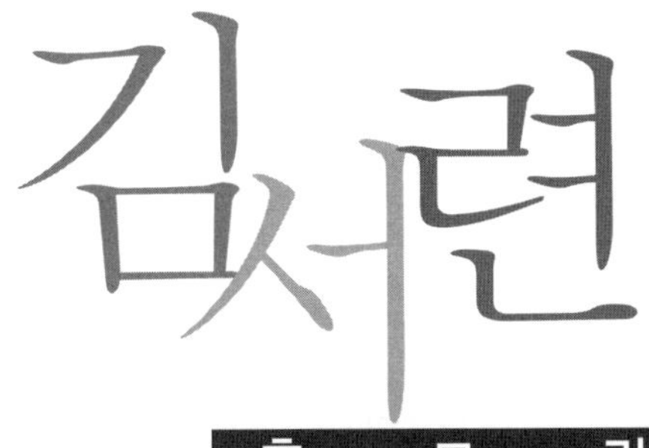

산란기라도 된 것일까? 흑모란모란앵무의 날카로운 울음소리로 조용했던 집안이 갑자기 시끄러워진다. 식탁 위에 쭉 늘어놓은 사진을 들여다보다 나는 고개를 든다. 두 시간 넘게 앉아 있은 탓인지 목덜미 부근이 뻐근하다. 쉬지 않고 돌아가는 에어컨 때문에 창문을 완전히 닫아둔 상태다. 견딜 수 없는 소음으로 집안을 채우는 울음소리 사이로 빈정대는 남편 음성이 들려온다. 아니, 새들이 왜 저렇게 울어대는 거야? 괜히 비싼 새 죽이지 말고 가게에 도로 갖다 줘. 화초도 늘 말라 죽이면서 새는 무슨……. 키우려

한결같이 행복해 보이는 사진들은 일부러 묵은 사진첩에서 골라낸 것이다. 남편은 신경질적으로 여행 책자를 획획 넘긴다. 문득, 책장 넘어가는 소리가 날카로운 도구가 되어 내 마음을 획 가르는 듯한 느낌에 사로잡힌다. 몸이 바싹 오그라든다. 순간 누 손으로 아랫배를 감싸 쥔다. 안돼! 나는 속으로 비명을 지른다. 미묘한 느낌이 손가락 끝에서 온몸으로 퍼져간다. 병원에 갔다 온 뒤부터 내내 머릿속에서 들끓던 생각들이 서로의 경계선을 넘어 뒤죽박죽 넘긴다. 신혼 여행지에서 찍은 사진 속의 내가 나를 올려다보며 활짝 웃는다. 가슴 한 구석이 저릿해진

산란기라도 된 것일까? 흑모란모란앵무의 날카로운 울음소리로 조용했던 집안이 갑자기 시끄러워진다. 식탁 위에 쭉 늘어놓은 사진을 들여다보다 나는 고개를 든다. 두 시간 넘게 앉아 있은 탓인지 목덜미 부근이 뻐근하다. 쉬지 않고 돌아가는 에어컨 때문에 창문을 완전히 닫아둔 상태다. 견딜 수 없는 소음으로 집 안을 채우는 울음소리 사이로 빈정대는 남편 음성이 들려온다. 아니, 새들이 왜 저렇게 울어대는 거야? 괜히 비싼 새 죽이지 말고 가게에 도로 갖다 줘. 화초도 늘 말라 죽이면서 새는 무슨…… . 키우려면 제대로 뭘 알고 키우든지. 나는 대꾸하지 않고 사진에다 눈길을 박는다. 한결같이 행복해 보이는 사진들은 일부러 묵은 사진첩에서 골라낸 것이다. 남편은 신경질적으로 여행 책자를 휙휙 넘긴다. 문득, 책장 넘어가는 소리가 날카로운 도구가 되어 내 마음을 휙 가르는 듯한 느낌에 사로잡힌다. 몸이 바싹 오그라든다. 순간 두 손으로 아랫배를 감싸 쥔다. 안돼! 나는 속으로 비명을 지른다. 미묘한 느낌이 손가락 끝에서 온몸으로 퍼져간다. 병원에 갔다 온 뒤부터 내내 머릿속에서 들끓던 생각들이 서로의 경계선을 넘어 뒤죽박죽 섞인다. 신혼 여행지에서 찍은 사진 속의 내가 나를 올려다보며 활짝 웃는다. 가슴 한구석이 저릿해진다. 지나고 보면 별로 기대할 것도 없는 결혼 생활인데 뭐가 그리 좋았는지. 그럼에도 차마 포기하지 못하고 그 누구도 모르는 게 생이라며, 노력하다보면 예상하지 않았던 길이 보일지도 모른다며, 스스로에게 마법을 걸고 있는 내 자신이 서글퍼진다. 일찍부터 자신이 원하는 것을 잘 알고 결단성 있는 행동으로 밀어붙이는 남편. 그리 오래 살지 않고도 터득한 생존 방법이라니. 길게 새어나온 한숨이 날카로운 울음소리 속으로 스며든다. 울음소리는 아름다운 선율을 만들어내기보다 비명 같은 소리로 집 안을 우울하게 혹은 불안하게 채워나간다. 손길에서 느껴지던 미묘한 느낌은 그치지 않는 울음소리에 질려버렸는지 어느 순간 조금씩 옅어지더니, 지금은 아파트 건물에 가려 보이지 않는 산부인과 건물만 몇 번이나 떠올리게 하고서는 사라져버린다. 그러나 내 몸의 감각은 집요하게 그 흔적을 더듬는다. 태아가 꿈틀거리던 모니터 화면까지 떠올리면서. 그 느낌이 사라진 자리 어디쯤에서 쿵쿵, 태아의 숨소리가 들려오는 것만 같다.

어떻게 좀 해봐. 이거야 원, 시끄러워서 책도 제대로 읽을 수 없잖아.

남편의 눈과 내 눈이 허공에서 얽힌다. 깊이를 알 수 없는, 한

때 내 마음을 설레게 했던 검은 눈동자에서 짜증과 적개심이 흘러나온다.

산란기인가? 좀 더 두고 봤다가 다른 새와 바꿔야겠어.

나는 불끈했으나 이내 마음을 다잡고 부드럽게 말한다. 의도적이다. 휴일이면 어디론가 훌쩍 떠나는 남편이 모처럼 집에 붙어 있을 때 임신 사실을 알려야 하는데. 괜히 싸웠다가 기회를 놓치면 또 시간은 후딱 지나갈 테고, 그런 식으로 미루다보면 말하는 게 더 힘들어질 게 뻔하다. 삐애삐애―빽. 울음소리에서 심장을 갈기갈기 찢는 듯한 절박함과 간절함을 느낀다. 그러나 벽을 투과해 온 집 안에 퍼지는 울음소리는 시끄러울 뿐 절절하게 감정을 호소하는 것은 없다. 앵무새가 가장 시끄러운 새들 중 하나라는 것은 알고 있었지만 이건 전혀 예기치 못한 일이다. 휘파람 소리를 내는 붉은장미앵무나 지저귐에 가까운 아름다운 울음소리를 내는 미성앵무를 제외하곤 대개는 귀에 거슬리는 큰소리를 낸다고 하더니. 꺽꺽거리거나 삐거덕거리거나 혀를 차는 듯한 소리를 내거나 갸갸거리는 소리를 내거나 아니면 지금처럼 비명을 질러대거나.

현관 입구 방으로 들어간다. 이사 올 때 아이들 방으로 꾸민, 천장에 야광별 수십 개가 붙여져 있고 토끼와 소녀 그림이 그려진 벽지로 도배한 방에 고여 있던 후텁지근한 공기가 얼굴을 훅, 덮쳐온다. 서늘한 에어컨 바람으로 자잘하게 돋아 있던 소름이 순식간에 사그라진다. 문을 닫고서 머리 전체가 검고 목 뒤에서 앞가슴까지 황색 띠를 두른 듯한 새들을 바라본다. 창으로 들어온 햇살의 각도에 따라 녀석의 몸빛이 조금씩 다른 빛깔로 반짝거린다. 뜨거운 햇살 아래 만들어진 초록색으로, 눈부신 노란색으로, 밝은 귤빛에 가까운 투명한 녹색으로. 눈 주위에 원형의 하얀 테두리가 있는 녀석의 부리는 한 여름의 햇빛 아래 활짝 핀 사루비아처럼 붉다. 오후의 무더운 햇볕 속으로 날아가던 형형색색의 아름다운 새들 중 한 쌍이 무리에서 떨어져 나와 여기까지 온 것일까. 불쑥 치솟는 생각에 잠시 멍해진다. 아무래도 신경이 너무 예민해진 것 같다. 기껏 엄지손가락보다 작은 새의 붉은 부리를 보고 이토록 엉뚱한 상상을 하다니.

대체 왜 울어대는 걸까. 쉽게 키울 수 있는 새를 권하던 조류원 남자는 내 마음이 흑모란모란앵무로 돌아선 것을 알자 새를 키울 때의 주의할 점을 일일이 메모지에 적어가며 설명해주었다. 모이와 물은 매일 갈아주고, 물그릇과 모이그릇은 서로 멀리 떨어진 위치에 놓아 모이그릇에 물이 들어가지 않도록 한다. 야채에는 농약이 묻어 있기 때문에 한 시간 정도 물에 담가두었다가 씻어 독성을 제거해야 한다. 굴 껍질가루나, 새의 발정을 촉진시키는 껍질을 벗긴 좁쌀 1홉에 계란노른자 1개를 섞은 말린 좁쌀노른자도 준다. 청소를 너무 자주 하면 새가 스트레스를 받으므로 한 달에 두 번 정도 해준다는 등등. 남자는 또 약간 수줍은 듯 말을 덧붙였다. 생후 10~12개월 사이에 발정기가 오는데 이때가 되면 수컷은 날카로운 울음소리를 자주 내고 또 암컷에게 가까이 가서 부리로 애무를 하거나 모이를 토해서 먹이는 등 적극적으로 구애를 하죠. 그리고 잘 보이기 위해 여러 종류의 디스플레이를 하는데, 주로 인사하거나 뛰기, 날갯짓하기, 꼬리 흔들기, 뽐내며 걷는 것 등이죠. 이때 두드러지는 깃털 부분은 이러한 움직임에 따라 강조될 때가 많아요. 또 '타오르는 듯한 눈'이라는 밝은 색깔의 홍채를 펼치기도 하는데 정말 멋지죠. 암컷도 횃대나 둥우리를 갉아먹기 시작하든지 둥우리 속을 자주 드나들면 발정이 시작되는 징조이므로 준비해둔 깃 풀을 넣어줘야 해요. 벌겋게 얼굴이 상기된 남자의 말을 곰곰이 생각한다. 횃대에서 펄쩍펄쩍 뛰어오르며 울어대는 저 녀석이 암컷인가 수컷인가. 암컷보다 약간 크면서 날씬해 보이고 동작이 기민하고 두 눈 사이의 간격이 좁은 수컷이 어느 녀석인지 알아야 구애하는 것인지 아닌지 판단할 수 있는데 아무리 살펴봐도 모르겠다.

새장 앞으로 다가가서 우두커니 선다. 그렇게 선 상태로 새들을 바라본다. 그네들을 보는 것 같지만 실은, 온전하게 나만의 세계에 몰입해 있었다는 걸 나중에야 알아차린다. 특수한 경첩에 의해 머리뼈에 붙어서 아래쪽으로 휘어진, 끝이 갈고리모양인 윗부리와 자그마한 아랫부리를 쩍쩍 벌리며 울어대는 녀석이 왜 그러는지, 그 생각을 하고 있는데 오래전에 뉴욕의 한 유명한 미술관에서 전시된 적이 있는 〈부엌〉이라는 비디오 미술 작품이 눈앞을 스치고 지나간다. 로그와 그녀의 엄마는 약 10분 동안 카메라 앞에 앉아 있다. 엄마와 딸의 얼굴은 감정을 부정하는 경직된 가면으로 변해간다. 몇 분이 지나자 엄마의 가면에 먼저 금이 가고 경직된 미소가 사라지면서 눈물이 흘러내린다. 나중에 딸도 결국 내면의 상처를 놓아버리면서 울음을 터뜨린다. 곧 가면을 회복하지만 뜻대로 잘 되지 않는다. 미세한 변화가 있다. 전보다 거리가 조금 줄어들고 앉아 있는 두 사람 사이에 전보다 더 많은 슬픔이 고인다, 라는 화가 조안 로그의 작업이 지금 눈앞에 벌어지고 있기라도 한 듯 생생하다. 나는 눈을 감는다. 왜 갑자기! 관심 있게 본 것도 아니면서! 매우 비현실적이고 부정적인 자아 개념을 가진 사람이라도 몇 달 동안 화면에 나타난 자기 이미지를 보면서 말하는 동안 서서히 자신을 파악하고 긍정적인 가능성을 찾는다는 그 누군가의 말이 기억난다. 긍정적인 가능성. 나도 모르게 깊이 숨을 내쉰다. 어렴풋하게 〈부엌〉이란 미술 작품을 떠올린 이유를 알 수 있을 것 같다. 아무래도 미리 연습을 해봐야겠어. 나는 해결하기 힘든 상황에 처했을 때 미리 그 상황을 연출해보는 평소의 습관을 실행하기로 마음먹는다. 임신했다는 말을 하는 게 이렇게 어려울 줄이야. 나는 시끄럽게 울어대는 새가 남편인 것처럼 산부인과에 갔다 왔어, 임신 2개월이래, 하고 말한다. 녀석은 날갯짓을 하며 빼액, 울기만 한다. 아무려면 어때, 나는 상관하지 않는다. 믿을 수 없어. 어떻게 그런 일이! 나는 남편의 말투를 흉내 낸다. 어떤 식으로 반응할까, 하고 미리 생각할 필요는 없다. 뻔하니까. 어찌된 셈인지 나도 몰라서 의사한테 몇 번이나 물어봤어, 자꾸만 물으니까 나중에 의사가 신경질을 내더라. 혹시, 콘돔에 구멍이 난 것 아냐? 뭘 사려면 제대로 된 것을 사든지! 내 목소리엔 힘이 잔뜩 실려 있다. 스스로 생각해도 실감나는 연기다. 이건 엄연히 계약 위반이야. 우린 아이를 안 갖기로 약속했잖아? 당장 가서 지워버려. 청각이 마비될 정도로 시끄러운 울음소리에 공격적인 내 목소리가 뚝 잘린다. 입술이 바짝 마른다. 이 기세를 몰아 남편에게 말해버릴까. 아이를 낳고 싶어. 305호 여자처럼 예쁘게 옷을 입혀 유치원에도 보내고 싶어. 아이가 돌아오면 간식도 만들어주고 놀이터에도 데리고 가고 싶어. 당신이 아이를 낳지 말자는 이유를 모르겠어. 가족에게 얽매여 당신 인생을 망치기 싫다는 말이 어쩐지 믿어지지 않아. 꼭 다른 이유가 있는 것 같아. 당신이 아무리 반대해도 난 아이를 낳을 거야. 당신이 아무리 아버지가 되고 싶지 않다고 발버둥쳐도 할 수 없어. 날카로운 빗살이 지나간 듯 금이 간 마음, 그 틈을 비집고 비명 같은 소리가 새어나온다.

대체 뭐하는 거야? 전화 받으라는 말이 안 들려?

남편이 방문을 열고 소릴 지른다. 조금 전의 내 행동이 생각나서 나는 몹시 당황한다. 다급하게 거실로 나가 수화기를 집어 든다. 외국 관광 가이드를 하고 있는 탓에 결혼 이후 서너 번밖에 본 적이 없는 시누이다. 어머, 어쩐 일이세요? 지금 중국에 있다구요? 나는 평소보다 한 옥타브 높게 목소리를 높인다. 새 울음소리 때문에 상대방의 말이 잘 들리지 않는다. 책을 들여다보며 수첩에다 뭔가 적고 있는 남편을 곁눈질한다. 오랜만에 전화를 걸어온 시누이인데, 전혀 관심이 없는 듯한 무심한 얼굴빛이다. 지난 번 봤을 때도 데면데면하게 굴더니. 도무지 알 수 없는 사이의 남매들이다. 남편 반응으로 봐서 그들의 관계는 필시 어떤 일을 계기로 남보다 못한 사이로 변한 게 틀림없다. 의례적인 안부를 묻다가 전화를 걸어온 목적을 묻는다. 근데 무슨 일이세요? 응, 엄마가 전화를 받지 않아. 네? 무슨 말이에요? 며칠 전부터 계속 전화를 걸고 있는데, 도무지 받지를 않네. 대체 무슨 일인지 모르겠어. 또 골방에 박혀 있는지. 네? 뭐라구요? 집에 한 사람 간신히 누울 수 있는 방 있잖아. 바로 거기서 며칠 동안 틀어박혀 지내기도 하거든. 왜 그러시는지 까닭을 모르겠어. 난방시설도 되어 있지 않고 창문도 없어 일년 내내 햇살이 들지 않는 골방을 떠올린다. 음습한 냉기가 감돌던 방. 먼지가 수북하게 쌓여 있던 그 방을 청소하러 들어갔다가 시어머니한테 혼이 난 적이 있었다. 당신이 청소할 테니, 그 방에 얼씬도 하지 말라고 화를 냈다. 왜 전화를 받지 않는지 알아봐 줄래? 혹시 내가 없는 동안에 무슨 일이 있었던 거야? 이건 또 무슨 소리야. 속으로 중얼거린다. 아무 일도 없었어요. 어머님 생신 때 갔을 때만 해도 괜찮으시던데. 그래? 이건 어려운 부탁인데 올케가 동생하고 의논해서 엄마를 당분간 모시고 살면 안 되겠어? 아무래도 느낌이 이상해서 그래. 시누이는 어렵게 말을 꺼낸다. 저야, 괜찮아요. 어머님을 친정어머님같이 생각하고 모시면 되니까요. 그런데 문제는 어머님이에요. 우리 집으로 오시려고 할까요? 집들이할 때 오고 아직 한 번도 안 오셨는데……. 나는 말끝을 흐린다. 그 말을 하는 순간 남편은 노골적으로 짜증을 내며 서재로 들어가버린다. 거칠게 닫히는 방문을 보다가 창 너머로 펼쳐진 햇살 속에서 내 의지와는 상관없이 허공에 날아다니는 무수한 빛에게로 눈길을 돌린다. 나야 시어머니가 원하기만 하면 모시고 살 용의가 있다. 그리고 휴일이면 온천에 모시고 다닐 수도 있고 뭐, 아침저녁으로 정성껏 음식을 만들어서 봉양할 수도 있다. 남편과 시어머니가 원하기만 하면. 그러나 그들은 함께 사는 걸 결코 원하지 않을 것이다. 그들의 건조한 관계를 어떻게 설명해줘야 할까. 망설이는 사이, 시누이는 꼭 좀 부탁한다며 전화를 끊어버린다.

진지하게 의논할 필요는 있다고 생각했지만, 말해봤자 별 수 있을라구, 하고 중얼거린다. 커피나 한 잔 마실 요량으로 부엌 쪽

으로 발을 내딛다가 잠시 망설인다. 결국 나는 서재로 들어가고
만다. 북향이라 종일 해가 들어오지 않는 서재 문을 열자, 눅눅한
곰팡이 냄새가 콧속으로 스며든다. 인터넷 검색을 하고 있는 남
편에게 어머님이 전화를 안 받는다면서 집에 좀 갔다 오라고 하
는데, 하고 말을 던진다. 열심히 마우스를 움직이던 남편이 뒤돌
아보지도 않고 대답한다. 그래서? 그래서라니? 자식 된 도리로
서 가 봐야 하지 않겠어? 형님은 당분간 모시고 살았으면 하던
데. 뭐야? 버럭 소리를 지르는 남편의 말에 나는 금방 후회한다.
씨도 안 먹힐 얘기인 줄 알면서 꺼내다니. 훅, 숨을 몰아쉬면서
입을 다문다. 당장 해결해야 하는 문제는 시어머니가 아니라 뱃
속에 든 아이다. 어떻게든 그의 비위를 맞추어주다가 기회를 틈
타 임신 사실을 알리고, 그를 설득해서 아이를 낳는 것이다. 일을
그르치면 곤란하다. 시어머니를 모시면 불편한 쪽은 오히려 나
야. 내가 괜찮다고 하는데, 당신이 왜 그래? 노인한테 무슨 일이
생겼으면 어떻게 해. 당신이 집에 없을 때 시어머니 봉양하는 것
도 괜찮지 뭐. 이 기회에 점수도 좀 따놓고. 쓸데없는 소리 그만
하고 새들이 왜 저렇게 우는지 알아봐. 외아들이라고 볼 수 없는
남편의 태도다.

그가 마우스를 움직이자 야자수와 푸른 바다가 모니터 화면에
뜬다. 파도를 타며 윈드서핑을 하는 남자가 나타나더니, 초원을
달리는 흑과 백이 돋보이는 얼룩말, 킬리만자로의 숙박시설, 호
롬보 산장, 사파리 차, 밀렵된 코끼리뼈 등이 내 눈길로 들어온
다. 그러더니 곧 화면은 북 같은 모양의 악기를 두드리며 탐탐 소
리를 내는 사람들로 꽉 메워진다. 허리와 팔에 새빨간 도롱이를

착용한 서른 명가량의 무용수들이 커다란 원을 그리며 춤을 추고 있다. 탐탐 리듬이 격렬해지면 그만큼 춤도 격렬해진다. 무용수들은 상반신을 구부리며 회전하면서 공중으로 난무한다. 마치 죽마에 타고 있는 것처럼. 다리에 긴 막대를 붙들어 맨 사람의 춤도 지극히 열정적이다. 이어서 이상한 가면을 뒤집어쓴 한 무리의 사람들이 들어온다. 조가비를 조합시켜 만든 브래지어를 착용하고 있는 사람도 보인다. 긴 다리의 가면 그 자체에 혼이 불어넣어진 듯이 아크로바드 댄스를 춘다. 언젠가 책에서 본 적이 있는 도곡족들인가. 인구 십만 명, 말리 공화국 남동부의 부르키나파소와 국경을 접하는 지역에 거주하고 있는 그네들은 풍부한 가면 의례와 세련된 신화 체계를 가지고 있다고 했다. 이번 여름방학에는 아프리카에 갈 계획인가 보다.

이번 여름엔 어디에 갈 거야?

검색한 자료를 출력시키는 남편에게 일부러 지나가는 말처럼 묻는다. 그는 뜻밖이라는 얼굴빛으로 날 뒤돌아본다. 언제부터인가 자신의 행선지에 대해 묻지 않던 내가 갑자기 관심을 가지는 저의가 무엇인지 잠깐 생각하는 눈빛이더니, 곧 이지루와 싱게티, 티지크쟈의 캐러밴 루트로 여행할 작정이야, 하고 대답한다. 캐러밴 여행? 그건 아무나 하는 게 아니라고 하던데. 여행 책자를 뒤적거리다가 무심코 읽은 글을 유효적절하게 써먹는다. 맞아. 보통 사람은 할 수 없는 힘든 루트야. 소금의 길을 걸어가는 것이지. 그것은 서사하라 혹은 모로코라고 부르는 지역과 모리타니 국경 부근의 이지루에서 채취하는 암염을 싣고 출발하는 것인데 소금 캐러밴을 담당하고 있는 부족은 무어인이라고 불리는 아랍 유목민이야. 관광객을 위해 서너 가지 루트가 생겼는데 싱커티에서 티지크까지의 350킬로미터 노정을 캐러밴은 약 1주 만에 넘는대. 그 말을 할 때 그는 입가에 번지는 환한 웃음을 어쩌지 못한다. 이미 예상했던 반응인데도 가슴에 커다란 구멍이 뚫린 듯 허전해진다. 몇 시간이든 묵묵히 앞으로 나아가기만 하는 캐러밴, 고요하고 괴이한 기운이 지배하는 사막, 짐이 덜컹거리는 소리, 강렬하게 떨어지는 햇빛, 낙타의 발자국이 이어지는 적갈색 사막, 끝없이 펼쳐진 모래의 대지, 지평선 위에 보일락 말락 움직이는 검은 선이 머릿속에 펼쳐진다. 걸어가도 걸어가도 똑같은 풍경이 계속되고, 걸음은 환상으로서 쓸데없는 노력처럼 보이는 곳으로 왜 가는 것일까. 거기서 뭘 찾고 싶은 것일까. 뭘 원하는 걸까. 머릿속이 혼란스러워진다. 중학교 교사인 남편은 시간이 나면 낯선 곳으로, 혹은 낯익은 곳으로 잠수한다. 웬만큼 돈이 모이면 직장을 그만두고 전 세계를 돌아다니는 게 그의 꿈이다. 그것도 혼자서.

　나는 남편처럼 특별히 하고 싶은 일도 취미도 없다. 이웃집 여자들과 어울려 음식이 맛있다는 식당은 다 찾아다니고, 백화점에서 살다시피 하며 문화강좌에 참석하고 있지만 삼 개월 과정이 끝나면 지루해져 곧 다른 것을 신청한다. 그 바람에 도자기, 수채화, 종이 접기, 십자수 놓기, 노래 배우기, 스포츠 댄스, 영어 회화 등등, 안 배운 것이 없다. 단순히 시간을 때우기 위한 것들이라 그런지 뭔가 하고 있음에도 불구하고 내 자신이 늘 무채색의 빛 속에 부유하는 먼지처럼 느껴진다. 남편처럼 낯선 곳으로 여행이나 다녀볼까, 하고 궁리도 해보지만 집을 떠난다는 게 영

내키지 않는다. 영영 떠나는 것도 아니고 잠시 비울 뿐인데도 왠지 불안하다. 그래서일까. 남편과 함께 여행을 가고 싶다고 조르지 않는 것이. 아닐 것이다. 여행은 혼자 다녀야 제 맛이 난다는 남편이기에 감히 말을 못 꺼내는 것이다. 아무튼 그가 여행을 떠나면 나는 한 달 내내 혼자서 지내야 한다. 소일거리를 찾아 헤매야 한다. 아이와 남편에 부대끼며 사는 여자들은 시간을 마음대로 쓸 수 있는 나를 무척 부러워한다. 그네들은 자신들도 그릇과 냄비를 쌓아놓은 채 영화를 보거나 잠을 자봤으면 좋겠다고 입을 모으니까. 내가 무엇을 하든 그건 내 자유라고 입버릇처럼 말하는 내 남편을 존경하니까. 그네들은 철저하게 분리된 두 개의 일상이 공존할 수 있다는 사실에 경악해마지 않는다. 아이가 없어도 이혼하지 않고 바람피우지 않고 잘 사는구나. 그들에게 내가 상상했던 결혼 생활은 이런 게 아니었다고, 드러내놓고 말하지 못한다. 아이를 낳지 말고 둘이서 자유롭게 살아가자는 남편의 말을 심각하게 생각하지 못했기 때문이다. 각자의 생활 영역을 침범하지 말고 자유롭게 살자는 남편의 말을 왜 건성으로 들었을까. 아이에게 담보 잡혀 평생 소처럼 끌려 다니고 싶지 않아. 하고 싶은 일을 하면서 살고 싶어. 그러니까 당신도 당신 자신의 행복을 위해 살았으면 좋겠어. 정말 멋진 말이 아닐 수 없다. 꿈을 접고 가족에게 헌신하는 여자들이 볼 땐 이 세상에 나처럼 행복한 여자도 없을 것이다. 그런데 나는 그네들이 생각하는 것처럼 행복하지 않다. 무엇이 문제인지는 잘 모르겠다. 아마, 혼신을 다해 하고 싶은 일이 없다는 데에 있지 않을까? 아주 오래전에 연극배우가 되고 싶어 한 적은 있었지만 접은 지 너무 오래되어

내가 언제 그랬는지 잊어버릴 정도다. 언제 연극을 보러 갔는지
도 아득하다. 배우자를 선택할 때 고려해야 하는 것들을 무시한
이유도 기억나지 않는다. 사랑에 눈이 멀어 남편의 말을 심각하
게 생각하지 않았겠지. 어쩌면 삶 자체를 심각하게 생각하지 않
았는지도. 어쨌거나 나는 철저하게 피임을 했는데도 임신을 또
했다. 그리고 아이를 낳고 싶어졌다. 이것은 상황이 변할 수도 있
다는 걸 의미한다.

삐애, 삐애— 삐액. 울음소리가 아무래도 심상찮다. 조류원 남
자에게 전화를 걸어 새가 우는 이유를 물어본다. 서로 맞지 않으
면 심하게 싸우고 심지어 암컷이 수컷을 물어 죽이기도 하지만
그것은 아닐 거라며, 새를 사 가지고 갈 때만 해도 여간 사이가
좋지 않았냐며, 남자는 친절하게 대답해준다. 그 말이 사실이므
로, 나는 계속 지켜보다가 문제가 생기면 연락하겠다고 말한다.
새 모이를 다시 갈아주고 물도 갈아준다. 무더워서 견딜 수 없는
게 아닌가 싶어 창고에서 선풍기를 찾아와 강풍으로 틀어놓는
다. 열린 문으로 들어온 에어컨 바람과 뒤섞여 후텁지근한 공기
를 서늘하게 식힌다. 그 모든 노력에도 불구하고 녀석은 울음을
멈추지 않는다. 펄쩍펄쩍 허공으로 뛰어오르며 울던 새의 몸이
새장에 부딪친다. 앵무새는 사람과 마찬가지로 사육 상태에서는
이내 싫증을 느껴 난폭해지는 경우도 있다고 하더니. 녹색 깃털
이 공중에 흩날린다. 그걸 보자 내 몸이 서서히 굳어진다. 뼈마디
속에 숨어 있던 불안함이 가슴을 짓누른다. 얇은 종이가 눈을 막
은 듯 앞이 흐릿해진다. 창으로 들어오는 햇살과 새의 붉은 부리
가 겹쳐지더니 붉은빛으로 흐무러진다. 공중으로 힘차게 날아오

르는 새 떼들. 날아가고 싶은 거야? 심장이 격렬하게 뛴다. 새장 문을 열고 녀석의 날개 중간 부분을 가볍게 잡아당겨서 상처를 입었는지 확인한다. 빼액ㅡ. 어느새 횃대에 앉은 녀석이 부리로 사정없이 내 손을 쪼아댄다. 어떻게 피할 틈도 없이 나는 녀석에게 당한다. 이 녀석은 방어하기보다 공격하는 걸 원칙으로 내세우고 있는 모양이다. 아얏, 나는 실제로 느껴지는 통증보다 더 과장되게 비명을 질러댄다.

무슨 일이야? 서재에서 남편이 큰 소리로 묻는다. 새가 내 손을 쪼았어. 그러기에 내가 뭐랬어. 새에 대해 아무것도 모르면서 뭘 키운다는 거야? 동정심이 완전하게 배제된 말투다. 언제부터 나한테 이런 식으로 대했을까. 갑자기 주위가 조용해진다. 울음을 그쳤나. 시끄러운 소리가 별안간 사라지자 머릿속이 먹먹해진다. 심장이 뛰는 소리만이 내 귓속으로 파고들어온다. 남편은 내 심장이 이렇게 벌렁거리고 있다는 걸 모르겠지. 나한테 관심도 없으니까. 이건 내가 원하는 결혼생활이 아냐. 속으로 중얼거린다. 무엇을 원하는지 생각해본 적이 없는 내가 이런 말을 다 하다니. 웃기는 일이다. 그나저나 내가 정말 원하는 것은 무엇일까. 근사한 레스토랑에서 저녁식사를 하고 연극을 보러 가는 것? 아이가 자라는 모습을 비디오로 찍어대면서 깔깔 웃어대는 것? 휴일이면 발길 닿는 대로 여행을 떠나는 것? 혼자가 아닌 둘이서, 아니면 셋이서? 신혼여행 때 어떤 꿈을 꾸었을까. 기억나지 않는다.

손등에 길게 할퀴어진 상처에다 밴드를 붙인다. 다시 식탁에 앉아 사진을 일일이 코팅한다. 식탁 옆 벽면에 촘촘하게 붙일 생

각이다. 아침저녁으로 볼 수 있게. 일이 손에 잡히지 않는다. 새
울음소리 때문인지 시누이의 전화 내용 때문인지 한 마디도 건
네지 않는 남편 때문인지, 아니면 그 모든 것 때문인지는 모르지
만. 하루방의 귀를 잡고 찍은 사진을 멍하니 들여다본다. 그리고
그 사실을 잊어버린 채. 그걸 잊어버릴 정도로 나는 한 가지 생각
에 빠진다.

　골치가 지끈거린다. 이럴 때 내가 써먹는 방법이 있다. 나는 한
쪽으로 사진을 치우고 일기장처럼 사용하고 있는 공책을 펼친
다. 그리고 무조건 쓰기 시작한다. 남편과 연애할 때부터 지금까
지, 기억나는 대로 일어난 순서에 개의치 않고 일일이 적는다. 시
댁과 남편의 행동에 대한 내 느낌도 가능한 아주 세세한 부분까
지 빠뜨리지 않고. 적어도 기억은 끝이 없다. 평소에 알아보기 어
렵던 내 글씨답지 않게 반듯하게 쓴 그 글에는 식사할 때의 표정
같은 것, 화장실에 들어갈 때와 나올 때의 모습, 콘돔을 끼울 때
의 상황까지 포함되어 있다. 기억을 더듬으며 하나하나 쓰다보
니 내 자신이 참 한심하게 느껴진다. 하루하루 무슨 생각을 하며
살아왔단 말인가. 아이를 유산시킬 때의 참담한 심정도 떠오른
다. 시누이가 또 전화를 걸어온다. 시어머니한테 계속 전화를 걸
고 있으나 받지 않는다고 말한다. 그러면서 집에 가 보았냐고 묻
는다. 나는 내일쯤 들를 예정이라고 대답한다. 시누이는 잠깐 침
묵을 지키더니 지금 당장 가보면 어떠냐고, 불길한 예감 때문에
일을 할 수 없다고, 이번 여행이 끝나면 당분간 집에 있을 작정이
니 자신이 돌아올 때까지 시어머니를 좀 보살펴달라고 당부한
다. 나는 그거야 뭐 어렵냐며, 근데 남편이 본가에 갈 생각이 없

는 것 같다며, 혹시 시어머니와의 사이에 무슨 일이 있느냐고 묻는다. 시누이는 펄쩍 뛰며 그런 일이 없다면서 전화를 끊어버린다.

집 안을 걸어 다닌다. 가슴에 커다란 돌덩이가 들어앉아 있는 듯 답답해서 가만히 있을 수가 없다. 날카로운 울음소리는 여전히 집 안을 장악하고 있다. 남편이 서재에서 나와 텔레비전을 볼 때 나는 여태 말하지 않고 지냈다는 사실을 잊어버리고 부지런히 저녁상을 차려낸다. 남편은 내 얼굴을 한참 바라본다. 아직 저녁 때가 멀었잖아. 의아한 눈빛이다. 형님이 또 전화를 걸어왔어. 혼자 계시는 어머님이 무척 걱정되는가 봐. 웬만하면 모시고 와야겠어. 아무런 부연 설명도 없이 그냥 그렇게 말한다. 괜한 짓 하지 마. 그 괴팍한 성격을 어떻게 감당하려고 그래. 냉소가 묻어 있는 말투다. 한참 그가 한 말의 의미를 되짚어본다. 당신 착각하는 게 있는데, 어머님은 당신을 낳아준 분이야. 그건 나보다 당신이 더 어머님을 챙겨야 한다는 말이야. 당신 태도를 이해할 수 없어. 내가 모르는 문제가 있는 거야? 무슨 뜻이야? 왜 그러는지 당신 자신이 나보다 더 잘 알고 있잖아! 한순간 남편은 아무 말도 못한다. 그러면 그렇지. 분명 뭔가 있어. 의기양양해진다. 밥 숟갈을 뜨다가 말고 그는 냉수를 벌컥 들이마신다. 말해봐! 대체 무슨 일이야! 당신 가족들한테 뭔가 끔찍한 일이 있었던 거지! 그래서 그 일로 상처를 받아 방황하는 거지! 나는 입 안에 맴도는 말을 안으로 밀어 넣으며 그가 무슨 말이든 해주기를 기다린다. 마음대로 생각해. 나랑 상관이 없으니까. 몹시 지루한 듯한 목소리다. 당신, 성녀의 몸을 빌어서 태어났어? 어머님은 당신 가족이야. 동시에 내 가족이기도 하고. 내가 당장 죽어가는 노인을 완전히 내치자는 것은 아니잖아. 당신이 걱정하지 않아도 오래오래 건강하게 살 노인이야. 그 성깔을 몰라서 그래? 왜 갑자기 고생을 못해서 안달이야? 혼자서 집 지키는 게 힘들어서 그렇다면 이유가 되겠어? 냉큼 대꾸하지만 누군가 다른 사람이 내 안에서 숨어 말하듯 목소리가 떨린다. 무슨 소리야? 얼굴이 딱딱하게 굳어진다. 그냥 그렇다는 거야. 당신이 여행을 떠나면 혼자 있어야 하는데, 사실 좀 외로워. 어머님이라도 계시면 이야기라도 할 수 있잖아. 서로 의지할 수도 있고. 핵심으로 나아갈 자신이 없어 말을 돌린다. 그렇게 할 일이 없어? 남편은 핀잔하듯 말한다. 그래, 아침에 눈뜨면 오늘은 무엇을 할까 늘 걱정해. 이럴 때 아이라도 있으면 좋을 텐데. 아이 머리를 땋아주고 예쁜 옷도 사 입히고 유치원에서 돌아오면 간식도 만들어주다가 보면 하루가 후딱 지나갈 텐데. 아이를 키우면서 늙어가는 것도 그리 나쁘지 않을 것 같아. 아옹다옹 싸워가면서 말이야. 역시 새를 상대로 연습한 보람이 있다. 말이 제법 술술 나온다. 고작 생각한다는 게 그거야? 다른 것은 없어? 그는 밥맛이 떨어졌다는 듯 자리에서 벌떡 몸을 일으킨다. 아이를 키우는 게 어때서? 나는 서재로 들어가는 그의 뒷모습에다 대고 중얼거린다. 온 집 안을 휘감는 새 울음소리에 내 목소리가 들리지 않는다.

시댁으로 가는 버스를 다섯 대나 보낸다. 전화를 건다. 아무도 받지 않는 벨소리만 내 귓전에 남는다. 전화를 끊고 다시 거는 행위를 반복하다가 마침내 시댁으로 가는 버스에 올라탄다. 시누이의 예감대로 무슨 일이 생긴 것 같아 마음이 불안하다. 차창 밖으로 불빛과 어둠이 지나간다. 너무 오래 바깥 풍경을 보았더니 눈이 침침해진다. 버스에서 내린 나는 땅만 내려다보며 걸음을 옮긴다. 시댁 쪽으로 가까이 갈수록 걸음이 무거워진다. 만약에 시어머니한테 무슨 일이 생겼으면 나 혼자 뭘 어쩌자는 거야. 나는 그만 발길을 되돌리고 싶어진다.

낡은 연립주택은 몇 겹의 적막 속에 고즈넉하게 서 있다. 페인트칠이 드문드문 벗겨진 파란 철제대문을 슬쩍 미니 저절로 열린다. 마당이랄 것 없는 시멘트 통로를 지나 인기척을 내며 집 안으로 들어간다. 조용하다. 텔레비전에서 흘러나온 홈쇼핑 광고가 안방을 채우고 있다. 내 눈길은 골방으로 곧장 향한다. 이것저것 생각할 겨를도 없이 문을 확 연다. 나는 조금 더 집 안을 둘러보고 인기척을 낸 뒤에 문을 열어야 했다. 아니면 방문을 두드리며 어머니, 저 왔어요, 하고 소리를 질러야 했던가. 내가 본 것은 새하얀 가면을 뒤집어쓴 것처럼 파운데이션을 바른 얼굴과 새빨간 루즈를 바른 시어머니였다. 기괴하기 짝이 없다. 허공에 대고 큰 소리로 중얼거리는 시어머니에게서 나는 눈길을 거두지 못한다. 뭘 하는 거야? 앙칼진 시어머니의 목소리에 화들짝 놀라며 방문을 닫는다. 나는 급히 떠나 개수통에 그릇들이 쌓여 있는 부엌으로 들어간다. 바닥에 펼쳐놓은 상에는 먹다 남은 소주와 멸치 대가리가 나뒹굴고 있다. 조금 뒤 시어머니가 방에서 나와 내게로 다가온다. 시큼한 술 냄새가 풀풀 난다. 네 남편은 어쩌고 또 혼자 온 거야? 차갑게 쏘아붙이는 시어머니의 말을 한쪽 귀로 흘려보내며 나는 설거지만 열심히 한다. 둘이 싸운 거야? 니 얼굴 표정이 왜 그래? 좀 피곤해서 그런가 봐요. 근데 저…… 어머님, 저희 집에 오시면 안 될까요. 입안에 맴도는 말을 조심스럽게 꺼낸다. 느닷없이 무슨 소리야? 생전에 안 하던 짓을 하려고 그러네. 니 남편과 의논하고 말하는 거니? 아뇨, 형님한테 전화가 왔었는데 어머님께서 전화를 받지 않는다고 걱정을 많이 해요. 혼자 계시다가 아프시면 어떻게 해요. 그리고 저 혼자 빈집을 지키는 것도 그렇구요. 이미 씻어 엎어놓은 그릇을 다시 수돗물에 헹군다. 그 놈이 또 혼자서 여행을 가니? 이왕이면 너도 따라가지 그래? 빈정거리는 말투다. 나는 입을 꾹 다문다. 남편이 어떤 성격인지 뻔히 알고 있으면서도 그런 식으로 말하는 시어머니가 야속해진다. 며칠 동안 물 한 모금 못 마신 사람처럼 입술이 바싹 타 들어간다. 남편이 밖으로 돌 때는 다 이유가 있는 거야. 날 끌어들일 생각하지 말고 생떼를 부려서라도 따라붙어. 시어머니는 더 이상 말하기 싫다는 듯 휑하니 방으로 들어간다. 벌렁거리는 가슴을 진정시키며 냉장고를 뒤져 마른 표고버섯을 찾아낸다. 마음이 심란할 때는 무슨 일이든 몰두하는 게 좋다. 작년에 내가 사다놓은 표고버섯은 밀봉된 채 그대로 있다. 양은냄비에다 멸치 국물을 우려낸 뒤 된장을 묽게 풀고 물에 불린 표고버섯을 넣어 가스레인지에 올린다. 된장국이 끓을 동안 세탁기에 빨래를 집어넣고 말라비틀어진 걸레를 빨아서 마루를 닦는다. 방에 들어간 시어머니는 기척도 하지 않는다. 청소를 끝낸 뒤 수돗물에 손을 씻는다. 씻고 또 씻는다. 손끝에 시큼한 걸레의 역겨운 냄새가 난다. 손에 묻은 냄새는 여태 맡지 못한 냄새다. 나는 손가락 사이로 수돗물을 흘려보낸다. 의혹이 증폭되고 있을 때 방에서 무슨 소리가 들려온다. 나는 수돗물을 잠근다.

이 놈이, 그래도 잘했다고 큰소리야?

고함 소리에 나는 문득 어떤 광경을 떠올린다. 의식의 수평선 너머, 불완전한 형태가 나타나더니 의식의 중앙으로 오면서 한 순간 완전한 모습을 드러낸다. 전화 통화중인 남편과 시어머니의 모습이 동시에 눈앞에 펼쳐진다. 아, 나는 무슨 상상을 하고 있는가.

내가 뭘 어떻게 했기에. 다 내 탓으로 돌리냐. 어째서 내 탓이야. 니 놈이 아이를 안 낳는 것도 내 탓이라고? 응, 이놈아. 내가 뭘 잘못했어? 그래, 니 아비가 빚쟁이한테 쫓겨 도망간 뒤에 어린 너희들 먹이고 공부시키려고 포주 노릇을 좀 했다. 왜? 그게 뭐가 잘못됐어? 그 돈으로 공부하고 결혼하고 아파트 사고 잘 지내고 있잖아. 여자들이 착취당하는 것을 보면서 죄책감을 느꼈다구? 웃기지 마, 이 놈아. 이제 와서 그 따위 소리를 하다니. 난 내가 잘못했다고 생각하지 않아. 여자들한테 남자들을 소개시켜 주고 그 대가로 돈을 받아 챙긴 게 뭐가 나빠. 내가 돈을 갈취한 것도 아니고 재미도 보고 돈도 버는 기회를 여자들한테 제공했을 뿐이야. 그리고 니 밑에 돈이 얼마나 들어간지 알아? 니 누나는 또 어떻고…… 방학 때마다 외국에 연수를 보내주고 했더니 이제 와서 에미를 내쳐? 에이, 벼락 맞아 죽을 놈.

살며시 방문을 연다. 텔레비전 화면에 젊었을 때 인기 절정이었던 중년 탤런트의 얼굴이 클로즈업되어 비친다. 그녀는 아들과 며느리 앞에 심각한 표정으로 앉아 있다. 서너 번 본 적이 있는 연속극인데 삼각관계가 주된 내용이다. 그렇다면? 방 안을 왔다 갔다 하면서 중얼거리는 시어머니를 바라본다. 내 기척을 느끼지 못했는지 뭐라고 고함을 지른다. 기절을 할 듯 놀란 나는 노인들이 잘 걸리는 병명을 떠올린다. 치매, 알츠하이머, 파킨슨병. 그런데 시어머니의 행동과 일치하는 병명은 없는 것 같다. 병의 증상들이 가물거릴 뿐 정확하게 기억나지 않는다. 오래 혼자 살다보니 혼잣말을 하는 데 익숙해진 것은 아닐까.

도무지 가늠할 수 없는 호기심을 느낀다. 백화점 매장에서 일하던 시절, 늘 서 있어야 하는 피곤한 몸에도 불구하고 손에 잡히는 대로 읽어댔던 소설처럼 머릿속으로 한 편의 이야기가 펼쳐진다. 외로움에 지친 노인이 무의식적으로 가슴속 깊이 묻어둔 얘기를 한다? 앞과 중간, 뒤의 줄거리에 안정되게 제 자리를 잡은 이야기들. 고개를 돌리던 시어머니와 눈길이 부딪친다. 다른 세계를 헤매고 다닌 듯 얼굴빛이 몽롱하다. 나도 모르게 그랬군요, 그래서 그이가…… 아이를 안 가지려고 ……, 말을 내뱉는다. 순간, 번쩍 정신이 든다. 미쳤어, 내가 무슨 생각을 하는 거야. 제 정신이 아닌 노인을 두고. 남편에게 말해야겠어. 얼른 방문을 닫은 뒤 집에다 전화를 건다. 벨소리만 공허하게 귓전에 울린다. 남편의 휴대폰으로 전화를 건다. 전화를 받을 수 없다는 음성메시지만 흘러나온다. 어디로 간 것일까. 부엌 바닥에 주저앉는다. 푸릇한 달빛이 바닥에 그림자를 만든다. 일렁거리는 달빛 속에서 엄마 얼굴이 빠져 나온다. 엄마! 뇌출혈로 아버지가 죽은 뒤 일 년 만에 술을 마시고 운전하다가 다리 난간을 들이받고 강물에 떨어졌던 엄마다.

힘들 때마다 나타나더니. 이번에는 무척 오래간만에 내 앞에 나타난 셈이다. 어머님이 정신이 나갔다면 어떻게 해야 해, 하고 습관처럼 묻는다. 뭘 어떻게 해야 할지 알 수 없다. 판단이 서지 않는다. 미로처럼 얽히고 설킨 생각들을 정리하고 있는데, 갑자기 알을 낳은 뒤 떠나버리는 뱀들이 떠오른다. 수천 여 종의 뱀들 중에 단 십여 종만이 알을 품는다고 했던가. 물론 그들도 새끼가 나오는 순간 자신이 가야 할 길로 가버리지만. 홀로 살아가는 뱀. 그러나 그들의 몸속에 있는 유전자에는 뱀의 본능이 꿈틀거린다. 혼자지만 결코 혼자가 아닌 셈이다. 내 몸속에도 엄마가 물려준 유전자가 있다. 남편의 몸속에는 시어머니의 유전자가 있다. 그 유전자들은 나와 남편의 아이에게 이어지고, 또 그 아이의 아이에게 이어질 것이다. 냉혹한 자연의 생태에 본능적으로 순응하지만 그 본능의 피는 끊임없이 이어지는 뱀처럼.

나는 대학을 졸업할 때까지 큰집에서 지냈다. 큰엄마가 사소한 일로 야단을 칠 때마다 옷장 속에 숨었다. 어둠 속에서 역할 바꾸기 놀이를 즐겨했다. 텔레비전이나 동화, 소설 속에서 본 다양한 엄마들의 성격을 연구했다. 결혼과 동시에 엄마로 변신한 여자들. 그네들의 모습을 머릿속으로 그대로 재현했다. 엄마가 되면 모두들 비슷비슷해지는 것 같았다. 엄마는 굳이 그래야만 했던 것일까.

모든 걸 잊을 만큼 달 밝은 밤이었다. 대학 등록금 때문에 큰엄마가 큰아버지한테 신경질을 내는 것을 보고 나는 무작정 동네 뒷산으로 올라갔다. 달빛이 스며든 산은 고요했다. 나무들은 달빛 속에서 싱싱한 기운을 뿜어냈다. 은가루가 공중에 흩날렸다. 온 세상이 은가루에 파묻힌 것 같았다. 한 점 티끌도 없는 은빛 세계. 내 몸과 마음이 투명해졌다. 모든 감정이 사라진 자리에 고인 은빛들. 그때 나는 나중에 엄마가 되면 이 아름다운 광경을 남김없이 말해주고 싶다는 구체적인 꿈을 꾸었다. 그 뒤부터 너 커서 어떻게 살고 싶니? 화가가 꿈인 친구가 물을 때마다 망설이지 않고 대답할 수 있었다. 아이에게 아름다운 꿈을 꾸게 해주고 싶어. 끝없는 사랑을 가르쳐주고 싶어. 그때 그 일을 나는 까맣게 잊고 있었다. 큰엄마는 나를 부담스러워했다. 나 때문에 사촌들이 받아야 할 혜택이 줄어든다고 생각했고, 그 문제로 큰아버지와 자주 싸웠다. 암담한 시절이었지만, 나는 그 꿈 때문에 그 모든 걸 이겨낼 수 있었다. 그랬었는데, 왜 기억이 나지 않았을까.

삐애삐애— 삑. 날카로운 울음소리가 머릿속을 뚫는다. 생각들이 뒤죽박죽 섞인다. 남편과는 끝내 연락이 닿지 않았다. 왜 전화를 받지 않을까. 분명 시댁에 간다고 말했는데. 무심한 남편이었다. 시어머니가 그냥 습관적으로 혼잣말을 했을 뿐이지 지극히 정상이라는 걸 확인한 뒤에야 나는 집으로 돌아올 수 있었다. 시댁에서 돌아오는 동안 남편이 돌아와 있을지도 모른다는 생각에 현관문을 서둘러 열었다. 그러나 집 안을 가득 채우고 있는 것은 새의 울음소리뿐 남편의 모습은 그 어디에도 없다. 머쓱해진 나는 잠시 새 울음소리에 귀를 기울인다. 밤인데도 왜 저렇게 울어대는 걸까. 내일 아침 일찍 조류원에 가지고 가봐야겠어, 라고 혼잣말처럼 중얼거린다.

아이를 유산시킨 뒤 새나 키웠으면 하고 조류원 앞을 기웃거리던 때가 떠오른다. 잘 죽지 않고 쉽게 키울 수 있는 새를 살 생각이었다. 다른 새를 미처 살펴볼 틈도 없이 횃대에 앉아 있는 한 쌍의 흑모란모란앵무를 보는 순간 무언가 알 수 없는 힘에 이끌린 것처럼, 내 마음은 녀석한테로 기울어졌었다. 실은 선명한 녹색 몸빛으로 침침한 가게를 환하게 해주는 녀석한테서 눈길을 뗄 수 없었다는 게 더 정확한 말이다. 떨리는 마음을 진정시키면서 새의 눈을 들여다보았다. 위험한 존재가 접근하면 일순 완전히 조용해진 뒤 삐거덕거리는 소리를 내며 나무 꼭대기로부터 갑자기 일제히 날아오르는 앵무새들. 가만히 들여다보고만 있는데도 이상하게 마음이 평온해졌다. 왜 그런 기분이 들었는지 지금도 그 까닭을 알지 못한다. 다만 신비롭게 느껴질 정도로 아름다운 색채 때문이 아닐까, 하는 정도로 생각하고 있을 뿐이다. 형언할 수 없는 느낌에 사로잡힌 채 새장 문을 열고 새의 깃털에다 손끝을 가져다 대보았다. 순간 새는 날렵하게 횃대에서 내 손가락으로 옮겨 앉았다. 뭐라고 표현할 수 없는 느낌이 온몸으로 전해져왔다. '아, 이런 게 경이로운 느낌이구나.' 생각만이 머릿속을 지배했다. 그때 나는 한 번도 가본 적이 없는 아프리카에서 온 새라서 완전히 압도당했던 것일까. 전 세계로 날아가는 수천 마리의 새들. 이 새는 그 중의 한 쌍이 아니었을까. 화려한 색채를 자랑하는 새들이 내 몸을 휙휙 스쳐갔다. 새떼들 가운데 나는 우뚝 서 있었다. 온몸이 전율했다. 이 세상에 존재하는 모든 생물체에 대해 내가 가지는 경이감, 새를 오래 바라볼수록 경이로운 느낌은 점점 짙어졌다. 한편으로 매우 소중한 것을 잊고 있다는 막연한 생각이 의식 밑에서 꾸물거렸다. 대체 이 느낌이 어디에서 오는지 궁금해서 의식 속을 더듬었다. 그러나 선연하게 감지되는 것은 없었다. 한숨을 내쉬고 있는데 다른 손님과 흥정을 끝낸 주인 남자가 내 곁으로 다가왔다. 그는 이 녀석이 아무한테나 이러는 것이 아닌데, 하면서 내게 말을 붙였다. 이 새들이 말이죠. 동물들 중에서 가장 부부 사이가 좋대요. 그래서 그 말이 맞는지 모란앵무 한 쌍을 각각 다른 유리벽 속에다 격리시키는 실험을 해봤는데요, 정말 맞더군요. 성욕을 참지 못해 다른 놈과 그 짓을 하고 나서는 곧바로 유리벽으로 날아와 오랫동안 서로의 눈을 바라보는 그 모습이 어쩔 수 없이 다른 사람과 잤지만 나는 여전히 당신만을 사랑해, 하는 것 같더군요. 남자의 말은 호기심을 자극했다. 남자와 여자를 묶어주는 것은 결혼이라는 관습이나 정신적인 사랑이 아니라 어쩌면 '성애'인지도 모르겠다는 생각을 했다.

밤 열두 시가 넘어도 남편은 들어오지 않는다. 어디서 무엇을 하는지 짐작할 수도 없다. 휴대폰으로 전화를 걸고 있는데, 갑자기 시끄러운 새의 울음소리가 뚝 그친다. 불길한 예감이 들 정도로 집 안이 조용해진다. 무슨 일일까. 문을 열자 창으로 들어온 달빛에 횃대에 앉아 있는 새 한 마리만 보인다. 마치 한 번도 울어본 적이 없었다는 듯 고요하게. 불을 켜자 새장 바닥에 축 늘어져 있는 새가 눈으로 들어온다. 첫눈에 이미 죽었다는 것을 알 수 있을 정도로 깃털이 다 빠지고 온몸이 피투성이다. 지독하게 울어대더니 기어이 일을 저질렀구나. 미리 예감한 듯 담담한 심정이다. 죽은 새를 꺼내 가만히 들여다본다. 새의 부리처럼 붉은 태아의 핏덩어리가 생생하게 되살아난다. 아랫배에서 미미한 통증이 일어난다. 여기가 심장이에요. 아기가 꿈지락거리고 있는데 들리죠? 심장 소리가 씩씩하죠? 자연유산되지 않도록 조심해야 돼요. 다음 진료는 한 달 뒤니까 그때 봐요. 모니터 화면을 보여주며 부드럽게 미소 짓던 여의사. 쿵쿵. 태아의 심장 뛰는 소리가 점점 커지기 시작한다. 마치 스피커를 댄 것처럼. 조용했던 집 안은 태아의 숨소리로 가득 찬다. 그리고 죽은 새의 몸속으로, 살아남은 새의 몸속으로, 어디에선가 시간을 보내고 있는 남편의 몸속으로 스며들 정도로 끈질기게 뻗어 나간다. 어쩌면 그는 오늘 밤 안 들어올지도 모르겠다. 그는 언제나 자유롭게 살아가고 싶어 했으니까. 혼자 남은 저 새를 어떻게 해야 할까. 멀리 아프리카에서 저 새의 진정한 짝을 불러와야만 하는 걸까. 나는 온힘을 다해 마음을 다잡는다. 아직은 버티고 있어야 한다. 오래전에 잊어버렸던 꿈을 다시 꿀 수 있다면. 내가 진정으로 원하는 게 그것일까. 아직 잘 모르겠다. 손바닥에 움켜쥔 죽은 새를 가만히 내려다본다. 어디선가 새 울음소리가 들려온다. 서서히 내 몸을 죄어오는 울음소리 속에서 태아의 숨소리가 들려온다. 쿵쿵.

김서련 1960년 경남 진영에서 태어났다. 1998년 《월간문학》으로 등단했다. 〈나비의 향기〉, 〈검은 오후〉, 〈내 마음속 어디엔가〉, 〈동굴 속으로〉 등의 작품을 발표했다. 부산소설문학상을 수상했다.

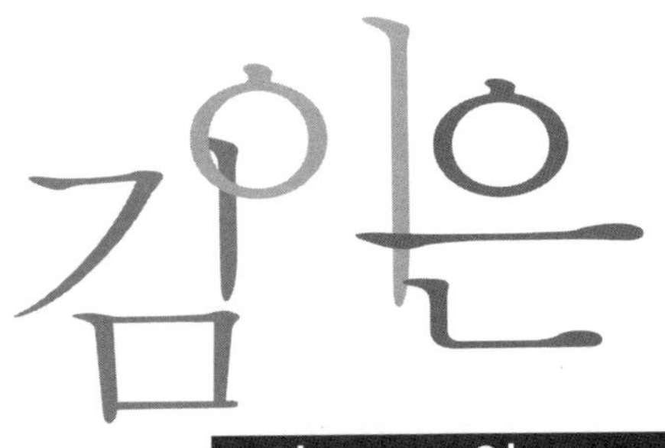

김은

냉동 탑차가 들어오는 뒷문을 열자 눈송이 하나가 이마에 떨어진다. 올해는 첫눈이 좀 이른 편인가. 그녀는 고개를 하늘로 쳐들고 공중을 향해 손바닥을 내민다. 콧속으로 눈이 섞인 먼지 냄새가 희미하게 맡아진다. 한 걸음 발을 내딛자 검정 고무장화에 금세 눈기운이 스민다. 지난 밤 내리던 빗발이 어느새 눈으로 바뀐 거구나 생각하면서 가운 깃을 잔뜩 여민다. 폴리에스테르가 많이 섞인 낡은 가운은 초겨울 아침의 한기를 거의 막아내지 못해 그녀는 몸을 흠칫 떤다. 급히 들이마신 호흡에 음식 쓰레기 냄새가

빨건 물이 든 도라지 초무침이 널려 있다. 그녀는 가운 주머니에 찌른 손을 빼지 않고 발로 쓰레기를 대충 밀어놓는다. 잔뜩 언 핏줄 같은 도라지 줄기 하나가 고무장화 위에 얹힌다. 그날 분량의 고기가 든 비닐봉투를 바닥에 내려놓는 식원은 시트을 걸고 그녀를 향해 까딱 목인사만 한 다음 차를 출발시킨다. 뭐라 한 마디 건넬 틈도 주지 않는다. 열렸던 탑차의 안쪽으로 잔뜩 낀 성에가 녹아내리는 게 보였다. 탑차는 구정물에 가까운 성에 녹은 물을 줄줄 흘리면서 바퀴를 굴렸다. 그녀는 잠시 잠금 고리도 제대로 걸지 않은 채 멀어져가는 탑차를 멍하게 바라본다. 오늘, 진이 온

냉동 탑차가 들어오는 뒷문을 열자 눈송이 하나가 이마에
떨어진다. 올해는 첫눈이 좀 이른 편인가. 그녀는 고개를 하늘로
쳐들고 공중을 향해 손바닥을 내민다. 콧속으로 눈이 섞인 먼지
냄새가 희미하게 맡아진다. 한 걸음 발을 내딛자 검정 고무장화
에 금세 눈기운이 스민다. 지난 밤 내리던 빗발이 어느새 눈으로
바뀐 거구나 생각하면서 가운 깃을 잔뜩 여민다. 폴리에스테르
가 많이 섞인 낡은 가운은 초겨울 아침의 한기를 거의 막아내지
못해 그녀는 몸을 흠칫 떤다. 급히 들이마신 호흡에 음식 쓰레기
냄새가 함께 딸려 올라온다. 뒷문 옆 잔반을 넣은 고무통이 넘쳐
흘러 있다. 바닥엔 뻘건 물이 든 도라지 초무침이 널려 있다. 그
녀는 가운 주머니에 찌른 손을 빼지 않고 발로 쓰레기를 대충 밀
어놓는다. 잔뜩 언 핏줄 같은 도라지 줄기 하나가 고무장화 위에

얹힌다.

그날 분량의 고기가 든 비닐봉투를 바닥에 내려놓은 직원은 시동을 걸고 그녀를 향해 까딱 목인사만 한 다음 차를 출발시킨다. 뭐라 한 마디 건넬 틈도 주지 않는다. 열렸던 탑차의 안쪽으로 잔뜩 낀 성에가 녹아내리는 게 보였다. 탑차는 구정물에 가까운 성에 녹은 물을 줄줄 흘리면서 바퀴를 굴렸다. 그녀는 잠시 잠금 고리도 제대로 걸지 않은 채 멀어져가는 탑차를 멍하게 바라본다. 오늘, 진이 온다고 했었지. 눈이 쌓여 하얗게 덮인 바닥에 번지는 핏물이 그녀 시선에 들어온다. 갓 쏟아낸 것처럼 핏물에선 하얀 김이 피어오른다. 눈과 뒤섞인 핏물의 비린내가 찬 공기를 타고 느리게 올라왔다. 그제야 검수도 하지 않고 그냥 보냈다는 생각이 들어 소리 높여 직원을 불렀지만 탑차 꽁무니는 이미 오십 여 미터 앞의 코너를 돌고 있다. 제대로 냉동이 되지 않은 고기를 보낸 것에 대해서는 클레임을 걸어야 한다. 그녀는 머릿속으로 육류제공업체의 전화번호를 떠올린다. 요즘 들어 벌써 여러 번 있는 일이다. 그녀는 아무래도 업체를 바꿔야겠다고 생각하며 고기가 든 봉투를 들어 안는다. 투명한 비닐봉투 안에서 고깃살들이 물크덩 실룩인다. 한 번 얼었다 녹은 고기 색깔은 심한 동상으로 썩어 들어간 것처럼 거무죽죽하다. 봉투의 매듭 쪽을 가슴으로 향하게 했는데도 핏물은 그녀의 흰 가운에 여지없이 배어든다.

고기 봉투를 가슴에 안은 채 그녀는 바닥에 떨어지는 핏방울을 들여다보고 있다. 하얀 바탕에 번지는 핏물이 마치 자신에게서 흐른 것인 듯 가슴이 오그라든다. 허옇게 갈라터진 맨발에서 번져 나오는 차가운 핏물. 어느새 그녀는 여덟 살 아이로 돌아가 동상으로 언 발을 끌며 눈밭 위를 걷고 있다.

가늘게 핏발이 선 눈동자는 금방이라도 통째로 굴러 떨어질 것만 같았다. 바람 때문에 목구멍에선 연신 가릉거리는 고양이 울음소리가 새나왔다. 쌓인 눈바닥을 함부로 걷다 자꾸만 날카로운 자갈의 모서리에 발부리를 채였다. 바람은 얼마 남지 않은 온기마저 남김없이 말려버릴 듯 얇은 스웨터를 비집고 드나들었다. 양 옆구리에 찌른 주먹 안에서 손톱이 피가 배도록 손바닥을 파고들었지만 아픈 줄도 몰랐다. 함박눈이 내리는 기쁜 크리스마스. 산타 복장을 한 교회 청년회 회장의 목소리가 아직까지 남아 얼음조각처럼 가슴을 찔렀다. 둥둥 울리며 손 내밀던 북소리도 그대로 남아 있었다. 하지만 이미 따르던 무리도 잃고 친구의 손도 놓쳐버린 후였다. 겁이 났을까. 기세 좋게 울려 퍼지며 미혹하던 북소리는 어느새 그녀의 발걸음을 벼랑으로 내몰고 있었다.

그 자리에 우뚝 멈춰 서 고개를 꼿꼿이 들고 싶었지만 쉬지 않고 날리는 눈발은 여덟 살 여자애 따위에게 잠시 틈도 내주지 않았다. 고개는 점점 더 꺾였고 몸은 차츰 작아져만 갔다. 그녀는 마른 눈동자를 희번덕거리며 주위를 살폈지만 더딘 걸음을 뗄수록 돌아가야 할 집은 멀어지고 날은 어두워지고 있었다.

"식당에서 비린내가 난다. 바닥은 제때 소독하는 거니?"

마른 나뭇잎이 부서지는 것 같은 목소리에 그녀는 다급하게 여덟 살의 어둔 겨울을 돌아 나온다. 놀란 손에서 닦고 있던 숟가락이 바닥으로 떨어진다. 진이다.

"소독약 냄새겠지. 염소계 약품이라 냄새가 좀 오래 가. 어제 소독했거든."

진의 첫 마디가 십여 년 만에 만나 건네는 인사로 적절한 건지 생각하면서 그녀는 닦던 수저들을 테이블 한쪽으로 밀어놓는다. 점심시간이 끝난 뒤 조리원들이 수저를 오래 삶은 탓에 수저가 하얗게 변해버렸다. 지하수를 사용하기 때문에 석회질 성분이 많아 오래 삶으면 간혹 수저에 하얀 얼룩이 생기는 것이다. 그러니? 맞은편 의자에 앉으며 진이 낮게 대꾸한다. 그녀에게 눈인사를 건네는데 엷게 퍼진 기미가 실룩이면서 진의 눈가에 성긴 주름이 패였다. 애쓴 흔적이 보이지만 서른이 넘은 주름골은 파운데이션만으로는 채 가려지지 않는다. 영양사가 수저까지 닦아야 하는가 보구나. 진은 숟가락을 하나 집어 들어 앞뒤로 살펴본다. 위생청의 검사요원처럼 꼼꼼히 살펴본 다음 손가락으로 얼룩을 문지른다. 그녀는 진의 손에 쥐어진 숟가락을 보고 있다. 뭐라 말해야 하는 거지? 잘 지냈냐고? 오랜만이라고? 그런데 무슨 일로 왔느냐고? 그녀 안에서 여러 가지 말들이 뒤섞여 나와주지 않는데 벽시계의 초침소리가 무겁게 발밑으로 가라앉는다.

"류도 오기로 했어."

류가 오고 있다. 갑자기 한기가 등줄기를 죽 훑고 내려가더니 급기야 발가락 끝이 가렵다. 그녀는 고개는 치켜든 채 그대로 허리만 숙여 발가락을 긁어댄다. 긁을수록 가려움은 더하는 것만 같아 깔끄러운 맨바닥에 발가락을 문질렀다. 하지만 가려움이 가시기는커녕 벌레 물린 자리를 긁어댄 것처럼 더 심해진다. 그녀는 참다못해 아예 무릎을 구부려 발을 의자 위에 올려놓고는 날 세운 손톱으로 발가락을 긁기 시작했다. 너 아직도 동상 후유 증 있구나? 응? 으응. 그녀는 대답인지 신음인지 모를 낮은 음을 흘렸다. 휘어진 왼쪽 셋째 발가락 사이로 새끼손톱을 밀어 넣어 살이 빨개지도록 긁었지만 가려움은 가시지 않는다.

"지리산 여행 이후로 류는 처음 보는 거지?"

그랬었다. 십여 년 전 겨울 그녀와 쌍둥이 형제 류와 리는 지리산에 올랐었다. 01410모임 회원들과 함께 간 여행이었다. 01410모임을 결성했다며 그녀에게 연락을 한 것도 진이었다. 지금처럼 인터넷 통신을 사용하기 전에 구식 모뎀이 처음 나왔을 때 만들어진 동호회였다. 모뎀을 연결하고 전화를 걸 때 사용하는 번호가 01410이었다. 거의 십여 년 전 일이다. 피씨 통신으로 얼굴을 마주 대하지 않고도 의사소통이 가능했기 때문에 그녀는 좀흥분했었던 것 같다. 어릴 때부터 사람들이 모인 자리에서는 말한 마디 제대로 못 하던 그녀였다. 타인의 시선을 감당하지 않으면서도 말을 하고 친해질 수 있다니. 일부러 목청을 높이지 않아도 되고 누군가 그녀의 말 중간에 끼어들어 그녀의 말꼬리를 잘라먹지 않을까 걱정하지 않으면서 하고 싶은 말은 뭐든 할 수 있고. 그 사실이 맘에 들었다. 진은 01410모임 재결성 애기를 듣고 그녀를 찾아온 것일지도 모른다.

다 함께 쌍계사에 들른 후 날도 저물어가는데 칠불사의 아자방(亞字房)을 기어이 봐야 한다며 류가 재촉한 길에 리와 그녀만이 뒤를 따랐었다. 한 번 불을 지피면 백 일 또는 겨우내 훈훈한 온기가 가시지 않는다는 독특한 양식의 그 방은 신라 효공왕 때 김해에서 온 한 선사가 지었다 했다. 백 년마다 한 번씩 아궁이를 막고 물청소를 하면 아무 이상 없이 불이 잘 지펴져 그 온기가 오래도록 유지된다는 것이다. 세계 건축대사전에도 기록될 만큼 독특한 양식이라니 건축을 전공했던 류로서는 고집을 부리는 게 이상한 일도 아니었다. 아자방(亞字房)은 1800년에 화재가 나 복구된 뒤로는 기껏해야 오십 일 정도밖에 온기가 지속되지 않는다고 류가 설명해줬던 기억이 났다.

"그런데 어떻게 류하고……."

"같이 살아. 꽤 됐어."

진은 그녀의 질문이 끝나기도 전에 꼬리를 잘랐다. 그랬구나. 류가 진과 같이……. 그녀는 작게 입술을 달싹였지만 진은 못 들은 것 같았다. 류가 너 한번 보고 싶다고. 할 얘기도 있고. 진은 그녀가 내민 커피잔 손잡이를 손가락으로 문지른다. 아직 한 모금도 마시지 않은 채 그대로다. 식당에서 후식용으로 대량 구입한 원두커피라 질이 낮은 건 그녀도 잘 알고 있다. 그녀는 진의 커피잔을 바라보며 진이 돌아가면 올해 김장김치 레시피를 작성해야 한다고 생각한다. 벌써 오후 세 시가 지나고 있으니 서둘러야 한다. 계획서를 만들어 오늘 결재를 받아야 내일 재료를 구입하고 모레쯤 김장을 시작할 수 있을 것이다. 또 그녀는 아르바이트생을 남자로 구해야 한다고 생각한다. 지난해에는 여자 아르바이트생을 썼다가 돈은 돈대로 나가고 일은 거의 그녀가 해야 했었다. 진의 손에 들린 커피의 텁텁한 향이 그녀의 코를 간질이자 갑자기 엄청난 식욕이 끓어오른다. 위액이 분비되면서 장이 꼬이고 비틀리는 듯 아프기까지 하다. 그녀는 진의 커피잔을 휙 낚아채려고 탁자 위를 슬금거리는 한 손을 나머지 손으로 꾹 누른다. 평소에는 단 한 모금의 커피도 입에 대지 않던 그녀다.

그런데 왜 진은 리 얘기는 한 마디도 하지 않는 거지.

"다른 가운은 없니? 핏물이 보기 좀 그렇다."

"빨아 널어놓은 게 아직 안 말라서."

그녀는 자신 없는 말투로 우물거리면서 팔을 구부려 앞섶을 가린다. 그리고 입안 가득 고인 신 침을 목구멍으로 삼킨다. 그 결에 동상 때문에 피부 이식 수술을 한 왼손이 진의 눈앞에 드러난다. 순간 그녀는 오른손으로 왼손을 맞잡는다. 이어 리 얘기를 꺼내려다 말고 허리를 구부려 핏물이 밴 자리가 진의 눈에 띄지 않도록 신경 쓴다.

리가 류와 동행한 건 그렇다 치고 왜 그녀가 그들과 함께 길을 나선 건지 지금은 그녀로서도 알 수 없는 일이다. 진도 다른 사람들과 먼저 숙소로 돌아간 뒤였다. 아무튼 그녀와 쌍둥이 형제는 쌍계사 앞에서 일행과 길을 갈라서 범왕이라는 마을로 들어가는 버스에 올라탔다. 범왕에서 내리면 칠불사까지 걸어서 이십 분, 절을 둘러보고 내려와 오후 7시 마지막 버스를 타면 7시 30분쯤 다른 일행과 숙소에서 만날 수 있었다.

버스가 출발하고 나서 채 속력을 올리기도 전에 바깥에선 눈발이 날리기 시작했다. 며칠째 내리던 눈이 여행 내내 소강상태여서 기가 막히게 일정을 잡았다고 떠들어댔는데 다시, 눈이었다. 하나 둘 차창에 부딪쳐 습기를 보태던 눈발은 금세 굵어지고 맑고 건조하던 하늘은 노을도 없이 빠르게 어두워졌다. 칠불사에 들렀다가 서둘러 내려와야겠다는 생각을 하며 그녀는 손으로 얼굴을 쓸어내렸다. 새벽부터 출발한 일정에 피곤했던지 얼굴에선 끈끈하게 과다한 피지가 는적였다. 돌아보니 류는 손에 지리산 안내책자를 든 채 뭔가를 계속 중얼거리고 있었다. 조금 튀어나온 듯한 이마에 짙은 눈썹, 중간에서 약간 치솟은 매부리코는 가는 입술에 단단하게 이어져 고집스런 인상을 풍겼다. 고개를 숙이고 안내 책자를 들여다보는데 까만 생머리가 자꾸 흘러내려 손으로는 계속 머리를 쓸어 올리고 있었다. 리는 류와 똑같이 생겼으면서도 어딘지 달랐다. 류보다 훨씬 신경질적인 데다 거의 말이 없었다. 그저 류가 하자는 대로 류가 이끄는 대로 말없이 따르는 편이지만 순간순간 무심하게 사람을 쳐다보는 버릇이 있어서 그녀는 리를 볼 때마다 깜짝 놀라곤 했다.

창가에 앉은 그녀는 안경을 벗어 손에 들고는 차창에 머리를 기댄 채 눈을 감았다. 비포장 길을 달리며 쉼 없이 버스가 덜컹거렸는데도 그대로 잠들 수 있을 것처럼 한꺼번에 피로가 몰려들었다. 버스 승객은 그녀 일행이 전부였다. 이상하다면 이상하달 수 있는 일이었지만 겨울 저녁 산 속 마을로 들어갈 사람이 또 누가 있겠나 싶었다. 버스가 굽이진 길을 오르는 동안 눈송이는 거의 엄지손톱만 해졌다. 간간히 그녀가 눈을 떴을 때 버스는 범왕 마을의 마을회관과 마을금고를 차례로 지나고 있었고, 해가 기울고 있는 동네 어귀에는 가끔 개 짖는 소리가 들릴 뿐 인기척은 없었다. 여기저기서 불을 때는지 까만 하늘에 흐린 연기가 피어오르고 있었다. 어둔 하늘로 올라가는 연기와 하늘에서 내려오는 눈송이가 뒤섞이는 걸 보고 있자니 전혀 다른 곳에 와 있는 듯한 느낌이었다. 버스는 끝도 없이 위로 올라가고 있었다. 그녀는 무심하게 소리 없이 펼쳐지고 있는 풍경을 지켜보고 있었다. 갑

자기 류가 자리에서 일어나더니 큰 걸음을 옮겨 버스 기사에게
칠불사에 오르는 길을 자세히 물었다. 리는 류의 뒷모습을 잠깐
쳐다봤을 뿐 가늘게 뜬 눈을 반대쪽 창에 고정시킨 채 아무 말도
없었다.

　버스에서 내리자마자 눈덩이가 실린 지독한 겨울바람이 먼저
그녀들에게 불어 닥쳤다. 바람은 단번에 가슴속까지 스며들어
그녀는 급하게 숨을 들이마셨다. 마신 숨을 내뱉기도 전에 바람
은 또 몸속 깊숙이 파고들어 숨이 차도록 빠르게 호흡을 해야만
했다. 목구멍이 바짝 말라 침을 삼키면서 목을 쓸어내렸다. 장갑
을 끼지 않은 손은 주먹을 꼭 쥔 채였다. 지퍼를 끝까지 올려 채
운 점퍼깃을 다시 한 번 여미고 애써 눈꺼풀을 치켜뜨자 범왕 마
을이라는 팻말이 눈에 들어왔다. 그 밑에는 '하늘 아래 첫 동네
에 오신 것을 환영합니다.' 라는 문구가 흐리게 도드라져 있었다.
하늘 아래 첫 동네라는 말에 그녀는 공연히 아래쪽을 굽어보았
다. 발밑에는 아무것도 보이지 않아 마치 하늘 아래가 아니라 공
중에 떠 있는 기분이었다.

　추위에 몸을 떠는데 동네 개들이 한꺼번에 목청을 높여 앞길을
가로막고 나섰다. 길은 양쪽으로 갈라져 있었다. 듣기로는 분명
범왕에서 오른쪽 길로 접어들어야 칠불사에 닿을 수 있다 했지
만 칠불사를 가리키는 표지판 따위는 눈에 띄지 않았다. 세 일행
은 잠깐 발을 멈칫했다. 까맣게 누워 있는 양쪽 길은 어느 쪽도
그녀들에게 쉽게 열릴 기세가 아니었다. 얼마나 그 자리에 붙박
여 서성였을까. 류가 먼저 오른쪽 길로 발을 내딛었다. 그 뒤로
리와 그녀가 눈바닥에 찍힌 류의 발자국을 따라 걸었다. 열 걸음

정도만 뒤쳐져도 눈은 금세 류의 발자국을 흐리게 덮고 있었다.

십여 채 모여 있는 민가를 지나는 동안 사람 하나 눈에 띄지 않았다. 어디선가 희미하게 거름 냄새가 맡아져서 사람이 살고 있다는 걸 짐작할 수 있을 뿐이었다. 마을 입구에 적힌 '환영합니다.'라는 문구와는 다르게 어쩐지 와선 안 될 곳에 들어와 있는 것처럼 공연히 주눅이 들었다. 그녀들은 어둠만 드러나 있는 앞쪽에다 시선을 박아두고 발을 재촉했다. 하늘 아래 처음 열려 있는 동네였지만 마을은 그녀들에게 온기를 나눠주고 있지 않았다. 오히려 잔뜩 경계하는 듯 단단하게 닫혀 있는 문 밖으로 말소리 하나 새나오지 않았다. 눈송이만 선뜩하게 어깨로 내려앉아 한기를 더할 뿐이었다. 마을을 지나 얼마나 더 갔을까. 어둔 길 저 끝에 칠불사의 불빛이 휑하게 떠 있었다.

내려오는 길을 서두를 필요는 없었다. 어차피 버스는 일곱 시나 돼야 탈 수 있을 거였다. 게다가 눈발 하나 피할 곳 없고 어둠만 배게 들어차 있는 허허벌판에서 오지 않는 버스를 기다리며 떨고 있는 것이 더 나을 것도 없으니까. 눈은 쉽게 그칠 기세가 아니었다. 시간이 갈수록 눈발은 더욱 거세졌고 발을 뗄 때마다 눈 밟히는 소리가 날카롭게 귓속으로 후벼들었다. 그녀는 자신의 발자국 소리에 놀라기라도 한 것처럼 걸음을 옮길 때마다 어깨를 움찔했다. 돌아보니 왼쪽보다 오른쪽이 더 깊이 패여 오른쪽 발자국에만 까만 흙빛깔이 섞여들었다. 절룩이는 걸음새로 눈길을 걷는다는 건 쉬운 일이 아니었다. 깔창을 하나 더 넣은 왼쪽 발보다 오른쪽 발에 시린 느낌이 더했다. 앞서가던 류가 장난스럽게 눈을 뭉쳐 리와 그녀의 얼굴을 향해 던졌다. 리는 류가 던진 눈뭉치를 잡아채서는 주먹으로 으스러뜨린 다음 바닥에 흩뿌렸다. 긴장 좀 풀자는 건데. 많이 움직여야 덜 춥지. 머쓱해진 류가 투덜거리자, 리는 그저 피식 웃었다. 류와 리를 보고 있으면 전혀 다른 사람 같다가도 똑같은 손의 모양새나 한쪽 어깨를 자주 추스르는 같은 버릇을 보고 있으면 그들이 한 사람인지 두 사람인지 헷갈린다. 같은 사람이다 싶으면 다른 사람 같고, 다르다 싶으면 또 너무나 비슷하고. 그녀는 류가 리인 듯싶다가 또 리가 류인 듯도 싶고 급기야 자신이 누구인지까지 잘 알 수 없어졌다. 윤곽을 분간하기조차 어려운 겨울밤 산속이라 그런 거겠지, 그녀는 생각했다. 다리를 절뚝거리며 걷는 그녀가 불안해 보였을까. 류가 그녀의 어깨에 팔을 둘렀다. 류의 파카점퍼에 묻어 있던 찬기가 얼굴에 묻어 그녀는 고개를 내둘렀다. 류의 체온 따위는 느껴지지 않았다.

정말 내려가는 길이 맞을까 싶게 길은 점점 가팔라지고 있었다. 게다가 분명 내리막이어야 할 길이 야트막한 오르막으로 변해 있었다. 길을 잘못 든 거 아닌가 싶었지만 내뱉지 않았다. 리도 반신반의하는 기색이 뚜렷했다. 연신 주위를 돌아보다가 걸어온 길을 확인하곤 했으니까. 류만 한쪽 팔로 그녀의 어깨를 감싼 채 뭔지 잘 알 수 없는 노래를 낮게 부르고 있었다. 류의 입김이 그녀의 이마에 와 닿았다. 대여섯 번 모임에서 만난 게 전부였으니 그다지 친밀한 관계라곤 할 수 없었지만, 그녀는 류가 하는 대로 내버려두었다. 그렇게 오 분도 못 가 그녀는 길을 잃은 게 아닐까 생각했다. 혹시나 싶어 준비해간 손전등의 흐린 불빛을 따라 시선을 옮기면서 류와 리의 옷깃을 잡아채야 하지 않을까 주저하고 있었다. 그래. 조금만 더 가보자. 조금 돌아가는 길이겠지. 조금만 더 가면 마지막 버스를 타고 왔던 곳으로 돌아가 몸을 녹일 온기와 따뜻한 물 한 잔쯤 나눠받을 수 있겠지.

탁한 노랑이 섞인 햇살이 식당 안으로 들어와 먼지와 함께 폴싹인다. 식당 건물이 서향이라 늦은 오후나 돼야 스러지는 햇빛이라도 볼 수 있다. 지는 햇살을 받으면 몸에 안 좋다는데. 식물도 아침 햇살에 피는 꽃과 지는 햇살에 봉오리를 여는 것이 다르다고 하는데……. 그녀는 눈을 찡그리며 햇빛을 본 게 언제던가 생각한다. 햇살은 진의 정수리에도 제대로 내려앉지 못하고 공중에 부옇게 떠 있다.

"김 부장이 좀 보자는데. 남은 고깃덩이 가져오래."

심하게 말아 딱 달라붙는 머리모양을 한 조리원이 그녀에게 말을 건넨다. 낮에 끓인 국속의 고기가 빨갰었기 때문일 테지. 아침에 검수를 하고 반품처리 했어야 할 일이었다. 시말서가 아니라면 사표를 써야 할지도 모를 일이다. 동시에 그녀는 피가 뚝뚝 떨어지는 생고기를 떠올린다. 금세 침이 가득 고여 금방이라도 입가로 침이 흐를 것만 같다. 그녀의 머릿속에서 말랑한 생고기에 진이 들고 있는 커피향이 끼얹어진다. 고기에 커피물을 넣고 삶아 은은한 커피 향이 밴 고기가 먹고 싶다. 진이 보는 앞에서 손가락을 쪽쪽 빨며 고기를 뜯고 싶은 생각에 머리카락이 쭈뼛 선다. 그녀는 손톱 끝으로 허벅지를 꾹 누르며 자리를 박차고 주방으로 달려가고 싶은 걸 겨우 참는다. 진이 조리원 아줌마를 집요하게 쳐다본다.

"아줌마, 식당 안에서는 음식할 때가 아니라도 꼭 머릿수건 착용하세요."

그제야 그녀는 목소리를 높여 또박또박 발음한다. 아까부터 묻고 싶었다. 류는 그렇다 치고 진의 느닷없는 방문에 대해 말이다. 진이 그녀를 만나야 할 일이 뭐가 있을까. 정말 진은 01410 모임 때문에 온 걸까. 그런데 그녀의 입에서는 다른 말이 나오고 있다. 리……는? 리라니? 갑자기 무슨 말이야? 진은 처음 듣는 얘기라는 듯 입꼬리를 한쪽으로 비틀어 올린다. 류하고 나, 그리고 리……. 이번에도 진은 그녀의 말을 잘라먹는다. 그래. 너희들, 다른 사람들이 말리는데도 기어이 칠불사에 갔다 왔잖아. 눈이 쏟아 붓는 저녁이었는데도 말야.

진의 말이 맞다. 그녀와 류 그리고 리는 겨울 밤 산 속에 있었다. 돌아가는 길이 맞긴 한 건가. 길은 더욱 좁아져 겨우 한 사람 어깨 너비밖에 되지 않았다. 손전등을 든 리가 앞장섰고, 그 뒤를 류와 그녀가 차례로 걷고 있었다. 양쪽에서 나뭇가지가 파카점퍼를 계속해서 긁어댔다. 그때마다 가지 위에 올라앉았던 눈덩이가 한꺼번에 쏟아져 내려 손사래를 쳐야 했다. 눈은 발등을 덮을 만큼 쌓였고, 점퍼 안으로까지 한기가 배어들어 그녀는 이를 사리물었다. 깊은 산속 길을 한참이나 걸었지만 마을에서 흘러나와야 할 불빛 같은 건 보이지 않았다. 길을 잘못 든 게 분명했다. 길을 잃은 것이다. 그녀가 앞서가는 류의 소매를 잡아당기려는데 리가 먼저 돌아섰다. 여긴 아니야. 우리가 걷기 시작한 지 벌써 삼십 분이 다 돼가잖아. 되돌아가서 다른 길을 찾아야 해. 리는 동의도 구하지 않고 버티고 서서 되돌아가길 재촉했다. 그런데 돌아갈 곳이 있긴 있는 걸까. 검은 회색빛 천지 사방에 눈만 가득 했다. 눈은 흡사 하늘에서 내리는 게 아니라 까맣게 펼쳐진 바탕에서 하얀 덩어리가 갑자기 불거져 나오고 있는 것 같았다. 어둠 속에서 그녀는 류와 리의 표정을 제대로 알아볼 수 없었다. 예각을 만들고 있는 흐린 손전등 불빛 바깥쪽, 더 짙은 어둠에 류 와 리, 그녀는 모두 가려졌다. 정말 자신이 눈을 밟고 서 있는 건지 그녀는 발을 한 번 굴러 스스로를 확인했다. 소리조차 없었다면 그녀들은 없는 거나 마찬가지가 아닌가. 정말 우리는 여기에 있는 걸까. 눈을 꼭 감았다 떠도 드러나는 건 아무것도 없었다. 둘러봐도 여기다 싶은 길은 보이지 않았다. 눈이 모든 걸 덮어버렸다. 이곳이 아니라면 실은 어디 다른 곳에 가 있는 건 아닌지 그녀는 헷갈렸다. 어느 쪽으로 길을 잡아야 하는 걸까. 돌아갈 곳이란 애초부터 없던 건 아닐까.

갈수록 길은 더 가파르게 느껴졌다. 거기다 한쪽 옆은 벼랑인지 세 일행의 발에 밟힌 흙더미가 한참이나 구르는 소리가 들렸다. 추위를 견디느라 이를 꽉 물고 앞길에만 정신을 모으고 있어서였는지 그녀는 그제야 발가락이 가렵다는 걸 알았다. 동상이 도진 것이다. 덜컥 가슴이 바닥으로 내려앉았다. 동상의 기억과 함께 귀에 바람소리에 실린 이명이 들리기 시작했다. 소리는 산짐승의 울음소리 같기도 했다. 아니, 가만 귀를 기울여보니 그건 흡사 북소리 같았다. 불규칙적으로 그녀를 두들겨대는, 길을 잃고 서성이며 듣는 북소리……. 그녀는 다시 여덟 살 소녀로 돌아가고 있었다.

그녀는 대문 밖에서 친구가 부르는 소리에 밥그릇도 채 비우지 않고 뛰쳐나갔다. 맨발에 플라스틱 슬리퍼를 신은 채였다. 친구가 무슨 일로 왔는지만 물어보고 나서 다시 집으로 돌아가 남은 밥을 콩나물국에 말아 먹어야지, 생각했었다. 그런데 친구는 놀랍게도 티브이에서나 보던 산타 할아버지의 손을 붙잡고 의기양양한 표정으로 서 있었다. 너도 손 잡아봐. 친구는 그녀의 손을 산타의 나머지 한 손에 쥐어주었다. 산타는 함박웃음을 지으며 사탕이 줄줄이 매달린 목걸이를 걸어주었다. 색색의 사탕 포장이 그녀의 목에서 반짝거렸다. 손으로 목걸이를 만질 때마다 바스락바스락 소리가 나 군침을 꿀꺽 삼켰다. 그녀 옆으로 사탕 목걸이를 목에 건 십수 명의 아이들이 재잘거리고 있었다. 저도 모르게 그녀는 산타의 손을 쥔 채 무리를 따라나섰다. 노래하자 빰라빠빰빰. 목청을 높여 노래를 부르면서 산타는 자신이 들고 있던 플라스틱 북을 칠 수 있게도 해주었다. 그녀가 울리는 북소리에 맞춰 모두들 노래를 불렀다. 울면 안 돼. 울면 안 돼. 산타 할아버지가 우는 아이에겐 서언물을 안 주신대. 함박눈이 내리는 기쁜 크리스마스였다. 산타는 자기와 같이 가면 선물을 가득 안고 있는 진짜 산타 할아버지를 만날 수 있다고 속삭였다. 그리고 그녀의 가슴팍에 제일 교회라고 쓰여 있는 사슴 머리 모양의 배지까지 달아주었다.

　십여 명의 아이들 중 맨 앞에 서서 걸어가던 그녀는 다른 친구 집으로 산타를 잡아끌었고, 새된 목소리로 친구를 불러내서는 산타에게 건네받은 사탕 목걸이를 친구 목에 걸어주었다. 친구가 부러운 눈으로 그녀가 쥐고 있는 북채를 넘겨다봤지만 북채만은 손에서 놓지 않았다. 둥. 둥. 둥. 그녀가 만들어내는 북소리는 내리는 눈송이를 거슬러 하늘높이 솟아올랐다. 친구들을 많이 부르면 더 많은 선물을 받을 수 있어. 산타의 목소리는 귀에 달게 감겨왔다. 그녀는 더 크게 북을 울려댔다. 그녀의 손에 이끌려 나온 친구가 세 명이 되자 산타는 자신이 쓰고 있던 고깔모자를 그녀에게 씌워주었다. 금실로 둘레를 두른 고깔모자는 너무 커서 손으로 자꾸 추슬러야 했다. 둥. 둥. 둥. 북소리는 주위로 퍼졌다가 그녀의 귓가로 모여들었다. 장갑도 끼지 않은 맨손은 추위에 곱아들었지만 그녀는 친구를 셋이나 불러낸 게 자랑스러웠다. 둥. 둥. 둥. 북소리에 맞춰 그녀의 심장도 같이 쿵쿵 울렸다. 함박눈이 내리는 기쁜 크리스마스.

찬바람을 맞은 얼굴은 금세 하얗게 갈라터지고 있었다. 외투도 입지 않은 무른 살 속으로 바람이 마구 파고들었다. 그녀는 입술이 덜덜 떨리지 않게 윗니로 아랫입술을 꽉 물었다. 아, 저기 골목으로 스무 발짝만 가면 친구집이에요. 금방 데려올게요. 그녀는 들고 있던 북채를 다른 친구에게 잠시 맡기고는 친구 집을 향해 뛰었다. 플라스틱 슬리퍼가 자꾸 벗겨져 네 번이나 멈춰서야 했기 때문에 그녀는 조바심이 났다. 빨리 친구를 데리고 가서 북채를 다시 달라고 해야 하는데. 모두 다 즐겁게 노래 부를 수 있도록 내가 힘껏 북을 쳐야 하는데. 먼발치에서 들리는 북소리는 그녀의 걸음을 더욱 재촉했다. 한 아홉 번쯤 친구 이름을 불렀을까. 친구는 나오지 않고 북소리는 점점 더 멀어졌다. 왜 안 나오는 거지. 차가운 대문 손잡이를 붙들고 주먹으로 쾅쾅 내리쳤지만 집 안에서는 아무도 대답하지 않았다. 빨리, 빨리 나오란 말야. 둥. 둥. 둥. 북이 울렸다.

친구는 없었다. 그녀는 뒤돌아서 손에 입김을 불어가며 북소리를 뒤쫓아 뛰었다. 삼십 걸음이나 뛰었는데도 산타는 보이지 않았다. 둥. 둥. 둥. 작아진 북소리는 여전히 귓골을 타고 흘러들어 그녀의 가슴팍을 두들겨댔다. 어디까지 뛰었을까. 분명 소리를 따라갔는데 북소리는 더 이상 들리지 않았다. 찾아야 하는데. 여긴 어디지. 볼을 타고 눈물이 흘렀다. 눈물자국이 얼어 얼굴이 오그라드는 것 같았다. 눈물이 흐르는 걸 알아채자마자 갑자기 울음이 터져 나왔다. 울면서 그녀는 슬리퍼만 신은 맨발로 뛰었다. 고깔모자가 자꾸만 흘러내려 그녀는 모자를 바닥에 내팽개쳤다. 발가락이 아팠다. 너무 멀리 왔다는 생각이 북소리 대신 그녀의 가슴을 찔렀다. 따뜻한 김이 오르던 콩나물국과 그녀가 남긴 밥이 떠올랐다. 집에 가야지. 집에 가야 해. 들리지 않는 북소리가 그녀의 가슴에서 급하게 솟아났다. 둥. 둥. 둥.

머리는 헝클어졌고, 발가락은 불에 덴 듯 뜨거워졌다가 이내 감각이 없어졌다. 제대로 걸을 수가 없었다. 길은 눈이 잔뜩 쌓여 어디가 어딘지 분간할 수가 없었다. 어디서도 사람 소리 하나 들리지 않았다. 퍼붓는 눈 때문에 다들 문을 걸어 잠그고 집으로 돌아간 거겠지. 이놈의 눈. 눈은 잦아들기는커녕 점점 더 퍼붓고 있었다. 눈 때문에 길을 잃은 거야. 그녀는 갑자기 모든 게 눈 때문이라는 생각이 들었다. 눈이 오지 않았다면 집들도 길들도 온통 허옇게 가려지지 않았을 테고 그럼 나는 북소리를 따라 산타를 금방 따라잡을 수 있었을 텐데. 그녀는 더 이상 눈물도 닦지 않았다. 정신없이 뛰다가 뚝 멈춰 섰다. 그녀 앞에 처음 보는 벼랑이 나타났다. 눈을 뭉쳐 던져보니 눈뭉치는 한참이나 굴러 내려갔다. 온몸에 소름이 돋았다. 이제 길을 잃은 것보다 내리고 있는 눈이 더 무서웠다……

　김 부장이 두 번이나 더 그녀를 호출하는 동안에도 류는 오지 않고 있다. 류가 좀 늦네. 진이 커피잔을 만지작거리며 심드렁하게 내뱉는다. 그러다 무료한지 다 식은 커피에 이제야 입술을 댄다. 연신 식당 안과 조리실 너머를 흘끔거리는 진을 보며 그녀는 속으로 내일 발주해야 할 물품들을 헤아려본다. 상용하는 부식들이야 하던 대로 하면 되겠지만 김장 재료는 직접 가락동에 나가봐야 할 것이다. 나간 길에 염분계도 하나 구입해야 한다. 요즘은 입맛들이 싱거워졌으니까 염도를 1퍼센트 정도에 맞춰 배추를 절이면 될 듯하다. 800포기나 되는 배추를 절이려면 아무래도 활어차를 한 대 부르는 게 좋겠지. 아, 젓가락도 천삼백 벌 정도 발주해야 되겠다. 관리를 한다고 하는데도 일 년이면 젓가락이 천 벌쯤 분실된다.

　그런데 왜 진은 리 얘기를 한 마디도 하지 않는 거지.

　“리……는?”

　숨통이 조이는 것처럼 겨우 짜낸 목소리다.

　“리라니? 아까부터 무슨 말을 하는 거니? 대체 리가 누군데?”

　진은 좀 짜증스럽게 그녀에게 재우쳐 묻는다.

　“리……말야. 류의 쌍둥이 동생……”

　그녀로서는 도무지 진의 속내를 짐작할 수가 없다. 왜 진이 리의 존재조차 부정하고 있는 거지. 쌍계사 앞에서 류를 부탁한다며 진이 리의 어깨를 툭 치던 것까지 기억나는데. 혹시 그녀가 모르는 어떤 일이라도 있었던 걸까.

"너희들 둘이 칠불사에 간다고 올라갔잖아. 너하고 류하고. 한참을 헤매다 자정이 다 돼서야 내려왔잖아. 우리가 구조대에 연락하기 직전에."

진이 뭐라는 거지? 밤에 돌아왔다니. 그날 밤 산 속 민가에서 밤을 보내고 아침에야 내려왔는데.

"류가 얘기 안 했니? 집 말야. 산 속에 단 한 채 있었던 그 집……."

진은 대꾸할 가치도 없다는 듯 아예 고개를 옆으로 돌려버린다. 쌍둥이라니. 삼십 년이 넘도록 외동아들이던 애가 어떻게 갑자기 쌍둥이가 됐다는 건지. 그리고 집은 또 뭐야. 진은 뭔가를 씹어 뱉듯 툭 입안의 말을 그녀 앞에 던져놓는다. 그럴 리가. 안 그래도 그녀를 탐탁찮아 하는 진이 이젠 아주 그녀를 가지고 놀 셈인가 보다. 눈길에 미끄러진 그녀를 리가 부축하던 게 이렇게 생생한데. 그리고 밤에 돌아왔다니. 우리는 분명 산 속에서 밤을 보내고 아침에야 돌아갔는데. 류만 오면 금방 우스운 꼴이 될 줄 알면서 진은 왜 저렇게 시치미를 떼는 걸까. 조리원 아줌마가 피 흐르는 고깃덩이를 들고 눈짓을 보낸다. 생고기의 비릿하고 들큰한 육즙이 그녀의 혓바닥을 휘감는 것 같다. 그녀는 생고기를 뺏어 입에 넣고 싶은 충동을 참느라 입술을 깨물었다. 깨물린 입술에서 핏방울이 그녀의 입안으로 흘러들었다. 생고기를 노려보면서 그녀는 자신의 핏방울을 쭉 빨아 삼킨다. 조리원의 손에서 뚝뚝 듣는 생고기의 핏물이 마치 그녀의 것인 듯 달려가 혀로 핥아먹고 싶다. 그녀는 문득 진을 돌아보다 진의 빨간 입술을 물어

뜯고 싶어진다. 조리원이 눈으로 그녀를 재촉한다. 그녀는 이러다 김 부장에게 확실히 찍히겠다는 생각을 하면서 동시에 넘어진 그녀를 붙들던 리의 손길을 떠올린다.

길을 잃고 헤매다 눈길에 발이 미끄러지면서 넘어졌었다. 그결에 리도 함께 미끄러졌지만 리는 그녀의 팔을 놓지 않고 붙들었다. 엉덩이를 털지도 않고 리는 그녀를 부축했다. 여덟 살 크리스마스 무렵에 심하게 앓았던 동상으로 발가락이 휘어져 절룩이는데다 눈길을 걷느라 다리에 힘이 빠졌던 것이다. 몇 발짝 걷다 그녀는 리의 부축을 마다했다. 혼자 걷기도 쉽지 않은 길이었다.

잔뜩 이지러진 하현달이 뭉텅뭉텅 내리는 눈을 겨우 비추고 있었다. 달빛을 받은 눈은 푸르스름하게 보이기까지 했다. 이파리 대신 눈을 잔뜩 매달고 있는 나무들마저 어둠과 달빛에 푸르게 멍이 들어갔다. 류가 앞서 발로 눈을 고르며 걷고 있었다. 길을 내느라 류의 발이 멈칫거려 그녀의 얼굴이 자꾸 류의 어깨에 가닿았다. 눈이 골라진 길을 밟아 걸을 때마다 마른 잎이 서걱이는 소리가 났다. 목이 말랐다. 연신 침을 삼켜대다 쌓인 눈을 뭉쳐 이빨로 베물자 머리카락이 쭈뼛 곤두서며 소름이 돋아 올랐다. 만져보니 눈에 흠뻑 젖었다 얼은 정수리도 서걱거리기는 마찬가지였다.

떼놓는 발짝 소리보다 심장 뛰는 소리가 더 크게 그녀를 울리고 있었다. 심장 소리는 불규칙하게 쳐대는 북소리처럼 그녀의 등골을 타고 흘렀다. 리는 무심한 표정으로 앞만 바라보고 있었다. 어떻게 보면 리의 표정은 좀 무료해 보이기도 했다. 어두워서 그렇지만 곧 길을 찾을 수 있을 거야. 류는 잔뜩 언 입술을 달싹여 말을 내뱉었다. 지금껏 오른쪽으로만 길을 잡았으니까 이번엔 왼쪽으로 가 보자. 그게 맞는 것 같아. 발은 동상이 도져 감각이 없었다. 내밀어 봐. 류는 그녀를 그 자리에 앉히고 신발을 벗겨 언 발을 주물러댔다. 눈으로 덮여 있어 함정인 줄 모르고 들어선 거야. 헤매면 헤맬수록 우린 더 깊이 눈 속으로 들어가버리고 말 거야. 교활한 눈이 우릴 안에 가둬버린 거지.

산 속을 헤맨 지 두 시간이 다 돼가고 있었다. 손전등이 깜박거리기 시작했다. 그대로라면 불빛 하나 없는 산 속에 꼼짝없이 갇히고 말 거였다. 리가 기다리라며 손전등을 들고는 뛰다시피 앞서 나갔다. 기다리지 않으면 대체 뭘 할 수 있겠는가. 그녀와 류는 주위에서 마른 잎을 긁어 깔고는 나란히 엉덩이를 붙이고 앉았다. 그녀의 눈에서 눈물이 좀 흘렀던가. 류는 그녀의 볼을 훔친 다음 신음하듯 노래를 부르기 시작했다. 울면 안 돼. 울면 안 돼. 산타할아버지는 우는 아이에겐 서언물을 안 주신대. 둥. 둥. 둥. 함박눈이 내리는 기쁜 크리스마스. 그녀의 머릿속에 북소리가 울렸다. 눈 속에 길을 잃고 듣는 북소리. 그녀는 귀를 막고 고개를 숙였다. 류가 노래를 그치고 양팔로 그녀의 머리를 감싸 안는데 리의 목소리가 닫혀 있던 귓속으로 희미하게 흘러들었다. 일어나. 민가가 있는 거 같아.

흐리게 깜박거리는 손전등 불빛 끝에 슬레이트 지붕의 집 한 채가 걸려 있었다. 불빛은 없고 가까이 가보니 함석으로 만든 대문엔 '외인출입금지' 라는 팻말이 차갑게 나붙어 있었다. 깊은 산속에 민가가, 그것도 단 한 채가 있다는 사실을 이상하게 여길 게 제가 아니었다. 리가 주먹으로 팻말을 한 번 내리친 다음 삐걱이는 문을 조심스럽게 벌려 열었다. 옹색한 부엌에 붙은 알전구를 돌려 켜자, 하아, 딱 소리와 함께 누런 빛이 순식간에 퍼졌다. 그녀는 부뚜막에 주저앉았다. 빗장이 걸리지 않은 방에 매달린 형광등도 늙은 새의 날갯짓처럼 힘겹게 퍼덕이다 불이 들어왔다. 하아. 귓가에서 떠나지 않던 북소리도 형광등 불빛에 놀라 사라졌다. 하지만 이불 하나 없는 방도 냉골이기는 한데보다 나을 것도 없었다. 꽤 오랫동안 비어 있었던 듯싶었다. 우선 언 몸을 녹이는 게 급했다. 리가 마른 나무를 구해보겠다며 나간 사이 류와 그녀는 부엌 뒤쪽으로 돌아가 보았다. 흐흐. 리가 보면 인상 좀 구기겠는데. 류는 쌓여 있는 장작더미를 보고 언 손을 마주 비볐다.

장작에 불이 붙자마자 뭔가가 그녀와 류를 향해 달겨들었다. 앗, 소리조차 내지를 새도 없이 둘은 바닥에 엉덩이를 찧고 넘어졌다. 놀라 커진 류와 그녀의 눈에 갓 낳은 듯한 새끼를 한 마리 입에 물고 뒷문으로 빠져나가는 들고양이가 들어왔다. 그 뒤로 고양이가 지나간 자리에 핏방울이 몇 점 떨어져 있는 게 보였다. 소스라치기는 고양이도 마찬가지였을 테지. 얼마나 급하게 새끼를 물었는지 새끼의 등에 상처가 난 것이다. 외인출입금지라는 팻말은 고양이가 매달아놓은 건가 본데. 류는 흙바닥에 두 손을 짚은 채 크크 웃었다. 고양이에게도 그녀들은 분명 외인일 테지.

바싹 마른 장작은 아궁이 안에서 잘도 타주었다. 아궁이에서 새나오는 벌건 불길에 얼었던 볼이 금세 달아올랐다. 갑작스런 온기에 오소소 소름이 돋아났다. 머리카락에서 눈 녹은 물이 떨어져 그녀의 볼을 타고 흘렀다. 그녀의 얼굴을 손끝으로 닦아내고 나서도 류는 그녀에게서 비켜나지 않았다. 류의 가슴에서 솟아난 북소리가 그녀에게까지 들렸다. 둥. 둥. 둥. 파카 지퍼를 내리고 자꾸만 그녀 안으로 파고드는 류의 손을 떨어낼 수가 없었다. 몹시 축축하고 오래된 몸인 듯 그녀는 자신의 몸을 제대로 가눌 수가 없었다. 탁탁 장작 타들어가는 소리에 맞춰 류가 울려대는 북소리가 그녀 안으로 파고들었다. 둥. 둥. 둥. 북소리는 점점 더 빨라졌다. 언 발이 녹는지 발가락 끝이 참을 수 없게 저려왔다. 잠깐만. 잠깐만 기다려. 발을 주물러줘야 하는데. 입 밖으로 나와주지 않는 말을 속으로 중얼거리면서 그녀는 류가 이끄는 대로 흙바닥에 몸을 뉘였다. 꽁꽁 얼어 있던 몸속으로 갑자기 뜨거운 불길 하나가 쑥 들어오는 느낌이었다. 숨을 깊이 들이쉬자 마른 흙냄새가 훅 끼쳤다. 누워 옆으로 돌린 시야에 고양이가 떨어뜨리고 간 핏자국이 들어왔다. 그녀는 방울져 아직 온기가 남아 있는 피를 손가락에 묻혀 입에 넣었다. 피맛을 본 내장이 급하게 요동치면서 뭐라도 씹어 삼켜버릴 것처럼 식욕이 들끓었다. 이른 점심 이후 아무것도 먹지 못한 게 생각났다. 피 묻은 손가락을 쪽쪽 빨다 말고 그녀는 이내 베어 물 것처럼 류의 맨 어깨를 깨물었다. 그녀의 입술에서 비린내가 풍겨 나왔다. 류의 손길에 드러난 그녀의 맨 허벅지까지 불길이 옮겨 붙을 것만 같았다. 그녀는 류가 자신을 휘감고 있는 건지 아니면 아궁이의 불기운이 자신을 감싸고 있는 건지 헷갈렸다. 그녀와 류의 뺨을 벌겋게 달군 불기운이 류의 눈 속에까지 번져가고 있었다.

쌍둥이 형제가 불을 피우는 동안 그녀는 무릎을 끌어안고 방 벽에 기대 앉아 있었다. 어딘가에서 고양이 울음소리가 끊이지 않고 흘러들었다. 아까 아궁이에서 빠져나간 그 고양이겠지. 마치 아궁이에서 타오르는 불에 데기라도 한 것처럼 울음은 비명에 가까웠다. 오줌도 마렵지 않았고 낮은 숨만 새나왔다. 불을 때기 시작한 지 한 시간이 훌쩍 지났는데도 방바닥은 여전히 차갑기만 했다. 답답한 숨을 토해내려고 창호지가 발린 들창을 열자 금세 방 안으로 눈덩이가 쏟아져 들어 다시 창을 닫았다. 그녀는 몸을 둥글게 말아 웅크렸다. 편하게 누워. 류의 목소리가 흐린 그녀의 의식 사이로 끼어들었다. 앉은 채로 졸았던 모양이다. 무거워진 눈꺼풀을 애써 들어올리자 스테인리스 대접을 내밀고 있는 류의 모습이 들어왔다. 그녀는 물그릇을 단숨에 비웠다. 먹을 건 없네. 배고파도 좀 참아. 아침에 내려가서 제첩국이라도 사 먹자. 류의 목소리가 귓바퀴에 걸려 덜그럭거렸다. 벽을 향해 돌아누워 있는 리의 뒷모습이 왠지 모르게 굳어 있었다. 코에서는 여전히 하얀 김이 뿜어져 나왔지만 바닥은 따뜻했다. 그녀는 리 쪽을 향해 무릎을 싸안은 그대로 드러누웠다. 류를 등진 자세였다. 뭔가 말을 이으려다 류는 이내 입을 닫아버렸다. 빠르게 잠 속으로 가라앉는데 류가 벽에 몸을 기대는 소리가 먼 곳에서처럼 희미하게 들렸다.

집채만 한 북이 제 스스로 몸을 두들겨 소리를 내고 있었다. 그녀는 그 소리에 맞춰 춤을 추었다. 눈처럼 하얀 치마에 머리에는 색색의 술이 달린 고깔모자를 쓰고 있었다. 북은 둥둥 제 몸을 울리면서 그녀에게 다가와 그녀의 몸을 짓누르기 시작했다. 고깔모자가 구겨지고 나서도 북이 그녀의 심장을 조여들어오자 밑에서부터 몸이 점점 뜨거워졌다. 숨이 막혀 컥컥 목울음을 울다 깨어난 그녀는 고개를 거칠게 흔들어 그때까지 귀에 남아 있는 북소리를 떨어냈다. 꿈 때문이라기엔 너무 더웠다. 아니나 다를까 부릅뜬 그녀의 시선이 꺼멓게 타들어가고 있는 장판지에 가 멈췄다. 일어나. 일어나라구. 그녀는 형제를 흔들어 깨웠다. 형제의 온몸도 이미 땀범벅이었다. 잠이 덜 깬 눈으로 그녀를 바라보던 형제가 바닥을 내려다보더니 깜짝 놀라 튕기듯 일어섰다. 장판지는 아궁이가 있는 부분부터 까맣게 먹어 들어가 방 중앙부분까지 번지고 있었고 아궁이 바로 위쪽에서는 이미 불길이 피어오르기 시작했다. 방 안에는 장판지 타는 비린내가 가득 들어차 있었다. 뜬금없이 그녀는 장판지의 비린내가 아까 맡았던 류의 살냄새와 어딘지 닮았다고 느꼈다. 그리고 리 쪽으로 얼굴을 돌리고는 숨을 크게 들이쉬었다.

허벅지 높이까지 쌓여 있던 장작더미를 다 태웠던 게 생각났다. 두 시간이 넘도록 장작을 아궁이 속으로 밀어 넣었던 것이다. 온돌은 불을 지피고 나서도 한두 시간이 지나서야 온기가 돌기 시작한다는 것, 그 정도의 장작을 다 태우면 온도가 너무 높아지리란 것을 떠올리기엔 그녀와 형제는 너무 추웠다. 그리고 그녀는 아까 본 칠불사의 아자방(亞字房)을 떠올렸다. 여기가 바로 그 아자방은 아닐까. 그렇다면 이 온기가 밤새도록, 또 겨울 내내 꺼지지 않는 건가. 온기가 오래 지속된다는 아자방을 찾아 왔다가 이제 그 온기를 견디지 못하고 있는 것이다. 이곳이 그 아자방이라면 온기를 잠재울 방법이란 애초부터 없는 거겠지. 그리고 이 따위 흙집은 순식간에 불길 속에서 바스라지겠지. 방은 그렇게 해서라도 함부로 침입한 외인들을 몰아내고 싶은 거겠지. 자신을 불사르면서 말이다. 그녀와 형제는 까치발을 들고 윗목 쪽으로 서성거렸다.

눈. 그래, 눈으로 식히면 될 거야. 류가 먼저 방 밖으로 뛰쳐나갔다. 어디서 찾았는지 삽으로 잔뜩 눈을 퍼 와서는 아궁이 쪽에 부리자 치익 소리를 내며 이내 불길이 사그라졌다. 그렇지만 한 삽의 눈 정도로는 어림도 없는 일이었다. 온돌은 이제 겨우 뜨거워지기 시작했고 두 시간여 동안 태워버린 장작불의 열기는 제 몸이 탄 시간의 두세 배 정도는 오래 열기를 뿜어 올릴 테니까. 한 스무 삽 쯤 퍼부었을까. 눈을 쏟아 붓고 다시 눈을 뜨러 나간 사이에 장판지에서는 다시 연기가 오르곤 했다. 한번 뜨거워지기 시작한 방 안의 열기는 점점 더 뜨거워질 뿐 좀체 식지 않았다. 애초 삽으로는 감당해낼 수 없는 일이었다. 류가 수레 같은 걸 찾아 눈을 퍼 와야 되겠다며 서둘러 방을 나갔다. 어디론가 뛰는 류의 발소리가 급하게 눈밭을 밟고 있었다. 장판지는 어느새 윗목까지 검게 물들기 시작했다.

눈을 피해서 추위를 견디려고 여기까지 찾아들어 불을 피웠는데, 이젠 그 불이 너무나 뜨거워, 감당할 수 없을 만큼 뜨거워져, 다시 그 눈으로 열기를 덮어야 하다니. 눈으로 인해 불을 찾고 불로 인해 눈을 찾고⋯⋯. 그녀는 진저리를 치며 리를 돌아보았다. 눈에게도 불에게도 그녀들은 영역을 침범한 외인에 불과하니까.

그녀와 리는 서둘러 부엌으로 나가 아궁이에 그때까지 남아 있던 장작들을 긁어내기 시작했다. 아궁이에 남아 있는 온기를 모조리 쓸어내야 한다는 생각에서였다. 그러다 그녀는 다시 한 번 엉덩방아를 찧으며 바닥에 주저앉았다. 아궁이에 들어 있던 건 타고 있는 장작뿐만이 아니었다. 아궁이 깊숙한 곳에서는 고기 타는 냄새와 함께 다 타버린 죽은 짐승이 쓸려나왔다. 겨우 그녀의 주먹만 한 두 마리 짐승은 그을음으로 뒤덮여 잘 익은 고깃근 같았다. 그녀가 뭐라 말할 틈도 없이 리는 그것들을 부엌 뒤쪽으로 멀리 던져버렸다. 놀란 어미 고양이가 새끼 한 마리만 물고 달아난 뒤 어린 고양이 두 마리는 불 속에서 빠져나오지 못한 것이다. 그녀는 비명 같던 어미 고양이의 울음소리를 떠올렸다. 그리고 눈을 피해 찾아든 곳에서 불로 인해 쓰러진 고양이들과 자신이 뭐가 다를까 싶었다. 고양이도 자신도 '외인출입금지' 인 곳에 찾아든 외인이니까.

리의 표정은 눈처럼 차갑게 굳어 있었다. 불이 아니라면 눈인 거야. 그녀는 저도 모르게 확신에 차서 리를 향해 발짝을 뗐다. 차가운 리의 입술에 뜨거운 그녀의 입술이 닿자마자 장판지 연기가 식듯 치직 소리가 나는 것만 같았다. 리는 눈밭에 떨어진 약한 불길을 삼켜버리듯 그녀를 받아들였다. 눈처럼, 불처럼, 그녀는 그렇게 리와 섞여들고 싶었다. 어차피 그녀나 리나 외인이기는 마찬가지가 아닌가. 귀에서 작게 북소리가 울렸다. 둥. 둥. 둥. 그녀에게선지 리에게선지 알 수 없는 북소리가 흘러나와 그녀와 리를 감싸 안았다. 리의 셔츠를 열고 안으로 파고들면서 그녀는 이 사람이 리일까 아니면 류일까 헷갈렸다. 눈인 듯싶다가 불이 되고 불인 듯싶다가 눈이 되고. 그녀는 자신이 눈에 갇힌 건지 불에 갇힌 건지 알 수 없었다.

순순히 그녀를 받아 안을 때와는 달리 리의 몸놀림은 침착했다. 게다가 리는 마지막 순간에 자신을 빼내서는 그녀의 배 위에 사정하기까지 했다. 그러더니 이랬다. 우리가 사랑하는 게 아니라서 다행이지? 마른 짚을 가져다 탁한 액체로 번들거리는 그녀의 배를 문지르기까지 리의 마무리는 확실했다. 그녀에 대한 예의라기보다는 외인에 대한 자신의 보호책이었겠지.

어디서 구했는지 류가 수레에 눈을 가득 싣고 와 방 안에 퍼붓기를 수차례. 방 안의 열기가 적당해졌다 싶었을 때쯤 밖에선 이미 어둠이 물러가고 있었다. 바닥에 누워 자보려고 애썼지만 잠 따위는 지난밤에 묻어 같이 사라져버린 뒤였다. 들창으로 시린 빛이 스며 방 안에 흘러넘쳤다. 뺨은 붉게 달아올랐는데 눈이 시려 눈물이 났다. 좀 자둬. 날 밝으면 또 산길을 내려가야 하니까. 류가 타들어가 흙바닥이 드러난 곳을 피해 돌아누우며 중얼거렸다. 그리고 뭔지 잘 알 수 없는 노래를 부르기 시작했다. 문득 아직 끝나지 않았다는 생각이 들었다. 아니, 어쩌면 여전히 제자리에서 헤매고 있는 건지도 모르지. 리는 눈을 감고 숨소리조차 내지 않고 있었다. 한참을 뒤척이다 그녀는 자기를 포기하고 등을 벽에 기대고 앉았다. 날이 빠르게 밝아왔다. 가만히 일어나 들창을 열어보니 하얗게 눈이 뒤덮인 겨울 산 하늘에 간혹 조그만 눈발이 흩날리고 있을 뿐이었다. 그렇게 세 사람의 외인은 각자 등을 돌리고 있었다.

그런데 왜 이제 와서 류가 그녀를 만나려고 하는 걸까. 진은 휴대폰을 귀에 붙이고 뭔가 말을 하고 있다. 류일지도 모를 일이다. 류가 오면 꼭 리에 대해 물어야겠다. 왜 진이 리에 대해 한 마디도 하지 않는 건지. 왜 리가 처음부터 존재하지도 않는다고 말하는 건지. 그리고 그 집. 외인출입금지였던 그 민가. 류가 오면 다

얘기해주겠지. 진이 왜 리와 그 집에 대해 모른 척하는 건지 말야. 때 절은 머릿수건을 뒤집어 쓴 조리원이 쟁반에 고깃덩이를 받쳐 들고 와 그녀에게 내민다. 김 부장이 빨리 오래. 쟁반은 고깃덩이에서 흘러나온 핏물로 흥건하다. 금방 갈게요. 그녀는 흘끗 진을 쳐다보다 진의 빨간 입술에 시선을 멈춰 놓는다. 진은 계속 통화 중이다. 왜 안 와? 지루해 죽겠어. 자꾸 리니 집이니 이상한 소리만 한다구. 그래, 그날 밤에 자정이 다 돼서 내려왔잖아. 동상이 심해 못 걷고 거의 정신을 잃곤 너한테 업혀왔잖아…….

그녀는 김 부장한테 뭐라 말해야 할까 생각하다 말고 조리원에게서 쟁반을 건네받는다. 진은 왜 류가 오면 모든 게 드러날 일을 시치미를 떼고 있을까. 그녀는 자기도 모르게 핏물 흐르는 날고기를 집어 들어 입가로 가져간다. 그리고 테이블에 핏방울이 방울져 떨어지도록 내버려둔다. 핏물은 그녀의 손가락을 타고 천천히 흐르고 있다.

김이은 1973년 서울에서 태어났다. 2002년 《현대문학》으로 등단했다. 〈일리자로프의 가위〉, 〈매직카페〉, 〈빈이비니〉, 〈진미식당 블루스〉, 〈송카 그리고 그녀의 花〉 등을 발표했다.

류담

야 만 의 여 름

열기에 단 목걸이와 팔찌가 따갑다. 여자는 번번이 액세서리를 떼야 하는

걸 잊는다. 숨을 태우려드는, 이런 식의 한증막은 지독하다. 창도 없이 좁

고 둥근 막 안은 달아오를 대로 달아 있다. 여자는 불에 얹은 오징어처럼

몸을 움츠린다. 막무가내 살갗을 파고드는 사무친 열기를 그렇게라도 막을

듯하다. 천장 가운데가 뾰족하게 솟은 안은 달걀을 반 잘라 엎은 모양이다.

타원형의 뾰족한 천정을 보며 여자는 남 프랑스에서 봤던 오래된 성을 떠

올린다. 하나로 묶은 긴 머리에 카운터에서 받은 열쇠고무줄이 감겨 있다.

번이 넘는지 살피고는 했다. 안에 빈자리가 있는지. 주인이 열쇠를 뒤적이

는 동안 여자는 다소곳이 서 있었다. 미안한 듯 어설픈 웃음을 띠고. 여자

는 사람들이 함부로 오가는 흠에서 옷을 벗고 싶지 않다. 미닫이로 가린

방의 라커는 40번부터 시작한다. 여자는 방 가운데 그것도 이계 칸을 좋아

한다. 미닫이는 열려 있다. 처음 온 사람은 옷장과 번호를 번갈아 보

며 두리번거릴 테지만 대부분은 익숙하게 움직인다. 단골이 많

은 게 거기서 드러난다. 불을 꺼서 안이 어둑신해도 흘러

든 빛으로 물건을 가릴 만큼은 된다 . 따뜻한 바

닥에 누운 사람이 늘 있어서 발끝을 조심해

야 한다 . 여 자 가 옷 을 벗 고 가

열기에 단 목걸이와 팔찌가 따갑다. 여자는 번번이 액세서리를 떼야 하는 걸 잊는다. 숨을 태우려드는, 이런 식의 한증막은 지독하다. 창도 없이 좁고 둥근 막 안은 달아오를 대로 달아 있다. 여자는 불에 얹은 오징어처럼 몸을 움츠린다. 막무가내 살갗을 파고드는 사무친 열기를 그렇게라도 막을 듯하다. 천장 가운데가 뾰족하게 솟은 안은 달걀을 반 잘라 엎은 모양이다. 타원형의 뾰족한 천정을 보며 여자는 남 프랑스에서 봤던 오래된 성을 떠올린다. 하나로 묶은 긴 머리에 카운터에서 받은 열쇠고무줄이 감겨 있다. 열쇠에는 붉은색 플라스틱 번호표가 달려 있다. 여자는 키를 받으면서 60번이 넘는지 살피고는 했다. 안에 빈자리가 있는지. 주인이 열쇠를 뒤적이는 동안 여자는 다소곳이 서 있었다. 미안한 듯 어설픈 웃음을 띠고. 여자는 사람들이 함부로 오가는 홀에서 옷을 벗고 싶지 않다. 미닫이로 가린 방의 라커는 40번부터 시작한다. 여자는 방 가운데 그것도 아래 칸을 좋아한다. 미닫이는 열려 있다. 처음 온 사람은 옷장과 번호를 번갈아 보며 두리번거릴 테지만 대부분은 익숙하게 움직인다. 단골이 많은 게 거기서 드러난다. 불을 꺼서 안이 어둑신해도 흘러든 빛으로 물건을 가릴 만큼은 된다. 따뜻한 바닥에 누운 사람이 늘 있어서 발끝을 조심해야 한다. 여자가 옷을 벗고 가운을 걸친 뒤 라커 열쇠를 빼기까지는 오 분이 안 걸린다. 탕의 샤워기로 몸을 적시기만 하고 막으로 간다. 이내 열기에 단 금속이 따끔거린다. 이런 또……, 해도 이미 늦다. 도로 나가서 뗄 수도 있을 텐데 여자는 참는 편이다. 다음엔 잊지 말아야지, 하는 다짐도 그때뿐이다. 여자가 특별히 액세서리를 좋아하는 것은 아니다. 몸의 한 부분처럼 되었을 뿐이다.

카르카손 성에서 그것들을 샀던 때를 또렷이 기억한다. 오 세기경, 서 고트족이 세웠다는 성은 잘 찍어낸 그림엽서 같았다. 여자가 단 한 번 봤던, 오래된 성채는 정밀한 그림처럼 정리되어 있다. 오래전 여름에 여자는 남편이 될 그를 만나러 프랑스에 갔다. 파리 유학생이던 그와 함께 남쪽으로 이박 삼일의 짧은 여행을 했다. 바캉스 시즌이라 온통 관광객뿐이었다. 지중해를 날아온 투명하게 맑은 빛이 거리로 넘쳤다. 햇살에 얹혀 걷는 듯 가벼운 느낌이 여자를 띄웠다. 모든 날이 이렇게 환하리라. 실제와 환상이 뒤섞인 시간이었다. 둘은 잔돌이 고르게 깔린 좁은 길을 나란히 걸었다. 골목을 돌다가 대장간을 보기도 했다. 붉게 단 쇠가 만개한 꽃보다 화려했다. 불덩이를 담근 물에서 파사삭 소리가 나고 다시 담금질이 이어졌다. 달구고 두드리고 식힌 금속은 대장장이의 손끝에서 요술처럼 빚어졌다. 여자는 홀린 듯 가게 앞에 서 있었다. 남자가 옆에 있던 액세서리 가게로 여자를 끌었다. 여자의 눈길을 좇던 그가 팔찌와 함께 놓인 목걸이를 집었다. 가난한 유학생이 지불하기엔 꽤 비싼 값이었다. 언뜻 스친 망설임을 지울 듯 그가 호기롭게 지갑을 꺼냈다. 카렌족 여인처럼 목걸이는 여자의 부호로 남았다. 고리모양의 무던한 디자인이 질리지 않는다. 없는 듯 있는 듯 자리를 지키다가도 날카로운 열기로 자신을 드러낸다.

한 평 반 남짓의 안이 사람들로 욱시글거린다. 그래봤자 열 명쯤이다. 아무 치장도 없이 돔을 이룬 돌 벽에 흐릿한 알전구가 매달려 있다. 몸에 걸쳤던 가운을 벗어서 여자는 깔개로 쓴다. 그 위에 무릎을 세우고 앉아서 코를 박는다. 온도계가 없어서 정확하게는 알 수 없어도 섭씨 90도를 웃돌 것 같다. 여자는 이 열기에 맞서서 하루를 보낼 것이다. 매번 뜨겁긴 해도 지금은 훨씬 잘 견딘다. 처음부터 이렇지는 않았다. 문을 여는 순간 훅 뿜어져 나오는 열기에 질겁했다. 문 닫아요. 문을 잡고 서 있는 그녀에게 야멸찬 목소리가 달려들었다. 여자는 엉겁결에 안으로 들어갔다. 호흡까지 탈 듯했다. 도로 돌아 나오기엔 깔깔했다. 한꺼번에 달려들 눈총세례가 마음 쓰였다. 여자는 이를 물었다. 숨까지 태우려드는 무시무시한 열기에 자신을 내던진 심정이었다. 살이 익으리란 염려를 누르며 어찌어찌 버텼다.

열기와 맞서다보면 들끓던 속내가 뜨겁다는 생각 하나로 모아진다. 여자 말고 혼자 한증막에 오는 사람은 드물다. 몇몇은 날마다 출근하다시피 하는 눈치다. 여자는 누워만 있는 남편을 떠올린다. 눕히면 눕힌 대로 모래포대 같은 사람. 살면서 치러야 할 의무가 유독 여자에게는 벅차다. 남편이 나을 기미는 없다. 언제까지 그 상태가 이어질지. 현상이라도 유지하면 기적입니다. 의사의 말을 보란 듯 엎고 싶었던 적이 있었다. 불안의 징조라든가 손 쓸 수 없는 재앙의 그림자를 알아차린 것은 남편이 사고를 당한 뒤부터였다. 앞이 안 보이는 눈보라 속에 서 있는 것 같았다. 식물인간인 그를 내친다는 식의 죄책감도 싫었다. 빤한 동정을 보이는 이웃도 달갑지 않았고. 그와 얽힌 운명이 두려웠다. 여자는 신문 사이에 끼어온 간지에서 밤나무 불가마 한증막을 보았다. 눈으로 튀어든 붉은 활자를 보며 어딘지 위치를 살폈다. 집에서 얼마 떨어지지 않은 곳이었다. 발작처럼 튀어나가도 이제 갈 데가 생겼군.

온통 뜨겁다. 맞불작전이라는 말은 산불이 난 현장에서 들었다. 불은 불로 바람은 바람으로, 지독한 건 더 지독하게 맞서야 한다. 여자는 따끔거리는 콧속을 손으로 막는다. '밤나무 불가마 한증막' 이라. 가스 대신 나무로 불을 땐다는 암시일 테지. 산밤나무 숲으로 연상이 뻗어간다. 밤을 딸 일손이 없다는군. 힘든 데다 인건비도 안 나온다는 거야. 같이 걷던 사내가 말했다. 빤히 아는 얘기에 미리 감동할 준비는 다 된 터였다. 그런가요? 한 음정 높아진 자신의 목소리가 낯설었다. 절정의 갈색이 산을 덮어서 온통 환했다. 붉어진 옻나무이파리가 물기를 잃어가는 나무들 틈바구니에 끼어서 활활 탔다. 눈 아리게 튀어든 색깔이 앙칼지게 몸 사린 계집처럼 요염했다. 품은 독기를 핏빛 이파리로 피운 것처럼 연염한 색깔이 매혹적이었다. 적적한 길 위에서 툭, 소리가 났다. 윤기 나는 밤이 땅 위에서 싱그럽게 빛났다. 여자가 고개를 젖혀 나무를 올려보았다. 벌어진 밤송이 안에서 야무지게 오그린 알갱이들이 안쓰러웠다. 밤톨 같은 자신의 생이 딱딱한 가시에 갇혀 있다는 생각이 희뜩 스쳤다. 사내와 둘만 있다는 게 홀가분하기도 맘이 씌기도 했다. 남편이 그의 친구와 같이 있는 아내를 알 리 없을 텐데 지레 뜨끔했다. 깊은 데서 자책감이 여자를 쏘삭였다. 모처럼 갇힌 데서 벗어난 거야. 이 시간을 즐겨. 뭔 짓을 했다고 그래? 여자는 조금 홀가분하게 밤톨을 주웠다. 윤기 나는 밤은 남편의 말간 눈과 닮아 있었다. 여자는 공연히 호들갑스럽게 밤을 주웠다. 낙엽색으로 풍성하게 주름 잡힌 여자의 원피스가 바람을 활짝 품고는 했다. 무릎 위 허벅지가 희뜩 드러났을지 몰랐다. 몇 알을 줍자 밤은 여자의 손에 가득 찼다. 여자는 주운 밤을 어떻게 할까 망설였다. 아이는 밤에 눈길도 주지 않을 것이다. 어디서 가져왔는지 묻기라도 한다면 성가신 일이었다. 삶아서 일일이 껍질을 벗긴다고 생각하니 귀찮았다. 떨어뜨린 부스러기가 마루를 어지럽히기나 할 텐데. 여자는 일껏 주운 밤을 산에 뿌렸다. 어디선가 아람 벌어지는 소리가 났다. 뛰다가 걷다가 하는 치마 속으로 바람이 상쾌하게 들락거렸다. 야산의 밤나무는 이제 누구도 반기지 않는다. 그래서 몽땅 베어낸 나무가 땔감으로 내몰리는 모양이었다. 불이 붙은 나무가 선홍색 화염을 뱉어내고 뱃속 깊이 엉겼던 열기가 스멀거렸다. 까맣게 탄 속이 재처럼 바스러지는 것 같았는데. 은밀하고 야릇한 느낌이 불씨처럼 피었다. 그늘이 짙은 나무 밑으로 사내가 여자

손을 끌었다.

여자가 흡, 숨을 참는다. 알몸을 내맡길 열기로는 가스보다 나무를 태운 쪽이 그럴듯하다. 야산을 팔아서 한증막을 냈다는 소문이 맞는 모양이다. 여자는 따끔거리는 유두를 문지른다. 아이가 젖을 먹은 건 백일까지였다. 탱탱한 젖무덤이 손에 가득 찬다. 여자는 힐끗 아랫배를 쳐다본다. 도도록한 살이 그새 붙었다. 손에 잡힌 허리 살이 제법 두툼하다. 장마철에 몰리는 비구름보다 빠르게 지방층이 불어난다. 여자는 한 순간도 마음을 놓을 수 없다. 스트레스가 지방세포를 늘린다는 보도를 하필 어제 보았다. 놀랍게 푸짐한 서양 사람들의 복부와 허벅지가 물주머니처럼 흔들렸다. 뱃살, 엉덩이살이 출렁거리는 화면을 보면서 여자는 공포를 느꼈다. 무심코 방치하다가는 금세 저 모양이 될지 모를 일이었다. 좋은 건 몰라도 나쁜 일만큼은 모른 척 지나가는 법이 없었다. 뒤룩거릴 몸을 떠올리니 숨이 찼다. 그렇지 않아도 남편은 몸이 불어난다. 신경이 둔한 여자와 뚱뚱한 식물인간이 함께 묶인 이인삼각의 경주라? 끔찍하군. 여자가 진저리친다. 알고도 우스개가 될 수는 없다. 땀으로 불순물을 녹여내야 한다. 고통이 세포를 죽이리라는 암시가 옹골진 다짐을 받친다. 여자는 뱃살을 사정없이 비튼다. 혼자 참아야 할 시간이 힘겹다. 쥐어뜯으면서 견뎌야 할 날이 까마득하다. 살 속에 불송이가 괴어 든다. 스멀거리는 느낌까지 짓이겨 없앨 듯 여자는 치열하게 손을 놀린다. 한껏 숨죽인 욕망은 그러나 간절하다. 탄탄한 반구형의 젖무덤이 꼭지를 바싹 치킨다. 아이도 남편도 사내도 허겁지겁 여자 품에 고개를 묻는다. 가슴으로 파고드는 허기진 입들. 여자는 숨 가쁘게 가슴을 싸안는다. 어지러워. 여자가 입술을 문다. 한줌 재도 남지 않게 자신을 태우고 싶다. 돌이 품은 열기가 켜켜이 숨은 비계를 녹여 내리라고 기대한다. 조금 더 참을 수 있다. 끝날 기약도 보상도 없는 환자 돌보기보다 이쪽이 낫다. 메뚜기 뛰듯 호득거리던 속까지 다독였다고는 말 못한다.

열기를 막을 요량으로 미리 묻힌 물기가 간 데 없다. 땀이 날 기척은 없다. 탈 것 같은 이때가 고비다. 죽기 아니면 까무러치기라는 말은 여기서 유효하다. 견딜 수 없을 것 같은 한계를 위기로만 풀면 절박해진다. 새로운 국면으로 나갈, 숨겨진 문이 거기 있다. 극점을 넘는 게 해법이라고. 여자는 어려움을 겪으면서 스스로 터득했다. 땀샘이 품은 물기를 방울방울 뱉을 때까지 참아야 한다. 물기를 뱉어서라도 살갗을 지키려는 미세한 안간힘을 알 것 같다. 문이 쉴 새 없이 여닫힌다. 막 안에서 오 분을 넘기는 사람은 드물다. 무람없이 앉거나 누운 알몸에 제왕절개의 흔적이 도드라진다. 갈색 세로줄 흉터 옆으로 남는 살이 처진다. 한때 매끈한 선을 그으며 탄탄했을 피부가 아무렇게나 뭉쳐진 모습. 물기 마른 자리를 지방이 대신 차지한 것 같은 꼴이다. 새 생명이 깃들었던 자궁은 흉물스럽게 아문 자국 밑에서 숨죽인다. 스펀지 같은 지방층이 상흔 둘레에 쌓인다. 가로로 배를 가른 흔적은 더 오래전 수술 방법이다. 의사는 여자에게 제왕절개를 암시했다. 솔깃하지 않은 건 아니었다. 유혹을 피했던 자신이 뒤늦게 대견하다. 아이가 산도를 지나는 고통을 모르고 태어나야 더 좋다고 말하던 때였다. 여자가 흉터 따위를 셈에 둔 것은 아니었다. 메스가 닿는 섬뜩한 연상으로 몸을 사렸다. 둥근 벽을 따라 달걀

판이 켜켜이 놓여 있다. 맥반석이라는 돌이 원적외선을 방사한다던가. 알은 속부터 익는다고 했다. 안이 먼저 데워진다는 걸 계란으로 증명할 셈이다. 눈에 확연히 드러난 물증을 보면서 사람들은 한증의 효험을 신뢰한다. 뼛속보다 더 깊이 아득히 서린 냉기도 데워질 것이다. 몸속 독소를 땀으로 흘려낸다는 말도, 혈액순환을 돕는다는 말도 그럴듯하다. 살갗을 뚫고 들어간 열기가 사무친 냉기를 데우리라는 암시로 여자는 달걀 속 노른자처럼 숨죽인다. 자신은 가운데를 자른 달걀 속에 있다.

가부좌를 틀었거나 웅크리고 시체처럼 누운 사람도 보인다. 편한 자세로 기껏 견뎌야 삼사 분이다. 등이 가려운 걸 보면 땀이 솟으려는 게다. 등으로 돌던 여자 손이 옆 사람을 건드린다. 여자는 얼른 손을 거둔다. 미안해요, 괜찮아요, 식의 겉치레 말이 눈짓에 갇힌다. 사람마다 성기가 다른 모양인 건 여기서 알았다. 몸을 던지듯 눕고 앉는 터라 굳이 눈을 피하기 전에는 볼 수밖에. 살이 도독한 것, 마른 모양, 위치도 치모도 각각이다. 난 부위도 틀리거니와 빽빽한 밀집형에서부터 성긴 것까지 얼굴생김새만큼이나 다르다. 정작 자기만 모른 채 남이 먼저 보는 일이 수두룩하다. 앞뿐 아니고 허리를 굽히면 염치없이 드러나는 뒤도 마찬가지다. 얼떨결에 구경거리가 되어서는 안 된다. 여자가 앉은 자세를 고친다. 열기는 쇠침처럼 날카롭다. 목이 미끈거린다. 참다 보니 앞사람을 노려보는 모양새가 된다. 여자 앞에 웅크린 등에는 방사형으로 솟은 땀방울이 물길을 만든다. 푸짐하게 살찐 등이 후닥닥 일어난다. 아이스큐브 형의 올록볼록한 비닐깔개에 물이 흥건하다. 고인 물을 새지 않게 푸짐이가 두 손으로 깔개를 모아 잡는다. 쏟아진 땀의 양만큼 홉족한 얼굴이 막을 나간다. 밖은 아직 꽝꽝 얼었을 것이다.

예고대로 올 들어 가장 추운 날씨였다. 십 분 남짓 오는 데도 여자는 모피코트에 부츠로 무장했다. 밤새 얼어붙었던 차 문이 뻑뻑했다. 시동키를 비트는데 손끝이 따끔했다. 추위와 정전기에 여자는 남달리 민감했다. 작은 자극에도 소스라쳤다. 서울만 어제 하루에 동파신고가 1,500건이 넘었다는 보도가 실감났다. 터진 관에서 수돗물이 쫄쫄 새는 그림을 카메라가 내내 비췄다. 여자는 보기만 하는 추위도 무섭다.

누웠던 이가 나가자 사람은 넷으로 준다. 한갓진 실내에 거리낌 없이 말하는 소리가 꽉 찬다. 오 킬로만 빼면 남편이 오천만원을 준다는 데도 그게 안 된단 말이야. 겹친 뱃살을 쥐어 잡은 사십대는 애기에 빠져든다. 우리 앞집 남편은 마누라 살이 이 킬로만 불어도 오천만원을 준다고 했다네. 그래도 영 살이 안 찐다 하대. 말투로 보아서 노랑머리와 사십대는 친구다. 다들 오천만원을 아무렇지 않게 말한다. 여자는 그만큼이 불가능을 말하는 액수라고 알아듣는다. 쉽다면 툭툭 내뱉을 리 없다. 흔해진 돈보다 먼저 사람들의 의지가 약해진다고 생각한다. 바람 부는 대로 마음이 쏠린다. 여자는 돌 벽으로 눈을 돌린다. 안에서 주고받은 말들이 돌 틈으로 스며들었으리라. 박힌 말들이 와글와글 몸을 풀며 나올지 모른다. 겹쳐 깐 가운을 뚫고 올이 거친 멍석이 엉덩이를 찌른다. 발바닥까지 따갑다. 여자는 배냇적 힘까지 모은다. 가을을 밝히던 핏빛 옻나무가 스친다. 담금질된 쇠가 겹친다. 둥근 벽선을 따라서 되는 대로 켠 토막들이 열을 짓는다. 여자는 안을 떠도는 나무 냄새를 이제야 맡는다. 아는 만큼 보인다지만 보는 만큼 알기도 한다. 쿰쿰하게 떠돌 악취를 희끗한 나뭇결이 빨아들였을 테다. 비우고 받아들이는 나무의 순환을 퍼뜩 눈치 챘다. 고성으로 가는 강변에 너도밤나무가 서 있다. 바람에 묻은 상큼한 물 냄새. 휘늘어진 밤꽃이 한데 얽힌다. 타는 듯한 열기 속에서도 헛헛하다. 사월 길 없는 갈망이 여자를 휘젓는다. 옹송그리는 여자에게 밤나무가 질기게 따라온다.

늦은 오월. 노리끼리한 꽃마다 눅진한 냄새를 풍겼다. 흐드러진 꽃 위에 풀릴 대로 풀린 노란 햇살이 범벅을 했다. 밤꽃 냄새는 묘해. 여자는 그의 말보다 말끝에 매단 웃음이 더 묘하다고 생각했다. 눈을 마주치면 어색할 것 같은. 여자는 남자 시선을 좇았다. 노릇하게 늘어진 수술 같은 것이 꽃이라고? 가지마다 살진 벌레 같은 줄기들이 굼실거렸다. 비릿한 냄새가 사위를 떠다녔다. 꽃이 뿜는 냄새라고 하기에는 미심쩍었다. 사방을 두리번거리는 여자 눈에 달리 냄새를 풍길 만한 것은 보이지 않았다. 초점 잃은 남편 눈이 여자를 따라왔다. 사내를 따라서 여기까지 오긴 했어도 아직 서먹한 기분이 가신 건 아니었다.

여자는 거울 앞에 앉아 있었다. 거울 속에서 힘을 놓은 무기력한 표정이 여자를 마주 봤다. 여자는 안 쓴 지 오래된 화장품을 힐끗 쳐다봤다. 우두커니 자신을 바라보던 여자가 눈썹연필을 집었다. 아이 라인을 그린 뒤 포도주색 립스틱을 붓에 묻혀 아래 입술을 칠했다. 오래 쓰지 않던 화장품이라 상했을 수 있었다. 잠깐 쓰는 데 별일 있을라고. 여자가 입끝을 귀 쪽으로 끌어올릴 때 전화가 울렸다. 여자는 경대 위의 송수화기를 귀에 댄 채 거울을

봤다. 볼터치를 사선으로 긋고 나니 한결 화색이 돌았다. 만들어
진 생기를 보면서 기분이 나아졌다. 여자는 거울에 대고 입술을
쫑긋거렸다. 웃는 입과 찡그린 눈이 번갈아 자신을 마주 봤다. 전
화선에서 흘러나오는 사내 목소리는 울림이 있는 바리톤이었다.
몇 입 건너 남편의 사고를 들었노라고, 늦게 안 것을 미안해하는
말투였다. 몇 마디 말이 오가면서 사내와 농담까지 나누다니. 여
자는 자신이 낯설었다. 닦아낸 듯 환해지는 마음도 뜻밖이었다.
언젠가 이렇게 신선한 느낌이었던 것 같은. 자기도 모르게 높이
웃다가 흠칫 놀랐다. 여자는 웃음을 멈추고 남편을 돌아봤다. 초
점 없이 뜬 눈길이 그대로였다. 유쾌하게 웃던 기억만 날 뿐 무슨
내용인지는 지워졌다.

　한번 가겠습니다. 사내가 했던 말을 여자는 인사치레로 들었
다. 실제로 찾아온 그를 보자 당황스러웠다. 살피듯 그를 바라봤
다. 문 밖에 선 사내는 중키에 평범한 외모였다. 친구를 걱정하면
서 사내는 스스럼없이 현관으로 들어섰다. 여자는 자기도 모르
게 그를 맞아들였다. 남자가 소파에 앉았다. 달리 말을 많이 하는
편은 아니었다. 고등학교 동창이라는 말을 하고는 그만이었다.
여자만 떠든 꼴이었다. 가끔 사내에게서 전화가 왔다. 그러다가
직접 찾아오기도 했다. 여자를 좇는 눈이 끈끈했는데 거슬린다
는 생각은 없었다. 여자 혼자 키득거리다 무안했던 적이 몇 번 있
었다. 사내만 보면 아이가 별스럽게 심통이었다. 여자는 볼이 부
은 아이를 달랬다. 아빠 친군데 그러면 안 돼. 사내도 아이가 없
을 시간을 고르는 눈치였다. 그가 자랐던 시골 얘기를 들으면서
여자는 꼼짝 못하고 묶여 있다고 생각했다. 속이 뒤숭숭했다. 다

야만의 여름　103

들 잘 사는데 혼자만 당하는 건 억울했다. 마냥 젊은 게 아니지요. 사내의 말이 여자를 쳤다. 이울던 불에 마른 장작을 더한 듯 불보라 같은 감각이 우우 살아났다. 아까운 젊은 날이라는 투의 말이 새삼스럽게 달려들었다. 자신이 남들처럼 못 살 이유가 없다. 깊이 감췄을 욕망이 기지개를 켰다. 멈췄던 시간이 쏜살처럼 속도를 냈다. 여자 안에서 밀고 당기는 기척이 찢길 듯 팽팽했다.

따로 밖에서 만나자는 사내 말을 듣고 여자는 멈칫했다. 별것 아니야. 그냥 바람이나 쐬자고. 여자는 별일처럼 생각했던 스스로를 들킨 것 같았다. 언뜻 무안했다. 무신경하게 걸쳤던 편한 바지가 마음을 많이 쓴 치마로 바뀌었다. 얇은 옷자락이 허벅지 안쪽을 스쳤다. 오랜만에 느끼는 쾌적한 감촉이 여자 마음과 겹쳐서 시너지 효과를 냈을까. 사내가 여자 손을 잡았다. 여자는 그가 민망할까 싶어서 그대로 두었다. 잡힌 손이 땀으로 끈적거렸다. 여자는 손을 뺄 듯 꼼지락거렸다. 사내가 손아귀에 힘을 넣었다. 살갗을 훑는 바람과 햇빛이 상쾌했다. 노리끼리한 벌레를 무심코 밟고는 여자가 얼핏 소스라쳤다. 비켜서는 여자를 보며 사내가 웃었다. 밤꽃이야. 장난스레 웃는 사내의 표정이 마음을 밝혔다. 저 아래 몇 채의 농가가 논과 밭을 사이에 두고 고즈넉하게 마주 봤다. 밭 사이로 난 콘크리트 길 위에 햇빛이 나른하게 쏟아졌다. 몇 남은 노인들까지 논밭에 매달린 듯 마을은 고요했다. 정수리에 쏟아진 햇살이 땅을 달군 열과 부딪쳐서 흙 냄새를 물씬 풍겼다. 해묵은 밤송이 위로 떨어진 지난해의 낙엽이 아직 그대로였다. 숨쉴 때마다 콧속으로 몰리는 밤늦 냄새. 하늘도 들판도 어질 머리가 일 만큼 넓었다. 거기다 부드럽게 내리쬐는 햇볕까지. 멀리 보이는 손바닥만 한 저수지가 번뜩 흰빛을 되쏘았다. 앞선 사내가 평평한 바위를 보더니 훌쩍 건너뛰었다. 널찍한 바위를 딛고 마을 어름을 바라보는 사내 등이 탄탄했다. 여자는 언뜻 그 단단함에 기대고 싶었다. 몇 걸음 다가가서 얼굴을 댔다. 옷에 밴 체취가 올 틈으로 새는 땀 냄새에 섞였다. 여자는 콧방울을 벌름거렸다. 아늑한 온기에 취한 듯했다. 두 팔이 저절로 올라가 사내를 껴안은 모양이 되었다. 얼굴을 얹는 것만으로 이렇게 따뜻할 수 있다니. 그다지 넓지도 않은 등이었다. 아득한 깊이에 여자는 가라앉는 배처럼 중심을 놓았다. 가없는 길이와 넓이와 깊이와 높이. 여자는 그대로 함몰될 것 같았다. 퍼뜩 정신이 든 여자가 입술을 물었다. 윗니에 물린 입술에서 비릿한 피 맛이 났다. 등을 맡기고 서 있던 사내가 후딱 돌아섰다. 사내의 두 팔에 감긴 여자는 거센 불길에 휩쓸렸다. 산불 같은 맹렬한 화염이 전신을 감았다. 남자를 껴안은 손에 힘이 들어갔다. 탁, 탁, 불똥을 피우는 불땀 좋은 나무처럼 사내가 힘차게 몸을 움직였다. 단풍 든 옻나무 색 불 혀가 여자를 삼킬 듯 핥았다. 여자 등이 바위에 배겼어도 아픈 건 다음이었다. 눈앞이 꽃불 천지였다. 짧은 절정이 지나갔다. 몸을 풀고 나른하게 올려본 눈에 벌레 같은 밤느정이가 하느작거렸다. 딱딱한 바위 위로 상쾌하게 바람이 불었다. 얼추 땀이 식었다. 건듯 스친 바람이 활짝 치마를 부풀렸다. 여자는 오래된 영화의 한 장면처럼 치마를 눌렀다. 저만치 밑으로 내려간 사내가 여자를 보며 팔을 엇갈려 흔들었다. 벗어 던진 사내 웃옷이 다복한 풀 위에 깔려 있었다. 펼쳐진 감색 재킷은 보기보다 품이 넓었다. 꺼지려던 불씨가 도로 일어났다. 비취색 실크 천이 땀

밴 몸에 감겨들었다. 사내 손이 목걸이에 걸렸던지 늘어진 금속이 목을 잠깐 조였다. 여자는 사슬을 느슨하게 풀면서 슬쩍 겸연쩍어졌다. 목걸이를 떼야지, 했어도 그때뿐이었다. 여자와 겹친 사내 등 뒤로 쏟아질 듯 밤꽃이 흔들렸다. 나무 새로 말갛게 갠 하늘이 얼보였다. 초점 없는 눈이 희뜩 스친 듯했다.

참을 수 없게 뜨겁다. 해도 여자는 지독할 만큼 자리를 지킨다. 오늘 따라 땀이 더디게 난다. 되직하게 배어나는 땀이 줄줄 골을 지어 흐를 때까지 기다릴 것이다. 입을 쉬지 않던 사십대 둘이 후닥닥 문을 밀고 나간다. 불었을지 모를 살을 원래대로 돌려놓아야지. 여자는 무작하게 견딘다. 앉은 키 높이의 문이 열리고 허리를 굽힌 갈색 몸매가 들어온다. 갈색이 묻혀든 바깥 온도에 여자는 풀썩 숨을 고른다. 풍성한 젖가슴에다 매끈한 허리선, 한 번도 아이를 품지 않았을 갈색 배가 탄탄하다. 여자는 탄력을 잃기 시작한 자신의 배를 내려다본다. 갈색이 알전구 밑에 자리를 잡는다. 늘씬한 키에다 고르게 탄 갈색 피부가 불빛에 번뜩 빛난다. 갈색은 막 앞에서 들고 온 마대를 어깨에 두른다. 거무튀튀하고 투박한 포대가 갈색을 감싼다. 윤기 나는 얼굴은 적신 타월로 감는다. 견뎌야 할 뜨거움을 나름으로 막은 셈이다. 여자는 매사 준비 없이 일을 맞는 편이다. 남편이 사고를 당했던 날도 그랬다.

그날 따라 여자는 녹두색 패브릭 소파가 거슬렸다. 머리가 자주 닿았던 팔걸이가 찌든 때로 거무죽죽했다. 스프링도 주저앉은 듯했다. 가구를 갈 때가 됐다. 가죽으로 갈아야지. 아냐. 여자는 가죽에 묻은 싸늘한 촉감이 거슬렸다. 그때 전화벨이 울었다. 일산 경찰선데요. 여자 손에 들렸던 인형이 툭 떨어졌다. 낮은 처마 밑의 진열장에 빼곡히 놓였던 인형이 눈보라처럼 어렸다. 가슴으로 뜨거운 덩어리가 치받쳤다. 벌판을 지나던 날선 바람이 느닷없이 불어 닥친 듯도 했다. 미처 내려놓지 않은 송수화기가 뿌, 뿌……, 숨 가쁜 소리를 했다. 여자는 바닥에 떨어진 인형을 우두커니 내려다봤다. 어디선가 기차가 달리는 소리가 났다. 핑크빛으로 붉은 고무 재질의 인형이 여자를 빤히 올려봤다.

달구어진 여자 얼굴이 인형 색깔을 닮는다. 갈색 피부가 자리를 잡자 다시 조용해진다. 여자는 판째 놓인 달걀을 보고 있다. 껍질에 검버섯 같은 반점이 돋아났다. 흰자가 흑갈색으로 알맞게 익었다는 신호다. 켜켜이 쌓아올린 돌 벽은 아랫부분이 까맣게 그을렸다. 서투르게 불을 땐 탓이라고 들었다. 활활 불땀 좋게 막을 태우면 돌은 하얀 분가루처럼 피어난다. 하루를 지켜야 할 열기까지 넉넉히 품는다. 보기 좋은 떡이 먹기도 좋다는 식의 상투성은 여기에도 적용된다. 막을 지키는 비결이 불 때는 솜씨에 있다고, 주인이 했던 말이 생생하게 살아난다. 그을음을 보면서 여자는 불이 날 가능성을 짚는다. 발가벗은 자신이 불탄 시체 속에 끼어 있다. 시체를 에워싼 사진기자들과 구경꾼들의 눈이 솟는다. 여자는 힐끗 문까지의 거리를 헤아린다. 여차하면 잽싸게 뛰어나갈 수 있다. 속에 똬리를 튼 말들이 상상을 잇는다. 누워 있는 남편, 자라는 아이, 거기 낀 자신, 누구 하나 확실치 않다. 연상은 늘 불안에 닿는다. 소심하고 민감한 여자가 맘 놓고 말할 친구는 없다. 아무나 불러낼 깜냥도 아니다. 치밀하지 못한 성격에다 기댈 사람이 없다고 생각하면서 여자는 안절부절못한다. 별 걱정을 다 하는군. 뭐 걱정이 그리 많나. 남편이 그런 말이라도 하던 때가 좋았다. 여자는 탄탄하게 울타리를 두른 집이 그립다. 침입자를 혼자 막아야 한다고 생각하면 가슴이 서늘하다. 여자가 세운 무릎에 얼굴을 묻는다. 턱에 뜨거운 사슬이 닿는다. 견뎌. 여자는 입술을 문다. 막은 돔형의 성을 닮았다. 돌길을 성큼성큼 걷던 남편의 튼실한 다리는 이제 물풍선처럼 흐느적거린다. 여자가 처음 그를 봤을 때가 그린 듯 또렷하다. 그에게서 풍기던 선명한 느낌은 사라졌다. 맺힌 데 없이 웃던 얼굴이 솟는다. 미끈거리던 목에서 땀이 줄기를 이룬다. 누운 이가 팔을 훑는다. 아직 여자 팔은 말짱하다. 제가끔 땀나는 곳이 다르다. 온몸이기도 하고 여자처럼 목과 허리만 나기도 한다. 여자가 빈자리에 몸을 눕힌다. 어딘가 서린 끈질긴 냉기가 스러진다. 여자는 흰 타월을 펴서 몸을 가린다. 젖가슴에서 허벅지까지 넉넉히 덮인다. 남편이 베란다에서 해바라기를 할 시간이다.

여자가 링거 팩에 넣어진 음식을 걸대에 걸 때 전화가 울렸다. 미지근하게 식은 곰국이 코에 꽂은 엘 튜브를 따라서 천천히 흘렀다. 동쪽 창으로 길게 들어온 노란 햇살이 남편 얼굴에 닿을락 말락했다. 조금 지나면 해는 방을 나갈 것이다. 여자는 아침에 먹은 콩나물 몇 가닥이 목에 걸린 듯 께끄름했다. 오늘은 무엇을 먹을까. 밥을 먹기 시작한 아이는 콩나물만 찾았다. 여자는 뭔가 다듬고 씻는 과정이 성가셨다. 콩나물에서 날 비릿한 맛도 거슬렸다. 아이에게 애착이 없어서라고 생각하니 미안했다. 아이 백일을 치르고 난 며칠 뒤 남편이 사고를 당했다. 아이는 지금 여덟 살이다. 낫낫한 얼굴로 마주 대할 틈도 없이 하루가 간다. 아이는 학교 공부에다 미술학원에 다니는 것만으로 벅차다. 거기다 태권도 도장도 빼놓을 수 없다. 아이 스스로 자신을 지키는 방법을 배워야 하니까. 아이가 너댓 살 어름이었다. 물색없이 손에 닿는 대로 휘저어서 남는 게 없을 때였다. 엄마가 불쌍해. 아이가 제 고모에게 하는 말이 흘깃 스쳤다. 여자는 부엌에서 커피를 타다가 문득 아뜩했다. 아이가 이런저런 일을 안다고는 생각 못했다. 불쌍하다는 의미를 알고나 쓸까. 여자는 자기도 모르는 새 흐른 시간을 실감했다. 남편의 얼굴은 늘 그렇듯 멀쩡했다. 뇌가 반 이상 죽었습니다. 의사의 목소리가 또렷했다. '베지터블 스테이트'를 발음하는 의사 얼굴을 뚫어져라 쳐다봤던 것 같다. 남편은 관성으로 눈을 뜨고 비닐 관으로 흘러드는 유동식을 먹었다. 생각도 말도 움직임도 사라진 남편을 깨우려고 여자는 무진 애썼다. 유리에 갇힌 인형 같은 얼굴에 표정이 살아나기를. 누워만 있는데도 눈만큼은 점점 맑아졌다. 여자 몫의 빛을 가져간 대신 칙칙한 어둠을 돌려준 듯했다. 여자는 일마다 힘겨웠다. 나갈 길 없는 캄캄한 토굴에 갇힌 듯 나날이 암담했다. 번번이 그를 들어올리는 일도 힘에 부쳤다. 금세 입을 열 것 같은 멀쩡한 외양을 보면 심사가 뒤틀렸다. 기껏해야 앉고 일어서기만 할 뿐이어서 남편은 점점 몸이 불었다.

엄마, 모자가 많아요. 아이가 젓가락으로 국그릇을 휘저었다. 희끗한 콩 껍질이 국에 떠다녔다. 유난히 콩나물을 찾는 아이였다. 몇 가닥 풀을 먹으면서 살 힘을 얻는다고 생각하니 신기했다. 링거 팩으로 음식을 받아들이는 남편도 마찬가지였다. 관을 통해 흘러드는 액체가 남편을 살리고 있다. 산다고……? 여자는 멈칫했다. 눈을 깜박이는 게 전부인 남편을 살았다고 해야 할까.

잔돌을 방사형으로 박아 넣은 성안 길을 걷던 남편의 뒷모습이 지나갔다. 둘이 나란히 서면 낄 듯 좁던 길. 그때만큼 좋은 적은 그 뒤로 없었다. 쓸모없는 가구처럼 방을 차지한 남편에겐 모든 게 정적일까. 텅 빈 눈처럼 세상이 비었을까. 고통은 여자 몫으로 밀치고 혼자 고요를 누린다고 여기니 속이 끓었다. 팩 속의 젖빛 국물이 조금씩 줄었다. 조용한 실내에 요란하게 벨소리가 울렸다. 신통한 전화일 리 없다고 생각한 여자가 느릿느릿 전화를 받았다. 나야. 어떻게 지내? 친구 목소리는 여자와 딴 세상에 있었다. 전화선으로 한가하고 기름진 음성이 흘러왔다. 기쁨을 기쁨인 줄 모를 만큼 안온한 일상이 목소리에 묻어났다. 한 가닥 기쁨에도 허겁지겁 매달리는 여자가 저절로 견주어졌다. 혼자만 밀쳐졌다고 생각하니 짜증스러웠다. 친구는 이쪽이 어떤 형편인지 모르는 눈치였다. 어제 가족과 밖에 나가 식사했어. 청담동에 새로 생긴 프랑스 레스토랑이었어. 비싸기만 하고 맛은 없더라. 여자는 왈칵 화가 났다. 겨우 다독인 속내가 뒤집어졌다. 어쩌자고 전화야. 차라리 모른 척해. 생각이 입 밖으로 튀어나왔다. 여자를 뺀 모두가 살 맛 나게 사는 판이었다. 자신의 몫을 누리느라 주위를 살필 겨를도 없지 않은가. 펄펄 끓는 속을 다스리느라 여자는 씩씩거렸다. 벽에 걸린 '그랑자트 섬의 일요일'이 그녀를 내려다봤다. 여자와 남자들이 물가를 거닐고, 짝 지은 무리 위로 한가하고 무탈한 해 어름이 이어진다. 어떻게 해도 여자가 닿을 수 없는 장면이었다. 무심히 걸었던 복제화였다. 여자는 그림을 팽개쳤다. 유리 깨지는 소리에 뛰어나온 아이가 겁먹은 얼굴을 했다. 왜 그래? 엄마. 여자는 말없이 깨진 유리를 치웠다. 자신만 악몽 속에 남겨졌다. 쓰디쓴 패배감이 여자를 쳤다. 날카롭게 모를 세운 유리조각이 손을 찔렀다. 연민 따위나 되작일 수는 없었다. 족쇄에 묶인 자신을 비웃는 소리가 들린 듯했다. 상처는 깊었다. 빨갛게 쏟아지는 핏방울이 외려 통쾌했다. 아슬아슬한 벼랑 끝에 매달린 듯 절박한 심사를 누구도 모른다. 사람들은 무신경하게 툭 툭 치고는 관심이라고 우긴다. 말없는 남편과 살다보니 침묵도 자연스러웠다. 여자의 상상은 일마다 자르고 덧붙이고 날개를 달았다. 어쨌거나 여자 대신 살아줄 이가 있을 리 없다. 친친 동여맨 손가락이 욱신거렸다. 여자는 자신의 자리를 벗어나고 싶다. 몸을 달구는 내밀한 유혹도 혼자 다스려야 했다. 느닷없이 치미는 술렁임을 알릴 수도 견딜 수도 없다. 사내를 바라는 몸과 안 된다 하는 마음이 짱짱히 맞섰다. 여자를 태웠던 첫 불길은 사내를 자주 만나면서 불땀이 숙었다. 기억나지 않는 사소한 일에 불끈 화내는 그를 보며 여자는 볼썽사납게 어긋난 걸 눈치 챘다. 스스로 불구덩이에 빠졌으니 나오는 것도 자신이 해야 한다. 한증막은 여자가 찾아낸 쉴 터다. 터질 듯 아슬아슬한 심사가 가까스로 안전지대를 찾는다. 열 시면 나타날 간병인과 함께 남편을 휠체어에 앉히는 게 여자의 일상이 됐다. 늙수그레한 간병인이 낮 동안 그를 돌본다. 초등학생인 아들이 영어학원에 있을 시간이다. 아이는 한 번 집에 들른다. 간병인이 점심을 잘 차려줬을까. 태권도 학원이 끝나는 여섯 시까지 여자는 자유다. 아침에 한 번 남편의 기저귀를 간다. 소변기를 자주 비우세요. 비울 때마다 씻고. 여자는 간병인에게 그 말을 하고 집을 나온다. 수선스런 아이가 그나마 가라앉은 공기를 살린다. 모빌에 눈과 귀가 익숙할 무럽 여자가 요정인형을 아이에게 내밀었다. 소리를 따라 움직이던 아이 눈이 인형은 피했다. 보라색 인형 옷으로 가득 찼던, 그 낮은 처마의 가게가 실제였을까. 날렵하게 철로 위를 달리던 테제베의 속도처럼 시간이 갔으면. 기차에서 내렸을 때 아, 여자가 낮게 감탄했다. 느리게 흐르는 강 건너 멀리 미니어처 같은 시가지가 열렸다. 일곱 난쟁이들이 오갈 것 같은 좁은 길에 작은 가게들이 이어졌다. 요정인형만 빼곡했던 가게 앞에서 여자는 홀린 것처럼 걸음을 멈췄다. 파란 눈동자를 한 깔끔한 여종업원이 쌀쌀하게 여자를 맞았다. 흰 앞치마를 두른 종업원들이 화려하게 장식한 가게 안을 오갔다. 보라색 짧은 드레스와 앙증맞은 앞치마, 나비처럼 화사한 두 장의 날개. 크기가 다를 뿐 한 종류만 진열된 가게였다. 여자는 요정의 숲에 선 것처럼 부신 눈을 했다. 가격표를 견주면서 작은 것을 집었는데. 얼만지 잊었지만 꽤 비싼 가격이었던 건 기억난다. 인형은 그녀의 침대머리맡에 자리 잡았다. 무리 속에 끼어 있을 때는 몰랐는데 집에서 보니 오종종했다. 여자는 인형만 보면 피하는 아이가 신기했다. 가끔 아이 눈앞에 인형을 디밀었다. 그때마다 홱 돌아가던 고개. 야들야들한 볼이 짚인다.

아아, 여자는 소리친다. 끝이 안 보이는 풀밭이다. 서늘한 바람이 알몸을 훑는다. 언제 밖으로 나왔지? 여자는 의아하다. 구름 더미처럼 검은 그림자가 여자를 덮친다. 빈곳이 채워지는 아뜩한 느낌. 낱낱의 세포가 파들파들 생기를 띤다. 빛이 어우러진다. 농밀한 단내가 왈칵 몰린다. 아뜩한 절정에 여자는 소스라친다. 퍼뜩 눈을 뜬다. 밤처럼 깜깜하다. 전깃불이 있었는데? 온몸에 땀이 흥건하다. 미처 지워지지 않은 홍분이 여자에게 미열처럼 남는다. 어둠이 여자를 녹일 것 같다. 왈칵 겁이 난 여자가 더듬더듬 밖으로 나온다. 벽을 채운 거울에 여자가 서 있다. 얼마쯤 떨어진 자리에서 실루엣으로 남은 선이 아련하다. 그러고 보면 결혼과 임신과 출산이 단숨에 지나갔다. 잠깐 숨 돌리는 틈에 자동차 사고가 일어났다. 그 어름에 살이 붙었을라고. 실제보다 길어 보이는 세로결 유리가 아닌지 미심쩍은 여자가 거울을 훑는다. 홀 가두리로 반듯반듯한 갈색 마대를 펴놓았다. 병원용을 본 딴 검은 비닐 베개도 보인다. 병원이라면 지긋지긋하다. 여자는 검은 뭉치를 외면한다. 가운째거나 맨몸인 사람들이 마대 위에 눕거나 앉아 있다. 주인도 손님도 내키면 눕는다. 홀 가운데 자리 잡은 화투판이 떠들썩하다. 한 옆에 천 원짜리 지폐가 수북하다. 몇몇은 낯이 익은 패거리다. 아는 척하기는 조금 깔깔한, 어색한 시선과 맞닥뜨리기 전에 여자가 눈을 돌린다. 흡연실이라는 명패를 붙인 방은 늘 그렇듯 북적인다. 닫지 않은 문으로 뭉텅이 진 담배 연기가 샌다. 거기 벌린 판도 다르지 않다. 우그러뜨린 맥주 캔에다 너저분한 음식 접시들. 여자는 담배연기가 닿지 않을 만한 곳을 눈으로 더듬는다. 코너에 빈자리가 하나 있다. 여자가 그쪽으로 가서 앉는다. 기역자 홀 저편, 출입구를 막은 카운터에 손님이 서 있다. 누웠던 주인이 발 빠르게 움직인다. 암팡진 삼십대의 여주인은 날렵하게 가운, 수건, 열쇠를 모아 내민다. 음료수가 가득 찬 냉장고를 보면서 여자는 목이 마르다. 냉커피 주세요. 부지런한 오십대의 관리인은 웅얼거리는 소리를 잽싸게 알아챈다. 여자가 내민 천 원짜리가 검은 빛 물통과 엇갈린다. 제가끔 얼음이 채워진 플라스틱 용기를 옆에 두고 있다. 파르스름한 녹차나 짙은 커피 따위. 냉장고 옆의 바구니에는 레이스가 드러나게 접은 색색 속옷이 담겨 있다. 행거에 걸린 모피코트도 보인다. 기웃거리는 사람 없이 물건은 늘 그대로다. 주방도 한가하지 않다. 옆에 놓인 앉은뱅이 상에 두 사람이 앉아 국물을 홀짝거린다. 살펴보면 이만큼 쉬운 장사도 없다. 여자 셈속이 재빨리 움직인다. 탕은 때밀이가, 홀은 매점에서, 방은 마사지사가, 한증막은 계란을 파는 이가 맡아 청소한다. 부엌은 부엌대로 돌아간다. 그것도 상당한 보증금을 넣는다는 건 저절로 들린 입 소문으로 알았다. 주인은 카운터만 지키면 된다. 가끔 외출할 때 대신 봐줄 사람도 아쉽지 않다. 화투판을 기웃거리는 때밀이, 아니 목욕관리사는 아직 손님이 없다. 손바닥 크기의 꽃무늬망사팬티 차림으로 스스럼없이 여기저기 기웃거린다. 어느 분야든 관리다. 손톱, 발톱은 물론, 발, 피부, 비만, 헤어스타일, 모발, 모든 신체를 내맡긴다. 현금도 부동산도 관리해준다. 너나없이 관리비를 버는 일이 관심사다. '나'를 맡길 돈을 벌기 위해서 다들 혈안이 된다. 자급자족의 시대는 신화가 됐다. 목욕관리사가 방에서 원피스를 들고 나온다. 떨어진 단추를 들고 옆 사람에게 실과 바늘을 한데 내민다. 꿰어달라는 부탁이 간결하다. 실은 맺어주는 게 아니라네. 꿴 실을 돌려받으면서 관리사가 말한다. 죽으면 매듭 풀어내라고 조른대. 주인 없는 말들이 실내를 채운다. 속셈이 빠른 여자는 어느 것도 안 놓친다. 돈을 심어서 쑥쑥 자랄 데를 찾아야 한다.

실내에 보이지 않게 떠돌 먼지가 여자를 괴롭힌다. 먼지 속에서 밥을 먹는 이들의 무신경이 언짢다. 미세한 살비듬이 국물에 내려앉는다. 뻑뻑하게 떠돌 먼지가 코로 입으로 쏟아질 텐데. 어릿거리던 속이 현기증으로 바뀐다. 머리가 핑 돈다. 시야가 꼴을 잃고 흔들린다. 뭐가 잘못됐지? 속이 뭉친 것처럼 거북하다. 핏기가 명치로 쏠린다. 안색이 드러나게 창백하다. 여자는 컨베이어벨트에 얹힌 것 같다. 오랜 시간 땀을 뺐을지 모른다. 오늘 따라 막 안이 지나치게 뜨거웠을지도. 여자가 휘뚝 그 자리에 쓰러진다. 뭉쳐진 가운이 등을 찌른다. 마그마 같은 뇌수가 아뜩하게 흐른다. 여자가 정신을 안 놓으려고 안간힘 쓴다. 눈에 가물거리는 무색 빛, 어른대는 흰 무리가 둥글게 휜다. 여자는 느린 그림처럼 손을 뻗는다. 가까스로 손에 플라스틱 통이 닿는다. 빨대를 따라 쌉쌀하고 찬 커피가 목을 넘는다. 선뜩한 기운이 잦으면서 어지럼증이 한 고비를 넘긴다.

　남편이 눕게 되면서 여자의 일상도 바뀌었다. 의식을 놓아버린 몸뚱이의 허망함에 여자는 진저리친다. 텅 빈 남편의 눈이 여자의 시간을 빨아들인다. 늘 곁에서 부산스럽게 뛰던 아이도 언젠가는 어미 품을 떠날 것이다. 있는 줄 알았다가 느닷없이 사라지는 일이 꿈에만 있는 게 아니다. 자동차를 산다는 건 남편의 꿈이었다. 차를 보기로 했어. 깨끗하게 탔던 차래. 더 큰 차를 사려고 내놓았다는 거야. 남편의 목소리가 또렷하다. 함께 시운전하기로 했다던 남편친구라는 게 알고 보니 새파랗게 어린 여자였다. 그 자리에서 죽었다는 어린 여자는 잠결에 묻어든 꿈처럼 지워졌다. 여자가 뒤에 현장을 찾아갔을 때 자유로(自由路)는 적막했다. 무섭게 내달리는 차가 쌩, 쇳소리를 남겼다. 여자는 처참하게 휘어지고 끊어진 흰 가드레일을 우두커니 바라보다 돌아왔다.

남편이 탔던 차는 일 미터가 넘게 턱이 진 경사에 거꾸로 박혔던 모양이었다. 정비소로 옮겨진 차를 사진으로만 봤다. 엔진 부분이고 어디고 망가진 차체가 손으로 구긴 은박지처럼 참혹했다. 의식을 잃은 남편은 혼수상태로 들어갔다. 벌린 눈꺼풀 사이로 활짝 열린 동공을 보며 의사가 절레절레 고개를 흔들었다. 여덟 군데의 뇌혈관이 터졌다는 말에 여자는 자지러질 것 같았다. 거기다 허룩하지 않은 보험회사까지 여자를 놔두지 않았다. 냉정하고 실리적인 그들이 일일이 사정을 봐줄 리 없었다. 여자는 자신이 바쉬진다고 생각했다. 그렇다고 마냥 끌려갈 수도 없었다. 보험회사를 상대로 여자는 지루하게 싸웠다. 죽으면 오히려 간단하다는, 싸가지 없는 직원의 말투에 끝까지 싸우리라 결심했다. 산소마스크만 떼면 끝이라는 언질에 여자는 마음이 단단해졌다. 여자는 남편을 살리려고 죽을힘까지 썼다. 두 번, 그의 숨이 끊길 뻔했다. 부랴부랴 응급처치를 하는 동안 애가 탈 대로 탔다. 남편을 살린 것이 잘한 일인가. 여자는 이제야 혼란스럽다. 남편은 누구보다 오래 살지 모른다. 그와 얼굴을 맞대고만 있을 수 없다. 돈 불릴 데를 찾아야 한다. 그가 나을 것이라는 희망은 버려야 했다. 여자는 간병인을 쓰기로 했다. 아침이면 남편을 휠체어에 태우고 저녁이면 침대에 눕혔다. 오래 자리에 누운 환자에게 생긴다는 욕창이 그에게는 없었다. 육십을 넘긴 간병인은 시댁 쪽 일가붙이다. 쯧쯧, 느닷없는 사고가 안쓰러운 듯 혀를 차는 그녀의 버릇이 여자는 달갑지 않다. 그렇게 잘 생기고 똑똑하더니. 어릴 적의 남편을 잘 아는 말투에도 심술이 나려 한다.

컴퓨터 오락에 빠진 아이는 진즉 제 방으로 들어갔다. 환한 불빛과 텔레비전 소리뿐 집 안은 고요했다. 여자는 무거운 눈길로 남편을 돌아봤다. 멀쩡한 얼굴을 볼 때면 혼자 했던 생각들이 민망했다. 달리 여자가 하소연할 데도 없었다. 죽은 친정어머니라도 있었다면, 바작바작 속을 태우느니 불에 뛰어드는 게 나아. 억지조차 부질없었다. 여자는 죄책감과 연민에 얽혔다. 성가신 보험회사는 설계사였던 시누이가 대신 맡았다. 싹싹하고 현실에 밝은 그네가 뛰어 다니는 걸 여자는 구경만 했다. 몇 년을 끌던 소송이 마무리되고 꽤 많은 보상금을 받았을 때는 살 것 같았다. 어떻게든 남편이 숨을 쉬기만 하면 해마다 오천만 원씩 나온다. 여자가 먹고 살 걱정은 하지 않아도 됐다. 운이 좋다고 하기에는 면구스러웠다. 생각해보세요. 쉬지 않고 닦는 데야 빛나지 않을 수 없지요. 여자는 멀거니 앉아서 티브이에 눈을 주었다. 무슨 말 끝에 강사가 그런 식으로 마무리했다. 여자는 번뜩 그 말을 잡았다. 교육방송 채널이었다 강사 입에서 침이 튀는 게 보여서 여자는 희미하게 웃었다. 칠판에 휘갈겨 쓴 한자가 어지러웠다. 요란한 몸짓을 보면서 여자는 말이 물과 같다고 생각했다. 숨어 있는 싹을 틔운다. 남편이 저렇지 않다면 그 말에 감탄할 이유가 없었다. 간병인과 여자가 번갈아 돌본 남편은 불 밝힌 백열등처럼 환했다. '홀로 서기'의 말뜻도 알 것 같았다. 쓰러질 때 붙잡아줄이가 없다는 것 빼고는 혼자도 나쁘지 않았다. 쉬지 않고 닦는 데야 빛나지 않을 수 없지요. 듣고 보니 당연했다. 당연해서 지나친 게 그 말만은 아닐 것이다.

파리에서 공부하는 그를 만났을 때 홀시아버지의 외아들이라는 건 문제가 되지 않았다. 오래된 도시에 뱄을 꿈같은 분위기가 여자를 사로잡았다. 공부를 끝낸 그는 곧장 돌아왔다. 여자를 기다렸을 신주함이 그녀를 맞았다. 신주함은 밤나무로 만든 걸 제일로 쳐. 나무가 죽기 전에는 뿌리에 붙은 밤 껍질이 절대로 떨어지지 않는다는 거야. 조상이 없어지면 나도 없다는 말이지. 신주함은 여자의 현실이었다. 검은머리가 한 올도 보이지 않는 노인은 큰일을 마친, 뻐근한 표정이었다. 여자는 난감했다. 밤나무에 의미를 붙이는 건 우스꽝스러웠다. 그렇다고 대놓고 마다할 수도 없었다. 여자는 새침할 입매를 의식했다. 입가를 풀면서 결혼이 현실이라는 상투적인 말을 알 듯했다. 프랑스에 가려졌던 남편의 실상은 신주함이 들어서자 낱낱이 까발려졌다. 그러고 보면 남편은 밤나무 신주함과 뺀 듯 닮았다. 명분만 있다. 결혼했으니 가장이라는 이름뿐 실세인 아버지 돈을 받아야 생활이 됐다. 지금은 또 누워만 있는, 명색만 남은 남편이다. 고즈넉이 선 작은 밤나무 함이 섬쩍지근하기까지 했다. 여자는 귀신을 믿지 않는다. 남편이 사고를 당했을 때는 머리로 쏟아진 통나무에 그대로 깔린 것 같았다. 어쩔 수 없다고 받아들이기까지 한 움큼씩 속이 바스러졌다. 남편이 이런 상태로 살게 되리라고는 가늠하지 못했다. 아는 테두리를 넘어선 일이 너무 많다.

영국의 우주물리학자 스티븐 호킹을 본 것도 교육방송에서였다. 그는 몸속의 운동신경이 차례로 망가져서 온몸이 뒤틀리는 루게릭 병에 걸렸다고. 20대에 발병한 그에게 일 년, 길어야 이 년 안에 죽는다는 진단이 내려졌다. 그런 그가 60을 넘은 지금껏 살아 있다. '블랙홀은 검은 것이 아니라 빛보다 빠른 속도의 입자를 방출, 뜨거운 물체처럼 빛을 발한다.' 굳어가는 몸을 가지고도 그는 블랙홀을 뒤집은 이론을 세웠다. 그의 고백을 들으면서 여자는 감동했다. 내가 이룬 어떤 업적보다 뛰어난 업적은 내가 살았다는 것입니다. 정신으로 사는 호킹. 몸만 멀쩡한 남편. 어울려야 할 두 부분이 따로 남은 그들을 같다고 우기기엔 어색했다. 몸과 정신이라는, 떼어낼 수 없는 둘을 하나씩만 가진 사내들. 몸만으로는 아무것도 아니었는데 정신은 홀로 남아도 뭔가 해내는 모양이었다. 남편에게 묶여서 사는 기쁨까지 묻는 게 온당한지, 그를 끝까지 감당할 수 있을지, 감당해야 하는지 여자는 곰곰이 생각했다. 그가 보장할 돈까지 포기해야 한다고 생각하면 혼란스러웠다. 어쩌다가 이 지경이 됐지? 억울한 생각대로라면 귀신과 드잡이라도 하고 싶었다. 자신이 차린 제삿밥을 먹는다면 자손이 저런 변을 당하게 놔둘 리 없다. 보살피지는 못해도 해코지한다는 건 당치 않다. 기껏해야 상징일 뿐인 없는 것에 공들이는 건 어리석은 일이었다. 시아버지가 너무 일찍 여자에게 밤나무 함을 넘겼을지 모른다. 그것만 안 받았어도 남편이 갑자기 누워버리는 일은 없었을지 모른다.

여자는 입욕실로 들어간다. 폐목으로 마무리한 인테리어를 그제야 본다. 입구 기둥도 겉껍질만 벗긴 통나무다. 땀에 젖은 가운을 벗어들고 여자는 걸 곳을 찾아서 두리번거리다가 황토사우나로 들어선다. 황토를 짓이긴 천장과 벽, 바닥이 온통 붉다. 황토, 은, 옥, 자수정, 맥반석, 게르마늄…… 검증할 수 없는, 검증됐다고 우기는, 건강에 좋다는 것들이 넘친다. 나무를 덧댄 벽이 옷걸이째 건 타월로 하얗다. 사람들이 한증막으로 몰려서 여기는 거의 비는 데다 거는 대로 잘 마른다. 가운을 건 나뭇결은 트고 갈라졌다. 여자는 생명을 잃은 것에 민감하다. 죽은 것들이 자신을 둘러싼다. 여자는 서둘러 샤워기 앞에 자리를 잡고 플라스틱 바가지를 집어 든다. 희끗한 바가지에 물을 받고 보니 부옇다. 여자는 뭔가 섞인, 끈끈한 흔적을 거푸 물로 씻는다. 미지근한 물을 머리부터 끼얹자 번쩍 정신이 든다. 짧은 파마머리가 튀어든다. 수선스럽게 오가던 그녀가 여자 앞에 버티고 선다. 이봐요. 여기 타놓은 우유 못 봤어요? 아이 발라주려고 타놓고 잠깐 나갔다 온 새에 없어지다니……. 여자를 쳐다보는 눈에 혐의가 짙다. 묻는 게 아니라 도둑으로 모는 낌새다. 몰라요. 여자는 대거리하고 싶지 않다. 샤워기의 물줄기가 세다. 파마머리는 좀체 그만둘 기세가 아니다. 아니, 누가 가져간 거야. 내 우유를……. 여자를 힐끔거리는 눈길이 사납다. 그런다고 씻겨나간 우유가 나올 리 없다. 그깟 우유쯤 가지고. 그럴 수도 있지. 여자는 속으로 혀를 찬다. 증거 없는 혐의는 효력을 잃는다. 파마머리는 더 어쩔 수 없다. 여자를 힐끔거리는 눈매가 사납다. 여자는 들키지 않게 바가지를 구석으로 민다. 말끔히 씻겼을 텐데 꼬투리를 잡힐까 봐 켕긴다. 사우나 속에 걸어둔 가운이 가슬가슬하게 말랐다.

여자는 홀 벽에 붙은 어지러운 광고를 하나씩 읽는다. 호박물. 배물. 당귀차. 경락마사지. 실면도. 뜬금없이 큰 글자가 눈을 잡는다. 저런 이름의 섬이 있었던가. 아슴푸레해지던 눈길이 쓴웃음으로 바뀐다. 여자를 눕혀놓고 솜털을 밀어주던 어머니가 튕겨 나온다. 틀린 띄어쓰기는 보는 대로 실소로 바뀐다. 꼬아진 무명실이 훑을 때마다 소름끼치게 아프던 기억. 아픔보다 매웠던 어머니 손끝. 여자에게는 다 옛날 일이 됐다. 바지런했던 어머니가 무릎에 실을 비벼 꼬는 게 여자는 신기했다. 따로 꼰 두 줄이 하나가 되는 건 마술이었다. 아가, 이마가 넓어야 이쁘단다. 야무지게 꼰 실을 흔들며 여자를 부르던 목소리가 귓가에 돈다. 아이였던 여자가 주춤주춤 물러서고. 왁살스럽게 잡혀서야 어머니무릎을 베고 누웠던 기억이 몇 번 있다. 푸릇한 연기 냄새로 맡아지던 어머니 체취가 새삼스럽다. 아이는 눈물을 질금거리고, 뽑힌 솜털을 보이면서 어머니가 밝게 웃었다. 조붓한 이만큼의 이마는 실면도 덕일까. 어머니도 남편도 뿌리에 붙은 밤 껍질처럼 여자를 놓지 않는다. 남편이 죽으면 안 된다.

　여자가 거울 앞에 선다. 발그레한 볼이 윤기로 반짝인다. 매끈한 허리선이 앉아서 볼 때보다 한결 낫다. 희미한 음악소리에 여자가 귀를 세운다. 쌀쌀한 음조는 자신이 고른 우편마차다. 여자는 성가신 표정으로 라커를 훔쳐보고 그만이다. 거울 속, 둥근 눈이 여자를 마주 본다. 음악은 끝나지 않는다. 처리해야 할 신호음이 망치처럼 머리를 두드린다. 가라앉은 어지럼증이 도질 것 같다. 여자가 머리를 묶은 고무줄을 잡아당긴다. 열기와 습기에 시달린 숱 많은 머리채가 맥없이 쏟아진다. 고무줄에 엉킨 머리카락을 보며 여자는 미간을 찌푸린다. 한 움큼 뽑힌 검은 털이 이물스럽다. 고무줄에 달린 열쇠를 옷장에 꽂고 휴대폰을 꺼내는데 음악이 그친다. 액정판에 적힌 전화번호는 사내의 것이다. 여자는 휴대폰 스위치를 끄고 라커를 잠근다. 사내를 만나려면 작전을 짜야 한다. 마구잡이로는 안 된다는 생각이 요즘 든다. 언니, 예뻐졌네. 좋은 일 있어? 시누이가 빤히 쳐다봤을 때 얼굴로 왈칵 피가 모였다. 저절로 핀 혈색에다 훈훈해진 마음까지 들킨 것 같았다. 사라진 빛이 돌아와 어디랄 것 없이 반짝이는 느낌. 여자는 오랜만에 찾아든 생기가 반가웠다. 시누이가 알아채는 건 바라지 않았다. 좋은 일 좀 있어봤음 좋겠어요. 문지르듯 피하는 여자를 쥐 눈처럼 반짝이는 시선이 짯짯이 훑었다. 미심쩍은 시누이의 눈길을 받자 끝만 잘라낸 바늘을 뿌린 것처럼 얼굴이 따끔거렸다. 그렇다고 사내를 덮어놓고 좋아할 수는 없었다. 머릿속에 갖가지 궁리가 엉겼다. 여자는 자신이 쓰는 돈에도 혐의를 두었다. 사내가 음흉한 속셈을 가졌을지 살펴야 한다. 어리석게 넘어가면 안 된다. 정말 그의 친구일까? 여자가 남편친구를 다 알리 없을 텐데 처음 본 얼굴인 것도 마음에 걸렸다. 자신을 밝힌 환한 느낌은 좋다. 그렇지만 엉겨드는 의심이 갈피를 못 잡게 했다. 이 정도면 돈을 써도 괜찮다는 생각도 없지 않았다. 왜 하필 나야? 여자가 사내에게 물은 적이 있었다. 운명이겠지. 눈을 맞추면서 사내가 말했다. 그가 사준 휴대폰에는 '하늘만큼, 땅만큼'이 떠 있었다. 이런 삼류라니. 여자는 비웃으려 했다. 유치하다고 뭉개면서 그 말에 잡힌 것도 사실이다. 어둡던 속내가 햇살처럼 빛났다. 사내는 증권에 정신없이 매달렸다. 여자가 그를 따라 객장에 간 적이 있다. 반드시 올라. 틀림없어요. 지금이 투자 적기야. 여자는 쉽게 설득됐다. 사내에게 빌려준 오천만원을 받을 수 있을까. 또 불안이다. 돈을 떼인 맹가니 소문이나 기사가 흔하다. 듣고 볼 때마다 여자는 핏줄이 오그라든다. 내가 미쳤지. 혼잣말이 저절로 샌다. 여자는 부쩍 친절해진 사내가 의심쩍다. 또 다른 투자를 요구할지 모른다. 휴대폰 번호를 바꿔야지. 그를 만나지 말아야 할까? 빌려준 돈은? 돈을 떼인다고 생각하면 섬뜩하다. 매듭 없이 돈만 받고 헤어지는 방법을 찾아야 한다. 막아 줄 울타리도 없는데 문제가 생기면 곤란하다. 그렇다고 돈을 받 아낼 자신도 없다. 불한증막이라면 경험 없는 여자도 잘 해낼 것 이다. 돈을 잃었다 쳐도 만회할 수 있다. 북적거리는 손님이 마음 을 끈다. 여자는 속이 타고 머릿속이 부산하다. 손에 쥔 커피가 바닥을 드러낸다.

여자가 주방 옆, 정수기로 다가간다. 푸르스름한 살균등이 켜 진 장 속에서 스테인리스 컵을 꺼낸다. 받은 물을 마시려고 목을 꺾는다. 천장에 붙은 환기구마다 엉긴 그을음으로 까맣다. 한 번 마셔서는 갈증이 가시지 않는다. 정수기를 찾는 사람이 많다. 불 은 미지근하다. 선 채 거푸 두 잔을 넘긴다. 정수기 옆 앉은뱅이 상은 빌 새가 없다. 미역국에 밥을 말아먹던 이가 여자를 힐끗 올 려보고 도로 고개를 박는다. 방 가운데를 차지한 상을 지나야 막 에 갈 수 있다. 전구 필라멘트가 나갔었지. 여자가 17인치 모니 터만 한 한증막 유리를 살핀다. 흰색을 칠한 문에 그을음이 테두 리를 그린다. 주황색 불빛을 밝힌 유리가 거기만 강조한 흑백 스 틸 같다.

여자는 텅 빈 안에 서 있다. 갈아 끼운 전구가 밝다. 거칠게 짠 둥구 멍석이 발바닥을 찌른다. 벽 틈으로 푸릇한 빛이 샌다. 다시 카르카손이다. 호기심에 밀린 손에 살균등 같은 불빛이 닿는다. 빛을 뿜는 블랙홀이라고? 손이 닿기 전에 돌은 소리 없이 밀린 다. 눈동자로 푸른빛이 쏟아진다. 여자는 빨려들듯 걷는다. 형광 색 빛이 아득한 어둠을 가른다. 이리 와. 메아리를 울리는 바리톤 이 익숙하다. 소리만으로 형태를 느끼는 건 수상하다. 여자는 목청껏 외친다. 이렇게 살 수 없어. 누구나 행복해야 한다며? 어디나 진부한 말 투성이다. 자신도 세뇌됐다. 여자의 말이 어둠에 먹힌다. 바닥 없이 깊고 따뜻한 흐름에 여자가 몸을 눕힌다. 불안 염려 자괴감 같은, 여자를 괴롭히던 추상이 스러진다. 비지로 목을 막은 듯 빽빽하던 속내가 느슨하게 풀린다. 눈 안쪽에 반짝이는 윤슬이 일렁인다. 퍼뜩 여자가 눈을 뜬다. 불빛이 눈을 쏜다. 여전히 혼자다. 여자가 뜨거운 팔찌를 문지른다. 다시 처음부터 시작이다.

건강한 남편이 잔돌 박힌 좁은 길을 걷는다. 여자를 본 그가 잰걸음으로 다가온다. 가난했던 유학생은 웃음도 생각도 사라진 대신 황금 열매를 맺는 나무가 됐다. 주어진 것이면 사는 데 충분하다. 최악이라니. 천만의 말씀. 스스로 괴롭혔을 뿐이다. 여자는 어른거리는 환영을 좇는다. 죽음을 향해 걷는 산 자의 음산한 행렬. 너도밤나무 그늘이 짙다. 남편이 곧은 다리로 씩씩하게 걷는다. 후빌 듯 따가운 열기가 살갗을 훑는다. 흥건한 땀이 쉴 새 없이 흐른다. 벽을 따라 말간 눈이 솟는다. 넘어야 할까, 갇혀야 할까. 끝없는 미로다. 여자가 어금니를 지그시 문다. 다시 카르카손에 갈 수 있겠지. 남편이 될 그를 프랑스로 찾아갔던 건 잘한 일이었다. 한 가닥 추억에 남은 날을 뭉뚱그릴 수 있으리라. 그 뒤로 여행을 간 적은 없다. 쇄골에 닿는 목걸이가 따갑다. 여자가 열에 시달린 긴 머리를 앞으로 훑어 내린다. 친친 몸을 감는 질긴 뿌리를 독하게 버텨야 한다. 타듯 요염한 옻나무가 어른거린다. 아득한 곳으로 불이 옮겨간다. 비산(飛散)하고 싶은 절정의 징후에 여자는 모질게 시달린다. 앙증맞은 요정이 눈꺼풀 속을 난다.

거침없이 날 것 같던 날개는 찢어졌다. 빈껍데기를 숨긴 나무가 무성하다. 꼭 다문 여자의 입매가 펴진다. 되돌릴 수 있는 게 있을까. 적어도 돈만큼은 확실하다. 잘만 투자하면 무섭게 불어난다. 여자는 쉴 새 없이 파닥이는 날개를 탄다. 원심력과 구심력. 밖과 안. 나가고 싶은 그러나 그럴 수 없는. 틈바구니에 낀 마음이 찢길 듯 팽팽하다. 죽음보다 깊은 어둠. 밤 껍질이 된 남편이 거기 서 있다. 여자가 소스라친다.

류 담 연세대학교를 졸업했다. 2000년 《21세기문학》으로 등단했다. 작품집으로 《샤허의 아침》이 있다.

방현희

붉은 이마 여자

첫째 날, 그녀는 빈 집으로 들어갔다. 분홍과 노랑, 갈색과 초록이 뒤죽박죽 섞인 폭 넓은 치마를 입고 색 바랜 블라우스 리본을 한 손으로 만지작거리며. 그녀는 리본을 만지작거리는 게 아니라 자기도 모르는 사이 쓸어 내리고 있었다. 바람에 밀려 뒤로 날리는 치마 위로 리본 끝이 팔락이고 있었다. 블라우스 자락 사이로 배가 훤히 드러나는 것도 몰랐다. 잡풀에 발가락이 걸려 넘어질 뻔하다 누군가 집 뒤란에서 그녀를 부르는 듯한 기분이 들었다. 그녀는 키 큰 풀을 밟아 짓이기며 뒤겯으로 돌아갔다. 닭이 한

었다. 어떤 풀들은 네 채의 닭장을 수직으로 통과하며 기다랗게 자라 있었다. 할아버지 둘이 그 닭장 사이에서 모습을 드러냈다. 한 할아버지는 어느새 그녀의 뒤쪽으로 걸음을 옮겼고 그녀는 자기에게로 다가오는 나머지 한 할아버지를 우두커니 바라보았다. 색이 바래데다 둥근 테마저 닳아 빠진 중절모를 쓰고 조끼까지 갖춰 입은 예복 차림의 할아버지는 그녀에게 손을 내밀었다. 그녀는 영문도 모르고 그의 손을 잡았다. 어쩌면 이빨이 서너 개밖에 남아 있지 않을, 뺨이 쭈글쭈글한 그는 그녀를 빙 돌려 세웠다. 여전히 아무것도 모르는 그녀는 할아버지 가슴에 폭 안기고 말

첫째 날.

그녀는 빈 집으로 들어갔다. 분홍과 노랑, 갈색과 초록이 뒤죽박죽 섞인 폭 넓은 치마를 입고 색 바랜 블라우스 리본을 한 손으로 만지작거리며. 그녀는 리본을 만지작거리는 게 아니라 자기도 모르는 사이 풀어 내리고 있었다. 바람에 밀려 뒤로 날리는 치미 위로 리본 끝이 팔락이고 있었다. 블라우스 자락 사이로 배가 훤히 드러나는 것도 몰랐다. 잡풀에 빌기락이 걸려 넘어질 뻔하다 누군가 집 뒤란에서 그녀를 부르는 듯한 기분이 들었다. 그녀는 키 큰 풀을 밟아 짓이기며 뒤꼍으로 돌아갔다. 닭이 한 마리도 남아 있지 않은, 살이 숭숭 빠진 닭장이 키 높이로 양편에 쌓여 있었다. 어떤 풀들은 네 채의 닭장을 수직으로 통과하며 기다랗게 자라 있었다.

할아버지 둘이 그 닭장 사이에서 모습을 드러냈다. 한 할아버지는 어느 새 그녀의 뒤쪽으로 걸음을 옮겼고 그녀는 자기에게로 다가오는 나머지 한 할아버지를 우두커니 바라보았다. 색이 바랜 데다 둥근 테마저 닳아빠진 중절모를 쓰고 조끼까지 갖춰 입은 예복 차림의 할아버지는 그녀에게 손을 내밀었다. 그녀는 영문도 모르고 그의 손을 잡았다. 어쩌면 이빨이 서너 개밖에 남아 있지 않을, 뺨이 쭈글쭈글한 그는 그녀를 빙 돌려 세웠다. 여전히 아무것도 모르는 그녀는 할아버지 가슴에 폭 안기고 말았다. 그들은, 그의 가슴과 그녀의 등이 찰싹 붙어 포개진 꼴이 되어 잠시 가만히 서 있었다. 그렇게 있는 동안 그녀는 할아버지의 피부에서 들썩이는 기운이 자신의 피부를 타고 옮겨지는 것을 느꼈다. 그 들썩임이 점차 음률로 느껴지자 그녀는 오른손을 뻗었다. 죽 뻗은 그녀의 오른손과 할아버지의 오른손이 포개졌고, 그녀의 왼손과 할아버지의 왼손은 그녀의 허리춤에 가 있었다. 그들은 조금 뒤에 왼발을 아주 약간 떼어 옆으로 옮겼으며 다시 오른발을 떼어 왼편으로 옮겼다.

처음에는 박자를 의식하지 않았다. 그러나 걸음을 옮기는 동안 그녀의 아랫배 근처에서 무언가 마찰하듯 움직이더니 구불텅구불텅 연기가 지펴지기 시작했다. 몸이 비틀려지고, 그녀는 마침내 고개를 젖혔다. 그녀의 뒤통수가 할아버지의 앙상한 어깨뼈에 닿았고 갑자기 입김이 뜨거워졌으며, 죽 뻗은 오른팔의 곡선이 커지는 것을 느꼈다. 할아버지는 이빨이 서너 개밖에 남지 않은 입으로 말했다. 말할 때 턱이 떨리는 바람에 그의 뺨이 까딱하면 그녀의 뺨에 닿을 뻔했다. 팔의 움직임이 너무 커. 그는 그녀의 손을 잡은 손에 힘을 주었다. 팔이 저절로 움직여요. 허리도 저절로 비틀리는 걸요. 가슴은 왜 뒤로 젖혀지는 걸까요. 할아버지는 그녀를 자기 가슴에서 떼어내 빙그르 한 바퀴 돌려 뒤에 선 할아버지에게 넘겼다. 숨을 참아야지. 그녀는 빙그르 돌아 다른 할아버지의 품에 안겼다.

허리는 몸통에 속해 있어. 몸통은 물결과 같아. 물결은 위아래가 따로 일렁이지 않지. 두 번째의 할아버지는 그녀를 마구 돌렸다. 그녀는 자기 몸이 이렇게 흐트러짐 없이 빙글빙글 돌 줄 몰랐다. 주위의 모든 것이 그녀 몸으로 수렴되어 녹아내리는 것 같았다. 삼층으로 쌓인 닭장도 키 큰 풀들도 그녀의 소용돌이 속으로 들어왔다. 소용돌이의 한가운데서 문득 나란히 서 있는 할아버지의 눈과 마주쳤다. 온통 쭈글쭈글한 그들의 살갗엔 표정이 없었다. 그리고 쌍둥이처럼 똑같았다. 저들은 누구지? 무엇이 나를 끌어당긴 걸까? 그들을 만나기 위해, 춤을 추기 위해, 여기? 그녀는 달아나고 싶었다. 그녀의 맨발은 잡풀을 마구 짓밟으며 서둘렀다. 키 큰 잡풀들이 여기저기서 불쑥불쑥 얼굴을 때렸다. 그녀는 엇갈리는 다리에 할아버지들의 눈이 달라붙는 것 같아 달려가다 말고 가끔 종아리를 찰싹찰싹 때렸다.

둘째 날.

그녀는 아직도 달리는 중이었다. 부러진 나뭇가지들이 종아리를 긁는 통에 그녀의 종아리에서는 차츰 할아버지의 눈이 떨어져나갔다. 그녀는 어느 새 숲으로 들어왔다. 나무가 다 뽑혀 눕혀진 것이 아마도 정지작업 중인 산 같았다. 뒤엎은 흙이 발가락 사이로 부드럽고 촉촉하게 밀려들었다. 그녀는 발가락 끝으로 뛰기 시작했지만 곧 발목까지 흙더미에 빠졌다. 할아버지들뿐만 아니라 많은 사람들에게 쫓기고 있던 그녀는 분홍과 노랑, 갈색과 초록이 뒤죽박죽 섞인 폭 넓은 치마가 다리에 자꾸 감기는 바람에 금방이라도 잡힐 것같이 걸음이 느려졌다. 급한 나머지 치마를 쭉쭉 찢어버렸지만 길이를 잘라낼 수가 없어서 걸리적거리기는 마찬가지였다. 그녀는 멀리서 뭔지 모를 붉은 것이 점점 번져오는 것을 보았다. 그것은 엎질러진 핏물처럼 빠른 속도로 나무들을 타넘고 이쪽으로 달려왔다. 마침내 산등성이를 전부 덮을 수 있는 진홍색 카펫을 짜고 있는 여자와 마주쳤다.

그 여자와 그녀는 무슨 까닭인지 눈이 마주치자마자 서로에 대해 맹렬한 적개심을 품었다. 놀라운 속도로 카펫을 짜던 여자는 단숨에 그녀를 끌어당겼다. 끌려가고 싶지 않았지만 힘에 부친 그녀가 여자의 힘에 이끌려 카펫 위에 올라서자 카펫은 그녀를 태운 채로 펄럭거리며 산등성이를 날아다녔다. 여자는 양손으로 기다란 뜨개바늘을 쉬지 않고 놀렸다. 여자가 마술을 부리고 있는 것 같았다. 올 굵은 붉은 천이 온 산을 가득 덮었다. 펄럭이는 카펫 위에서는 그 여자와 대적할 수 없음을 알았다. 그녀는 그저 카펫의 웨이브에 휘둘려 굴러다니고 있었다. 그리고 웨이브를 따라 점점 여자 쪽으로 미끄러져가고 있었다. 여자와 가까워질수록 두려워서 몸이 뻣뻣하게 굳어졌다. 할아버지의 목소리가 가까이에서 들렸다. 물결을 타. 네 몸을 타라구. 그녀는 자신의 허리를 잡아 돌리던 할아버지의 손길을 기억하며 허리와 몸통을 가만 내버려두었다. 카펫의 웨이브는 그녀와 딱 맞았다. 붉은 카펫은 더 이상 뜨개질하는 여자의 마술을 듣지 않았다. 뜨개질을 하던 여자는 알 수 없는 눈빛으로 쳐다보기만 했고 그녀는 몸을 굴려 카펫의 가장자리로 벗어났다.

카펫은 너의 206개의 뼈와 400개의 근육들 사이로 날아다닌 거야. 하지만 네 뼈는 더 부드러워져야 하고 네 근육은 더 강해져야 해. 그녀는 약간 벌어져 서너 개 남은 이빨이 들여다보이는 할아버지의 입을 바라보았다. 쭈글거리는 입술은 약간 벌어진 채 조금도 움직이는 것 같지 않았다. 그녀는 살아 있는 사람 같지 않은 그에게 당돌하게 따졌다. 왜 그래야 하는데요?

그녀는 할아버지 뒤로 붉은 카펫이 힘차게 발딱 일어서는 것을 보았다. 산등성이를 완전히 가린 카펫을 보고 빠르게 몸을 돌렸다. 산에서 달려 내려와 뒤를 흘깃흘깃 훔쳐보며 다리를 건넜다. 찢어진 치마와 황토물이 튄 다리가 부끄러워 되도록 빨리 걸었다. 많은 사람들이 그녀와 휩쓸려 높다랗게 휜 다리를 건너고 있었다. 그녀는 아치의 한가운데를 걷던 중에 멀리 그녀를 위해 가리개를 활짝 열어놓은 텐트를 보았다. 빨리 그곳에 가고 싶었다. 그녀의 맨발은 모래가 자글거리는 시멘트 길을 아파하지도 않고 달려 나갔다.

텐트 안으로 들어서자 구석에 군용 야전 침대가 보였다. 그녀는 망설이지 않고 침대에 누웠다. 그러자 그것마저 쏜살같이 달려나갔다. 그녀가 머리를 눕히기도 전에 내달리는 바람에 목이 뒤로 확 꺾였다. 그녀는 털썩 고개를 떨어뜨리며 기꺼이 몸을 맡겼다. 누가 또 나를 부르는 거지? 어딜 가야 하는 거지. 내내 달려야 한다니. 텐트는 그녀를 태운 채 날개를 펄럭이며 어딘가로 달려갔다. 비까지 내리는 것 같았다. 팔락거리는 방수천 사이로 차가운 빗방울과 바람이 몰아쳐 들어왔다. 그녀의 다리에 바람 묻은 빗방울이 새로이 끼얹어졌다. 그녀는 맨발이 무척 춥다고 여기며 혼잣말을 했다. 왜 이렇게 빨리 달리지? 그러자 그녀보다 조금 앞서 달리고 있는 다른 텐트 속의 누군가가 말했다. 이건 아무것도 아니야, 다른 것은 시속 130킬로미터로 달려. 100킬로미터 정도는 아무것도 아니지. 매끄럽지 않은 도로를 달리는지 텐트가 덜컹거릴 때마다 긴 빗줄기와 모래 알갱이가 아무렇게나 튀어 들어왔다. 속도가 높아질수록 모래 알갱이는 그녀의 종아리와 허벅지까지 튀어와 박혔다. 바람이 밀려들었다. 치마가 얼굴을 가리도록 들춰졌다. 텐트 자락과 치마 자락이 같은 웨이브로 팔락거렸다. 그녀는 질주하는 텐트 속에서 두려움과 함께 강렬한 호기심을 느껴서 어찌되는지 가만히 누워 있었다. 그리고 속으로 중얼거렸다. 아아, 너무 빨라. 하지만 아직은 집으로 가고 싶지 않아. 내 다리가 또 다른 문을 열거야.

셋째 날.

텐트는 자락을 펄럭이며 달렸다. 비는 여전히 그녀 위로 내렸다. 그녀가 달리던 단단한 흙길이 어느 순간 낭떠러지를 따라 길게 반으로 뚝 잘라져 물길에 휩쓸려가기 시작했다. 텐트는 잘려나간 길의 모서리를 타고 기우뚱하게 달렸다. 텐트 자락 안으로 바람과 빗줄기와 흙 줄기가 길게 튀어 들어왔다. 그녀의 활짝 들려진 두 다리가 흙탕물을 뚫었다. 그래서 이젠 붉은 흙투성이가 되었다. 그녀는 죽 뻗은 다리 끝을 살짝 들었다. 발가락이 쫙 벌어졌다. 미끌미끌한 흙물이 발가락 사이로 흘러내렸다.

한참 달리다가 잘린 길을 막고 가로로 걸쳐진 자동차를 만났다. 자동차는 산산이 부서져 있었다. 그녀의 텐트는 속도를 늦춰 자동차 옆을 비켜 지나가려 했다. 그녀는 산산조각 난 유리창 밖으로 피투성이 여자의 얼굴이 뒤로 젖혀진 채 삐져나온 것을 보았다. 강화유리는 마치 그물처럼 여자의 얼굴 위에서 너덜거리고 있었다. 여자는 간신히 눈만 돌려 그녀를 바라보았다. 찢어진 강화유리처럼 흰자위가 너덜거리는 핏발 선 눈이었다. 그녀는 그 눈에 담긴 뜻을 이해하기 어려웠다. 애원하는 듯도 하고, 아직도 원망하는 듯도 해서. 그녀는 뒷걸음질쳐 자동차 곁을 떠났다. 진흙은 자꾸 그녀의 다리를 잡아당겼다. 뒷걸음질치다가 넘어져서 엉덩방아를 찧기도 했다. 엉덩이에 벌건 물이 들었다. 그 여자일까? 진홍의? 왜 그 여자는 나를 이토록 좇아다니는 걸까. 왜 그 여자의 눈은 그토록 강렬할까. 그녀는 곰곰 생각해보았다.

슬금슬금 도망치는 그녀를 핏발 선 눈이 계속 따라왔다. 왜 저 눈이 나를 발가벗기는 기분이 드는 걸까. 왜 저 여자는 나를 잘 알고 있는 것만 같을까. 그녀는 두 손을 들어 얼굴을 가렸다. 그녀를 태우고 달리던 텐트는 어느 사이엔가 사라지고 없어 그녀는 두 다리로 뛰거나 걸어야 했다. 할아버지도 없는데, 할아버지의 살갗에 닿아 있는 것도 아닌데 빠른 음악이 멈추지 않고 들려왔다. 그녀는 자신의 몸이 물결이나 된 듯 음악을 타고 빠르게 달렸다. 그녀는 투 스텝, 투 스텝, 걸음을 두 번씩 겹쳐서 미끄러지듯 달렸다. 그녀 옆으로 강줄기가 빠르게 흐르고 있었다. 강줄기가 여울을 만나 몸을 비틀 때면 그녀도 오른쪽으로 한 번 왼쪽으로 한 번 빠르게 몸을 비틀었다. 강 건너편에 남자가 앉아 있는 것을 발견할 때까지 쉬지 않고 강물을 따라 몸을 비틀며 달렸다. 강 건너편에서 낯익은 젊은 남자가 강물에 무언가를 씻고 있었다. 그녀가 첨벙첨벙 강을 건너는 동안 남자는 무언가를 계속해서 씻으면서 곁눈질로 힐끔힐끔 그녀를 훔쳐보았다. 말을 걸지는 않았지만 분명히 무슨 말인가를 전하려는 눈빛이라고, 혹은 무엇인가를 숨기려는 눈빛이라고 그녀는 짐작했다. 변명이 되었든 진실이 되었든 남자는 마음을 정하지 못한 듯 보였다. 무엇을 씻고 있는 걸까, 그것도 궁금했다. 범죄를 저지른 손 혹은 도구? 그녀 또한 뒤를 흘금거리며 소나무 숲 사이에 숨어 있는 허름한 가건물로 들어갔다. 새하얀 종이를 씌운 넓은 탁자 위에 방금 호주머니에서 꺼낸 듯한 자잘한 소지품들이 놓여 있었다.

누군가가 기다렸다는 듯이 그녀를 맞으며 말했다. 당신의 남자가 결국 여자를 죽였어요. 유품을 살펴보세요. 그리고는 그녀의 손에 보랏빛 천을 씌운 볼을 쥐어주었다. 크리스마스 트리용 볼 같기도 한 그것은 손바닥 가득 차고도 남는 크기에 윤 나는 보랏빛 주름이 잡혀 있었다. 매끈거리기도 하고 주름이 걸리적거리기도 하는 볼을 손 안에서 이리저리 굴려보았다. 내 남자? 강물에 손을 씻던 남자가 어릿어릿 떠올랐다. 내 남자, 라고 입속으로 중얼거리고 보니 낯익은 얼굴의 그 남자가 무척이나 친근하게 여겨졌다. 그러나 여자라니? 여자가 죽었다니? 그녀는 물었다. 누가 죽었다는 거죠? 그녀는 재차 물었다. 목소리만 들리는 그 누군가는 볼을 가리키며 웃었다. 그걸 보면 모르겠어요? 유품 확인하라고 부른 건데요. 여자가 죽었으니 이젠 마음 놓아도 돼요.

그녀는 어리둥절했다. 너덜거리는 핏줄을 드리운 여자의 눈이 떠올랐다. 혹시 진홍의 여자가? 게다가 내 남자가 나를 위해 저질렀다고? 그녀는 남자가 그녀를 위해 저질렀다는 일이 전혀 실감나지 않았다. 그녀가 왜 이런 일을 겪어야 하는지도 알지 못할 뿐더러 그녀를 위해 누군가 죽어야 할 필요는 없는 것 같았다. 그러나 목소리만 들리는 그 누군가는 그녀를 부추겼다. 홀가분해해도 돼요. 몸이 마냥 가벼워져도 돼요. 그리고는 웃으면서 사라졌다. 찢어진 치마 사이로 진흙 묻은 허벅지가 내려다보였다. 정말 몸이 가벼워진 것 같았다. 허벅지 근육이 움찔 움직였다. 400개의 근육들 중 10개에 힘이 실렸다. 왼발에 체중을 싣고 오른발을 사선으로 곧게 내뻗었다. 한 박자 뒤에 오른발이 아주 짧게, 반 박자 만에, 왼발 뒤로 점을 찍고 앞으로 나갔다. 곧바로 오른쪽으로 몸을 돌려 미끄러져 나가려다 중심을 잃고 비틀거리고 말았다. 너의 손을 잡아줄 사람이 누구지? 혼자서는 반 바퀴도 돌 수 없어. 어디선가 나타난 할아버지가 말했다. 그녀는 볼을 쥔 손을 폈다. 그녀는 206개의 뼈와 400개의 근육에서 일시에 힘이 빠져나가는 것을 느꼈다. 무엇 때문에 줄곧 달렸던 거지? 내게 필요한 건 할아버지일까?

넷째 날.

그녀는 비에 젖어 너무나 무거운 다리로 힘겹게 걸어 집으로 돌아왔다. 그리고는 자신의 찢어진 치마처럼 집안이 엉망으로 어지럽혀진 것을 보았다. 무엇들인지 알 수 없을 정도로 공책이며 책들이 가득 널려 있었다. 지우개가 산더미같이 쌓여 있기도 했다. 그녀는 쓰레기더미 사이에서 어항을 발견했다. 그것을 품에 안으며 어항 속의 잉어를 먼저 씻겨줘야겠다고 생각했다. 소중하게 꼬리를 잡고 들어올려 싱크대로 가져갔다. 그러나 싱크대로 가져가서인가. 그녀는 무엇을 하려던 것인지 깜빡 잊고 칼을 꺼내 잉어의 비늘을 벗겼다. 잉어가 몸부림쳤다. 두꺼운 비늘이 얼굴로 툭툭 튀어 올랐다. 그녀는 깜짝 놀라 잉어를 들여다보았다. 잉어는 커다란 비늘이 군데군데 벗겨져 살이 다 드러났다. 어찌할 바를 모르는 사이에 그녀의 눈앞에서 살들은 점점 흩어져갔다. 그녀는 무척 가슴이 아팠다. 이런 실수를 하다니, 내가 정신을 어디다 둔 거지. 그녀는 잠시 뒤에 깨달았다. 참, 잉어가 두 마리였지. 왜 한 마리는 보이지 않는 걸까. 집 안을 구석구석 뒤지던 끝에 뒤란에서 신문지에 싸인 물고기를 보았다. 두툼한 꼬리가 신문지 밖으로 나온 것이 잉어 같았다. 누가 이렇게 만들었지. 그것을 들고 뒤란을 돌아 나오는데 부엌 앞에서 그녀의 남자가 낚아챘다. 아, 맛있게 생겼는데, 구워 먹어야지. 그녀는 소리쳤다. 안 돼, 안 돼. 내 잉어야. 신문지를 벗기고 보니 납작하게 반으로 갈라 소금에 절인 고등어였다. 다행이었다. 어디에 있지, 내 잉어가. 하지만 자신이 잘 돌봐주지 못했다는 죄책감에 남은 잉어를 찾는 것에도 자신이 없어졌다. 강에서 손을 씻던 내 남자가 왜 잉어를 노리는 걸까. 내 소중한 것을 왜 빼앗으려는 걸까.

싱크대로 돌아와서 보니 잉어는 살이 다 흐트러지고 등뼈가 꺾인 채로 꼼짝도 하지 못했다. 어떻게 하지, 어떻게 하지. 살을 다시 꿰맬 수도 없고, 등뼈를 다시 세워줄 수도 없고……. 그녀는 한정 없이 울었다. 울고 있는 그녀를 남자가 억지로 끌고 갔다.

그것은 이제 죽었어. 눈알이 터져 이미 물이 다 빠져나갔다구.

이제 잊어, 잉어도 할아버지도. 남자가 그녀의 팔을 뒤로 꺾어 잡고는 등에 입을 맞추었다. 날갯죽지 아래를 있는 힘껏 빨았지만 그녀는 아무것도 느끼지 못했다. 아가미가 열린 잉어처럼 푸드득 떨기를 바랐는가. 남자는 실망했다. 척추에서 엉덩이로 연결된 줄이 그녀를 뒤틀게 할걸. 남자는 척추를 따라 오목오목한 자리를 입술로 부비고 빨았다. 그래도 그녀의 엉덩이로 연결된 줄은 튕겨지지 않았다. 절망한 남자는 여자를 불렀다. 남자가 일어서며 돌아누운 그녀의 가슴에 손을 짚었다. 손에 눌린 자리가 아프도록 뜨거웠다. 남자는 손바닥 자국이 사라지기도 전에 그녀를 한 손으로 다시 빙그르 돌려 눕혔다. 고개를 아프도록 돌려 정체를 확인하려 했지만 등을 움켜쥔 여자 때문에 어쩔 수가 없었다. 어깻죽지 밑을 쪽쪽 빠는 것이 색다르다고 생각했다. 그러자 그녀는 등에서 관능이 피어오르는 것을 아프게 느꼈다. 여자의 입술이 닿은 곳에서 촉촉이 젖은 푸른 이끼가 돋아났다. 어깻죽지 아래 섬을 이룬 신경다발이 한 다발의 파란 꽃처럼 활짝 벌어졌다. 그녀는 돌아누울 생각일랑 하지도 못했다. 여자에게서 몸을 빼낼 생각일랑 하지도 못하고 무작정 벌어졌다. 잊어도 좋다고 생각했다. 왜 그렇게 달렸는지, 왜 잉어 때문에 울었는지, 할아버지가 무엇을 가르쳐주려 하는지. 그러나 여자가 거듭 빨아대자 입술이 닿을 때마다 등뼈가 휘어버리는 것 같았고, 소의 엉덩이에 찍는 낙인처럼 불로 지지는 듯한 아픔이 느껴졌다. 그녀는 분명히 자신의 등에서 살이 한 점 한 점 떨어져 나간다고 여겼다. 그녀는 가까스로 뒤를 돌아보았다. 아아, 넌 누구지, 넌. 여자는 매혹적인 붉은 입술로 살며시 웃었다. 진홍 카펫을 뜨던 여자의 손아귀가 그녀의 팔을 꺾어 붙잡고 있었다. 그녀는 여자에게 마침내 사로잡혔음을 알았다. 내 살점을 다 베어내도 어쩔 수 없는 일이지. 피를 쪽쪽 빨려도 하는 수 없지. 그 여자는 죽지 않았어. 그렇다면 그 보랏빛 볼의 주인은 누구지. 아, 내 잉어!

다섯째 날.

그녀는 커다란 잉어비늘이 두 개, 등에 달라붙어 있다고 생각했다. 딱지처럼 검붉은 비늘 한쪽 끝이 살 속으로 파고들어갔다. 나머지 하나도 곧 그대로 따라했다. 그것들은 한쪽이 열린 채로 숨을 쉬듯 팔닥거렸고, 곧이어 꿀럭꿀럭 거품 섞인 숨을 토했다. 그녀는 어쩔 줄 몰라 등을 어루만졌다. 미끄러지듯 그녀 곁에 선 할아버지 하나가 그녀의 등에 팔을 둘렀다. 그녀는 너무 아파 춤을 출 기분이 아니었다. 아아, 다리에 힘이 하나도 없어요. 할아버지는 그녀의 말에 전혀 귀를 기울이지 않았다. 자, 두 다리를 두 번 간격으로 떨어봐. 그는 그녀의 한 손을 잡고 다른 한 손으로는 허리를 잡아주었다. 그녀는 두 다리를 번갈아가며 두 번씩 떨었다. 비늘이 입을 닫았다. 거품도 조용히 잦아들었다. 할아버지가 높은 삼각형이 되도록 자신의 가랑이를 벌렸고, 그녀의 한 다리는 자동적으로 그 사이로 들어갔다. 미끄러져 들어가서는 곧 무릎을 꺾어 올렸다. 미지근한 온기가 느껴졌다. 그녀는 허벅지에 온기를 묻히고 빠르게 빠져나왔다. 자, 다시 다리를 떨어봐, 아랫배도 함께, 허릿살도 함께. 다리는 앞뒤로 떨고 허리를 옆으로 떨 수 있겠어? 누군가 그녀의 허리를 잡고 옆으로 흔들어줬다. 아, 안 되는군. 그녀는 뒤를 돌아볼 수가 없었다. 두 개의 비늘이 다시 열렸다. 꿀럭꿀럭 거품이 게워지고 누군가 살을 뜯어 먹었다. 이젠 나도 어쩔 수 없어. 그 남자와 여자 때문이야. 왜 그들에게 몸을 내줬어? 왜 춤을 다 잊은 거야. 넌 다시 시작해야 해. 할아버지는 떠났다. 넌 다시 달려야 해. 네 206개의 뼈와 400개의 근육이 부드러운 힘을 갖출 때까지.

그녀는 또다시 달렸다. 이번에는 바짝 마른 바위 언덕이었다. 둥근 비탈을 큰 숨을 한번 쉬고 단박에 뛰어 아슬아슬하게 모서리에 올라섰다. 할아버지는 긴 나무 막대기를 단단히 세워 쥐고 두 다리를 쩍 벌린 채 햇빛 아래서 그녀를 기다렸다. 그녀는 햇볕에 가려져 아랫도리 반쯤만 보이는 할아버지에게로 더듬더듬 나아갔다. 넓은 평지는 그러나 처음 봤던 것처럼 평지가 아니라 높이 솟은 바위산의 풍화암이었다. 바위가 비늘처럼 벗겨져 일어나고 굵은 모래가 되어 부서지기 시작한 평평한 곳에서 그녀는 제 키가 넘는 막대기를 끌고 달려가야 할 먼 곳을 바라보았다. 햇볕이 강하게 내리 쪼였다가 사라졌다 해서 할아버지의 바랜 양복바지가 나타났다가 사라졌다가 했다. 아래쪽이 반쯤 타다만 막대기는 가끔 끊겨지기는 하나마 제법 검은 줄이 그어졌다. 지팡이가 니의 몸이야. 몸이 어떻게 자국을 남기는지 잘 봐. 그녀 옆으로 많은 여자들이 줄을 섰다. 줄은 불어나고 또 불어났다. 그녀는 당황했다. 할아버지가 이 많은 여자들 중에 나를 알아볼까? 그녀는 자기도 모르게 소리쳤다. 어서, 어서 달려.

그녀는 지팡이가 땅에서 떨어지지 않게 끌면서 뛰어갔다. 지팡이는 어떤 때는 들썩 들렸다가 탈싹 바닥에 떨어지곤 해서 검은 줄이 끊겼다 이어졌다, 이리 구부러졌다 저리 구부러졌다, 두서가 없었다. 그녀 혼자 간신히 올라갈 수 있는 좁은 바위골짜기가 나타났다. 그녀의 등줄기와 앞가슴이 젖어들었다. 등골을 타고 젖가슴 골을 타고 땀이 흘러내렸다. 팔을 들어올려 튀어나온 바위를 잡을 때마다 겨드랑이에서 미적지근한 냄새가 그녀의 귓바퀴 아래로 몰려들었다. 남자가 뒷길 어디선가 그녀를 불렀다. 이리 와, 이리 오라구. 나를 봐, 나를. 남자가 그녀의 젖은 허리를 낚아챘다. 좁은 골짜기에 한쪽 다리를 올려놓던 그녀는 뒤로 나동그라졌다. 이것 봐, 나 아니었음 바닥에 떨어져 머리가 깨졌을 거야. 그녀를 받아 안은 남자가 의기양양하게 내뱉었다. 그녀는 탄력 있게 받쳐주는 단단한 팔뚝 안에서 어리둥절했다. 맞는 말이야, 그가 아니었음 나는 바닥에 떨어지고 말았을 거야. 그런데 왜 이렇게 숨이 차지? 내가 왜 여기에 있을까. 그녀는 먼 곳까지 찬찬히 돌아보았다. 까마득하게 내리쬐는 햇볕 아래, 비늘이 일어난 바위밖에는 아무것도 보이지 않았다. 나는 어디로 가던 참이었을까. 그녀는 뜨겁게 달구어진 바위산에서 뜨거워진 엉덩이를 돌려 앉히며 마른 침을 삼켰다. 입술의 살결이 비늘처럼 일어났다.

여길 봐, 이 발바닥을 봐. 남자는 그녀의 맨발을 털어주었다. 아, 남자가 있었지. 나를 구해준? 그녀는 살점이 너덜거리는 발바닥을 보고 남의 것인 양 놀랐다. 내가 널 낫게 해주겠어. 그러면 모든 걸 잊어버릴 거야. 남자는 무릎을 꿇고 그녀의 발바닥을 핥았다. 낫게? 나는 병이 난 것일까? 병이 나으면 잊혀지는 걸까. 잊어버리면 병이 낫는 걸까. 남자는 발바닥을 쪽쪽 빨았다.

그리고는 천조각처럼 찢겨진 상처의 모래와 피를 뱉어냈다. 그는 빠는 것을 멈추지 않았다. 뿐만 아니라 더욱더 힘을 주어 빨아댔다. 발가락이 쫙 펴지더니 400개의 근육 중 맨 먼저 종아리 앞뒤의 근육이 힘을 잃었다. 그리고 허벅지 앞뒤의 근육과 함께 일시에 400개의 근육 모두가 녹작지근하게 풀어져버렸다. 눈꺼풀을 들어올리는 거안근 역시 힘을 잃자마자 그녀는 남자의 무릎을 베고 누웠다. 무엇인가 날카로운 이빨로 발바닥을 꿰뚫는 바람에 그녀는 소리를 질렀다. 남자는 발바닥에서 종아리로 올라와 오목한 곳을 빨았다. 발바닥과 종아리, 허벅지를 타고 올라가던 신경줄이 엉덩이에 와서 불꽃을 튀기며 한번 들썩 들었다 떨어뜨리고는 척추를 따라 전속력으로 올라갔다. 잠시 뒤에 종아리 연한 살갗을 타고 기생충 한 마리가 힘차게 몸을 비틀며 달려 올라갔다. 느린 듯, 빠른 듯, 허벅지까지 올라온 움직임을 그녀는 멈추게 할 수가 없었다. 배꼽 근처까지 올라왔어도 그 움직이는 것을 멈추게 할 수 없었다. 그녀의 젖가슴에서 살갗이 들썩일 정도로 몸을 비틀어대는 그것을 아직도 멈추게 하지 못했다. 그녀는 눈물을 흘렸다. 잊을 수 없는 움직임이 그녀의 몸에 남았다. 마침내 허옇게 뒤집혀진 그녀의 망막 속에서 그것이 붉은 피톨로 꿈틀거리다 터질 때까지 그녀는 아무것도 막지 못했다. 눈물 때문에 핏물이 묽어졌다. 눈물을 흘리다가 눈자위가 가려워 자꾸 문질렀다.

여섯째 날.
이것 봐, 너의 눈에 움직이는 무엇인가가 있어. 너의 하얀 눈에 하얀 기생충이 있어. 그녀는 자기 눈알을 들여다보려고 애를 썼지만 꿈틀거리는 그것을 볼 수가 없었다. 붉은 핏줄기 옆으로 하얀 움직임이 있다고, 터진 것은 움직이던 것이 아니라 부풀어 오른 핏줄기였다고, 여자는 상세히 설명했다. 여자? 그녀는 잘 보이지 않는 눈으로 여자의 목소리를 보려고 했다. 넌 기생충에 감염되었어. 아까, 남자에게 너의 발을 빨게 했지. 그것 때문이야. 네 눈으로 볼 수 없으니 이제부터 그것을 어떻게 죽일 셈이지? 여자는 그녀를 나무랐다. 그녀의 허술함을. 그녀는 남자가 자신을 낫게, 잊게 해주겠다고 한 말을 가만가만 기억해냈다. 그리고 정말 나았다는 것을, 잊었다는 것을 알아차렸다. 할아버지를 만나러 가려던 것조차 까마득히 잊고 무슨 까닭인지 남자가 그리워 척추뼈 33개가 하나하나 탈구되어 느른하게 주저앉는 기분이 되었다. 그녀는 당황했다. 이것은 무엇이지, 이런 기분은. 그녀는 휑한 느낌의 발바닥을 만져보았다. 한가운데 구멍이 뻥 뚫려 있었다. 이곳으로 들어왔구나. 발바닥부터 눈알까지 나를 관통했구나. 내가 모르는 새에, 내가 모르는 것이.

눈이 없으면 그리움도 없겠지, 그녀는 눈을 후벼파려고 손가락을 세웠다. 눈알을 더듬자 속이 물컹한 비늘이 잡혔다. 내 잉어! 한 마리 남아 있던. 눈에서 태어난 잉어, 그리움에서 태어난 잉어를 두 손에 받아들고 그녀는 어떻게 해야 할지 몰라서 서성거렸다. 어항이 깨져버렸으니 이젠 어디에 둬야 하나. 살이 흩어지기 전에, 등뼈가 휘어버리기 전에.

그녀의 눈을 피해 잉어에게로 손을 내미는 여자가 흘깃 보였다. 그녀는 지하차도로 뛰어들었다. 어두운 지하의 길바닥으로 검은 물이 찰박찰박 흘렀다. 그녀는 두 손으로 잉어를 들고 굴 가장자리 높은 곳으로 올라갔다. 더욱 어두운 그곳은 천장과 가까워서 몸을 숨기기 좋아 보였다. 굴껍데기와 조개껍데기가 쌓여 있었고, 살아 있는 굴들이 껍데기 밖으로 물컹물컹 흘러나왔다. 두 손으로 잉어를 받쳐 든 채 그녀는 발바닥에 힘을 주어 껍데기들을 밟고 올라갔다. 또다시 발바닥이 너덜너덜 찢겨졌다. 그녀는 쪼그리고 앉아 굴을 하나 쏙 뽑아 먹었다. 향기가 입 안을 감돌았다. 잉어의 비늘이 하나 툭, 그녀의 무릎에 떨어졌다. 그녀는 놀라 벌떡 일어났다. 다시 비늘이 하나 더 툭, 굴껍데기 사이로 떨어졌다. 그녀는 서둘러 발을 옮겼다. 조개껍데기 무덤 옆으로 푸른 이끼가 가득 돋은 언덕이 보였다. 이파리가 길쭉길쭉한 이끼를 밟았다. 발가락 사이로 차가운 물이 쭉 차올랐다. 다른 발을 내밀었다. 차가운 물이 또 쭉 올라와 발가락 사이를 채웠다. 검푸른 파래 냄새가 발가락 사이로 시큼하게 피어올랐다. 미끈거리는 이끼 위를 조심조심 걸어 내리막에 섰다.

아래 지하도에서는 몸에 착 달라붙는 검은 티셔츠를 입은 남자가 그녀를 기다리다가 손을 내밀었다. 남자의 손을 잡느라 한 손으로 잉어를 쥐고 이끼의 언덕에서 내려왔다. 잉어의 비늘이 열렸다 닫혔다. 닫히면서 비늘 하나가 그녀의 살갗을 꼬집었다. 하도 아파서 그녀는 하마터면 잉어를 놓칠 뻔했다. 남자는 항용 하는 일인 듯 지하도의 건너편으로 그녀를 데리고 갔다. 그리고 정면으로 맞닥뜨린 유리문을 활짝 열었다. 거센 물살이 씽 흘러갔다. 남자는 성큼 발을 들여놓았고 금세 거센 물살에 휩쓸려 가버렸다. 그녀는 자기도 모르게 남자의 뒤를 따라 들여놓으려던 발을 간신히 빼냈다. 그리고 유리문을 얼른 닫아버렸다. 한참을 망설이다가 옆의 유리창을 엿보았다. 바닥에 찰박거릴 정도의 물 속에 검은 몸의 사람들이 누워 웃고 있었다. 한 손으로 머리를 받치고 옆으로 돌아누워 옆 사람과 얘기를 하던 검고 매끈한 몸의 여자와 눈이 마주쳤다. 그러자 그녀는 얼른 몸을 비켜 처음의 유리문을 열었다. 거센 물길이 그녀의 무릎께에서 옆으로 씽 흘러갔다. 그녀는 잉어를 물살 위에 올려놓았다. 물 위를 떠가기를. 그러나 물살은 잉어를 휙 잡아끌어 물 속으로 말아넣고 빠른 속도로 지나가버렸다. 눈에서 태어났지만 물로 돌아가는 것이 맞을 거야. 물 속에서라면 그 비늘이 오색 빛을 내뿜을 수 있을 거야.

어디를 갔다 온 거지. 할아버지가 그녀의 허리를 낚아챘다. 그제야 그녀는 남자 때문에 모든 걸 까맣게 잊었다는 것을 깨달았다. 그가 낫게 해주었어요. 그가 다 잊게 해주었어요. 할아버지는 뒷걸음질로 반 바퀴 돌았다. 그녀는 할아버지의 손바닥에 그녀의 손바닥을 마주 대고 따라 돌았다. 할아버지가 꼭 다문 얇은 입술로 말했다. 넌 아직 멀었어. 아직 잊으면 안 돼. 다리를 끌어, 너의 발목에 쇠사슬이 매어 있다고 생각하고 발끝을 끌어. 할아버지를 따라 반 바퀴 도는 동안 그녀의 다리는 점점 무거워졌다. 이제 다시는 빨리 달릴 수 없겠어. 내 다리에는 쇠고랑이 채워져 있으니. 할아버지와 그녀의 손바닥은 끈적끈적한 거미줄 같은 게 들러붙어 있어 자칫 떨어졌다가도 금방 달라붙었다. 자, 허리를 옆으로 꼬아야 해. 넓게, 너의 허리로 네 주위를 둥글게 감싸 안아. 그녀는 허리를 8자로 둥글리듯이 돌렸다. 쭈그러든 8자 모양이 되었다. 할아버지가 중얼거렸다. 안 되는군.

할아버지의 프록코트 자락이 그녀를 휘감아 올렸다. 검은 코트 자락은 넘실넘실 춤을 추면서 그녀를 흔들어댔다. 제비의 꼬리처럼 깃이 갈라진 곳 가까이 그녀는 굴러 내려갔다. 터진 깃 사이로 까마득한 공간이 내려다보였다. 그녀는 옷자락을 움켜쥐려고 엎드려서 바둥거렸다. 매끈한 옷자락은 손에 잡히지 않고 자꾸만 미끄러졌다. 허리는 몸통에 속해 있어. 물결을 타라구. 코트 자락 끝으로 손톱만 하게 보이는 할아버지의 쭈그러진 입이 말했다. 그녀는 윗몸이 위아래로 흔들리고 아랫몸이 아래위로 흔들리는 것을 그냥 내버려두었다. 몸이 점점 따스해지고 모든 뼈마디가 살살 풀어졌다. 쇠고랑을 차고도 빨리 달릴 수 있을 것 같았다. 마침내.

일곱째 날.

그녀는 할아버지의 바랜 프록코트에서 멀찍이 뛰어 아주 커다랗고 굵고 둥근 철사줄 위에 내려앉았다. 아주 복잡한 코스의 롤러코스터처럼 검은 철사줄들이 하늘의 왼쪽 편에서 오른쪽 편으로, 아래쪽에서 위쪽으로 뻗어 있었다. 반원의 그것들은 서로가 서로를 가로지르고, 또다시 서로를 가로질러서 온 천지간을 가득 메우고 있었다. 이제 어떡하라는 거지. 이 높은 곳에 올라앉아 나는 어디로 가야 하는 거지. 그녀는 높다란 정점 위에 앉아 처음에는 망연자실했다. 그러나 어떤 기분이 삽시간에 그녀의 몸을 훑었다. 마치, 강풍처럼. 그녀는 둥근 무지개의 정점에서 빠른 속도로 내달리는 것을 멈출 수 없었다. 그녀의 다리가 여는 세상에 대한 강렬한 호기심도 억누를 수 없었다. 그리고 그녀에게 벌어지는 일들을 거부할 수도 없었다. 그것이 비록 살이 뜯기고 피가 튀는 일일지라도.

하나의 궁륭을 올라탈 때, 그녀는 가슴이 매우 설렘을 느꼈다. 단 한 차례의 추진력으로 단숨에 그 정점에 오를 수 있을지 무척 조마조마했다. 그러나 마침내 롤러코스터보다 빠르고 균형 잡기 어려운 철사줄을 타고 꼭대기에 이르면 가슴이 쪼개질 것 같은 기쁨을 맛보았다. 외줄 롤러코스터는 영원히 멈추지 않을 것처럼 그녀를, 오직 그녀의 힘으로, 수많은 절정에 올려놓았다가 바닥에 떨어뜨리곤 했다. 빠른 속도 위에 앉아 있어도 지치지 않았다. 바람에 나부끼듯 몸이 뒤로 젖혀져도 피곤한 줄 몰랐다. 그녀는 외줄 롤러코스터 위에서 아무도 만나지 않았다. 그리고 아무런 생각도 하지 않았다. 가랑이 사이로 쏜살같이 지나가는 외줄과 수없이 다시 올라야 하는 외줄들을 바라보았을 뿐이다. 그녀는 단 한마디를 내뱉었다. 멈추지 않아도 좋아.

그리고 나머지 날.

빠른 시간이 지나갔다. 그녀가 땅에 내려섰을 때 발바닥의 텅 빈 공간이 어느덧 메워져 있는 것을 알았다. 발바닥이 텅 빈 것도 아닌데 왜 이리 허전하고 아쉬운 건지, 발바닥부터 눈알까지 관통했던 알 수 없는 그것을 뭐라 불러야 할지, 그 밀도 높은 순간은 누구로부터 온 것인지. 그녀는 멈춰버린 채 차츰 어둠 속에 묻혀가는 롤러코스터를 돌아보았다. 손바닥으로 벽에 그어진 검은 줄을 하나하나 지우는 것 같았다. 그녀의 뒤편에는 여전히 아무도 없었다. 롤러코스터를 탄, 오직 혼자였던 그 시간이 길었던 것 같기도 하고 아주 짧았던 것 같기도 했다. 하늘이 낮게 내려오고 어둠이 점차 짙어졌다. 그래도 여름날 저녁치고는 하늘이 지나치게 낮아졌다 싶었다. 머리 위에서 몇 미터 높지 않은 곳까지 먹구름이 내려왔다. 팔을 높이 쳐들어 휘저으면 좀 흩어질까. 그녀는 팔을 들었다. 둥글둥글, 폭신폭신해 보이는 쿠션 같은 구름을 자세히 올려다보니 다리를 세워 접고 앉은 많은 남자들의 엉덩이였다. 뒷주머니 덮개에 달린 단추까지 세밀하게 보였다. 둥둥 떠 있는 수많은 남자들을 올려다보면서 그녀는 서성거렸다. 겨우 두 걸음이 될까 말까한 공간을 투 스텝으로 재게 왔다갔다했다. 세 번, 네 번, 거듭 투 스텝으로 미끄러질 때마다 발바닥이 둥실 떠오르는 듯했다. 몇 번만 더 오락가락하면 저 위의 남자들처럼 구름의 자리에 오를 것 같았다. 그러나 열 번을 채 미끄러지지 않았을 때 그녀는 걸음을 멈추어야 했다. 그녀의 발바닥이 아직 충분히 가벼워지지 않았는데 남자들이 왼편으로 하나씩 미끄러지듯 뛰어내리기 시작한 것이다. 마치 보이지 않는 둥근 외줄을 타고 뛰어내리는 것처럼 부드러운 곡선을 이루며 남자들이 차례로 뛰어내렸다. 오므렸던 다리를 쫙 펴며. 그게 무척 아름답다고 그녀는 생각했다. 그녀는 혼을 빼앗긴 듯이 꼼짝 못하고 남자들의 미끄러짐을 지켜보았다.

남자들이 다 뛰어내리고 마지막에 그녀의 손에 볼 하나가 툭 던져지듯 떨어졌다. 그것을 눈여겨보지 않았어도 그녀는 알 수 있었다. 매끈하며 주름이 있는 단단한 볼을 두 손으로 움켜쥐고 황홀하게 마지막까지 미끄러짐을 지켜보던 그녀는 갑자기 오줌이 마려운 것을 느꼈다. 몸을 돌이키는데 할아버지가 나타나 그녀의 눈을 두 손으로 가려버렸다. 내가 너무 늦었지. 너의 눈으로 또 기생충이 침입할지도 몰라. 그것들은 구름일 뿐이고, 구름일 뿐으로 남겨두는 편이 나아. 게다가 구름들은 다 흩어졌잖아. 네 것은 하나도 없어. 자, 처음에는 오른다리를 왼다리가 감아야지. 그녀는 두 눈을 가린 채 할아버지의 손에 이끌려 따라했다. 오른 발이 앞부리로 서자 왼발이 오른발의 발목을 감싸며 빙그르 돌았다. 할아버지가 높이 쳐든 손을 자꾸 돌렸다. 그녀는 멈출 수 없었다. 빙글빙글. 그녀의 몸은 흐트러짐 없이 소용돌이를 일으키고 있었다. 그리고 그녀의 소용돌이로 보랏빛 공이 들어오고 흩어지던 구름이 들어왔다. 그리고 마침내 이빨이 서너 개밖에 남지 않은 검은 프록코트의 할아버지까지 그녀의 몸으로 수렴되었다. 이러다가는 그녀인지 남자들인지 할아버지인지 알 수 없는 물체로 녹아내리지 않을까, 그녀는 소용돌이 속에서 눈을 번쩍 떴다. 그녀는 할아버지 없이 혼자 돌고 있었다.

그녀는 어둡고 차가우며 정갈한 복도에 들어섰다. 복도는 양옆으로 다락처럼 높은 방이 칸칸이 나뉘어져 있고 그 아래는 텅 비어 있었다. 다락처럼 높은 방들은 사방이 창호지문으로 둘러싸여 있었다. 심지어 바닥까지. 그 가운데 한 곳으로 조심스럽게 들어섰다. 오줌을 누기에 적당히 어둡고 적당히 조용했다. 그녀는 편안한 마음으로 오줌을 누었다. 톡톡톡 오줌 방울이 창호지에 스며들었다. 창호지에 오줌 번지는 소리가 그녀를 더욱 편안하게 했다.

오줌이 그치지 않았다. 양 옆의 다락방에서 일제히 오줌 누는 소리가 들려왔다. 누구의 다락일까. 푸근한 이불을 들추고 들어가 푸근한 베개에 얼굴을 묻었다. 누군가 등 뒤로 살며시 다가와 그녀 곁에 누웠다. 그녀는 눈꺼풀이 너무 무거워 돌아보지 않았다. 옷자락이 살며시 걷히고 등뼈에 입술이 닿았다. 입술이 닿는 순간 무척 익숙한 습기를 느꼈다. 축축한 혀와 입김. 여자가 어깻죽지 아래를 빨자 아가미가 부채처럼 열렸다. 그녀는 그 사이로 푸른 입김처럼 관능이 피어오르는 것을 느꼈다. 둥근 어깨를 타고 목덜미를 거쳐 두 뺨을 지나 이마로 열기가 치솟았다. 그녀는 이마의 땀을 훔쳤다. 한 순간 몇 세기쯤 살아낸 것 같았다. 그녀는 숱한 여자들이 그러했을 한숨을 내쉬었다. 여자가 입술을 뗐다. 여자가 떠나가자 축축한 등줄기가 금세 서늘해졌다. 그녀는 너무 아쉬워 눈자위가 벌개졌다. 떠나간 여자 대신 손바닥 가득 자신의 젖가슴을 움켜쥐고 물었다. 여자를 사랑하니? 남자를 사랑하니? 아, 너를 사랑하는구나. 그녀는 고개를 끄덕거리며 가슴을 더욱 꼭 끌어안았다.

방현희 1964년 정읍에서 태어났다. 2001년 《동서문학》 신인상에 〈새홀리기〉가 당선되어 등단했으며, 2002년 《문학 판》 장편소설 신인상에 《달항아리 속 금동물고기》가 당선되었다. 〈녹색 원숭이〉, 〈날아라, fragile〉 등을 발표했다.

그를 처음 만난 곳은 서울의 위성도시중 하나라 일컬어지던 광명시 철산동 주공 13평 아파트예서였다. 하기야 처음엔 그보다 그의 껍질을 먼저 보았다고 하는 게 정확하겠다. 옹그러든 알몸뚱이가 빠진 키틴질의 껍데기. 그는 내놓은 아파트의 열쇠를 복덕방에 맡기고 나다니는 모양이었다. 부동산 중개사의 어디를 보아도 믿을 구석은 없는데 임대아파트를 팔려는 그는 더 믿을 데 없는 위인인가 보다. 나는 계단을 뒤따라 오르며 불신감과 경계심을 떨치지 못했다. 처음 소개소에 들어섰을 때부터 멀쩡한 넥타이의 사내

사니 컨설턴트니 하는 그럴싸한 직함이 통용되고 수도권 여기저기 아파트가 봇물처럼 쏟아지며 노인네나 애늙은이나 위아래 없이 앞 다퉈 집을 소개하던 때였다. "새 살림 차리는군요. 마침 한 달 전부터 신혼부부를 위해 남겨둔 집이 있는데…… 13평이면 무슨 일늘 하고노 넘을 깁니다. 히히헉."

무슨 일을 하고, 라니. 뒤늦게 손님을 기다리게 한 미안함을 그렇게 너스레로 돌리려 했지만 그건 차라리 모욕으로 돌렸다. 그의 의뭉스런 눈길이 움푹 팬 아내의 겨드랑이께를 힐끔힐끔 스쳤기 때문이었다. "정말 난데 없는 동네까지 쫓겨왔군." 업자의 농간을 걱정해 에누리하려던 상황이 실

그를 처음 만난 곳은 서울의 위성도시 중 하나라 일컬어지던 광명시 철산동 주공 13평 아파트에서였다. 하기야 처음엔 그보다 그의 껍질을 먼저 보았다고 하는 게 정확하겠다. 옹그러든 알몸뚱이가 빠진 키틴질의 껍데기. 그는 내놓은 아파트의 열쇠를 복덕방에 맡기고 나다니는 모양이었다. 부동산중개사의 어디를 보아도 믿을 구석은 없는데 임대아파트를 팔려는 그는 더 믿을 데 없는 위인인가 보다. 나는 계단을 뒤따라 오르며 불신감과 경계심을 떨치지 못했다. 처음 소개소에 들어섰을 때부터 멀쩡한 넥타이의 사내는 화투장을 놓는 데 따른 아쉬움으로 쩝쩝 입맛을 다셨다. 이제 막 중개사니 컨설턴트니 하는 그럴싸한 직함이 통용되고 수도권 여기저기 아파트가 봇물처럼 쏟아지며 노인네나 애늙은이나 위아래 없이 앞 다퉈 집을 소개하던 때였다.

"새 살림 차리는군요. 마침 한 달 전부터 신혼부부를 위해 남겨둔 집이 있는데…… 13평이면 무슨 일을 하고도 남을 겁니다. 허허허."

무슨 일을 하고, 라니. 뒤늦게 손님을 기다리게 한 미안함을 그렇게 너스레로 돌리려 했지만 그건 차라리 모욕으로 들렸다. 그의 의뭉스런 눈길이 움푹 팬 아내의 겨드랑이께를 힐끔힐끔 스쳤기 때문이었다.

"정말 난데없는 동네까지 쫓겨왔군."

업자의 농간을 걱정해 에누리하려던 상황이 실제 문제가 됐다. 서울을 떠나 아내가 근무하는 학교 근처로 집을 찾아 나선 것이 애당초 잘못이었지. 신혼, 얼마나 낯선 걸음을 해야 하는 과정일까. 이런 성가신 절차를 거치며 부부며 가정이란 울타리가 만들어지는 것일까. 은근히 짜증이 일었다. 그러나 중개업자란 역시 눈치를 기본 자산으로 하는 듯 전혀 뜻밖의 정보를 던져주었다.

"여기 살던 장 박사는 거 무슨 천체물리학을 연구하는 분이라는데 곧 미국에 교환교수로 간답디다."

집주인이 누구니까 이것저것 거들떠볼 필요도 없다는 뜻이었다. 부동산의 실제 내용이 어떤 것이냐는 어디까지나 차후의 문제인 셈이다.

"그런 집이 여태 안 팔리고 있었다니요."

아내는 금방 반색하며 그런 영광된 물림이 어떻게 우리에게까지 왔느냐는 식의 속내를 드러냈다. 아닌 게 아니라 '천·체·물·리·학'이란 각 분절음은 희한하게 내 쪽에도 반짝이는 의미로 전해졌다. 거래를 하려면 무릇 그런 빛나는 상징어를 유효

적절히 구사할 일이리라. 나는 빠른 기분 전환을 느끼며 다시 임대아파트의 개념을 물었다.

"걱정 마십쇼. 후년 가을에 임대기간이 만료되면 고스란히 소유권 이전 등기를 받을 수 있으니까. 그때쯤이면 다락같이 오를 겝니다."

오르면 얼마나 오를 것이며 득을 보면 또 얼마나 득을 보겠다고. 하지만 아내와 업자는 벌써 좋은 쪽으로 각자의 속셈을 마친 듯 쑥덕거렸다. 지금은 전셋값에 약간의 프리미엄을 붙여 거래하지만 일단 제 집으로 분양을 받으면 시세 차를 톡톡히 볼 수 있다는 것이다.

물론 그렇게 두드려 확인한 정보라야 애초 천체물리학자의 등장에 비견할 무게는 아니었다. 그러한 천체물리학자가 혼자 살고 있다? 나는 호기심으로 집 안을 일별했다. 무엇보다 거실 책상 위의 금빛 지구본이 눈에 뜨였고 부엌에는 누런 기름때가 앉은 싱크대, 화장실로 가서는 번듯한 욕조가 없다는 사실이 마음에 걸렸다. 특히 화장실의 경우, 겨우 움직일 만한 공간에 동글납작한 좌변기는 임대 13평의 한계를 징표하는 대한주택공사의 관인 같았다. 아침 정도는 가볍게 굶어도 샤워를 거를 수 없다던 아내의 얼굴엔 잠깐 낭패의 빛이 어렸다.

"생각보다 넓어도 쓸모 있는 공간은 별로 없군요."

아내의 촌평에 업자는 마치 자존심이라도 상한 양 대꾸했다.

"이만한 데서 사글세까지 놓고 사는 요 맞은편 집을 보시면 기겁하시겠네. 허허허."

끝으로 안방 문을 열어본 순간 어떻게 그 현장이 하나의 사건으로, 그러니까 무슨 불상사의 흔적처럼 비쳐졌는지 알 수 없다. 침대에서 홑이불이 흘러내려 총 맞은 짐승의 내장처럼 나뒹구는 꼴이며 이것저것이 눈에 거슬렀다. 방 한가운데는 걸리버가 신었을 법한 신발 모양의 붕붕카가 아주 가만히 있다. 이제 한참 귀엽고 짓궂은 개구쟁이가 발을 구르며 쌩쌩 내달았을 파란 앉은 뱅이 차. 그것은 반쯤 열려진 호마이카 장과 문갑 위에 삐뚜름하게 놓인 텔레비전 수상기와 마찬가지로 아무렇게나 방 한가운데에 방치돼 있었다. 영락없이 주인을 잃은 형상이 아닌가! 이 경우도 나는 사건기자로서의 한참 물오른 후각과 추리력을 동원했다. 아무래도 썩 좋지 않은 느낌이었다.

그의 껍질은 그렇게 언짢게 물림 됐다. 껍질만은 확실히 곤충의 번데기나 파충류가 벗었음직한 불투명의 자취였다. 열쇠를 업자에게 두고 다닌다는 데서 이미 눈치 챘지만 붕붕카는 그런 따위의 음울한 흔적과 다름 아니었다. 그 집은 부부간의 별거로 말미암아 비어 있었던 것이다. 중도금을 치른 후에서야 업자는 그런 귀띔을 해주었다. 주인은 한동안 밖에서 전전하는 중이라 했다. 짐작컨대 그런 이유로 팔리지 않던 집이었고 업자는 물정 모르는 우리를 그 불운의 그림자에 잡아넣은 모양이었다. 그 해체된 가정의 그림자로 들어간다는 사실이 얼마나 께름칙한 일인가. 그런 줄 모르는 아내는 그저 천체물리학자의 후광만을 염두에 두는 듯 보였다. 다른 사람의 행복과 불행에 관한 한 여자의 지각이 남자의 것보다 뛰어나다는 속설은 믿을 바가 아니다.

그런데 이삿날에야 겨우 나타난 그림자의 주인은 간단한 인사 뒤 도대체 아무런 말이 없었다. 뭔가 하자가 있는 물건을 넘기는

입장에서 미안하다며 이런저런 사정 설명을 해야 당연한 게 아
닌가. 그의 이삿짐이 놀랍게도 바로 5층으로 옮겨질 때에야 나는
그의 심드렁함을 이해했는데, 그는 거추장스러운 인사를 하고도
되돌아온 객일 뿐이었다.

"마침 이 동 위층에 사글세방이 나서 집을 팔고도 계속 얼찐거
리며 살게 됐습니다."

"그럼 식구들은 벌써 미국으로 보내셨나 보군요."

복덕방쟁이의 '교환교수 운운' 한 말을 고스란히 믿은 아내의
아는 체에 박사는 얼뜬 표정을 지었다. 그냥 잘못 알아들은 모양
이다. 고개를 갸우뚱하며 목에서 두상까지 한 세트로 움찔한 모
습이 어쩌면 그렇게 우화적으로 보였던가. 누구더라, 기억을 더
듬어 보니 미국의 찰스 슐츠란 유명한 만화가가 특허 낸 족속, 그
'스누피'였다. 나와 불과 다섯 살 차인 30대 후반이라 믿기 어려
운 짤똑한 홀렁 대머리에 까만 쥐눈이콩을 박은 듯한 눈, 통배추
밑둥치를 연상시키는 턱은 영락없이 그 몽상적인 견공의 모습이
었다. 천문학자가 망원경을 들여다보다가 엉터리 몽상 속으로
빠져들 개연성은 그로서 충분하다. 아무튼 천체물리학자는 내게
물밑이 훤한 현실을 노출시킴으로써 어지간히 평가 절하된 셈이
다.

그런 이웃집 장 박사와 피치 못할 어울림은 자전거를 고리로
했다. 그의 자전거는 보통 말하는 신사용으로 위, 아래 파이프와
호크 부분의 검은 무광택 칠이 벗겨난 상태인 반면 내 것은 변속
장치까지 갖춘 바이올렛 빛 사이클이다. 나는 핸들 바를 위로 꺾
어 간단히 그와 보조를 맞춰 페달을 밟기 시작했다. 이 동네에서

자전거 운동의 선취권은 그에게 있던 터였다. 사이클을 그나마 운동 거리로 즐겨온 내가 그를 따르는 꼴이 됐지만, 나로서는 대개 그런 식이 처세법이기도 했다. 바로 위층으로 옮겨간 그를 피해 곡예를 하며 벽을 쌓기보다 차라리 철저하게 그의 그림자 속에 숨어버리자. 즉 그가 만들지 모르는 성가심 또는 불안을 정면으로 피해보자는 그런 속셈이기도 했다. 그러나 그런 예단보다 사람 좋고 친근한 바보가 나를 끌어당기는지 몰랐다. 그래봐야 그와 함께 하는 자전거 운동은 주말과 일요일을 포함한 일 주일에 한두 차례뿐이었다. 평상시 내가 아침 출근이 늦은 관계로 새벽녘을 택한 반면 그는 출근 무렵에는 보이지 않다가 저녁 어스름이나 밤늦게 보이는 올빼미형이었으니까. 사실 겉치레 인사가 정다운 동행처럼 바뀐 것은 어쩌다 그를 따라나선 야간 운동의 묘미 때문이다. 그는 종종 앞장서서 아파트 근처에서는 유일한 공한지 쪽으로 코스를 잡곤 했다. 그곳은 어느 방송사의 사원조합주택이 들어설 곳이라는데 갓 포장한 아스팔트 도로도 거기까지 뻗어 끝난다. 조합주택지 초입에는 몰풍스런 4층 건물이 달랑 남아 있었다. 고집스럽게 남아 철거되지 않은 그 건물은, 폐가와 다름없었는데 어쩐 일인지 건물 한 층엔 '프뢰벨 놀이방' 이란 간판이 달랑 남아 있었다.

"얼핏 듣기로 장 박사님은 천체물리학을 하신다는데 궁금한 것이 많습니다."

"어허, 그 과장된 소개를 믿고 계셨군요."

"뭐라구요?"

"학위는 중도에 포기했고, 그전에 기상청에서 근무한 일이 그렇게 와전된 모양입니다."

나는 또 한 번 그의 어두운 그림자에 빨려드는 느낌으로 물었다.

"왜 그만두셨는데요?"

"의사 말로는 한쪽 눈의 필름이 떨어져서라는데, 갑자기 세상이 뿌옇게 보이기 시작한 겁니다. 세상이 온통 안개로 뒤덮이니 내가 예보할 수 있는 건 엉터리 안개 주의보뿐 아니겠습니까. 후후후."

"그랬군요."

"이제는 계단을 오르내리는 것도 불편한 정도인 데다, 그나마 호구지책으로 하는 번역 일도 감감하고…… 암흑입니다."

대개 그 정도의 인사를 통해 황당하기 이를 데 없는 그의 정체가 드러났지만, 나는 그에게서 박사란 호칭을 거두지 못했다. 천체에 관해서는 아니라도 그가 보여주고, 증거 할 세계는 그 이상이리라 짐작했다.

그날 밤 어찌어찌하다 그가 보여준 구경거리도 그러했다. 아스팔트에서 혹처럼 붙는 'ㄷ'자형 소로는 그의 말대로 덫이었다. 허리춤까지 이르는 개망초가 듬성듬성 돋은 구도로에 정차된 승용차 곁을 스치며 보게 된 질펀한 풍경이란! 상하로 움직이는 희부연 몸뚱이로 차체는 심하게 요동쳤고 괴성까지 흘러 나왔다. 멀리 LPG 가스충전소에서 흩뿌리는 나트륨 등 불빛까지 질탕한 분위기를 더해주었다. 나는 장 박사가 알려준 요량대로 아주 천천히 자전거를 몰며 차 안을 훔쳐보았다. 장 박사는 그런 식의 사냥을 '본의 아니게' 즐겼다는데 과연 그럴 수밖에 없었으리라.

뒤에 혼자 결행한 야간 순시에 따르면 깜깜한 공한지에는 자주 그러한 정체 미상의 승용차가 등장했으며 그 소로엔 영업용 택시까지 단골로 등장하는 판이었다. 어느 때는 관광버스 안에서 쿵쾅쿵쾅 소리가 나서 밤의 순례자에게 땀나는 상상 거리를 제공했다.

장 박사와 두 번째 야간 운동은 광명시 쪽과 구로공단을 가르는 안양천 제방코스에서였다. 물론 이 경우도 예정돼 있던 것이 아니라 위, 아랫집 간의 우연한 조우가 빌미였다. 이번에는 어깨를 축 늘이고 들어서던 그가 되돌아서 내 꽁무니에 달라붙었다. 새로 난 다리를 거쳐 둑길로 접어드니 개천의 악취가 눈알까지 아리게 했다.

"온통 썩어가는 냄새군요."

"썩어가는 것이 아니라 썩어서 갈 데 없는 냄새지요. 진행형이 아니라 완료형이란 겁니다. 이 개천은 이제 아무것도 수태할 수 없는 석녀나 다름없어요."

"석녀라구요?"

나는 하필이면 그 비련의 주인공을 어찌 이 더러운 상황에 비할 거냐는 식으로 반문했다.

"그 옛날, 비 온 뒤 이 개천을 건널라치면 발밑에 고기들이 미끈미끈 밟힐 지경이었습니다. 그땐 이 내를 건너 학교를 오가는 일이 큰 일과였지요. 어른들은 이 안양천을 물이 차고 큰 내라 하여 한천이라고도 불렀답니다."

"아주 토박이시군요."

"더 아는 체하자면 광명(光明)은 말 그대로 해와 달이 다른 곳보다 환하게 비추는 마을이란 뜻에서 유래됐고, 여기 철산리(鐵山里)는 저 뒷산이 쇠머리를 닮았다고 해서 우두리(牛頭里)라 불린 것이 바뀌었답니다. 쇠와 철(鐵)이 같은 뜻이라 해서 바뀐 이름이라나 아마 그렇지요. 너부대란 곳은 정월 들판에 쥐불로 넓게 퍼진 불꽃이 장관을 이루어서 붙여진 이름이고, 저 아래쪽 가학리(駕鶴里)는 마을 동산에 있는 지석묘 위에서 학이 떼 지어 살았다는 데서 유래된 것이랍니다."

나는 그가 사방을 가리키며 신명나게 하는 설명에 '아 네, 아네' 하는 가벼운 반응을 곁들여주었다. 그렇지만 해와 달에서 쇠머리, 철, 쥐불, 지석묘로 이어지는 그 생경스러운 전설의 지명은 최근에야 콘크리트 도시로 입성한 내게 별다른 느낌을 전해주지 못했다.

"거 왜 토기무덤이라는 거 아십니까? 어슴푸레하지만 이 근처에서 모자 쓴 한 떼거리 사람들이 그 원시인의 쓰레기통을 파헤치는 걸 본 적도 있어요. 아마 고고학 발굴단이었을 성싶습니다만…… 우린 토제 그릇 조각들을 집어다 냇가에 화덕을 만들고 생선을 구워 먹곤 했답니다."

"이곳에서 장 박사님의 실재 기간을 말하자면 그런 유구한 역사의 터럭에 불과하겠네요."

"아무렴요. 거기다 도시가 한창 개발되고 거 뭐냐, 베드타운이 형성된 요 몇 년 새 일은 도통 기억나지도 않구."

가쁘던 그의 호흡과 음성이 석수역 부근의 반환점을 돌면서 뒤처지며 끊어졌다. 스누피의 몽상이 어둠과 매연의 미립자에 사위어 가는 걸까. 안장 위의 까부라진 내 몸도 내 몸이 아니다. 콜타르 같은 점액질 폐수에 어른거리는 공장 불빛은 처연하고 건너편 아파트 단지는 아무래도 일련의 병동 같기만 하다. 침대의 도시가 아니라 대단위 침대의 병상이 기다리는 저곳으로 사람들은 기를 쓰고 들어가려고 한다. 우리가 잠자리를 찾아간다는 것은 참으로 병상에 다시 몸을 맡기는 일이 아닐까. 잠과 잠을 징검다리로 해서 저 먼 곳에 죽음이 기다린다. 어쩌면 잠이 주는 약효로 우리는 온갖 고통과 슬픔과 수모와 핍박과 피곤 또는 절망 따위를 잊고 사는 것이 아닌가. 한번쯤 죽음의 유혹에서 벗어나보면 어떨까. 장 박사와 나는 '오늘만큼은'이란 단서를 달고 마음껏 마셔보자고 했다. 하긴 장 박사로서야 헝클어진 집 안으로 들어가는 것이 그토록 고역이었을 터였으므로 마다할 리 없었다. 둑길에서 벗어나 가리봉역으로 빠지며 장 박사는 먼저 포장마차를 찾아 들었다.

그래서 파고든 장 박사의 신상에 관한 정보는 내가 중개업자에게 듣고 얼기설기 짜 맞춰보려다 포기했던 시나리오의 고스란한 완성이었다. 장 박사는 미국으로 떠나려는 아내의 이민 수속을 돕기 위해 서류상 이혼 상태에 있었으며, 실제 별거는 집 안에 변고가 생긴 올 봄부터였다고 밝혔다. 미국에서 기반을 잡은 장 박사의 손 위 처남이 그녀를 초청한 모양이었다. 기혼자로서는 초청이민이 거의 불가능하다는 이유 때문에 형식적인 이혼이 먼저 이루어졌다는 것이다. 이로 미루어 복덕방쟁이가 '장 박사의 교환 교수 운운' 한 사기도 전혀 근거가 없는 편은 아니라 여겨졌다. 나는 장 박사의 이야기를 '여울목'이라는 박스 기사에 올리고 싶은 호기심에 사로잡혔다.

"그런데 서류는 무서운 힘으로 현실을 만들더군요. 지난해 가을 무렵 눈에 안개가 껴 이곳저곳 전전하면서부터 이혼은 기정 사실이 되고…… 나는 어쩔 수 없이 집을 정리하는 데까지 몰린 겁니다."

그가 억울함을 나에게 일방적으로 호소했냐면 그렇지는 않다. 그 자신 스스로 격해진 감정을 어찌하지 못해 어깨를 들먹거렸으니까. 연거푸 소주잔을 비우면서, 또 한편으로는 포장마차의 쇠파이프에 걸어놓은 두루마리 휴지를 뜯어 눈가를 훔쳐내며 그는 괴로워했다. 풀기나 자존심이라곤 전혀 찾아볼 길 없는 그의 소모적 행위를 나는 거의 방관자의 입상으로 살핀 것이다. 그는 절대 도움이 필요한 스누피에 불과했다.

그러나 한동안 감정을 추스른 그가 고개를 들어 한 말은 너무 의외였고 단호했다.

"나는 꼭 고인돌을 찾고 말 거요!"

고인돌이라니. 내가 편견을 갖고 그저 만화의 주인공으로 여겼던 장 박사는 그 절실한 문제로 고통 받고 있었던 것이다. 처음엔 또다시 사이비 천문학자이며 통배추 턱의 이 스누피 씨가 술김에 떠오르는 몽상을 털어놓으려나 시큰둥했으나 그런 간단한 얘기가 아니었다.

놀이방에 다녀오던 네 살 난 그의 아들이 석 달 전에 유괴됐다는 것이다. 아이는 그때까지 놀이방에 종일 맡겨지고 있었던 모양이다.

"아, 그 프뢰벨 놀이방이란 곳 말이군요."

그와 함께 갔던 공한지에 볼썽사납게 서 있던 건물이 그것이었

다. 그가 고상치 못하게 밤 풍경을 보러 그쪽으로 간 게 아니라는
사실을 뒤늦게 깨달았다. 그는 아이가 부르는 혼령에 이끌려 밤
마다 그곳을 배회했을 터였다. 어쨌든 고인돌에 끌려간 아이의
생사를 아직도 모르고 있다는 사실은 내게도 적잖은 충격과 긴
장감을 주었다. 그런 고통을 받고 있었다니. 고인돌로부터!

"그 사내는 분명히 고인돌로 찾아오라며 전화를 끊었어요. 그
래서 아내와 나는 줄곧 고인돌을 찾아다니는 겁니다."

"경찰에 신고는 했고요?"

"그뿐이겠습니까. 단지 내 온 주민이 나서서 전단을 뿌리고 도
와주었지만……."

그러니까 우리가 이사 오기 전까지 석 달여 동안 그런 소동이
있었던 모양이었고, 경찰 수사도 지지부진해졌다는 얘기였다.
아내와의 별거도 사실은 그 때문이라고 했다. 애지중지 키우던
아이를 잃은 그녀는 불면증을 호소하다가 결국 본가로 들어갔고
고인돌에서는 아무런 전화가 없다고 했다. 그것이 석연치 않고
불길한 조짐이었다. 아이의 명이 이미 어디선가 끝났는지 모를
일이기 때문이다. 돈을 요구한 것도, 장 박사 부부가 특별한 보복
에 연루될 일도 없었으므로 사건은 미제에 빠진 셈이다.

"우리 아인 이곳 집과 전화를 똑똑히 기억하고 있으니 꼭 돌아
올 겁니다."

장 박사가 집을 처분하고도 멀리 이사를 가지 않은 이유는 결
국 그러했다. 언젠가 자신이 살던 집으로 아이가 돌아올 것이라
는 막막한 기대 때문에. 그 하늘같은 믿음과 순진하기 이를 데 없
는 희망이 그나마 그를 지탱시켜주는지 모른다.

"이제 아무 연락도 없다는 얘긴가요?"

"마지막으로, 고인돌 어쩌고저쩌고 하더니 끝입니다. 처음엔 경찰도 시내 곳곳의 고인돌이란 명패가 붙은 곳을 죄다 뒤졌지만 소용없었어요."

배터리에 연결된 꼬마전구의 불빛이 다한 수명 탓인지 파르르 떨렸다. 장 박사의 낯빛은 금방 발굴된 고대 토기의 회백색처럼 창백하게 바뀌었다. 아하! 그 순간, 나는 수수께끼에 감춰진 함정을 생각할 수 있었다.

"혹시 아이가 유괴 당한 것이 아니라, 사고를 당해서……."

그 다음은 차마 할 말이 못됐다. 이를테면 교통사고라든가, 해서 죽었을지도 모를 일 아닌가. 범인은 유괴를 가장했거나 마지막 일말의 양심으로 유기처를 알려주는 건 아닐까. 경찰의 수사가 이미 이러한 쪽으로 기울었을지 모른다는, 그 역시 직업적 관성에 의한 추리였다. 그러나 어떻게 설명하더라도 그러한 횡액을 믿을 리 없는 장 박사였다.

"범인이 아이의 집 전화를 어떻게 알았을까요?"

그러나 그는 골똘히 다른 생각을 하며 화제를 돌리고 싶어 했다. 그 어떤 불길한 생각을 떨쳐버리려는 양 짤뚝한 머리를 흔들었다.

"그 전에 놀이방 앞쪽에서 교통사고가 났다는 말이 있어서 경찰이 조사한 적이 있지만…… 도무지 목격자가 나타나지 않았어요. 우리 아이였다면 누구든 보았을 텐데."

누구든 보았을 터라니. 나는 스누피 씨의 부정이 무엇을 뜻하는지 짐작했다. 그는 어떻든 현실일 수 있는 그 악몽에서 도망가고 싶어 하는 것이다. 나 역시 더 이상 그를 자극할 필요는 없었다.

그리고 장 박사를 도와 의문의 고인돌을 찾는 일이, 내게는 저 공한지에서의 끈끈한 풍경을 보기 위한 정도의 한심한 기대였다. 나는 그때까지도 사냥개처럼 사건과 사고를 찾아다니는 내 정체를 그에게 드러내지 않았다. 그랬다가는 그가 어떻게 나올까 은근히 겁도 났다. 너무 황당했고 수수께끼 같은 사건이기 때문이다. 아무리 경천동지 할 일이라도 남의 일은 역시 남의 일인가 보다. 더구나 어쩌다 비번일 때 밤에만 동행하는 그 도움이란 그를 동정한다든가 위무하는 정도에 불과했을 것이다. 그나마 장 박사가 나의 동행을 기꺼워한 점이 다행이라면 다행이었을까. 그는 한나절 고인돌을 찾아 심인 전단을 돌리고 잠깐 번역 사무소에 들렀다가 밤이면 다시 미개척지로 출정했다. 자신의 말마따나 '안개주의보' 상황에 처한 장 박사는 고인돌을 찾는 그 무모한 도전으로 아예 생의 암흑을 자초할 기세였다.

그런데 문제는 세기 말, 이 문명지에 고인돌을 찾기 힘든 게 아니라 너무 많다는 사실에 있었다. 다방에서 카페, 단란주점, 살롱, 간이식당, 책방, 심지어는 포장마차에까지 둘러 붙인 게 그 이름이었다. 한때 역사책을 무겁게 했던 유물이 이렇듯 값싼 상호로 떨어질 수 있을까. 그 어떤 향수나 애정이라도 있기에 그런 것일까. 누렇게 변색된 역사책의 시작은 꼭 그러했다. 고인돌, 누구나 여기서부터 처음으로 역사의 걸음마를 시작하고 지식에 눈을 뜬다. 누가 그 희미했던 지식의 보물창고를 잊겠는가. 그 금석병용시대나 청동기시대는 BC 5~4세기의 지나간 시대가 아니라 언제고 우리가 돌아가야 할 때처럼 기억의 한 자리를 차지했다. 미술 책에 소개된 영국 솔즈베리에 동심원상으로 놓여진 스톤헨지나 지중해 지방의 돌멘, 멘히르, 크롬레크 등 거대한 석조물은 우리가 배워야 할 세계의 무한성을 예고하는 이정표와 같았고 무문토기니 마제석기니 세형동검(細刑銅劍)이니 청동거울이니 하여 암기된 유물은 그것대로 호기심의 집을 채워주는 부속 장치들이었다. 그러고도 시험 때면 오른편의 선돌, 고인돌 왼편의 경계표시, 부족장의 무덤을 줄 잇기 하는 문제를 틀리곤 했다. 이 줄 잇기 문제로는 '애니미즘-영혼불멸 사상', '샤머니즘-무덩', '토테미즘-동물숭배' 따위를 맞춰야 했나. 그 아련한 시대의 거물이 20세기 말 문명지에서 철저히 상품화되고 있는 것이다. 명멸하는 네온사인 속에 고인돌의 추억은 천박한 웃음거리가 되고 있다. 사랑하는 사람들은 한결같이 똑같은 형태의 사랑을 한다. 같은 장소에서 엇비슷한 생각으로 사랑한다고 사랑한다고, 그 의미를 되새김질할 시간도 갖지 못한 채 되풀이 고백하고 몽유 상태로 빠져든다. 고통이나 환락의 구렁텅이에 빠져 허우적거리는 군상 역시 마찬가지다.

돌아보면 나 역시 한때 그러한 나락으로 빠진 적이 있었다. 다름 아닌 고인돌에서! 그러니까 군에서 제대를 한 후 3학년의 2학기 복학을 하고 지낸 한동안 내가 시간을 죽이던 지하 '고인돌' 주점은 각 칸막이 공간이 장방형 석실을 연상시켜주는 그런 곳이었다. 아무리 밝은 대낮에도 그곳에 입실하면 음습했고 안온했다. 머리가 닿는 천장의 투박한 석편 장식과 한쪽으로는 비스듬히 내려앉은 흰 석벽, 며칠 밤을 모아놓은 듯한 어둠에 깜박이는 등잔불, 그 어스레한 빛에 길쭉길쭉 어른거리는 그림자들. 서너 평 정도의 밀폐된 공간에는 막걸리의 비린내와 감자 썩는 냄새가 무름하니 퍼졌다. 그 냄새처럼 김민기며 양희은, 송창식의 통기타 노래가 찌직거리며 울리기도 했다. 내가 즐긴 것은 사실 토속적인 맛보다 데카당스한 분위기였다. 바로 맞은편 캠퍼스에서 아무리 시위가 격해지고 최루탄 가스가 난무해도 괴괴한 석실은 떠도는 영혼을 불렀다. 그 한계 공간에서 무기력증에 빠져 시간 퍼내기 작업을 한 것이다. 퍼내면 찰랑찰랑 차오는 시간, 온갖 사념, 상상, 억측을…… 퍼내고 또 퍼냈다. 남들은 이미 취업을 해 기성세대란 허울에 편입했고 더러는 결혼을 해 아이까지 생산한 마당에 공부라니, 요는 뒤늦게 따라온 대학생활에 적잖은 회의를 느끼고 있을 때였다. 신열과 같이 몸을 뜨겁게 하던 민주화에 대한 열망과 투쟁은 군 생활로 꺾였으며 질곡의 세월 속에 그 어떤 것도 기대할 바가 없었다. 나는 이 시대의 대학이 요구하는 두 인간상 중 어느 쪽에도 가담할 수 없는 반편이 되고 말았다. 깡그리 포기하고 무엇이든 다시 시작할까, 하다가는 제물에 널브러져 혼자 술을 홀짝이곤 하던 참담한 계절이었다.

그런 한편 마지막으로 무언가 마음 붙일 대상을 바랐던가. 무덤 같은 적요와 허무를 사를 수 있는 그런 사랑……. 언제나 석실의 벽면을 보고 앉아 혼자 술잔을 기울이거나 담배를 피우던 여자가 그 촛불이기를 바랐다. 정해진 시간의 꼭 같은 자리에서, 그녀는 석벽을 마주하고 자신만의 의식을 치르는 것이었다. 긴 생머리가 불빛에 빗겨져 고혹적이게 느껴졌다. 무슨 사연이 있는 것일까. 누구를 기다리는 걸까. 어느덧 그녀는 내게 다가오는 꿈으로 부풀려졌고, 나는 한 걸음씩 그녀에게로 가까이 다가가기 시작했다.

어쩌면 그녀가 먼저, 기다리고 있을지 모른다. 그렇게 유혹하는 듯 보인다. 그림자가 말없는 말을 건넨다. 그녀를 상상하는 시간은 길어만 갔다. 석실을 가득 채우고도 남을 정념이었고 바람이었다. 나는 그녀의 빈 시간, 빈자리를 노렸다. 그러한 음충맞은 탐색 끝에 발견한 흰 석벽의 낙서 네댓 줄, 그것은 나의 의식을 송두리째 흔든 낚싯바늘 같았다.

오늘 저녁 이 좁다란 방의 흰 바람벽에
어쩐지 쓸쓸한 것만이 오고 간다
이 흰 바람벽에
희미한 십오 촉 전등이 지치운 불빛을 내어던지고

흔한 정치적 외침이나 풍자와 다른, 그래서 밀사의 암호나 떠도는 자를 위한 노래 같은, 사실은 그 즈음 알게 된 시인의 이 구절에 나는 몇 줄 덧붙일 수 있었다.

때글은 다 낡은 무명샤쯔가 어두운 그림자를 쉬이고
그리고 또 달디단 따끈한 감주나 한잔 먹고 싶다고 생각하는
내 가지가지 외로운 생각이 헤매인다

그렇게 시작한 시구에 며칠 뒤 또 몇 줄을 붙여오고 내가 또 몇 줄 붙이면 새끼 쳐 돌아오고 하며 한 철 고인돌의 추억은 새록새

록 쌓였으며 복학의 멀미는 잦아들었다.

> 그런데 이것은 또 어인 일인가
>
> 이 흰 바람벽에
>
> 내 가난한 늙은 어머니가 있다
>
> ……
>
> 또 내 사랑하는 사람이 있다
>
> 내 사랑하는 어여쁜 사람이
>
> 어늬 먼 앞대 조용한 개포가의 나즈막한 집에서
>
> 그의 지아비와 마조 앉어 대구국을 끓여놓고 저녁을 먹는다
>
> ……

당시 안기부에 의해 임의로 월북 시인으로 분류된 백석(본명: 白蘷行)을 통한 완벽한 접선이었다. 금서였던 그의 시집 《사슴》에도 실려 있지 않던 이 한 편의 시를 나는 민중시 운동 서클 후배에게 운 좋게 구해 당장의 갈급증을 풀었던 터다. 그러나 만나야 했던 그 접선의 주인공은, '어늬 먼 앞대 조용한 개포가의 나즈막한 집' 딸쯤으로 내가 제멋대로 분칠한 정형이 아니었다. 처음 그녀를 본 순간 나는 놀라서 거의 나자빠질 뻔했다. 시가 완성되기까지 치기 어리게 이러저러한 만남을 예상했던 내게 충격은 차라리 공포였다. 무덤인 줄 모르고 기어 들어간 젊음의 유랑터에서 실제 저 아득한 시대의 미라를 만난 꼴이랄지. 언뜻 보아 콧등이라고는 없는 코와 눈이 달라붙어 까맣게 탄 얼굴은 도저히 사람의 형상이 아니었다. 그것은 '프랑켄슈타인'이나 '플라이'

란 영화에서 볼 수 있었던, 실패한 실험의 희생자로서의 처참한 재현이었다. 여자는 바로 그 실험관에서 금방 기어 나온 듯 보였다. 얼굴을 잃어버린 그 여자를 감히 바라보지 못하고 그녀 또한 줄곧 고개를 숙인 상태로 우리는 그저 몇 마디를 나누고 헤어졌다. 그녀의 흉측한 얼굴 화상은 꽃병이 지척에서 잘못 터져 맞은 벼락이라고 했다. 꽃병! 아, 그것이었다. 저 멀리 미 제국주의와 군부 파쇼 독재를 타도한다고 날리던 불꽃.

"난 정말 오갈 데 없는 너무 위험하고 급박한 경계선에 있었거든요."

"갑작스런 불행을 이해하겠습니다."

"모두들 이해한다고, 바라지도 않는데 친구들은 언제까지나 같이 있어주겠다고 맹세하더군요. 어리석은 자선일 뿐이죠."

나 역시 그녀에게 그렇게 비쳐질 대상이었다. 뭐라 웅얼거렸는지 몰랐다. 눈에 보이는 현실이 저주스럽기만 했다. 다시는 고인돌에 들어오지 않으리라. 그녀가 그나마 편히 숨쉴 곳일 테니까. 무엇보다 도망자 같은 죄책감이 스스로를 견딜 수 없게 만들었다. 나는 한 마리 노래기에 불과했다.

"으음, 정말 아픈 일이었군요."

장 박사는 깜빡 놓친 어떤 기억을 반추하듯 고개를 주억거렸다.

그리고 둘은 탈진한 상태로 주점을 나선다. 고인돌을 나서면 언제나 전신이 하나의 덩어리로 뱉어지는 느낌이다. 수많은 아이들의 신음과 원성이 무덤 속에서 삐져나오는 듯했다. 페달을 밟는 발목도 삐꺽댄다. 스쳐지나가며 흐물거리는 직육면체의 구조물들. 헤드라이트 빛은 올빼미처럼 눈알을 찍어 돌린다.

장 박사가 찾는 허묘는 과연 존재할까. 있다면 아직도 그의 아이를 잘 보호하고 있을까. 어쩐지 그 묘는 어린 생명을 보호하고 있다기보다 희롱하고 있을 성싶다. 이 시대에 고인돌은 버려지는 것의 마지막 집하장이 아닐는지. 그곳에 가서 무엇을 찾고자 한단 말인가. 그의 아이가 어떤 이유로 고인돌로 유인됐든 이제 그 문제는 중요치 않게 보였다. 그의 고인돌 찾기는 한갓 끝까지 가보고 싶은 무모함, 그것이 아닌가. 그저 움직이고자 하는 무의식적인 욕망 같은.

애당초 아내에게 야간 운동의 실상을 말하지 않은 것은 실수였다. 물론 나로서는 장 박사와의 동행을 일종의 스포츠라 했거니와 딱히 그의 비운을 떠벌릴 계제도 아니었다. 가뜩이나 해체된 가정의 껍데기에 들어온 것을 께름하게 여기던 판에 변고까지 드러낼 필요는 없질 않은가. 만약 어느 가정의 길흉이 그 집터의 방위나 운세에 있다는 풍수지리를 믿을라치면 장 박사의 불운은 우리에게 내림 될 수도 있을 터이다. 그러한 이유에서도 나는 아내에게 끝까지 천체물리학자의 비밀을 감춰줄 생각이었다. 다만 이제는 어떻게 그 무모한 미아 찾기란 동업에서 장 박사의 기분을 건드리지 않고 빠져 나올까 하는 데 신경이 쓰였다.

그러나 밤마다 허둥대며 들어오는 내게 아내는 결국 고인돌의 이야기가 아닌 '죽은 돌'의 이야기를 끄집어내게 했으며 뜻밖의 단서를 제공했다. 고인돌이 자기가 근무하는 중학교의 뒤뜰에도 있다는 것이다. 처음에 아내는 장 박사의 실체가 까발려진 데는 거의 놀라지 않았으나 그의 어린아이가 유괴됐다는 사실은 끈질기게 물고 늘어졌다. 어떻게 그런 일이, 그런 일이, 하면서 미구에 우리에게도 액운이 닥치지 않을까 두려워하는 눈치였다. 그러다가 지나가는 말로 '아, 그 고인돌이란 거 학교에도 있는데'라고 마치 해답을 찾은 수험생처럼 탄성을 올렸다.

"고인돌이 학교에 있다고?"

나는 이상스런 예감을 감추고 다시 물었다.

"역사 시간에는 그래도 견학 자료로 활용되는 우리 학교의 명물이에요."

아내에게서 학교 고인돌의 내력을 소개받는 동안 이상스런 예감은 불길한 쪽으로 기울었다. 혐의를 둔 대로 추론은 간단했다. 동료들이 추켜세우는 대로 나는 역시 '징그러운 예감'을 갖고 있음에 틀림없다. 지난 10여 일 간 머리 속을 떠나지 않던 의문, 그 의문이란 유괴범이 도대체 아무것도 요구하지 않고 고인돌을 찾으라고 한 점이다. 쉽게 말하고도 꼭 그 위치를 밝히지 않은 까닭은 사건이 금방 드러나는 데 따른 위험 때문 아니었을까. 이 추론 역시 범죄를 전담하는 수사관으로부터 엿들은 상식의 일단이다. 아니면 장 박사가 제 확신대로 범인의 말을 흘려들었을 수도 있다.

자정이 가까웠지만 나는 처음으로 위층 장 박사의 집에 올라갔다. 다음날은 다행히 연휴의 공휴일이었다. 놀란 그에게 다짜고짜 고인돌을 찾자고, 기왕이면 그의 부인과 동행해줄 것을 당부했다. 그 이유는 설명하지 않았으나 나의 각별한 주문에 장 박사는 아무런 토를 달지 않았다. 마지막으로 그를 위해 어떤 모험이라도 감행하고 싶었다. 그리하여 날이 밝은 이튿날, 학교에서 본

장대한 석조물, 그것은 나도 여태 본 적이 없는 진짜 고인돌이었
다.

鐵山洞 支石墓

향토유적 제1호

　지금부터 2천여 년 전 선사시대 부족장의 무덤으로 보이는 북방식 지
석묘이다. 蓋石은 석영이 많이 섞여 있는 화강암으로 長軸인 동서 길
이는 292cm, 남북의 길이는 185cm 두께는 72~88cm이다. 지
석의 마구리 돌은 빠져나가 없고 남북지석이 개석을 받치고 있다. 발
굴 당시 석실 내부의 흙 속에는 瓦片 白磁片 靑磁片 등이 뒤섞여 있었
으나 후에 교란된 것으로 보인다. 이 지석묘가 원래 위치하고 있던 鐵
山洞 462-33 번지는 민가가 들어선 지역이었으나 그 일대가 도시
개발 사업지로 지정됨에 따라 유적발굴단에 의뢰, 여기 이전해 관리
하기에 이르렀다.

　햇빛에 반사된 스테인리스 안내판의 기록이 그 옛날 역사의 편
린을 찬연하게 되살려주었다. 고인돌 주변을 덮은 민들레며 쑥
부쟁이, 시금초, 고들빼기 등속은 수천 년의 호흡인 듯 푸르고,
한없이 질겨 보였다. 어린아이의 조막손 같은 환삼넝쿨들도 개
석을 들어올릴 기세다. 이 삭막한 콘크리트 도시에 진짜 족장의
전설이 남아 있었다니! 나는 거듭 감탄하며 양팔을 벌려 그 크기
를 가늠해 보았다. 마치 원시의 기운에 안기듯. 그러나 허전했다.
햇볕을 머금은 돌의, 그만한 따스함조차 느껴지지 않았다.
　폐부 깊은 곳의 울렁이는 숨을 몇 번 뱉어낸 후, 나는 교사(校

숲) 입구의 공중전화를 찾아 경찰을 불렀다. 장 박사의 아이는 틀림없이 고인돌 부근 어딘가에 유기돼 있을 것이다. 어느 곳보다 산을 깎은 언덕바지에 의심이 갔다. 교사 뒤쪽으로 늘어선 미루나무 때문에 어느 쪽에서도 전혀 노출이 안 되는 사각지대였다.

근 한 달 만에 만났다는 장 박사 부부는 예상 밖으로 다정해 보였다. 그녀가 불면증에 시달리고 있다는 얘기도 믿어지지 않았다. 야유회 나온 연인 사이처럼 보여서 일말의 배반감까지 들었다. 저들은 누군가를 시험하고 있지 않는가 하는. 장 박사의 부인은 아주 옅은 화장으로 잔약한 기운까지 풍겼다. 그녀가 스스로 미국으로 떠날 준비를 하고 있으리라고는 믿어지지 않았다. 그녀는 집안의 극성에 따라 수동적으로 움직이며 장 박사 역시 세상에 휘둘리고 있을 터이다. 진짜 고인돌 앞에서도 여하한 감을 갖지 못하고 어리둥절해 하는 모습이 충분히 그러한 추측을 가능케 했다. 내가 자못 태연한 말투로 '이 근처를 살펴보자.' 고 하니 그들은 정색을 하며 나의 추리를 우스꽝스러워 했다.

"우리 아이가 왜 이런 곳에 와 있어요. 말도 안 되는 억지 같으니라고."

장 박사 부인은 초면인 나에게 적의를 드러낼 정도였다.

신고한 대로 경찰이 몇 명의 요원늘과 와서 고인돌 근처의 숲속을 샅샅이 뒤질 때도 그들은 남의 일 보듯 했다. 아니, 그들은 아이를 주검으로서가 아니라 최소한 망각으로 버려지길 바랐을지도 모른다. 어떠한 경우든 아이의 주검을 상상할 수 없다는 간절한 몸부림, 그것이리라. 경찰이 탐색을 벌이는 동안 나는 박스에 넣을 기사의 비중을 가늠해보았다. 경찰의 성가신 신문도 충분히 예상할 수 있는 일이다.

　사건은 그렇게 엉뚱한 곳에서 풀어졌다. 이윽고 얕게 묻혀진 아이의 팔목이 덜렁 드러나는 순간, 장 박사 부부는 공포에 질려 뒷걸음질쳤다. 아이는 죽어서도 악몽과 부패의 망령에 쫓기며 허우적거리는 모양이었다. 비극과 저주의 냄새가 천지에 진동했다. 허벅지 아래 끊어져 없어진 한쪽 다리는 끝내 찾지 못했다. 영락없는 뺑소니 교통사고의 흔적이다. 아이는 유괴를 당한 게 아니라 악마의 차에 갈린 것이다. 공단을 오가며 밤이면 개천 안쪽 개활지에서 강도처럼 웅크리고 있던 레미콘이라든가 화물차 따위가 퍼뜩 떠올랐다. 경찰은 이미 예견한 대로, 라며 책임을 면하는 데 급급한 인상이었다. 장 박사 부부가 일찍이 유괴범에 대한 미련을 버리지 못해서 초동수사에 실패했고 주검마저 제때 수습하지 못했다는 것이다. 그랬었구나! 나는 장 박사가 어떤 덫에서 빠져나가려 했는지 그때야 분명히 알았다.

　장 박사 부부는 땅바닥에 엎어져 일어날 줄 몰랐다. 영원히 그런 모양으로 굳어지길 바라는 듯이. 그때, 나는 장 박사의 손아귀에서 삐죽 나온 노란 비닐의 명찰을 똑똑히 볼 수 있었다. 장초롱. 그 어린 가슴에 빛났을 하나의 별, 하나의 초롱초롱한 별 이름이었을 것이다. 나는 몇 번이고 그 별 이름을 불러보았다. 이름 아래는 618 - XXXX 또렷한 전화번호가 마치 지금이라도 다이얼을 눌러주기 바라는 듯 드러나 있었다. 뺑소니 범인은 사망한 아이의 연락처를 거기서 알아냈을 것이다. 목덜미에서 관자놀이께로 자르르 소름이 끼쳤다.

　이 처참한 비극에서 내가 증거 할 일은 무엇인가. 고인돌은 결코 자신의 목격담을 드러내놓지 않으리라. 껍데기만 갖고 위용을 자랑하는 고인돌이 무슨 영험이 있을까. 가짜와 진짜, 상상과 현실이 뒤범벅된 세상에서, 그렇다! 나는 가짜를 더 많이 보아왔으며 망상의 늪에 허우적거렸으며 이제 오랜만에 진짜 고인돌을 보고 있다. 그러나 그 고인돌은 너무 무력하게, 아니 거대한 짐승의 아가리처럼 아무런 말이 없다.

언젠가 학교 앞 가짜 고인돌에서 보았던 절망의 그림자가 이젠 끔찍한 세상의 범죄로 드러나 있다. 역사의 거인은 그저 아가리처럼 서 있을 뿐이다. 누가 그 그림자 속에 어린 영혼이 잠들었으리라 상상했을까. 악귀들이 깝신거리는 세상이다. 어디로 숨어야 할지, 어디로 쫓기는지 모르는 운명이다. 나는 머리를 맞대고 흐느끼고 있는 장 박사 부부를 무연히 바라보며, 저들은 이제 흰 바람벽의 무덤 속에 채워질 존재들이라 단정했다.

*본문의 시, 〈흰 바람벽이 있어〉는 《백석시전집》(창작과비평사, 1987)에서 인용.

신장현 1997년 《문학사상》 신인상을 통해 등단했다. 소설집 《세상 밖으로 난 다리》와 장편소설 《사브레》 등을 출간했다.

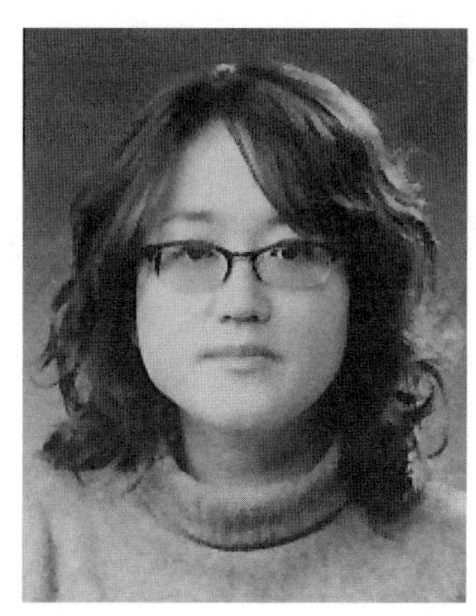

윤성호

바리케이드

도로는 정체되어 있었다. 고가도로를 타고 넘는 자동차의 행렬이 꼬리에 꼬리를 물고 늘어섰다. 나는 늘어선 자동차 행렬 속에 갇혀 있는 것이다.

액셀과 브레이크를 번갈아 밟으며 앞차의 꽁무니를 좇는다. 상행선과 하행선을 가르는 황색 실선 위에 음료수 파는 행상이 좌우로 돌러본다. 흰 마스크에 모자를 깊이 눌러 쓰고 양손에 캔 음료가 들려 있다. 행상이 내 차 옆으로 다가온다. 나는 도로 위로, 행상은 도로 아래로 스쳐 지나간다. 멀리 신호등이 보인다. 몇 번이나 신호등이 바뀌어야 교차로를 빠져나갈 수로를 통과할 수 있을지 모른다. 앞차가 움직이기 시작한다. 또다시 멈춤과 서행이 반복된다. 라디오 버튼을 누른다. 이상하게도 라디오는 주파수가 고정되어 있기라두 한 약 채녁 하나밤에 득을 수가 없다. 귀에 이을 그와 그녀의 목소리가 들린다. 그들의 웃음소리를 따라 웃던 기억이 난다. 지금 나의 입매는 굳어 있다. 그들의 말이 처음 들어보는 외국어처럼 낯설다. 고가도로에 올라온 지 십여 분이 지났다. 그와 만나기로 약속한 시간은 삼십 분도 채 남지 않았다. 음료수 파는 행상이 도로 위로 올라와 내 차와 다시 스친다. 조금 덥다고 느껴져 도어 스위치를 눌러 유리창을 반쯤 내린다. 바

　　도로는 정체되어 있었다. 고가도로를 타고 넘는 자동차
의 행렬이 꼬리에 꼬리를 물고 늘어섰다. 나는 늘어선 자동차 행
렬 속에 갇혀 있는 것이다. 액셀과 브레이크를 번갈아 밟으며 앞
차의 꽁무니를 좇는다. 상행선과 하행선을 가르는 황색 실선 위
에 음료수 파는 행상이 좌우로 둘러본다. 흰 마스크에 모자를 깊
이 눌러 쓰고 양손에 캔 음료가 들려 있다. 행상이 내 차 옆으로
나가온다. 나는 노도 위로, 행상은 노도 아래로 스쳐 지나간다.
멀리 신호등이 보인다. 몇 번이나 신호등이 바뀌어야 교차로를
빠져나갈 수 있을지 가늠해본다. 세 번째나 네 번째, 운이 좋으면
두 번째만에도 교차로를 통과할 수 있을지 모른다. 앞차가 움직
이기 시작한다. 또다시 멈춤과 서행이 반복된다. 라디오 버튼을
누른다. 이상하게도 라디오는 주파수가 고정되어 있기라도 한

양 채널 하나밖에 들을 수가 없다. 귀에 익은 그와 그녀의 목소리가 들린다. 그들의 웃음소리를 따라 웃던 기억이 난다. 지금 나의 입매는 굳어 있다. 그들의 말이 처음 들어보는 외국어처럼 낯설다.

고가도로에 올라온 지 십여 분이 지났다. 그와 만나기로 약속한 시간은 삼십 분도 채 남지 않았다. 음료수 파는 행상이 도로 위로 올라와 내 차와 다시 스친다. 조금 덥다고 느껴져 도어 스위치를 눌러 유리창을 반쯤 내린다. 바람이 머리카락을 흐트러뜨린다. 나는 헝클어진 머리카락을 위로 쓸어 올린다. 고가 밑을 지나는 기차의 굉음이 들린다. 고가는 출렁이듯 흔들리고 앞으로 밀려나가던 차들이 일제히 후미의 빨간 등을 켜고 멈춰 선다. 이곳은 시도 때도 없이 막히는 만성 정체구역이다. 뒷차 운전자가 기지개를 켜며 하품하는 것이 룸미러로 보인다.

그가 나를 기다리지 않고 가버리는 것은 아닌지 초조해진다. 초조함이 약속을 어길 수도 있다는 생각을 부추긴다. 여기서 뒤돌아간다는 것은 앞으로 나아간다는 것만큼 불가능한 일이다. 교차로를 빠져나가기만 한다면 다음은 걱정할 게 없다고 불안한 예감을 떨친다. 삼십 분 후면 그와 만나게 된다. 이제 기다림은 시간의 의미에서 공간의 의미로 넘어간다. 삼십 분이 시간이 아니라 그와 만나는 모텔의 방 번호라고 생각한다.

나는 반 년 만에 그에게 전화를 걸었다. 전화 받는 그의 목소리엔 잠이 진득하게 묻어 있었다.

"나야, 잘 지내지?"

그는 긴 침묵 끝에 '네' 하고 짧게 대답했다. 당혹스러워하는 그의 모습이 눈에 선했다. 우리가 언제부터 이런 사이가 되어버렸나 하는 서러움에 목이 메어왔다. 사람들은 어떻게 사랑을 시작하고 인연의 끈은 어떻게 놓아버리는지, 고통은 어떻게들 견뎌내는지 나는 이것을 형벌이라고 생각했다. 마른침을 가시처럼 삼켰다.

"어제 과음했나봐. 내일 시간 어때? 얼굴 한번 보고 싶은데, 안 될까. 부담스럽다면 할 수 없지만……."

나는 며칠 전 만났던 사람처럼 이야기를 했다. 내 뻔뻔함에 얼굴이 화끈거려 전화기를 팽개치고 어디론가 숨고 싶었다. 대답을 기다리는 시간이 천길 낭떠러지 앞에 선 것같이 아득했다. 신음소리가 들린다. 그는 건조하고 체념이 깃든 목소리로 시간과 장소를 약속해주었다. 뚝뚝 떨어지는 신호음이 들린다. 더 이상 그의 목소리를 들을 수 없다. 전화기를 내려놓지 못하고 움켜쥔다. 그의 목소리 중 음절 하나가 내게 전해지지 않고 수화기 안에서 맴돌고 있을 것만 같았다. 얼크러진 생각들에 한도 끝도 없이 시달린다. 그래도 그를 미련이라는 감옥에서 놓아준 적은 한 번도 없었다. 그의 얼굴을 그려본다. 면도 안 한 그의 턱수염이 손바닥에 와 닿는 느낌은 어떨까. 내 손바닥에 입을 맞추겠지. 그의 목덜미를 끌어안고 지독히 절은 담배 냄새를 깊숙이 빨아들이는 상상을 한다. 핸들을 두 팔로 감싸 안는다. 이제 그를 기다리는 시간이 참을 만해진다.

교차로 신호가 녹색으로 변한다. 상행선의 차들이 거북이걸음으로 움직이고 나는 액셀을 조절하며 앞차를 따라붙는다. 잘만 하면 내 차례까지 교차로를 통과할 수 있겠다. 앞차가 우회전 깜

빡이를 켜며 시야에서 비켜나가자 신호는 녹색에서 주황으로 순
식간에 바뀐다. 나는 주저 없이 액셀을 깊게 누르고 교차로를 돌
진해 들어갔다.

나는 친구의 작은 사무실에서 화초가 놓인 창틀에 기대 밖을
내다보고 있었다. 밖은 비가 내리고 있었다. 빗방울이 그어대는
찬 유리창에 이마를 대고 골목길을 내려다본다. 골목길 한쪽은
작고 영세한 인쇄소들이, 다른 한쪽은 철물점과 기계부품점들이
비좁게 붙어 있다. 그 앞으로 자동차들이 무질서하게 주차되어
있고 오토바이는 어디론가 항상 쏜살같이 달려갔다. 사람들은
차에서 짐을 싣거나 내리고 돈을 세고 늘 같은 일상의 모습이 계
속되었다. 언젠가 한번은 철공소 앞에서 여러 명의 사내들이 웅
크리고 앉아 마스크로 얼굴을 가리고 용접하는 모습을 보았다.
뭔가 구조물을 만들어내고 있었다. 그들이 들고 작업하는 쇠관
끝에서 쏟아져 나오는 파란 불꽃을 오래도록 응시했다. 며칠 지
나서 그때 만들어졌던 물건들이 차에 실리는 것을 보게 되었다.
바리케이드 구조물이었다. 나는 철공소 위에 걸린 간판을 읽어
보았다. 알곤용접, 금형용접, 비철용접, 프라즈마용접, 철판로링,
성신공업사. 지금 골목길은 철시한 장터 같다. 쏟아지는 비밖에
없다.

문을 두드리는 소리가 들렸다. 나는 창 밖으로 향하는 시선을
거두지 않고 건성으로 들어오라는 말을 했다. 말이 끝나기도 전
에 사무실에 들어서는 사람이 있었다. 인기척에 놀라 무의식적
으로 고개를 돌렸다. 사무실의 흐린 형광등 불빛 아래 뿌연 실루
엣이 움직였다. 나는 인상을 쓰며 미간을 모았다. 실루엣이 사라

지고 한 남자가 나타났다. 그는 목이 둥글게 파인 니트 스웨터에 트렌치코트를 걸치고 있었다. 내게 목례를 하고 친구 종미를 찾았다. 종미는 나가면서 손님이 올지 모른다는 말을 했었다. 나는 그에게 자리를 권하고 탁자 위에 신문도 놓아주었다. 나는 창문을 향해 그와 등지고 앉았다. 하늘은 잔뜩 찌푸리고 습기에 양어깨가 으슬으슬 추웠다. 언제나 난방이 모자란 사무실이었다. 아귀가 맞지 않는 창문 틈새로 비바람이 몰아쳐 벽과 난간을 흥건히 적셨다. 낡은 블라인드와 벽 모서리 사이에 늘어진 거미줄이 바람에 떨어질 듯 흔들렸다. 신문을 뒤적이던 *그*가 자리에서 일어나 내 앞을 가로질러 벽에 걸린 그림 앞에 섰다. 친구가 좋아하는 클림트의 〈포옹〉이다. 잡지 사진을 오려 액자에 넣었을 뿐인데 이 방에서 제일 따뜻해 보였다. 나는 곁눈으로 그를 슬쩍 스친다. 그는 잠시 서성대다 '늦으시나 보지요.' 하고 묻고는 주저주저하면서 말을 건넸다.

"저기, 언제 한번 뵌 적이 있는 것 같아요."

"그래요? 어디서요?"

"제가 군에서 휴가 나왔을 때 누이하고, 누이 친구분하고 셋이서 만난 적이 있었는데, 그때 그분이 아닌가 해서요."

결혼 전 종미와 나는 자주 어울려 다니긴 했었다. 내 기억 어느 구석에서도 군복 입은 앳된 청년을 찾을 수가 없었다. 그는 내 멀뚱한 표정에 더 이상 말을 잇지 못하고 시계를 들여다보았다. 잠시 후 종미가 부산스럽게 사무실 문을 밀치고 들어왔다. 굳어 있던 사무실 분위기가 풀어지고 종미는 빠른 말투로 그와 나를 소개시켜주었다. 우리는 가벼운 눈인사를 나누었다. 그는 종미의 외사촌 동생이었다. 진짜 외사촌 동생은 아니었고 어머니들이 한 고향 사람으로 친동기간 이상 가깝게 지내 서로를 그렇게 부른다고 했다. 종미는 그를 보자마자 그만둔 전 직장이 너무 아쉽다고 야단이었다. 그는 전 직장에 대해 미련이 없다고 잘라 말했다. 종미가 그럼 앞으로 어떻게 살아갈 거냐고 따지듯 묻자 그는 일어날 시늉을 했다. 종미는 그가 문을 박차고 나가버릴까 봐 목소리를 낮추고 내일부터 나와서 누나 일 좀 도와줘, 알았어? 하고 기세를 누그러뜨렸다. 종미는 돌아서는 그의 등에다 못난 놈, 하고 눈을 흘겼다.

종미는 가끔 그에 대해 넋두리처럼 한숨을 섞어가며 띄엄띄엄 말을 내뱉곤 했었다. 뭐 하나 내세울 것 없는 집안의 장남으로 태어나 한때는 신동소리 들으며 주위 사람의 기대가 컸었다는 것이다. 문제는 대학에 들어가면서부터 시작되었다. 시위 주동자로 쫓겨 다니기도 하고 스님이 되겠다고 머리를 깎고 산에 들어가기도 하고 한때는 연극에 미치기도 했다고 한다. 자기 앞가림도 못하고 한시도 가족들 마음을 편하게 한 적이 없었다고 했다. 다니던 직장도 번번이 때려치우고 저 나이 먹도록 결혼할 생각도 안 하니 답답할 노릇이라고 종미는 속상해 했다. 비가 잦아들기를 기다렸지만 손님이 찾아오고 외근 나갔던 직원들이 돌아오자 자리에서 일어섰다.

가파른 계단의 난간을 붙잡고 한 칸 한 칸 내려섰다. 낡은 이 건물은 입구조차 어딘지 구분이 안 되고 비상구로 통하는 문은 종이 박스나 인쇄 다발로 막혀 있고 늘 화장실 지린내가 났다. 이런 곳에서 사람들이 무슨 일을 하는지 궁금할 때가 한두 번이 아니었다. 그래도 나는 이곳에 오기를 좋아했다. 계단 내려가는 내 발소리가 울려서 사방으로 흩어질 때까지 다음 발을 떼지 않았다. 미로 같은 복도를 하염없이 걷던 기억이 되살아난다. 그 기억의 발소리가 그림자처럼 따라붙어 지금 내 발자국 소리와 겹쳐진다. 순간 온몸을 훑고 지나가는 전율을 느낀다. 굳게 난간을 잡고 버텨본다. 되돌아보지 않으리라, 되돌아보지 않으리라. 뒤돌아본다면 돌로 변해 영원히 과거의 시간에 묶여 살 수밖에 없다고 주문을 욀 만큼 지독한 향수를 불러일으켰다. 과거의 나는 어떤 문과 대항하고 있었던 것 같았다. 문은 검은색과 회색으로 칠해져 있었고 문 틈새로 보이는 것도 검은 색과 회색 투성이었다. 나는 문을 열고 들어가고 싶어 했지만 문을 힘껏 당길 용기는 갖고 있지 않았다. 그저 검은색과 회색에 잘 어울리는 창백한 여자가 되고 싶을 뿐이었다.

나는 종미의 일터로 놀러간 적이 있었다. 그녀는 인쇄소 전동타자수였다. 무너져 내릴 것 같은 목조 건물 이층에 여러 명의 전동타자수 속에 그녀가 있었다. 그녀는 나른하면서 편안한 얼굴로 나를 맞아주었다. 시끄러운 타자기 소리, 먼지 같았던 안개, 내가 그리워하면서도 감히 손대볼 수 없는 두려움의 세계에 동화되어버린 양 견디고 있었다. 어쩜 그곳에서 나를 찾고 있었는지 몰랐다. 종미의 뒷줄이나 옆줄에서 머리카락이 앞으로 쏟아져 내리는 줄도 모르고 열심히 활자를 찍고 있는 여자, 눈이 튀어나오게 활자를 쳐다보다 끝내 검은색과 회색의 커튼에 잘 어울리는 어항 속의 금붕어가 되어버릴 여자를 찾았는지 몰랐다.

우산 작동장치를 만지작거리며 주춤거렸다. 그새 비가 거세져 있었다. 이런 비에 우산은 별 소용이 없을 것 같았다. 우비 입은 사내들이 가게 앞에 진열된 물건을 들이느라 바삐 움직였다. 일층 현관 앞에서 몇 발짝 뒤로 물러선다. 언제부터인가 담배 연기가 내 호흡기를 괴롭혔다. 잔기침을 하며 연기가 나는 쪽으로 몸을 돌렸다. 층계참 아래 벽에 기대 서 있던 남자가 담배를 비벼 끄고 아는 체를 했다. 종미의 외사촌 동생이었다.

"아직 안 가셨어요?"

"담배 한 대 피우고 간다는 게 갑자기 비가 사나워져서요."

그는 도리 없다는 듯 어깨를 으쓱해 보였다. 우리는 서로 갈 방향에 대해 물었다. 한 우산을 쓰고 갈래야 갈 수 없는 서로 다른 먼 목적지를 갖고 있었다.

"여길 자주 오시나 봐요. 우리 누이 참 좋은 사람이죠?"

"그래요. 제가 친구 하난 잘 뒀어요."

"이곳 공기는 좋지 않아요. 사람의 숨통을 꽉 조이거든요. 이젠 비가 그쳤으면 좋겠는데……."

그는 목덜미 쪽으로 손을 가져가 꾹꾹 주무르며 말했다. 좀 전과 달리 그의 눈은 충혈 되었고 시선은 허공에 걸린 사시처럼 방향을 잃었다. 그의 몸에서 거친 단내가 났다. 그는 비를 피하기 위해서가 아니라 잠시 숨어 쉬고 싶었던 것처럼 보였다. 나는 그의 휴식을 방해한 것 같아 미안했다.

"하루 종일 기다려도 비가 그칠 것 같지 않네요."

자동장치를 눌러 우산을 펼쳤다. 그는 스스럼없이 내 우산 안으로 들어온다. 여자가 받쳐주는 우산이 불편했던지 제가 들죠, 하고는 우산대를 잡는다. 그는 버스정류장 가판대에서 비닐우산

하나를 샀고 우리는 기약 없는 이별을 했다.

도심을 빠져나와 산업도로를 타고 달린다. 자동차들은 6차선 산업도로를 카레이싱 벌이듯 질주한다. 커다란 볼링 핀이 서 있는 스포츠센터 앞 커브 길을 매끄럽게 타고 내달린다. 시속 110킬로미터. 차체가 덜덜 떨리고 속도감이 모든 것을 앞에서 뒤로 쭉쭉 잡아당긴다. 시속 200킬로미터쯤 달리면 어떻게 될까. 그땐 속도감이 오히려 둔하게 느껴질 것 같다. 초보운전 딱지를 붙이고 다닐 무렵 긴 장례행렬을 추월하지 못하고 남이 보면 유족의 일행으로 착각할 정도로 아주 느린 속도로 산업도로 끝나는 곳까지 장례행렬을 따라간 적이 있었다. 스포츠센터의 셔틀버스가 도로에 진입한다. 나는 지그시 브레이크를 누른다. 나는 그 뒤를 따라가다 차선을 바꿔 나란히 달린다. 셔틀버스 차창에 여자들의 모습이 보인다. 젖은 머리의 여자가 졸음에 겨운 눈빛으로 빗을 꺼내들고 머리를 빗는다. 빗에 엉킨 머리카락을 한 올 한 올 떼어 창 밖으로 버린다.

아직도 라디오에서 그와 그녀의 목소리가 들린다. 편지를 읽고 있는 중이다. 남편이 결혼 후 몸이 많이 불어서 택시를 타다가 바지가 찢어졌다는 내용이다. 그네들은 과장되게 웃는다. 바지가 찢어져 회사에 지각했다는 것이 뭐가 그리 우스운지 그들의 웃음이 내게 고통으로 다가온다. 국도와 톨게이트가 갈리는 분기점에서 라디오를 꺼버린다. 톨게이트 주변은 온통 은행잎 천지다. 쌓인 은행잎은 자동차들이 지나칠 때마다 폴폴 날아올랐다. 날아오른 은행잎이 자동차 지붕과 트렁크에 떨어진다. 앞 유리 와이퍼에 은행잎 하나가 끼어든다. 와이퍼를 부지런히 움직여보지만 뻑뻑 소리가 날 뿐 빠져주질 않는다. 톨게이트 앞은 신호 고장으로 의경이 수신호를 하고 있다. 성급한 몇몇 차들이 뒤엉켜 소란스럽다. 의경의 호루라기 소리. 그와 만나기로 한 시간이 15분도 남지 않았다.

두어 달 지나서 그를 종미의 사무실에서 다시 보게 되었다. 나는 잡지를 뒤적이고 식은 커피잔을 들고 한참씩 밖을 내다보는 것을 잊지 않았다. 언제부턴가 내 시선 속에 그가 숨어들기 시작했다. 늘 창 밖을 향해 뒤돌아서 있던 나는 그를 바라보기 시작했다. 그가 여직원과 미소 지으며 이야기하거나 계단을 바삐 뛰어 내려가는 모습, 전화를 받을 때 왼쪽 어깨를 치켜 올리는 버릇, 간혹 보이는 냉정하리만큼 진지한 모습, 그 어떤 것 하나도 놓치지 않았다. 솔직히 그는 잘생긴 편이었다. 옆모습은 나무랄 데 없이 정갈했다. 연극적 상상에 빠져들기에 충분했다. 그의 손짓 하나, 말 한마디, 눈빛 하나에도 그가 홀로 서 있을 무대가 연상되었다. 조명 하나 없는 컴컴한 무대에 그가 광대처럼 흰 분칠을 하고 나타났다. 나는 알 수 없는 힘에 이끌려 무대로 끌려나왔다. 어느새 내 얼굴도 눈과 입만 빼놓은 채 하얗게 분칠되어 있었다. 우리 두 사람은 짐짓 외면한 채 서 있지만 어색한 공연을 할 수밖에 없다는 것을 잘 알고 있었다. 나는 지독한 감기에 걸린 것처럼 오한이 나고 콜록거렸다. 나는 아무도 없는 빈 사무실을 지키고 있었다. 그가 벗어두고 나간 외투를 어깨에 두르고 동그랗게 몸을 말아 골목길 저편을 바라보았다. 벽에 걸린 그림 클림트의 〈포옹〉처럼 따뜻했다. 졸음이 몰려왔다.

사무실 식구들은 회식자리에 나를 종종 불러내곤 했다. 평소

자주 가는 고깃집이었다. 나는 늦게 도착했고 그의 옆에 앉게 되었다. 나는 한동안 사무실에 나가지 않았다. 사람들은 오랜만이라며 어디 아팠었느냐고 물었다. 그는 내게 눈길 한 번 주지 않고 혼자 술을 따라 마셨다. 농담이 오가고 고기는 익기가 무섭게 사라졌다. 우리 모두는 취해서 마지막 술잔을 목구멍 속에 탈탈 털어놓고 주섬주섬 몸을 일으켰다. 고깃집 앞에서 사람들은 두 대의 차에 나눠 타고 가버리고 그와 나 둘만이 남았다. 겨울 밤바람이 턱이 덜덜 떨릴 정도로 추웠지만 볼은 발그레하니 열이 올라 있었다. 어둠 속에 웅크리고 있는 차를 놔두고 택시를 잡기 쉬운 큰길까지 걷기로 했다. 그의 빠른 걸음걸이 때문에 우리는 사람들 사이에서 만나고 헤어지고 다시 만나고 헤어지기를 반복했다.

"우리 어디 가서 차 한 잔 해요."

나는 현란한 네온사인 간판을 둘러보고 등나무로 만든 흔들의자가 보이는 곳을 가리켰다. 우리는 창가에 앉아 차를 시켰다. 의자에 파묻혀 전신을 쓸고 가는 피로감을 잔잔히 음미했다. 그가 담배를 피워도 되느냐고 물었다. 나는 괜찮다고 고개를 끄덕였다. 담배에 불을 붙여 입에 무는 모습이 낮은 조도 탓인지 전에 없이 광대뼈가 도드라지고 찻잔에 걸린 손가락이 뭉툭하니 굵은 힘줄이 지나갔다. 그의 몸 안에서 움직이는 힘이 내게 억압적으로 다가왔다 사라졌다.

"아주 오래전에 만났던 기억이 났어요. 초등학교 방학 때 종미 누이 집으로 놀러간 적이 있었는데 그때 만났지 않나 싶어요. 지붕이 뾰족한 흰 양옥집에서 안 사셨어요?"

"맞아요. 그걸 어떻게 알아요? 근데 전 왜 아무것도 생각나질 않죠? 정말 우리 만난 적이 있었나 봐요."

"혹시 이런 생각 안 해봤어요? 지금의 내가 다른 곳에서 또 다른 삶을 살고 있을 것 같다는 생각 말예요. 몇 년 전 외국여행을 한 적이 있었어요. 이른 아침 비행기 시간을 맞추느라 새벽에 한인 식당에 갔어요. 식당은 마천루 뒤 더럽고 후미진 골목길 중간에 있었죠. 꺾여 돌아가는 골목길 다음에 뭐가 있는지 다 알 것 같았어요. 너무 익숙한 기분이 드는 거예요. 그걸 확인하고 싶은 충동을 애써 참았어요. 우습죠? 이렇게 생각하면 사는 게 자신만만해지기도 해요."

"왜죠?"

"이 세상에 흩어진 여러 명의 나 중에서 하나 둘쯤은 하느님이 눈 질금 감고 봐주실 것 같잖아요."

그가 내 눈을 들여다본다. 그의 눈에서 어룽대는 빛이 내게 반사된다. 술기운 때문이었을까. 그의 눈길이 내 귓가를 스쳐 창 밖 너머 공기 속으로 외줄타기 하듯 위태롭게 지나간다. 허공에 던진 시선이 돌아와 한참이나 나와 마주하질 못한다. 그는 지금 내밀하고 격렬한 독백을 하고 있는 것은 아닌지, 나는 그것을 '그녀를 사랑하면 안 돼.'라고 믿고 싶은 것이다. 그의 침묵 사이에 내쳐 지른 생각이 어떤 답도 얻지 못한 채 이지러진다. 그의 붉어진 얼굴에 담배 연기가 번진다. 눈은 반쯤 감겨 있고 입도 굳게 다물어져 있다. 그의 관자놀이에 불쑥 솟아오른 파란 혈맥이 상처의 깊이만큼이나 잔인할 수도 있겠다는 두려움에 떨게 만들었다.

우리는 24시간 편의점 앞에서 택시를 잡기 위해 종종걸음 쳤다. 우리 앞에 택시가 멈춰 섰다. 나는 차문을 열고 뒤돌아서 잘

가라는 말을 하려고 했다. 택시 안으로 몸을 굽히는 순간 그가 내 손목을 잡아챘다. 잠깐 할 말이 있어요. 잠깐만요. 나는 그의 손에 이끌려 뛰다시피 걸어서 회식 장소인 가든으로 돌아왔다. 가든 건물과 주차장 사이의 샛길로 뛰어들었다. 그는 축대 아래에서 밀치듯 나를 끌어안았다. 가지 말아요. 가지 말아요. 그는 낮게 중얼거렸다. 그의 가슴을 밀쳐대던 두 손이 코트 자락 밑으로 들어가 그의 등을 감쌌다. 우리는 가쁘게 숨을 몰아쉬며 차 안으로 들어왔다. 우리는 서로 마주보았다. 그가 두 손으로 내 볼을 감싸고 입을 낮춘다. 움찔 놀란다. 얼음덩이나 드라이아이스에 입을 맞춘 것처럼 차갑고 흡인력이 있었다. 나는 눈을 감았다. 어렴풋이 자기를 좋아하지 말라는 그의 목소리가 들렸다. 그에게 흰 목을 보여주기 위해 고개를 뒤로 젖히고 그의 머리를 끌어안았다. 우리는 고양이가 하품을 하고 입맛을 다시듯이 느리고 오랜 키스를 했다.

내 차는 라디오 주파수가 고정되어 있기라도 한 것처럼 채널 하나밖에 들을 수가 없다. 전에 맞추어놓았던 음악채널이 흔적도 없이 사라졌다. 지구촌 소식을 알리는 프로의 시그널 음악이 흐른다. 기상이변으로 날씨가 추워졌다는 멘트로 시작된다. 미국 대통령이 이라크에 선전포고를 하고 그 여파로 다우지수는 하락하고 유가는 급등했다고 한다. 복제양 돌리는 육 개월 만에 폐질환으로 죽었고 인간복제의 꿈은 불완전하다고 말한다. 반전 시위가 계속되는 한편 극우분자의 소행으로 보이는 폭탄 테러가 발생했다고 한다. 파리 특파원 나와 주세요. 지구촌 세상은 내가 누구를 만나든지 말든지 사랑하든지 말든지 상관없이 돌아간다.

앙상한 가지만 남은 가로수들이 그림자를 드리우고 도로 위로
기울어진다. 그와 만나기로 한 시간이 십 분도 남지 않았다. 그에
게 가는 것이 불가능한 시간의 여정처럼 아스라이 멀어졌다 돌
아온다.

차들은 미등을 켜고 달리기 시작했다. 지게차 뒤로 차들이 밀
려 서행하고 있다. 구불구불한 시골길을 지게차가 차들을 끌고
다니는 것처럼 보인다. 지게차 기사의 손짓에 따라 차 두 대가 재
빠르게 추월한다. 우리는 갖가지 색깔의 전구가 반짝이는 포도
밭 원두막에서 신 포도 알을 깨물고 오만상을 찌푸렸지. 내가 추
월할 차례다. 지게차 기사가 추월 신호를 주지 않는다. 뒷차가 빨
리 추월해 나가라고 비상등을 터트렸다. 그날은 몹시 눈이 내렸
어. 그를 만나러 가다 차가 눈길에 미끄러져 논바닥에 처박혔지.
차에서 기어 나온 나는 몸을 짐처럼 끌고 눈밭을 헤쳐서 간이 버
스정류장에 서 있었어. 오지 않는 버스를 다친 줄도 추운 줄도 모
르고 하염없이 기다렸지. 그래도 행복했고 가슴 벅찼어. 중앙선
을 들락거리며 비상등을 번쩍대던 뒷차가 기어이 추월을 시도한
다. 무턱대고 내 앞으로 돌진해 들어왔다. 미친 새끼. 새벽 모텔
에서 그와 함께 나올 때 서른을 훨씬 넘긴 여자가 맨발에 굽 높은
샌들을 신고 목욕 가운 같은 코트를 걸치고 화장이 지저분하게
번진 채 어떤 남자 뒤를 따라 나오는 것을 봤어. 여자의 눈을 봤
더라면 그는 차마 창녀라고 말 못했을 거야. 그를 만나고 돌아오
는 길엔 늘 세차장에 들르지. 차가 너무 더러워져 있었어. 차 위
로 고압의 물이 세차게 떨어지고 거품이 차체를 씻어내는 동안
작은 사무실에 들러 텔레비전에 한눈을 팔지. 옛날 국산 영화가

유선방송으로 나오고 있었어. 왜 그렇게 슬프고 눈물이 나던지. 가을걷이가 끝난 물기 없이 삭막한 빈 들판에 야트막한 능선이 하늘을 가르고 포도를 팔던 원두막과 그 앞에 내걸렸던 누런 현수막, 텅 빈 간이 버스정류장, 세차장이 차례로 스쳐지나간다. 지게차 기사가 추월신호를 보내온다. 나는 중앙선을 넘어 지게차를 추월해 액셀을 힘껏 밟는다.

어떻게 알았는지 종미가 우리 사이를 눈치 채고 말았다. 영화나 소설 속에서나 사랑이 아름다운 법이지 현실 밖으로 드러나면 얼마나 추한지 알아. 자신이 멜로드라마 주인공 같을 때가 가장 비참한 거야, 이쯤 해서 끝내. 내 앞에서 사랑이니 어쩌니 그런 말 하지 마. 변명처럼 들리니까. 사람은 누구나 다 외로운 법이야. 별다르지 않아. 그녀는 내내 형사반장 같은 얘기를 했다. 나는 그녀와 싸우기 싫었다. 인생이 내게 예의를 차리질 않는데 왜 나만 일일이 변명하고 설명해야 돼. 뭘 그리 잘못했다고. 나는 그녀에게 눈물을 보이지 않으려고 애썼다. 나는 내 인생과 흥정하는 것이 제일 싫다. 내가 팔 것과 살 것을 구분해놓고 산다는 것은 흥정이 아니라 일종의 도박인 것이다. 내가 가지고 있는 마지막 패의 그림은 누구도 점칠 수가 없는 것이다.

그는 고향으로 돌아가 모든 걸 다시 시작하겠다고 말했다. 우리에겐 선택할 여지나 최선의 방법이 없었다. 우리가 서로 모르던 때로 돌아가기 전엔, 언젠가 만났던 적이 있었던 것처럼 희미한 기억 속으로 잊기 전엔. 우리는 만나지 않기로 했다. 그의 뒷모습이 싸늘하고 냉정해 보여 단단히 마음먹었지만 언제 허물어질지 모르는 모래성같이 마음을 앓았다. 가끔 받으면 끊어지는

전화가 있었다. 내 목소리를 듣고 말없이 끊어버리는 상대에게
한 번도 그의 이름을 불러주지 않았다. 그런 전화마저도 끊겼다.
한밤중에 전화가 왔다. 어린 학생의 목소리가 들리고 잠시 후 그
의 목소리가 이어졌다. 그는 몹시 취해 있었고 집 근처에 와 있다
고 했다. 아파트 벤치에 누워 있는 그를 끌고 아직 문을 닫지 않
은 술집으로 그를 데려갔다. 분노에 지친 그의 눈빛에 날이 서 있
었다. 그는 며칠 사이 내 집 주변을 서성거린 모양이었다. 어떻게
그런 얼굴을 하고 살 수 있지? 어떻게 나를 까맣게 잊어버린 얼
굴을 하고 살 수 있냔 말이야. 내게 덤벼들 것 같은 주먹이 허공
을 가르고 새 날갯짓처럼 사방으로 날았다. 왜 이래, 제발 이러지
마. 나는 그의 팔에 매달려 가슴을 오므려 그의 주먹을 숨겼다.
우리 이렇게 될 줄 다 알고 있었잖아. 왜 그래, 다 알고 있었으면
서…….

우리는 기차역 대합실에서 하룻밤을 지새웠다. 그를 진정시키
기 위해 그의 고향에 가보고 싶다고 했다. 그는 내 어깨에 기대
편히 잠들었다. 다음 날 그가 나를 흔들어 깨우고 기차표 두 장을
보여주었다. 그는 고향에 가자던 말을 잊지 않고 있었다. 우리는
나란히 철길 앞에 섰다. 그는 어제 일을 모두 잊어버린 듯 새벽
찬 공기에 하얀 입김을 동그랗게 모은 손바닥에 불며 파리하게
웃었다. 그는 자기 고향이 히말라야쯤 되더라고 기차를 타고 갈
심사처럼 보였다. 역사를 관통해 길게 뻗은 선로 위에 새들이 내
려앉아 자갈 사이를 부리로 쪼고 있었다. 스피커에서 우리가 가
려는 곳의 기차가 진입하고 있다고 알려주었다. 선로 위의 새들
이 날아가고 기차가 희붐한 새벽안개를 뚫고 굉음과 바람을 일

으키며 우리 앞에 멈춰 섰다.

"고향에 누구 만날 사람이라도 있어요?"

"고향은요 뭘, 아주 어렸을 적에 잠깐 살았고 제가 군대생활한 곳이죠. 기억나는 사람이 아직도 거기에 살까 몰라요."

"그때로 돌아가고 싶어요?"

"아뇨. 내게 속한 시간의 이쪽과 저쪽을 가르는 중간 문 같은 존재죠. 그 문 앞에 서면 새 출발을 할 수 있는 용기가 생길 것 같아요. 언젠가 꼭 한번 돌아와 보고 싶다는 생각을 했어요."

그는 소풍가는 아이처럼 말했다. 기차의 일정한 진동과 속도는 긴장을 풀리게 만들었다. 나는 점점 눈이 무거워지고 감겨왔다. 꿈을 꾸었다. 바람이 불고 석양이 하늘을 물들이고 있었다. 뭔가 움직이는 것을 발견했다. 푸른 얼룩무늬 군복을 입은 청년이 내 차를 향해 손을 흔들었다. 차를 태워달라는 것 같았다. 그가 내 옆자리에 올라타기 직전 그의 얼굴을 힐긋 보았다. 검게 그을리고 여드름과 잡티로 울퉁불퉁했지만 앳된 얼굴이었다. 청년의 입에서 흥얼거리는 노랫소리가 흘러나왔다. 고단한 땀내가 나는 것도 같았다. 그가 차에서 내려달라고 한다. 차에서 내린 그가 뒤도 돌아보지 않고 뛰어간다. 모자를 놓고 내렸다. 그를 소리쳐 불러보지만 목소리가 나오질 않는다. 목이 막혀 소리를 낼 수 없었다. 어디선가 외침 소리가 들렸다.

나는 눈을 떴다. 우리 자리 옆으로 앙고라 스웨터를 입은 여자가 휴대폰에다가 악을 쓰고 있었다. 방금 지나온 역에서 탄 모양인데 "나 안 보고 싶어? 나 안 보고 싶어?" 악을 쓰고 있어서 주위의 눈총을 받았다. 군대 간 남자 친구를 면회 가면서 애정을 확인하고 싶은데 영 성에 차게 나오질 않는 모양이었다. 여자는 화가 나서 돌아간다고 협박하고 비어져 나온 옆구리 살을 출렁대며 "나 안 보고 싶어, 나 안 보고 싶어?" 으름장을 놓았다.

우리는 그가 친구들과 자주 어울렸었다는 포구에 가보았다. 포구는 예전처럼 군인들로 북적이진 않았다. 이곳에 주둔한 군대가 없어져서일 거라고 그가 말했다. 그는 추억에 잠긴 듯했지만 실망하는 눈치였다. 정박한 배 아래로 시커먼 물이 오색의 기름띠를 두르고 아낙네는 플라스틱 바구니에 빈약하기 짝이 없는 고기 몇 마리를 받아 내리고 노인은 헝클어진 그물을 꿰매고 포구의 모든 것은 찌들어 소멸되어가고 있었다.

횟집 이층 다다미방에서 락스 냄새가 나는 흰 물수건을 풀어 손을 닦았다. 상 위에는 날것밖엔 없었다. 광어, 소라, 멍게, 굴, 상추, 마늘, 소주잔 두 개. 그가 따라준 기포 하나 없는 맑은 술잔을 끝까지 비울 자신이 없었다.

"입이 깔깔해서 아무것도 삼킬 수가 없어. 피곤해. 눕고 싶어."

나는 그를 모로 바라보고 누웠다. 바닥은 따뜻했다. 반쯤 열린 창문으로 파도와 바닷새 소리가 들렸다. 그가 방문에 고리를 걸고 와 내 등을 가만히 껴안는다.

"몸에 열이 있어. 어제 일 미안해요."

"걱정 마. 아프지 않아. 자기를 처음 봤을 때가 생각나. 얼굴이 배우 같았어. 최소한 여자는 궁하지 않고 살았겠구나 생각했지. 우스워? 그땐 지금처럼 뺨에 살이 쏙 들어가지도 않고 이렇게 머리카락이 길지도 않았는데……."

"당신을 처음 봤을 때, 문을 열고 들어갔더니 어떤 여자의 뒷모습이 보였어. 창가에 기대서 몸을 뒤로 뺀 채 한 쪽 발끝에 구두를 걸고 흔들고 있더라구. 지금도 스커트 아래 흔들리던 당신 다리를 생각하면 미칠 것 같아."

나는 정말? 하고 웃음을 만든다. 그가 내 가슴 위로 올라오려 한다.

"우리 그냥 이렇게 있어."

그가 내게서 좀 떨어진다. 어제의 분노도 파리한 미소도 잊은 채 평온해 보인다. 그때서야 지난한 여름을 보냈을 바다를 떠올리고 우리 이별 여행을 생각했다. 나는 팔을 뻗어 그이 동여맨 머리카락 고무줄을 잡아당긴다. 흩어진 머리카락이 그의 뺨에 흐른다.

"가끔 생각했어. 당신이 여자고 내가 남자였으면 얼마나 좋았을까 하고. 그럼 모든 게 더 쉽고 당신을 더 사랑할 수 있었을 텐데. 여자에게서 남자를 빼면 뭐가 남을까. 남자에게서 여자를 빼면 뭐가 남는 걸까. 도대체 산다는 건 뭘까. 대답 좀 해봐."

우리는 대답 대신 서로를 끌어안았다. 열린 창문으로 바람이 들어왔다. 바다의 짠 비린내도 함께 들어왔다. 그의 머리카락에서도 바다 냄새가 났다.

전조등이 짙은 어둠을 헤치고 길을 열어주고 있다. 어둠이 시야를 좁혀 앞만 보고 달리게 한다. 아무리 달려도 도달할 것 같지 않은 허무가 명치끝을 아프게 누른다. 그와 만나기로 한 시간은 이미 지나 있었다. 잠시 홀가분한 기분이 되어버린다. 전조등이 자전거 페달을 밟고 지나가는 노인을 탐조하듯 빛을 뿜어낸다. 이 산만 넘어가면 다 온 것이나 다름없다. 굽이굽이 돌아가는 산길이 시작된다. 축축한 나무 냄새가 난다. 급커브 모퉁이마다 서 있는 거울이 내 차를 불룩 삼켰다 뱉는다. 산 정상의 팔각정이 보이고 그 앞에 칡차를 사 마셨던 공간이 어둠 속에 잠겨 있다. 나는 핸들을 바싹 당겨 잡고 전조등으로 가드레일을 훑으며 조심스럽게 액셀과 브레이크를 번갈아 밟는다. 벌써부터 불빛에 마음이 조급해진다. 그가 아직도 나를 기다리고 있을지 모른다.

우리는 여행을 다녀오고 한 번 더 만났었다. 내가 사는 곳은 작은 도시라 우연이 빈번하게 일어난다. 그는 처음 만났을 때 모습으로 돌아가 있었다. 머리도 짧게 자르고 어울리지 않는 작은 양복을 입고 있었다. 우리는 각자 일행이 있어서 어떤 말도 할 수 없었다. 내가 그리움에 울컥하는 표정을 지었던지 그의 안쓰러워 어쩔 줄 모르는 눈을 보게 된다. 우리는 황급히 헤어졌다.

산을 내려오면서 주변이 많이 변했다는 것을 직감했다. 도로는 확장되어 있고 아파트가 올라가는 철골조가 보였다. 새로운 교차로가 만들어졌고 신호체계가 잡히지 않아서 모든 신호등이 점멸하고 있었다. 반 년 만에 이곳을 찾는다는 것을 잊지 말았어야 했다. 길은 사방으로 시원스럽게 뚫린 것 같아도, 갈 곳이 눈앞에 빤히 보이는데도 어디서 어디로 가야 할지 혼란스러웠다. 교차로로 직진해 들어갔다. 시계를 보았다. 한 시간이나 늦어 있었다. 액셀을 조급히 누른다. 갖가지 불빛으로 휘황찬란하게 치장한 모텔 촌의 모습이 드러난다. 우리가 약속한 호텔은 유럽풍의 풍차가 달려 있다. 모텔의 문을 밀고 뛰어 들어가 그를 만나는 장면이 머릿속에서 비디오테이프처럼 느리게 혹은 빠르게 감겼다 풀린다. 거꾸로 다시 돌려본다. 뒤로 걸어 나와 엉덩이로 문을 밀고 뒤로 차를 타고 내가 달려 왔던 길을 뒤로 달린다. 다시 정지 버튼을 눌러 앞으로 감는다.

어찌된 일인지 사차선이었던 도로가 삼차선으로, 삼차선이었던 도로가 이차 선으로 차선이 줄기 시작했다. 차선을 줄이는 바리케이드가 연달아 나타났다. 나는 진입을 알리는 깜박이를 켜고 저속으로 모텔의 입구를 찾으려고 했다. 모텔을 얼핏 올려다보니 삼층인가 사층인가에 불이 켜진 창을 본 것 같기도 했다. 차를 돌려 거슬러 올라가기 시작한다. 바리케이드 때문에 입구를 찾을 수가 없었다. 또 지나치고 말 것 같았다. 바리케이드와 바리케이드 사이에 벌어진 공간을 발견한다. 차머리를 그 사이로 들이민다. 잘만 하면 빠져나갈 수도 있었다. 어느 새 안전모를 쓴 사내가 나타나 차를 뒤로 빼라는 손짓을 한다. 바리케이드 뒤에서 공사가 진행 중인 모양이었다. 차를 뒤로 후진시킬 수밖에 없었다. 차 뒷문 쪽에서 바리케이드 모서리와 부딪혀 깊이 긁혀 나가는 소리가 들린다. 앞으로 전진하고 뒤로 빼고 다시 앞으로 전진하고 뒤로 빼기를 여러 번, 간신히 제 차선으로 돌아올 수 있었다. 나는 세 번 더 모텔의 진입을 시도했지만 번번이 실패했다. 삼층인가 사층의 불빛도 사라지고 없다. 애초부터 불빛 같은 건 없었는지 모른다. 다른 차들의 클랙슨 소리, 번쩍이는 전조등, 나를 피해 곡예하듯 달아난다. 나는 앞으로 떠밀려 내달릴 수밖에 없었다.

얼마쯤 달린 것일까. 길을 잃어버린 것도 같다. 의식이 느슨해진다. 내가 차 속에 통제되어 있다는 느낌이다. 눈이 침침해져온다. 차창을 내린다. 바람이 목덜미를 파고든다. 비린 바닷내가 난다. 간척지 펄에서 나는 냄새다. 그의 머리카락이 떠올라 눈가를 훔친다. 나는 해안도로를 타고 달리고 있는 것이다. 광야 같은 검은 펄이 펼쳐진다. 곧 매립지가 될 운명이지만 교각이 드문드문 박혀 있고 다리 상판은 방파제 가는 길을 알리는 이정표 아래에서 휘어져 올라와 허공에 뚝 끊겨 있다. 비스듬히 낫 하나가 꽂힌 형상이다. 달도 없는데 끊긴 다리 상판은 희끄무레한 빛을 발한다. 나는 속도를 줄이고 도로 한쪽에 물러서 핸들에 얼굴을 묻는다. 뜨거운 것이 귓바퀴를 타고 흐른다. 가슴에 틀어박힌 횟횟한 돌덩이 하나가 밖으로 튀어나오려는 듯 뒤척인다. 나는 오래 망설이지 않았다. 가속 페달을 연거푸 누르고 이정표 아랫길을 따라 달리다 공사장의 다리 상판 위로 질주해 올라갔다. 둔중한 물건이 나가떨어지는 큰소리가 들린다. 그 충격으로 가슴이 핸들에 박히듯 짓이겨진다. 눈을 감는다. 멀리 검은 허공이 다가온다.

"이봐요. 당신 내 곁에 있어요? 이젠 당신 놓아주지 않을 거예요. 내가 이렇게 달리고 있는 이상 당신은 내 의지대로 움직여야 돼요. 슬퍼요? 이제 당신을 부르는 방법을 알 것 같아요. 내가 길을 잃고 막다른 골목에서 돌아 나올 때 언젠가 만난 적이 있었던 것처럼, 가로등 밑에서 입술을 포갠 적이 있었던 것처럼 두어 발짝 가다 뒤돌아봐주는 거예요. 그것으로도 언제나 내게 돌아올 수 있어요. 아, 저것 봐요. 펄 어둠 속에서 흰 꽃이 흔들리고 있네요. 부드럽게요. 갈대인가 봐요."

윤성호 1961년 경기도 안성에서 태어났다. 숭의여대 경영학과를 졸업했다. 《문학수첩》 신인상을 수상하며 등단했다.

윤채연

그 녀 의 발

그녀의 발은 항상 내 곁에 있다. 오돌오돌한 발가락을 약간 치켜들고서! 그녀의 발은 금빛이다. 발바닥의 잔주름도 그대로이고 발등의 정맥이며 모공까지도 그대로다. 그녀의 발바닥을 볼에 살며시 대어본다. 따뜻한 체온이 전해지는 듯하다. 발바닥 가운데 오목한 곳에 혀를 살짝 대어본다. 움찔하고 발이 간지럼을 탄다. 발가락이 꼼지락거린다. 발톱들이 까르르 웃는다. 발목을 손으로 쥐어본다. 한 손에 쥐어지는 가는 발목이다. 다시 발등을 손바닥으로 쓸어내린다. 발이 수줍어한다. 복사뼈를 손가락으로 천천히 동그다. 부드러운 피돌기가 느껴진다. 그녀의 발에 관한 한 이제는 눈을 감고도 분위기에 따라 변화하는 색조며 표정까지 낱낱이 읽을 수 있다. 그녀의 발은 내 것이다. 그녀의 발은 내가 즐끼는 세계다. 그녀의 오른쪽 발은 언제나 내 곁에 있다. 그렇다. 그녀의 오른쪽 발은 항상 내 곁에 있을 것이다. 퇴근 시간인데도 전철 안은 한가했다. 엊그제만 해도 그렇게 붐비더니 갑자기 헐렁한 게 드디어 휴가철이 시작되었나 보다. 그렇다고 한꺼번에 이렇게 약속이나 한 듯이 떠날 수가 있을까. 새삼 바캉스라는 말이 실감난다. 한줄기 소나기가 지나가고 난 들판처럼 잠잠한 전철 안이 오히려 낯설

그녀의 발은 항상 내 곁에 있다. 오돌오돌한 발가락을 약간 치켜들고서! 그녀의 발은 금빛이다. 발바닥의 잔주름도 그대로이고 발등의 정맥이며 모공까지도 그대로다. 그녀의 발바닥을 볼에 살며시 대어본다. 따뜻한 체온이 전해지는 듯하다. 발바닥 가운데 오목한 곳에 혀를 살짝 대어본다. 움찔하고 발이 간지럼을 탄다. 발가락이 꼼지락거린다. 발톱들이 까르르 웃는다. 발목을 손으로 쉬어본다. 한 손에 쥐어지는 가는 발목이다. 다시 발등을 손바닥으로 쓸어내린다. 발이 수줍어한다. 복사뼈를 손가락으로 천천히 동그려본다. 가운데 손가락으로 발등에 뻗어 내린 정맥을 조심조심 따라가 본다. 부드러운 피돌기가 느껴진다. 그녀의 발에 관한 한 이제는 눈을 감고도 분위기에 따라 변화하는 색조며 표정까지 낱낱이 읽을 수 있다. 그녀의 발은 내 것이다.

그녀의 발은 내가 꿈꾸는 세계다. 그녀의 금빛 발은 언제나 내 곁에 있다. 그렇다. 그녀의 오른쪽 발은 항상 내 곁에 있을 것이다.

퇴근 시간인데도 전철 안은 한가했다. 엊그제만 해도 그렇게 붐비더니 갑자기 헐렁한 게 드디어 휴가철이 시작되었나 보다. 그렇다고 한꺼번에 이렇게 약속이나 한 듯이 떠날 수가 있을까. 새삼 바캉스라는 말이 실감난다. 한줄기 소나기가 지나가고 난 들판처럼 잠잠한 전철 안이 오히려 낯설게 느껴진다. 앞으로 한 이삼 주쯤은 비교적 편안하게 출퇴근할 수 있을 것 같다. 당분간 땀 냄새를 맡지 않아도 된다는 생각이 들자 한결 기분이 좋아진다. 승객이 적어서 그런지 전철 안이 시원하다. 빈자리가 여러 곳 눈에 띄는데도 평소 버릇대로 가운데 자리를 찾아 앉는다. 조망을 생각해서다. 항상 그런 것은 아니지만 재수가 좋으면 맞은편에 앉은 여섯이나 일곱 사람은 물론 서 있는 사람 중에 몇 명까지 모두 열 명 이상을 관찰할 수 있는 자리다. 오랜만에 느긋하게 앉아서 즐길 수 있겠다. 하지만 오늘은 운이 안 따라주는 것 같다. 맞은편에 앉은 사람들 중에 여자는 두 명뿐이고 옆에 앉은 사람들은 모두 남자들이다. 내 앞에 서 있는 사람은 없다. 더구나 맞은편에 앉은 두 여자 중 한 명은 운동화를 신었다. 날씨도 더운데 시원하게 샌들을 신을 것이지 왜 운동화를 신고 다니는 걸까. 답답하다. 나머지 한 명은 삼십대 중반쯤으로 체격이 아주 큰 여자다. 샌들은 신었지만 발이 크고 발등에 살이 소복하다. 여자 발이 저렇게 커서 어디에 쓰겠는가. 허긴 그 몸을 지탱하려면 저 정도는 되어야지 작고 날씬한 발로는 어림없을 것이다. 발가락은 물

에 불린 것처럼 통통하고 오목하게 붙은 작은 발톱에 빨간 페티
큐어가 이물스럽다. 그 발가락을 보니 지나치게 통통한 어린 날
의 현이 발가락이 떠올랐다. 갑자기 현기증과 함께 이러다 터지
는 게 아닌가 싶게 머리통이 조여 온다.

그 날도 아침부터 다투고 아내가 집을 비웠다. 어디 한번 나 혼
자서 현이를 겪어보라는 속셈이었을 것이다. 그 무렵 우리에게
대화는 불가능했다. 매일 다투기 아니면 침묵이었다. 아내는 무
섭게 변해갔다. 아니 내가 먼저 변했었는지도 모른다. 우리는 지
칠 대로 지쳐 있었다. 혹시나 하고 여러 병원을 전전했지만 현이
의 병은 조금도 나아지지 않았다. 기적이 일어나지 않는 한 현이
는 평생 그렇게 살아야 한다는 절망적인 말뿐이었다. 아내는 미
국에 사는 언니와 자주 통화를 하더니 급기야 현이를 미국에 데
려가서 치료하겠다고 나섰다. 나는 말렸다. 미국에 간다고 무슨
뾰족한 수가 있는 것도 아니지 않느냐고 말이다.

아내가 나간 지 한 시간이나 되었을까. 아이가 발작을 일으켰
다. 두 팔을 잡으면 다리가 대책 없이 꼬이며 흔들리고 다리를 잡
으면 팔이 허공을 향해 비틀어대는, 막무가내로 뒤틀리는 아이
의 몸뚱이를 제어해보려 혼자서 쩔쩔매고 있었다. 이제 겨우 네
살이 된 여자아이가 어디서 그런 힘이 솟구치는지 당해낼 수가
없었다. 눈이 허옇게 뒤집힌 채 게거품을 물고 허우적거리는 아
이의 얼굴을 보자 갑자기 목을 눌러버리고 싶었다. 그래, 이렇게
끝장내버리는 거다. 그러면 간단하지 않는가. 두 손으로 아이 목
을 감쌌다. 말랑하게 잡히는 목을 힘껏 조였다. 아이의 동작이 잠
시 멈추는가 싶더니 얼굴이 붉어지고 숨을 캑캑거렸다. 온몸에

땀이 솟았다. 내가 지금 무슨 짓을 하고 있는 거지? 깜짝 놀라 손을 놓았다. 몸서리가 쳐졌다. 정신을 차리려고 숨을 크게 들이쉬고 억지로 침을 삼켰더니 욕지기가 나왔다. 놀랐는지 아이가 더 심하게 요동을 쳤다. 가까스로 한쪽 팔을 내 무릎으로 누르고 한 손은 팔을 잡고 한 손으로 다리 한쪽을 잡았는데 비정상적으로 살이 찐 발이 내 눈앞에서 바동거리고 있었다. 벌에 쏘이기라도 한 것처럼 부풀어서 퉁퉁한 작은 발에 마치 비엔나 소시지 같은 발가락들이 붙어 있었다. 그 순간 현이의 상태보다 소시지 같은 발가락이 더 절망스러웠다.

30분쯤 지나자 제풀에 나가 떨어졌다. 발작을 멈춘 것이다. 미지근한 물에 수건을 짜다가 땀과 침으로 범벅이 된 아이의 얼굴부터 닦았다. 아직 열이 가시지 않은 볼이 발그레했다. 수건을 한 번 더 헹궈다가 멋대로인 사지를 말끔하게 닦아서 정돈한 다음 반듯이 누이고 이불을 덮어주었다. 가지런한 속눈썹이 제법 진했다. 지쳐 잠이 든 아이의 얼굴이 그렇게 편안할 수가 없었다. 이 아이의 머릿속에 무엇이 들어서 그렇게 괴롭힐까. 내 얼굴에서 땀인지 눈물인지 모를 물방울이 아이의 얼굴 위로 계속해서 떨어졌다. 이 아이와 함께 조용히 사라질 수는 없을까. 정말 아무런 흔적 없이 사라져버릴 수는 없을까.

현이는 생후 2개월이 되도록 목도 가누지 못하는 데다 심한 사시였다. 어른들은 발육이 조금 늦을 수도 있다고들 했지만 어딘지 이상했다. 병원에서 '리틀병'이라는 진단이 나왔다. 소아뇌성마비의 일종이라고 했다. 앞이 캄캄했다. 리틀병? 어린아이에게 걸리는 병이라서 병명이 그런가? 집에 와서 찾아본 사전에는 이렇게 적혀 있었다.

　영국 의사 W. J. 리틀(1810~1894)이 처음 보고한 병으로 선천적 원인 또는 분만장애로 인하여 대뇌의 운동로가 손상되어 일어난다. 양측성(兩側性)의 강직성마비(剛直性痲攣)를 말하며, 진행성은 없고 어느 정도 치유가 가능하다. 특징은 사지, 특히 두 다리의 강직이다. 중증인 경우에는 능동적, 수동적으로 운동이 어려우며, 경증이면 걸음마를 시작하는 나이가 되어서야 알게 될 경우가 있다. 일어섰을 때 대퇴가 내전(內轉)하여 양다리가 무릎에서 교차하고 선반사(腱反射)가 현서하게 항신한다. 정신능력은 정상일 때가 많으나 때때로 백치, 발언장애(發言障碍), 사시 외에 간질발작을 일으키는 경우도 있다. 경과는 대개 증세가 가벼워지거나 정지상태가 된다. 치료는 온욕요법(溫浴療法)과 운동요법 등을 행하며, 외과적 치료도 실시한다.

　현이의 경우 중증으로 최악이었다. 사전에 적힌 증세보다 더 심각했다. 의사의 말로는 보기 드물게 심한 상태라고 했다. 어떻게 이럴 수가, 하필 왜 우리 아이란 말인가. 일상이 진창으로 곤두박질쳤다. 지금까지 살아오면서 마주친 크고 작은 걱정과 고뇌 따위는 아무것도 아니었다. 이 무지막지한 파도 앞에서 그야말로 잔물결에 불과했다. 현이가 발작을 일으키는 날이면 아내도 초주검이 되었다. 퇴근 후 안방에 모녀가 말 그대로 널브러져 있는 모습을 보면 셋이서 약이라도 먹고 이 상황을 끝내버리고 싶을 때가 한두 번이 아니었다. 아내도 현이를 미국으로 데리고 갈 때 희망이 있어서 간 것은 아니었을 것이다. 무엇이라도 좋으니 다른 환경이 필요했던 것 같다. 게다가 현이의 병이 선천성이라는 말을 듣고 어머니가 아내의 가슴에 못을 박았다. 물론 이 상황에서 의도적인 것은 아니라고 해도 결과가 그렇게 되고 말았다. 아직도 어머니는 어머니대로 가슴에 맺힌 것이 많은 모양이다. 처가에서는 우리 결혼을 어지간히 반대했었다. 가난한 홀어머니의 외아들로 최악의 조건이었으니 누군들 탐탁했을 리가 있겠는가마는 어머니는 그때의 수모를 잊지 못하고 있었던 것이다.

"우리 집안은 보잘 것은 없어도 그런 내력은 없다. 그 잘난 네 친정인 게지."

이 말 한마디가 아내에게는 치명타였다. 불난 데 기름을 붓는 격이었다. 어려서 죽은 처남을 두고 한 말이었으니까. 아마 처남도 현이와 비슷한 병이었던 모양이다. 나무랄 데 없는 집안에 처남은 처가의 아킬레스건이었다. 쉬쉬했지만 알 만한 사람은 다 알고 있었다. 누구의 잘못도 아닌데 왜들 그러는지 모르겠다. 지금 네 탓 내 탓 따져서 달라질 게 무엇인가 말이다. 고부간의 사이가 그다지 좋지는 않았지만 나는 모르는 체 무심히 흘려 넘겼다. 남들도 흔히 겪는 일이라 여겼기 때문이었다. 끼어든다고 개선될 것도 아닌 것 같았고 자칫 잘못 끼어들었다가는 더 악화될 것 같았으니까. 그런데 생각보다 골이 깊었다. 현이 병을 기화로 그 동안 잠수해 있던 감정들이 한꺼번에 분출되었다. 여자들은 참 이상하다. 여태껏 그런 감정들을 어떻게 간직해왔는지 불가사의하다. 아무것도 아닌 일을 가슴속에 꽁하고 담아 놓고 곱씹어서 키우고 부풀리다니 말이다. 물론 속상한 일도 많았겠지만 들어보면 대부분 사소한 일이었다.

그때까지만 해도 아내는 현이를 미국에 데려가 치료할 생각만 했지 이혼까지는 생각하지 않았었다. 자기 집안 탓이므로 이혼하면 될 게 아니냐고 홧김에 내뱉은 말에 스스로 걸려들어 헤어날 줄을 몰랐다. 극으로 치닫는 아내를 말리기에는 역부족이었다. 대상이 없는 절망 앞에서 견딘다는 것은 정말 어려운 노릇이었다. 어떤 것이 됐든 원망할 대상이 있어야 했다. 그 대상이 자신이든 타인이든 증오든 배반이든, 그래야 에너지가 생기는 법이다. 아내는 견디는 힘을 찾기 위해 스스로 이혼이라는 극약처방을 내린 것이지 싶었다. 이런 생각도 아내가 떠나고 한참 지나서야 할 수 있었다.

다음 역에서 탄 여자 하나가 맞은편 빈 자리에 앉는다. 감색 슬리퍼 위의 발이 제멋대로다. 내 관찰 대상이 아니다. 힘든 일을 하는 여자일까? 눈을 들어 전체적인 모습을 살펴본다. 평범하다. 험한 일을 하는 것 같지도 않다. 나름대로 정성을 들여 화장한 얼굴에 비해 발에는 전혀 신경을 쓰지 않은 것 같다. 왜 그럴까. 이해가 되지 않는다. 얼굴 모습에 비해 발이 어울리지 않게 거칠다. 마치 다른 사람의 발을 붙여놓기라도 한 것처럼 언밸런스다. 안타까운 일이 아닐 수 없다. 사람을 만날 때 가끔 보는 일이다. 외모는 예쁘장한데 손이 터무니없이 크고 보기 싫게 생긴 경우가 있다. 그럴 땐 환상이 깨지는 느낌이다.

어머니의 발도 거칠기 이를 데 없었다. 평생 농사일만 해서 그럴까. 발등은 햇볕에 타서 까맣고 발가락이 너무 벌어져서 낡은 갈퀴 같았다. 두꺼운 각질에 덮인 뒤꿈치는 갈라지고 까끌까끌했다. 비 오기 전 날씨가 흐리고 기압이 낮은 날이면 다리가 몹시 저리다고 했다. 심한 노동 탓이리라. 내가 숙제를 마치고 졸린 눈을 비비며 주물러주면 미안해하면서도 다리를 내게 맡겼다. 다리를 주물러 내려가다가 내 시선이 발에 닿으면 못생기고 거친 발에 화가 치밀었다. 이런 발을 가지고 창피하지도 않은가보다. 다리 주무른 일에 미안해하지 말고 못생긴 발을 가진 것에 대해 미안해야 하는 것 아닌가? 어머니는 늘 맨발이었다. 한 겨울 말고는 발에 열이 많아서 양말을 신을 수가 없다고 했다. 잘 때도 발은 이불 밖으로 내놓는다. 참 별난 발이다. 그렇다면 약이라도 발라서 발을 좀 보호할 것이지 이 지경이 되도록 내버려둘 수가 있다는 말인가.

"이제는 너까지 발 타령이냐? 부전자전이라더니 원, 느이 아버지란 사람도 내 발이 밉다고 어지간히 구박해댔구나. 맞선보던 날 발도 선을 봐야 하는 걸 그랬다며 곱상한 얼굴 보고 이런 끔찍한 발을 가지고 있을 줄 누가 상상이나 했겠냐고 야단이더랬다. 속았다고 하면서 말이다. 원래 그렇게 생긴 걸 날더러 어쩌라는 것인지…… 그까짓 발을 가지고 왜 그 난리를 쳐댔는지 모르겠다. 일찍 가려고 그랬나보다."

어머니는 눈을 반쯤 감은 채 졸린 음성으로 마치 남의 이야기라도 하는 것처럼 평온하게 말했다.

감색 슬리퍼가 내리고 두 정거장을 가는 동안 더 이상 볼거리가 없었다. 그렇다고 실망할 필요는 없다. 실망하기엔 아직 이르다. 집까지 가려면 열여섯 정거장을 더 가야 하고 세 번의 환승역을 거치기 때문에 기회는 얼마든지 있을 것이다. 환승역에서는 많은 사람이 바뀐다.

지난 토요일만 해도 그랬다. 사람이 많아 앉을 자리가 없었다. 나는 출입문 옆으로 조금 비켜서서 고개를 약간 숙이고 주위에 나가고 들어오는 발들을 살펴보기로 했다. 비록 짧은 순간이라 해도 혹시 마음에 드는 발을 발견할지도 모르니까. 하지만 눈에 들어오는 풍경이 하나같이 마음에 들지 않았다. 아니다. 얼핏 스치는 발 하나가 괜찮아 보이기는 했다. 나가는 순간이라서 놓치고 말았지만. 그날은 별 소득이 없는 날일지도 모른다는 생각에 서운했다. 종점이 가까워지자 승객이 점점 줄고 빈자리가 생기기 시작했다. 집을 몇 정거장 남겨놓고 자리에 앉아 이세는 포기해야겠다고 눈을 감으려던 차에 대학생으로 보이는 남녀 둘이 맞은편에 앉았다. 아! 그런데 이게 무슨 횡재란 말인가. 언뜻 눈에 들어온 여학생의 발이 장난이 아니다. 분홍색 샌들 위에 놓인 발이 길쭉하고 미끈한 게 보기가 참 좋았다. 뽀얀 발등에 적당히 살이 오른 깔끔해 보이는 발이었다. 그런데 발톱이 아니다. 발 모양은 나무랄 데가 없었지만 발톱이 발가락에 비해 너무 좁았다. 자세히 살펴보니 발가락의 길이도 약간 짧았다. 발가락의 길이가 발등의 삼분의 일쯤 되어야 보기가 좋다. 게다가 엄지발톱에만 페티큐어를 했는데 진자주색이었다. 진한 빛깔은 좁은 발톱을 더 좁아 보이게 하니까 피해야 한다. 저 발톱에는 펄이 들어간 분홍색이 더 좋을 것이다. 그랬으면 신고 있는 분홍색 샌들과도 잘 어울렸을 텐데 조금 아쉬웠다. 그러나 그런대로 괜찮은 편이다. 저 정도의 발도 그리 흔하지는 않다.

여학생이 다리를 꼬고 앉아서 두 손으로 빠르게 눌러대는 휴대폰을 남학생도 같이 들여다보고 있다. 휴대폰 액정화면의 푸른

빛이 선명하게 깜빡거렸다. 뭐가 그리 재미있는지 고개를 서로
기댄 채 연신 낄낄대고 있다. 게임이라도 하는 모양이다. 다른 곳
에 신경을 쓰고 있는 여자의 발을 감상하기란 식은 죽 먹기다. 본
인에게 들켜 경멸의 눈초리를 받거나 새침하게 차가운 표정을
물벼락 맞듯 선물 받을 염려가 없으니 자연스럽게 마음 놓고 바
라볼 수 있다. 게다가 저 여학생처럼 적당히 고운 발 앞에서는 얼
마든지 태연할 수가 있다. 대부분의 여자들이 시선을 의식하면
자세를 바꾼다. 조심한다고 했지만 들키게 되면 민망해서 더 이
상 쳐다볼 수가 없다. 무심한 듯 시선을 아래로 고정시킨 채 요리
조리 뜯어보았다. 불과 세 정거장을 지나가는 시간이었지만 아
쉽지는 않았다. 요즈음 나는 그 정도로 만족하는 편이다. 어쩌면
오히려 그녀의 발처럼 기막힌 발을 만날까 두려워하고 있는지도
모르겠다.

그녀의 발처럼 예쁜 발이 또 있을까? 반투명으로 보일 만큼 은
은하게 빛나던 발, 하얀 발등에 얼비치던 푸른 정맥의 선, 어디
가서 그렇게 아름다운 발을 다시 볼 수 있다는 말인가. 그녀의 발
이 정말로 내 발이었던 적이 있었던가. 그녀와 함께 보낸 이 년
남짓한 시간이 도무지 믿어지지가 않는다. 그녀의 존재조차도
희미하고 실체가 잡히지 않은 것이 한바탕 무슨 꿈이라도 꾸고
난 것 같다. 무엇 때문일까. 불과 삼년 전 일인데도 전생의 기억
이라도 되는 것처럼 아득하다. 그렇다면 사무실 책상 맨 아래 서
랍에 깊숙이 넣어 둔 그녀의 모형 발은 또 무엇이란 말인가. 가끔
꺼내 만져보는 모형 발이 그녀의 실체를 증거하고 있지 않은가
말이다. 하긴 그녀가 내 곁에 있을 때, 그녀 발이 온전히 내 것이

었을 때조차도 현실감이 없기는 마찬가지였다. 그녀의 발을 먹고 나서 오랫동안 억눌리고 뒤틀린 욕망의 뿌리는 일단 제거되었다. 그녀를 만나기 전에 생각하기로는 단 한 번이라도 좋으니 마음에 드는 발을 만져보기만 해도 원이 없을 것 같았으니까. 그러나 그 다음이 더 문제였다. 이번에는 맛이었다. 볼 때마다 새롭게 다가왔고 생각만 해도 숨이 막힐 것 같았다. 그녀와 헤어지고 돌아오는 길에 벌써 그 맛의 느낌이 그리워져서 허겁지겁 되돌아간 적은 또 얼마나 많았던가. 날로 증폭되는 갈급증이 나를 괴롭혔다.

지금은 그래도 많이 단련이 되어서 어지간한 발 앞에서도 태연한 척할 수 있다. 물론 그녀의 발을 먹고 나서부터 그렇게 되었다. 그전에는 마음에 드는 발을 보면 가슴이 뛰고 얼굴이 달아올라서 제대로 바라볼 수가 없었다. 아무리 애를 써도 도무지 표정관리가 되지 않아 정말 곤란했다. 다른 사람들이 눈치를 챈 것 같아서 중간에 내린 적도 있다. 그럴 때의 안타까움이라니. 다 잡은 고기를 놓쳤을 때처럼 며칠 동안 그 발이 눈앞에 어른거리고 심지어 꿈에도 나타났다.

첫 번째 환승역 안내방송이 나온다. 전철이 멎자 맞은편 좌석에 앉은 사람들 넷이 한꺼번에 일어나 내린다. 뒤이어 우르르 여자들이 한 떼 몰려 들어왔다. 일행으로 어디 모임에라도 가는지 왁자지껄하다. 네 사람이 빈자리에 앉고 둘은 차 안을 두리번거리다 자리가 없자 그네들 앞에 섰다. 여섯 명이 두서없이 떠드는 말들을 조합해본 결과 같은 직장에 다니는 사람들로 동료직원의 집들이에 가는 길인 것 같았다. 여섯 명의 발을 검색하는 내 눈이 바빠졌다. 바쁠 때일수록 느긋해야지. 내가 뭐랬나. 실망하기엔 이르다고 하지 않았는가. 왼쪽부터 살피기로 했다.

첫 번째 여자는 까만 통굽 샌들을 신었는데 발이 크고 볼이 넓다. 넓은 볼은 정말 볼품이 없다. 통과! 다음은 크림색 중간 굽의 샌들인데 발가락의 길이가 엄지발가락부터 순차적으로 되어 있다. 발가락들을 내림차순으로 정리해두어야 할 특별한 이유라도 있나. 둘째 발가락이 엄지발가락보다 약간 길어야 모양이 예쁘다. 직선이면 밋밋해서 구도 상으로 별로다. 둘째 발가락이 약간만 길었어도 꽤 괜찮은 발인데 아깝다. 세 번째는 서 있는 사람들에 가려 한쪽 발만 보인다. 고개를 약간 돌려 바라본 발은 발등에 살이 많고 발가락들이 녹아 붙은 엿가락처럼 틈새 없이 붙어 있다. 발등에는 살이 적어야 하고 발가락이 붙어 있으면 우선 답답하다. 각자의 독특한 모양이 도드라져야 보기 좋을 뿐 아니라 섹시한 느낌이 들고 맛도 좋다. 얄팍한 연두색 샌들에게는 버거운 발이다. 네 번째 발은 은빛 페티큐어에 발가락 마디가 굵고 전체적으로 오종종하다. 게다가 높은 굽의 밤색 샌들이 부조화의 극치다.

다음에는 서 있는 두 사람에게로 눈길을 옮긴다. 그중 한 명은 오른손이 손잡이를 잡고 매달리는 듯한 자세로 모로 서서 옆 사람의 귀에 대고 계속해서 속삭이고 있다. 하얀 샌들로 발의 옆모습이 날렵하다. 발가락도 윗부분이 가지런히 붙은 가운데 발가락 아랫부분은 숨쉬듯 가느다란 틈새를 비춰 미끈한 발가락 하나하나의 모습을 은근히 드러내 보이는 게 예뻐 보인다. 내려뜨린 왼손도 참 곱다. 여태까지 내가 본 바로는 발이 예쁜 사람은 대체로 손도 예쁘다. 그녀의 손은 또 얼마나 고왔던가. 내 주먹 안에 쏙 들어오는 자그마한 손이었다. 손마디가 연하고 손가락이 길쭉하며 손톱이 매끈했다. 얼마나 섬세하고 부드럽던지 힘껏 쥐면 뼈째 으깨질 것 같았다. 발도 마찬가지다. 발가락 다섯 개가 한 입에 쏙 들어올 정도의 크기로 길쭉하고 날렵해야 제격이다. 그 옆에 있는 사람은 내 시선과 일직선으로 등을 돌리고 서 있어서 발등과 발가락이 잘 보이지 않았지만 종아리가 날씬하고 발목이 잘록한 걸로 봐서 발 모양도 꽤나 괜찮을 것 같다. 뽀얀 발목에 이어시는 발을 상상해보는 것도 그리 나쁘지는 않다. 발 모양이 아무리 예뻐도 살빛이 받쳐주지 못하면 소용이 없다. 정면으로 보이는 발뒤꿈치가 고와 보인다. 저런 발목이라면 걸음걸이도 사뿐할 것 같다. 왼쪽 발목에 살짝 늘어진 가느다란 발찌도 멋스럽다. 하얀 발목에 걸린 발찌를 보자 명치끝이 저려온다.

　내가 그녀를 떠나온 지 일 년쯤 지나서였다. 카페 '월광곡'에 가 보았다. 확인 사살하는 심정이었다고나 할까. 헌데 창가에 모형 발이 감색 벨벳 받침대 위에 그대로 놓여 있었다. 그녀에게 뭐라고 차마 작별의 말을 할 수 없어 혹 그녀가 찾아오면 전해 달라고 했었는데 이곳에 한 번도 오지 않았단 말인가? 그러나 가까이 가서 보니 발목에 발찌가 채워져 있었다. 그녀의 금빛 발목에 걸린 두 가닥의 발찌를 보자 돌아버리는 줄 알았다. 그녀는 내가 발목에 걸어준 발찌까지 되돌려준 것이다. 여전히 생머리를 하나로 묶은 카페 남자가 내게 말했다.

　"이걸 어떻게 해야 하나 걱정했어요. 두 분 다 안 오시고……
가게가 팔렸거든요."

이제 카페도 없어지고 나면 그녀와 나를 잇는 끈도 완전히 떨어질 것이다. 그 동안 막연하게나마 줄곧 이곳을 그리워했다. 이곳에 오면 그녀를 만날 수 있으리라는 기대를 해왔는지도 모르겠다. 그녀를 만난 곳도 여기고 그녀의 발을 처음 맛본 곳도 여기였다. 사실 내가 맡겨놓은 모형 발을 그녀가 가져갔는지 바로 와서 확인해보고 싶었다. 하지만 한편으로 몹시 두려웠다. 그녀가 모형 발을 들고 나무로 된 좁은 계단을 내려오는 모습을 생각만 해도 미칠 것 같았다. 처음 만나던 날처럼 현기증이라도 난다면 어떻게 하나. 내가 부축하지 않으면 그대로 굴러 떨어질 텐데.

모형 발을 들고 카페의 좁은 나무계단을 조심스레 내려온 나는 무작정 거리를 쏘다녔다. 아무 생각도 할 수가 없었다. 한참을 그렇게 걷다가 포장도 하지 않은 모형 발을 들고 사무실로 갔다. 늦은 밤 빈 사무실에 혼자 앉아 금빛 발을 어루만지는 동안 그간의 독한 결심을 패대기쳐버리고 그녀를 찾기로 했다. 일년이 지났는데도 익숙하게 눌러지는 그녀의 휴대폰은 불통이었다. 영문도 모른 채 말없이 떠나버린 나를 찾으며, 그녀는 얼마나 황당하고 막막했을까. 그러나 그때는 앞 뒤 생각할 겨를이 없었다. 구구한 변명을 늘어놓느니 차라리 아무 말 없이 사라지는 게 더 나을 거라고 생각했다.

"그 애, 얼굴이 하얘가지고 찾아 왔더군요. 월광곡에 갔더니 당신이 자기 발을 그곳에다 버렸다고 말하면서 그 커다란 눈에 눈물이 가득했어요."

"지금 어디 있습니까?"

"모르겠어요. 마음 좀 가라앉으면 연락할 거예요. 워낙 상처가 많은 애라서."

　그녀 친구의 말 한마디 한마디가 심장을 찔렀다. 그녀를 꼭 만나야 한다. 만나서 발을 버린 게 아니라고 말해야 한다. 그녀의 발은 내 가슴과 뇌리에 깊숙이 박혀서 버릴래야 버릴 수가 없다. 그때는 급한 마음에 어디에다 둘 곳을 몰랐다. 아내의 자살 소동에 이어 위태위태하던 회사는 부도가 나서 공중분해가 되어버린 상태로 정신이 없었다. 아니 그보다 더 큰 이유는 그 발 모형을 곁에 두고는 그녀를 떠날 수 없을 것 같아서였다.

　여자의 발찌에서 눈을 떼고 다시 옆으로 서 있는 여자의 발을 바라본다. 갑자기 군침이 돌고 온몸에 열이 퍼진다. 저 발을 먹고 싶다. 발을 먹어본 게 언제였더라? 까마득하니 기억도 잘 나지 않는다. 얼굴이 화끈거려서 고개를 돌리는데 심상치 않는 웬 시선 하나가 느껴진다. 가끔 괜찮은 발을 발견하고 눈치 채지 않게 둘러보는 즐거운 관찰로 네댓 정거장을 간 후 뜻밖에 내 작업을 방해하는 자가 시야에 나타날 때가 있다. 어라, 저 친구도? 소매치기는 소매치기끼리 단번에 서로 알아보는 것처럼 같은 부류의 인간끼리는 쉽게 알아보는 법이다. 대학생이라기엔 좀 나이가 많은 것 같고 풋내기 회사원쯤으로 보이는 젊은 친구가 내 자리에서 멀지 않은, 맞은편 여자를 잘 관찰할 수 있는 옆자리에 앉아서 있는 여자의 발을 조심스레 훑어본다. 그 친구의 눈빛이 흔들리고 시선이 아래로 향하는 것을 느낀다. 나는 고개를 돌려 그를 강한 눈빛으로 바라본다. 문득 그 친구의 얼굴이 들리고 나와 눈이 마주친다. 두 사람의 탐색하는 눈빛이 공중에서 잠시 마주치고 불꽃이 튄다. 나에게 약점(?)을 들킨 젊은 친구가 슬그머니 먼

저 고개를 돌린다. 이제 더 이상 맞은편 여자의 발로 보낼 수 없
는 시선의 엉거주춤함이 느껴진다. 아무렴, 내가 자네보단 고수
(高手)지. 하지만 나 역시 더 이상 작업을 진행할 수가 없다. 여간
거북스러운 게 아니다. 그 친구가 전철을 내릴 때까지 우리는 어
색한 시선을 어디에 둘 줄 몰랐다. 차라리 눈을 감고 조는 시늉이
라도 해볼까? 억지로 눈을 감았으나 어색하기는 마찬가지였다.

그 친구가 내리고 몇 정거장을 지나자 시끌시끌하던 여자들이
우르르 내리고 다시 전철 안이 조용하다. 관찰거리가 사라지자
심심하다. 잠이나 자야겠다.

"아침에 말한다는 걸 깜빡했어요. 오늘 저녁이 아버지 제사예
요. 되도록 일찍 오세요."

오후에 걸려온 아내의 전화 생각이 이제야 났다. 오늘밤 혼자
서 현이를 보려면 미리 자두는 것도 좋을 것이다. 밤새 현이 돌볼
생각을 하니 가슴이 답답하다. 현이 보는 일에 이제 이력이 붙을
때도 되었건만 혼자서는 도통 적응이 되질 않는다. 여기가 어딘
가? 역명을 확인해본다. 집에 가려면 열한 정거장이 남아 있다.
한 정거장에 평균 2분 걸리니까 전철에서 내릴 때까지 대충 한
20분쯤은 졸아도 될 것 같다. 등을 의자에 편하게 기대며 살며시
눈을 감았다. 환승역 안내방송이 나오고 전철 안이 잠시 술렁거
린다. 눈은 감았지만 몇 정거장이 지나도록 웬일인지 잠이 오지
않는다.

아내와 현이가 돌아온 뒤로는 아무 곳에서나 틈만 나면 눈을
붙이는 버릇이 생겼다. 꼭 잠이 모자라서가 아니다. 언제 발작을
일으킬지 모르므로 기회 있을 때 자두어야 한다는 강박관념 때

문이었다.

"현이가 위독해요. 마지막이 될지도 모르니 한 번만 와 보세요."

이번에는 아내의 목소리가 사뭇 절박했다. 벌써 몇 번째인지 모르겠다. 이혼하고 떠난 지 오 년 만에 돌아온 아내는 귀국하자마자 전화를 해왔다. 나는 결혼할 여자가 있다고 한마디로 딱 잘라 거절했다. 사실 그녀에게 청혼을 한 상태였다. 아파트 전세 얻을 때 융자금상환이 다음 달에 끝나니까. 결혼하고 싶다는 내 말을 듣고 그녀는 미뭇거리며 웃어 넘겼다. 자신이 없다고 했다.

이혼했을 때 나는 맨손이었다. 아내의 끈질긴 이혼 요구에 지쳐서 도장을 찍었다. 미국으로 가서 현이의 병을 고쳐보겠다며 아파트를 팔았고 적으나마 모든 재산을 아내가 다 챙긴 셈이었다. 그러나 가져간 돈 다 없애고 병도 고치지 못하고 돌아온 것이다.

현이가 위독하다고? 물론 거짓말이겠지만 만에 하나 정말 마지막이라면 가봐야 할 것 같았다. 현이는 얼마나 자랐을까. 나를 알아보기나 할까. 사실 현이가 나를 알아보지 못한다고 해도 보고 싶었다.

아내가 살고 있다는 아파트 정분 앞에 택시가 멈주었다. 차에서 내리긴 했는데 자신이 없었다. 현이 만날 생각을 하니 속이 울렁거렸다. 그냥 돌아가 버릴까. 동 호수를 찾아 약간 경사진 길을 천천히 올라갔다. 그때 옆으로 초등학교 일이 학년쯤으로 보이는 여자아이 둘이 인라인 스케이트를 타고 쌩 하니 지나갔다. 현이도 저만큼 자라지 않았을까. 그동안 어떻게 변했을까? 갑자기 마음이 급해져 나도 모르게 걸음이 빨라졌다. 현관문 앞에 서서 벨을 누르려다 말고 심호흡을 했다. 벨을 누르자 현관문 안쪽에서 기다리고 있었던 듯 곧바로 문이 열렸다. 현관에 발을 들여놓자 아내가 무너질 것처럼 안겨왔다. 몰라보게 야위어서 깜짝 놀랐다. 부스스한 머리며 푹 꺼진 눈이 순간적으로 다른 사람이 아닌가 착각할 정도였다. 나는 두 팔로 아내의 어깨를 옆으로 밀며 신발을 벗고 거실로 들어갔다. 아내가 잠시 멈칫하더니 현관문을 잠그고 따라 들어왔다.

"현이는?"

"이제 막 잠이 들었어요. 지금 들어가면 깨니까 조금 있다가 보세요."

방으로 들어가려다가 아내가 가로 막아서 거실 소파에 앉았다. 위독하다는 현이는 그런대로 괜찮은가 보다. 마음이 놓였다. 핑계일 거라고 짐작은 했지만 그래도 긴장이 되었었나 보다. 현이의 증상은 예전보다 별로 나아진 게 없다고 했다. 다만 한 가지, 발작의 빈도가 조금 낮아졌다는 게 그나마 다행이라면 다행이었다. 냉장고에서 오렌지주스 병을 꺼내 유리잔에 따르는 아내의 모습이 황량했다. 물기라고는 찾아볼 수 없이 부석부석한 게 누나보다도 더 나이가 들어 보였다. 새삼 오 년이란 시간이 무서워졌다. 사람을 저렇게 변화시킬 수도 있다니 말이다. 아내는 통통한 편이었다. 흉하지 않고 적당히 보기 좋았다. 그런데도 본인은 불만이 많았다. 여러 종류의 다이어트를 해보았지만 효과는 없었다. 원래 체질이 그런 걸 다이어트를 하느라고 고생하는 아내가 딱했다. 여자는 특히 아내는 좀 통통한 게 더 좋다고 누누이 말했지만 좀처럼 믿으려고 하지 않았다. 내가 말라서 그런지 몰라도 비쩍 마른 여자는 싫었다.

아내의 눈에 나도 낯설게 느껴질까? 아내와 현이가 떠나고 일 년 만에 몸무게가 확 줄어들었다. 이혼하기까지 말 그대로 지옥이었다. 막상 떠난 뒤에는 생각처럼 힘들지 않았고 오히려 홀가분했다. 그러나 그동안 너무 지친 상태여서 그랬나보다. 원래도 마른 편이었는데 갑자기 체중이 줄어드니 힘이 빠지고 사람들 앞에 서기가 싫었다. 퇴근하면 곧바로 집으로 와서 잠만 잤다. 잠이 안 오는 날이면 혼자서 소주 한 병을 비우고 잠들었다. 길거리에서 우연히 만난 친구가 나를 보고 하마터면 못 알아볼 뻔했다고 깜짝 놀라지 않았던가. 아내 얼굴을 보니 그때 내 모습이 짐작되었다. 일년을 고비로 점점 나아지다가 그녀를 만날 때쯤은 정상으로 돌아와 있었다.

내 꼴이 너무 말라서 우습게 보이죠? 여자란 어쩔 수 없나보다. 오 년 만에 만나서 겨우 한다는 말이라니. 아니야, 당신 소원대로 날씬해졌는걸 뭐. 농담이랍시고 그렇게 말하는 나라는 놈도 한심하기는 마찬가지였다. 그런데 아내가 잠잠했다. 예전 같으면 비꼬는 것 아니냐고 말했을 텐데 체중과 함께 그 빳빳하던 자존심도 줄이든 걸까. 조금 전 현관에서 무턱대고 안거온 것만 해도 그렇지. 지금까지 내가 알고 있던 아내가 아니었다.

한참을 지나도 현이가 깨지 않았다. 별 할말도 없이 아내와 마주 앉아 있는 게 몹시 불편했다. 더 참을 수가 없어서 자는 모습이라도 보고 가려고 조용히 방으로 들어갔다. 훌쩍 자란 현이가 모로 누워서 자고 있었다. 미간을 살짝 찌푸리고 잠들어 있는 모습이 눈에 설지 않다. 어머니를 조금 닮은 것 같기도 했다. 벌어진 입가에서 침이 흐르는 것 말고는 말짱했다. 덩치가 제 엄마만 했다. 식욕이 좋아서 잘 먹고 누워만 있으니까 살이 쪄서 걱정이라고 했다. 하긴 어려서부터 식욕이 엄청났다. 아마 다른 곳으로 표출되지 못한 욕구가 먹는 쪽으로 모두 모인 것이 아닌가 싶다. 가슴속이 먹먹했다. 뒤 따라 들어온 아내가 현이 침을 닦아 주면서 말했다.

"현이 아빠, 더 이상 혼자서 못하겠어요. 당신이 누구를 만나든 상관하지 않겠어요. 단지 현이 곁에 있어주기만 해요. 부탁이에요."

전에 없이 꼬박꼬박 존댓말 하는 것도 그렇고 눈물을 참아내는 표정까지도 낯설었다. 헤어질 때처럼 당당하게 자기가 나를 해방시켜주는 거라면서 통장까지 다 긁어가던 배짱은 어디로 간 것일까. 당분간 혼자 살아도 필요한 가구는 있어야 할 테니까 챙겨가라고 인심 쓰듯 말하던 여자는 어디에도 없었다. 이혼 수속이 끝나고 아내가 출국하기까지 여유가 있었지만 단 일 초도 머물기 싫었다. 주섬주섬 내 옷가지만 챙겨들고 우선 사촌동생 오피스텔로 옮겼다. 봉급을 담보로 융자금을 얻어 아파트 전세를 들기까지 한 달 걸렸다. 내가 아파트로 이사하고 이틀 후에 아내는 떠났다. 그때 일은 생각하기도 싫었다. 이제 악몽은 넌더리가 난다. 그때 이미 아내는 나를 버렸고 나는 현이를 버렸다. 그걸로 끝이었다.

"네가 시작한 일이야. 이제 와서 되돌리겠다고? 너무 늦었어. 다 끝난 일을 가지고 쓸데없이 기운 빼지 마."

말하는 내 목소리가 터무니없이 크게 들렸다. 악역은 한번으로 족하다. 지금 와서 되돌아갈 수는 없다. 아내에게 더 이상 휘둘리고 싶지 않았다. 비겁해지고 싶지도 않았다. 매달릴 것 같은 아내의 시선을 등 뒤로 느끼면서도 돌아보지 않고 아파트를 빠져 나왔다. 하지만 생각과 달리 마음 한구석이 와르르 무너져 내리고 있었다. 언제 폐업할지 모르는 회사도 그렇고, 머릿속이 마구 엉켜서 뒤죽박죽이었다. 막연하던 불안이 발자국 소리를 내며 따라오고 있었다. 금방이라도 뒷덜미를 잡아챌 것 같았다.

다음 날 새벽 전화 벨소리에 잠을 깼다. 병원에서 걸려온 처제의 전화였다. 울먹이며 하는 말이 아내가 어젯밤에 약을 먹었다는 것이다. 늘 따라다니던 불안의 정체가 이것이었나?

전철 달리는 소리가 점점 커지고 눈앞이 환해져서 눈을 떴다. 얼굴 정면으로 해가 비쳐들어 눈이 부셨다. 전철이 지하를 달리다가 지상으로 나온 것이다. 한강을 건너가고 있다. 서쪽에 기우는 햇살이 길게 실내를 비춘다. 전철 안 분위기가 지하를 달릴 때와는 사뭇 다르다. 지하에서 실내를 환하게 비추던 형광등이 한 순간에 빛을 잃고 무력하다. 지금은 하나의 장식품에 불과하다. 출구 쪽에 서 있던 젊은 사람도 빛바랜 흑백 사진처럼 후줄근해 보인다. 조금 전까지만 해도 푸른색 셔츠에 감색 줄무늬 넥타이가 깔끔해 보이던 사람이다. 햇빛이 실내에 비쳐들 때 빛줄기에 노출된 먼지처럼 사람들도 하나같이 초라하게 느껴진다.

지상 역에 전철이 멎었다. 맞은편 문이 열리고 잿빛 실루엣 하나가 걸어 들어온다. 역광이어서 순간적으로 전체 모습이 흐릿한 탓에 그렇게 보였을 것이다. 걸음걸이가 매우 친숙하다. 누구

의 걸음걸이더라? 나른한 듯 약간 느리면서도 날아갈 듯 리드미
컬한 저 걸음걸이는? 누구를 닮았을까. 광고에서 본 것일까. 아
니면 영화? 얼른 기억이 나지 않는다. 하지만 분명히 저 걸음걸
이를 알고 있다. 어디서 본 듯한 걸음걸이가 내 앞 왼쪽 끝에서
멈추고 자리에 앉는다. 나는 약간 고개를 숙인 채 눈만 옆으로 돌
려서 지그시 바라본다. 이제야 전체 모습이 제대로 눈에 잡힌다.
옅은 화장에 수수한 얼굴이다. 하늘색 민소매 원피스에 하얀 샌
들을 신고 있다. 굽이 약간 높은 샌들은 장식 없이 심플하다. 발
등 앞부분 위로 끈 하나가 가로로 건너가고 발뒤꿈치를 감싸는
끈이 발목을 X자로 묶은 것이 전부이다. 발의 모습을 숨김없이
드러내주는, 가슴이 탁 트인 것처럼 보기에도 시원한 신발이다.

이럴 수가! 시원하게 드러낸 발이 도도한 표정을 짓고 있다.
가슴이 서늘하다. 제일 먼저 눈에 들어온 발가락이 갸름하다. 발
가락 사이가 적당해서 발가락 하나하나의 모양이 살아난다. 살
구색 페티큐어를 한 엄지발톱은 흠집 하나 없이 곱게 커다란 보
석처럼 박혀 있고 나머지 발톱은 자잘한 게 나름대로 귀엽다. 시
선을 발등으로 옮긴다. 골격이 그대로 느껴지는 발등의 푸른 정
맥도 곱다. 옆으로 복사뼈가 알맞게 솟아 있고 잘록한 발목 위로
쪽 뻗은 다리가 매끈하다.

그 다음부터 바라보는 모습은 눈보다 기억과 감각이 앞선다.
분홍과 흰색이 부분부분 적당히 섞여 반투명으로 은은하게 윤기
가 흐르는 발, 우아한 발바닥의 곡선, 특유의 향취, 정신이 아득
한 맛…….

앞이 캄캄하고 속이 메슥거린다. 전철 안이 통째로 흔들린다.

몹시 어지럽다. 목이 탄다. 지하역에서 전철이 멎었다. 하얀 샌들이 일어섰다. 나른한 듯 약간 느리면서도 날아갈 듯 리드미컬한 걸음걸이로 출구를 빠져 나가고 있다. 앗! 그녀다. 그녀의 발이다. 그녀의 걸음걸이다. 그녀를 붙들어야 한다. 나는 벌떡 일어나 정신없이 그녀를 따라 허둥지둥 달려 나갔다.

윤채연 전북 남원에서 태어났다. 2002년 《라쁠륨》에 〈발찌〉를 발표하며 등단했다.

이미정

도 깨 비 바 늘

오전 10시가 넘었는데도 오늘따라 잠을 털어 내지 못하고 침대에 누워 있었다. 반쯤 감긴 눈으로 주위를 살폈다. 쏟아지는 햇살 때문에 눈앞이 뿌옇게 보였다. 어찌나 꿈을 요란하게 꾸었던지 침대 시트가 방바닥까지 밀려나 있었다. 겨우 일어나 앉았다. 휘적거리는 몸으로 창문 앞에 다가서서 블라인드를 잡아당기려다 멈칫거렸다. 아차 싶었다. 지금쯤이면 머리가 희끗희끗한 김 형사가 어슬렁거리고 나타날 때였다. 블라인드를 손가락으로 살짝 벌려 밖의 동정을 살폈다. 밖은 너무도 조용했다. 김 형사의 차가 어디처럼 김 형사는 304호 그녀가 죽은 후로 하루도 빠짐없이 내 주위를 서성거렸다. 김 형사는 내가 숨겨둔 도깨비바늘 김새를 알아차린 듯 했다. 도깨비바늘은 노성이 이름이다 일반 도청기에 몇 가지 보완 장치를 보충했는데, 김 형사가 바로 그 냄새를 맡은 모양이었다. 물론 김 형사는 도청기의 이름이 도깨비바늘이라는 사실을 전혀 모르고 있다. 그러나 무엇보다 불안한 것은 내가 304호 살인 사건의 용의자로 몰렸다는 것이다. 기분이 몹시 더러운 일이지만 현실이 그러했다. 304호 그녀가 살해당하던 날이었다. 나는 그녀의 방에서 나오다가 한 남자와 마주치고 말았다. 모자를 깊게 눌

오전 10시가 넘었는데도 오늘따라 잠을 털어내지 못하고 침대에 누워 있었다. 반쯤 감긴 눈으로 주위를 살폈다. 쏟아지는 햇살 때문에 눈앞이 뿌옇게 보였다. 어찌나 꿈을 요란하게 꾸었던지 침대 시트가 방바닥까지 밀려나 있었다. 겨우 일어나 앉았다. 휘적거리는 몸으로 창문 앞에 다가서서 블라인드를 잡아당기려다 멈칫거렸다. 아차 싶었다. 지금쯤이면 머리가 희끗희끗한 김 형사가 어슬렁거리고 나타날 때였다. 블라인드를 손가락으로 살짝 벌려 밖의 동정을 살폈다.

밖은 너무도 조용했다. 김 형사의 차가 어디에도 보이지 않았다. 웬일인지 모를 일이었다. 먹이를 찾아 배회하는 표범처럼 김 형사는 304호 그녀가 죽은 후로 하루도 빠짐없이 내 주위를 서성거렸다.

김 형사는 내가 숨겨둔 도깨비바늘 낌새를 알아차린 듯했다. 도깨비바늘은 도청기 이름이다. 일반 도청기에 몇 가지 보완 장치를 보충했는데, 김 형사가 바로 그 냄새를 맡은 모양이었다. 물론 김 형사는 도청기의 이름이 도깨비바늘이라는 사실을 전혀 모르고 있다. 그러나 무엇보다 불안한 것은 내가 304호 살인 사건의 용의자로 몰렸다는 것이다. 기분이 몹시 더러운 일이지만 현실이 그러했다.

304호 그녀가 살해당하던 날이었다. 나는 그녀의 방에서 나오다가 한 남자와 마주치고 말았다. 모자를 깊게 눌러 쓰고 있어서 그가 누구였는지 정확히 알 수가 없었다. 그러나 그의 뒷모습은 어디서 본 듯했다. 약간 휘어진 다리와 구부정한 어깨 위로 휘감아 도는 담배 연기, 분명 낯설지 않았다. 그렇다면 정말 큰일이었다. 혹 그 자가 나를 알아보기라도 한다면 꼼짝없이 살인 누명을 쓸 것이 뻔한 일이었다.

그날 밤, 나는 며칠을 두고 그렸던 304호 그녀의 누드화와 도청장치 그리고 까미유 끌로델의 초상화를 감쪽같이 치웠다. 그런데 다음 날 경찰서로 불려가 취조를 당했다. 조사를 받는 동안 나는 결코 304호 그녀를 죽이지 않았으며, 단지 신음 소리가 나서 가 보았을 뿐이라고 극구 부인했다. 오히려 나를 찔러 박은 그 목격자가 의심스럽지 않느냐고 김 형사에게 되물었다. 그런데도 김 형사는 마치 내가 사건을 은폐하려고 말을 둘러대고 있다는 듯 한심스러운 눈빛으로 쳐다보았다. 무엇 때문에 그 시간에 그녀의 룸에 갔었느냐고 하는 김 형사의 말도 일리는 있었다. 내가 304호를 다녀왔다는 이유만으로 얼마든지 살인 용의자로 몰릴 수 있는 일이었다.

다행스럽게도 증거물이 없어서 나는 하루 만에 구치소에서 풀려났다. 그렇다고 모든 의심이 풀린 것은 아니었다. 진범이 체포되지 않는 이상 혐의를 벗을 수는 없었다. 그 뒤로 김 형사는 나를 치밀하게 감시하기 시작했다. 어이없는 일이었다. 숨막히는 술래잡기가 시작된 것이었다.

나는 대학로에서 연필 초상화를 그리던 일과 야간 업소에서 아르바이트를 하던 일까지 모두 그만두고 룸에 처박혀 꼼짝도 하지 않았다. 어젯밤에는 이 생각 저 생각에 시달리다가 새벽녘에야 겨우 잠이 들었다. 그런데 잠깐 잠든 사이에 아주 선명한 꿈을 꾸었다. 커다란 해바라기가 피어 있는 숲이었다. 해바라기는 벌레처럼 살아 꿈틀거렸다. 나는 숲 한가운데에 서 있었는데 도저히 나가는 길을 찾을 수가 없었다. 겨우 길을 발견하고 해바라기 숲을 헤쳐 나오는데, 그만 도깨비바늘이 가득한 덤불 속에 빠져버리고 말았다. 순간, 하늘을 향해 잔뜩 관모(冠毛)를 세운 도깨비바늘이 화살처럼 날아들었다. 소스라치게 놀란 나는 비명을 지르며 잠에서 깨어났다. 한동안 룸을 왔다 갔다 하면서 꿈속에서 보았던 해바라기와 도깨비바늘을 떠올렸다. 불길한 느낌이 들었다. 어쩌면 살인의 누명을 쓰고 어둠 속에 갇혀버릴 것만 같았다. 다시는 세상 밖으로 나갈 수 없을지도 모른다는 불안감에 휩싸였다.

가슴이 몹시 답답했다. 화구를 챙겨 들고 대학로에라도 나가고 싶었다. 옷장에서 재킷을 꺼내 입었다. 그러나 곧 마음이 바뀌어 걸쳤던 옷을 벗어버렸다. 설령 김 형사를 피해 밖으로 나가더라도 누군가에게 감시당할지도 모른다는 생각이 들었다.

그때였다. 창가에 둔 벤자민이 눈에 들어왔다. 이파리가 누렇게 말라 있었다. 블라인드 틈새로 들어온 햇살이 누런 이파리 위에 뚝뚝 떨어졌다. 나는 떨리는 손으로 벤자민을 창 모서리 쪽으로 끌어당겼다. 그리고 화장실로 들어가 물통에다 물을 가득 받아 왔다. 화분에 물을 주기 위해서였다. 벤자민이 며칠 전부터 시들시들 죽어갔다. 이 지경에 화초 따위가 죽어 간다고 호들갑을 떨 처지가 아님을 누구보다 잘 아는 터였다. 하지만 당분간은 벤자민을 살려야 했다. 물은 고사하고 햇볕 한 번 제대로 쐬지 않았던 겨울 동안에도 잘 자라던 벤자민이 아니던가. 그런데 304호 그녀가 죽던 날부터 서서히 시들기 시작했다. 물론 나는 그 이유를 알고 있다. 알을 품듯 베자민은 도깨비바늘을 품고 있었던 것이다. 신문지 위에 화분의 흙을 쏟은 뒤, 그 속에 도청기를 묻고 다시 벤자민을 심었다. 그 사실은 나 이외엔 아무도 모르는 일이다.

304호 그녀가 죽던 날 밤, 나는 모처럼 후배들을 만나 늦도록 술을 퍼 마시고 들어왔다. 그리고는 옷을 입은 채 쓰러져 잠이 들었다. 보통 때처럼 도청기 스위치를 열어 두지도 않았다.

아마 새벽 2시쯤이었을 것이다. 목이 너무 말라 잠에서 깬 시간이……. 나는 냉장고에 있던 물을 단숨에 들이켰다. 그리고 화장실을 가려고 하는데, 뚫린 벽 틈으로 그녀의 신음 소리가 들려왔다. 처음에는 환청이라고 생각했다. 몹시 어지러워서 몸이 제 멋대로 꿈틀거렸다.

뚫린 벽 틈으로 눈을 바짝 들이댔다. 처음엔 아무것도 보이지가 않았다. 그래서 귀를 구멍으로 가까이 댔다. 그러자 304호 그녀의 신음 소리가 간헐적으로 들려왔다. 곧장 그녀의 방으로 달려간 것은 아무리 생각해도 겁 없는 행동이었다. 304호 문이 반쯤 열려 있었다. 안에서 304호 그녀가 몹시 아파하는 신음 소리가 흘러 나왔다. 그녀가 남자들과 종종 폰 섹스를 하면서 냈던 괴성과는 너무도 달랐다. 가슴이 쿵쿵 뛰었다. 안으로 들어서자, 카펫 위에 쓰러져 있는 그녀가 보였다. 그녀는 전라의 몸이었다. 그녀를 일으켜 세우자, 머리에서 붉은 피가 주르르 흘러내렸다. 순간 겁이 덜컥 났다. 잘못했다가는 누명을 쓸 판이었다. 나는 조심스럽게 그녀를 내려놓았다. 그리고는 몇 달 전에 내가 그녀의 방에 들어가 몰래 설치했던 도청기를 모두 걷어 주머니에 쑤셔 넣고, 조심스럽게 도어 지문까지 닦아냈다. 슬그머니 304호를 빠져나와 내 룸으로 돌아오려고 하는 순간이었다. 모자를 푹 눌러쓴 남자와 부딪히고 말았다. 빌어먹을, 정말 큰일이었다. 하필 그 시간에 사람이 지나갈 게 뭐란 말인가. 아무리 생각해도 재수가 옴 붙은 날이었다.

조사가 시작되면서 김 형사가 몇 번 내 방에 들어왔었다. 그러나 사건의 증거가 될 만한 그 어떤 것도 찾지 못했다. 김 형사는 노련하게 코를 벌름거렸다. 한참을 서성거리던 그는 무슨 냄새라도 맡은 모양인지 고개를 갸웃거렸다.

304호 그녀의 방에 설치된 도청기를 '도깨비바늘'이라고 한 것은 아주 오래전에 어머니의 치맛자락에 매달려 있던 도깨비바늘이 생각나서 그랬다. 아주 오랫동안 나는 어머니와 도깨비바늘을 잊고 살았다. 그러나 어느 날부터인가, 관모를 바짝 세운 도깨비바늘이 내 살갗 속으로 파고들고 있다는 사실을 깨달았다.

정확히 말하면, 그녀를 만난 날부터였을 것이다.

내가 그녀를 처음 본 곳은 대학로였다. 그날도 나는 여느 날과 다름없이 대학로에서 연필 초상화를 그렸다. 비가 오거나 몹시 바람 부는 날을 제외하고는 초상화를 그렸다. 등록비 마련이 어려워 대학을 휴학한 후, 선배가 하는 화실에 나가서 미대 지망생을 가르쳤으나 적성에 맞지가 않았다. 그래서 낮에는 대학로에서 연필 초상화를 그리고, 밤에는 유흥업소에 나가서 서빙을 했다. 모자라는 학비를 마련하자면 어쩔 수가 없었다. 지금까지 전자 대리점을 하는 누나의 도움으로 학교를 다닐 수 있었다. 그런데 경제 침체로 누나의 전자 대리점도 자금 압박을 받고 있었다. 누나가 매형의 눈치를 보며 내게 학비를 대주고 있었다. 고심 끝에 휴학을 결정하고 말았다. 더 이상 누나에게 손을 벌릴 수가 없었다.

304호 그녀를 만났던 그날, 나는 다섯 명이나 되는 얼굴을 연거푸 그린 다음에 겨우 담배를 한 대 빼물었다. 며칠째 퍼마신 술 때문에 속이 쓰리고 눈앞이 어지러웠다. 나무 사이로 그림자가 길게 드리운 걸 확인한 후에야 점심까지 걸렀다는 사실을 깨달았다. 그만 짐을 정리해야겠다는 생각이 들었다. 연필통을 열어 보았다. 다듬어진 연필이 하나도 없었다. 나는 화구를 챙기다 말고 부러진 연필부터 깎기 시작했다. 습관적인 행동이었다. 나는 연필통이 말끔히 정리되어야만 짐을 싸는 버릇이 있었다.

그때였다. 핑크색 티에 흰 치마를 입은 여자가 다가와 의자에 털썩 주저앉더니 빨리 초상화 한 장을 그려 달라고 했다. 나는 그녀처럼 재촉하는 사람들을 싫어했다. 그런 사람들은 대부분 완성된 초상화를 보고도 마음에 들지 않아 하기 때문이었다.

다음에 와서 그리는 게 어떻겠어요? 시간도 늦었고…….

나는 짜증스럽게 말했다. 그런데도 여자는 아무 말이 없었다. 눈썹조차 깜박이지 않고 나를 쳐다볼 뿐이었다. 나는 한 숨을 푹 쉬었다. 어쩔 수 없는 노릇이었다. 배에선 꼬르륵 소리가 났다. 할 수 없이 4B연필을 꺼내 그녀를 그리기 시작했다. 켄트지에 중심선을 그은 다음 그녀의 얼굴선을 그려나갔다. 그녀의 얼굴선은 유난히 둥글고 부드러웠다. 두 미간 사이에는 작은 점이 있었는데, 너무도 뚜렷해서 그리지 않는다면 그녀의 이미지가 나오지 않을 것 같았다.

아가씨의 얼굴에 있는 점을 그릴까요?

그런데도 그녀는 여전히 말이 없었다. 알아서 하라는 눈빛이었다. 내가 그녀의 얼굴 윤곽을 잡는 동안, 마치 그녀는 딴 생각에 빠져 있는 사람처럼 보였다. 이번에는 2B연필을 꺼내 그녀의 긴 머리카락을 그렸다. 그런데 그녀의 머리카락에 뭔가가 매달려 있었다. 나는 그녀에게 다가가 그것을 떼어냈다. 그런데 그것은 다름 아닌 도깨비바늘이었다.

아니 이곳에도 이런 식물이 있나요?

나는 너무나 놀란 나머지 바닥에 떨어진 도깨비바늘을 주워들었다.

저쪽 건물 뒤편에 숲이 있는데, 그곳에 가면 이런 게 많아요. 숲에만 가면 왜 이런 게 달라붙는지 모르겠어요.

관모가 나 있어서 그래요. 감쪽같이 짐승들의 털이나 사람의 옷에 달라붙어 씨앗을 멀리까지 퍼뜨리는 식물이지요.

　그러자 그녀는 도깨비바늘에 많은 관심을 보였다. 그래서 나는 내가 어릴 때 자란 곳엔 그런 식물이 많았다고 얕팍한 지식을 떠들어댔다.

　도깨비바늘은 한여름에 꽃이 피었다가 가을에 열매를 맺으며, 척박한 땅에서도 잘 자란다. 순간 나는 고향에 관한 이야기를 하다가 어머니를 떠올렸다. 어머니의 치맛단에 매달려 있던 그 놈의 도깨비바늘이 뇌리를 스치고 지나갔다. 다시는 어머니를 생각하지 않겠다고 얼마나 다짐했던가. 나는 이내 머리를 내저으며 어머니에 대한 생각을 다시 뇌 속으로 구겨 넣었다. 그러고 보니 서울로 이사를 온 후, 나는 도깨비바늘을 전혀 본 적이 없었다. 도깨비바늘이 싹을 틔울 만큼 빈 황무지가 없었던 탓일 수도 있었을 것이다. 나는 그녀에게 도깨비바늘이 있는 숲의 위치를 알려달라고 했다. 그러자 그녀는 초상화를 그린 후, 함께 가자고 말했다.

　그녀는 나의 예상대로 완성된 초상화를 보고는 시큰둥한 표정을 지었다. 남자 친구에게 선물을 하려고 했는데 안 되겠다는 거였다. 내가 보기엔 그런대로 잘된 그림이었다. 그녀는 켄트지를 둘둘 말아 쥐더니 숲으로 가자고 했다. 그녀를 따라 숲으로 갔을 때, 이미 땅거미가 짙게 내려앉기 시작했다. 그런데 그곳에 정말로 도깨비바늘이 있었다. 건물 뒤로 작은 공터가 있었는데, 그곳엔 강아지풀, 패랭이, 엉겅퀴 그리고 도깨비바늘이 뒤엉켜 제멋대로 자라고 있었다. 나는 그녀를 뒤로하고 숲으로 들어갔다. 어디선가 사람의 신음 소리가 들려왔다. 조심스럽게 나뭇가지를 접어 소리가 나는 쪽을 보았다. 어렴풋하게 사람의 모습이 보였다. 숲을 깔아뭉개고 있었다. 웬일인지 기분이 씁쓸했다. 그 순간 희미한 기억이 섬광처럼 번쩍하고 빛을 냈다. 어머니와 외딴집 남자가 도깨비바늘 숲으로 걸어가던 뒷모습이 보였다. 한동안 숲에 서서 흔들리는 풀들의 몸부림을 지켜보았다. 내가 숲에서 나왔을 때, 아쉽게도 그녀는 이미 가고 없었다.

또다시 창가로 다가가 밖을 내려다보았다. 여전히 김 형사의 그림자는 어디에도 없었다. 그가 보이지 않으니까 오히려 마음이 더 불안해졌다. 수사가 어떻게 진행되어가고 있는지 여간 궁금하지 않았다. 속이 쓰라렸다. 며칠째 밥을 먹지 않고 대충 인스턴트 식품을 아무렇게나 먹은 탓이었다. 주방으로 가 냉장고 문을 열어 보았다. 먹을 것이라곤 날짜 지난 우유와 시어 터진 김치 뿐이었다. 슈퍼에 들러 라면이라도 사 와야겠다는 생각이 들었다. 재킷을 걸치고 나는 조심스럽게 출입문을 열었다. 304호 그녀가 없다는 사실만으로도 복도는 너무도 썰렁했다. 그녀의 죽음으로 인해 용의자라는 의심을 받고 있지만, 나는 그녀의 명복을 빌고 싶었다.

그때였다. 303호 문이 열렸다. 모자를 푹 눌러쓴 남자가 조심스럽게 주위를 살피더니 슬그머니 그 안에서 나왔다. 나를 보자 그는 놀라는 척하더니 옷깃을 세웠다. 그는 커다란 가방을 왼쪽 어깨에 메고 있었는데, 무엇에 쫓기듯 쉴 새 없이 주위를 두리번거렸다. 서둘러 계단을 내려가는 그의 뒷모습에서 싸늘한 냉기가 느껴졌다.

그제야 나는 그가 얼마 전에 303호로 이사 온 사람이라는 것을 깨달았다. 어리석게도 나는 그 자를 몰라보았다. 그가 303호

룸으로 이사 오던 날이 생각났다. 그날, 그가 온갖 잡동사니를 집 안으로 끌어들이는 바람에 집주인과 실랑이를 벌이고 있었다. 집주인이 고물들을 집 안으로 들여놓지 못하게 하자, 그는 화를 버럭 냈다. 나는 외출하려고 나가다 그 장면을 보았다. 할 수 없이 내가 나서서 집주인을 설득했다. 룸 식구들의 피해가 없는 한 괜찮지 않느냐고 거들었다. 얼마를 집주인과 실랑이를 벌인 끝에 겨우 허락을 받아냈는데, 그는 가볍게 눈인사를 할 뿐 더 이상의 고맙다는 표현을 하지 않았다. 꼭 무슨 대가를 바라고 거든 행동은 아니었는데도 몹시 서운했다. 내가 괜한 일에 나섰는가 싶을 정도였다. 그의 잡동사니 살림은 정말 특이했다. 낡은 전축과 오래된 라디오 그리고 전화기를 비롯해 유행이 지났거나 분해된 전기 제품들뿐이었다. 나중에서야 나는 그가 발명가라는 사실을 집주인에게서 들어 알았지만, 처음엔 골동품 수집광이 아닌가 했다. 그 뒤로는 그와 부딪히는 일이 없어서 까마득하게 잊고 지냈다. 서둘러 그의 뒤를 뒤쫓아 계단을 내려갔다. 그는 벌써 자동차 시동을 걸고 있었다. 그리고 어디론가 급하게 내달리기 시작했다.

내가 그녀를 두 번째 만난 곳은 바로 이곳 원룸이었다. 원룸은 지하철 2호선을 인접하고 있고, 대학로가 가까운 탓에 늘 사람들이 들고 났다. 그런데 이상하게도 304호는 오래도록 비어 있었다. 그러던 어느 날, 야간 업소 일을 마치고 원룸으로 들어오려는데 304호에 불이 켜져 있었다. 그때까지만 해도 나는 그냥 누군가가 이사를 왔으려니 했다.

내 룸은 그녀의 바로 옆 305호였다. 베란다로 나온 나는 304

호를 힐끔거리며 내부를 훔쳐보았다. 베란다가 오픈되어 있어서 얼마든지 옆방을 넘겨다 볼 수가 있었다. 처음엔 누가 이사 왔는가 하고 호기심에서 304호를 훔쳐보았다. 집 안은 이미 깔끔하게 정돈되어 있었다.

　그때, 전화벨이 울렸다. 욕실이 열리면서 샤워를 막 끝낸 그녀가 큰 타월로 상체를 가리고 전화기 쪽으로 다가갔다. 전화를 받으면서 그녀는 어깨를 들썩이며 웃었다. 그녀가 촉촉한 머리를 쓸어 넘기자, 타월이 그만 바닥으로 떨어지고 말았다. 그녀는 실오라기 하나 걸치지 않고도 자연스럽게 행동했다. 타월로 상체를 가렸을 때만 해도 그녀의 몸매가 그렇게 자극적인지 전혀 몰랐다. 학기 중에 몇 번 누드를 그려보았다. 그런데 모델들이 하나같이 공통분모를 갖고 있었다. 앙상한 팔과 다리 그리고 빈약한 가슴, 나는 그런 모델을 쳐다볼 때마다 약수동 산동네에서 눈을 감았던 어머니의 모습이 떠오르곤 했다. 그때 어머니는 앙상한 뼈마디마저 몹시 무겁다면서 힘겹게 눈을 감았다. 정말 남은 거라고는 뼈와 가죽뿐이었다. 죽음을 그토록 참혹한 모습으로 맞이한 어머니의 모습이 내내 뇌리에서 지워지지 않았다. 그랬던 탓에 나는 비썩 마른 여자들을 별로 좋아하지 않았으며, 누드화에 별 관심이 없었다. 그러나 304호 그녀의 몸매는 너무도 달랐다. 누드 드로잉을 하고 싶을 정도로 유연하고 풍만했다. 그녀는 전화를 받는 동안에도 가볍게 몸짓을 해 보였다. 너무 과장된 표현일 수도 있지만, 나는 한동안 무엇에 홀린 것처럼 꼼짝도 못하고 서 있었다. 약간 핑크빛이 도는 그녀의 젖가슴은 그녀가 움직일 때마다 살아 꿈틀거렸다. 나의 시선은 그녀의 은밀한 부분까

지 하나도 빠짐없이 놓치지 않고 흡입하고 있었다. 그녀의 음모
는 어느 마술사의 까만 망토처럼 검은빛이었다. 검은 망토를 열
면 그 속에서 온갖 진귀한 보물이 쏟아져 나올 것만 같은 착각을
불러일으켰다. 하필 그 순간에 마술사의 망토가 생각났는지 모
를 일이었다. 내가 정신이 어떻게 된 게 아닌가 하고 머리를 흔들
었다.

얼마 후였다. 그녀는 베란다 창이 신경 쓰였는지 커튼을 치려
고 몸을 일으켰다. 순간, 나는 그녀의 얼굴을 정면으로 보았다.
그녀는 도깨비바늘이었다. 몇 주 전에 초상화를 그렸던 그녀가
분명했다. 나는 한 번이라도 초상화를 그렸던 사람은 잘 기억해
냈다. 설령 전혀 다른 공간에서 만났더라도 말이다.

초상화를 그릴 때마다 모델의 독특한 특징을 찾아내서 그림을
그린 탓이었다. 이를테면 눈, 코, 입의 형태뿐만 아니라, 빛이 드
는 각도에 따라 달라지는 섬세한 표정까지도 잡아냈다. 무엇보
다도 역광(逆光)이 드는 차이에 따라 사람들의 얼굴이 달라져 보
이는데, 같은 모델이라 하더라도 매번 같은 얼굴을 그릴 수 없었
던 것은 그 빛 때문이었다. 그녀의 얼굴을 그렸던 시간은 어둠이
내려앉기 시작할 무렵이라서 사라지는 역광을 표현하자니 무척
힘이 들었다. 그래서 입과 눈, 코를 기준으로 기울기를 재서 적당
히 역광 처리를 했던 것이다. 생각처럼 그림이 잘 되지 않았다.
그렇다고 엉망이지도 않았다. 뭐랄까 전체적으로 엷은 역광을
표현해 오히려 그녀의 이미지가 신비롭게 느껴졌다. 그림을 받
아 든 그녀는 한참을 들여다보더니 자신의 얼굴을 닮지 않았다
고 했다. 그녀의 목소리는 매우 독특했다. 말이 끝날 때마다 메아

리처럼 울림이 살짝 퍼지면서 공명을 일으켰다.

그녀가 커튼을 쳐버리자, 나는 룸으로 들어왔다. 나는 한동안 얼이 빠져 있었다. 가슴이 쉴 새 없이 뛰었다. 내 룸에는 화가 로댕의 애인이었던 까미유 끌로델의 초상화가 걸려 있었다. 얼마 전에 화방에서 사 왔으나, 시선을 끄는 그림은 아니었다. 내게는 아무런 의미도 없는, 그저 썰렁한 분위기를 채워주는 정도로 벽에 걸어둔 초상화였다. 그런데 막 샤워를 끝낸 304호 그녀와 까미유 끌로델의 초상화가 합성을 일으켰다. 유선형으로 휘적거리던 시선이 어느 새 까미유 끌로델의 젖가슴에 머물렀다. 그러자 아래의 성기가 불끈 솟아올랐다. 가슴이 쿵쿵 뛰고 아래 허벅지에서부터 서서히 전율이 뻗어 오는 느낌까지 들었다. 나는 숨을 헐떡거렸다. 순간, 베란다를 뛰어넘어 그녀를 바닥에 쓰러뜨리고 싶은 충동이 일어났다.

벌떡 일어나 베란다로 통하는 문을 걸어 잠갔다. 그 문을 잠그지 않는다면 정말로 그녀를 쓰러뜨릴지도 모르기 때문이었다. 내게도 그런 원시적이고 충동적인 면이 있었는지 모를 일이었다.

초등학교 5학년 때였던 것 같다. 나는 어머니의 옷에 붙어 있던 도깨비바늘을 볼 때마다 성기를 만지작거렸다. 가끔은 밤마다 소리 없이 집을 나가는 어머니의 뒤를 밟았다. 그러고 나면 그런 증상이 심해졌다. 그런데 어른 엄지손가락만 하게 자란 성기가 어느 날부턴가 더 이상 솟대처럼 하늘을 향해 기지개를 켜지 않았다. 성기도 자라지 않는 것 같았다. 사춘기가 지나 대학을 갔어도 여전히 성기는 일어설 줄 몰랐다. 그 때문에 간혹 노골적으로 접근해 오는 여자가 있어도 가까이 하지 못했다. 목욕탕에 가

는 일도 없었다. 더 이상 자라지 않는 것 같은 성기를 사람들 앞
에 내보일 수가 없었다.

불끈 솟은 그것이 좀처럼 가라앉지 않았다. 할 수 없이 나는 목
욕탕으로 들어가 수도꼭지를 틀어 성기를 씻었다. 그러면서도
손가락으로 성기의 길이를 쟀다. 역시 내 기대에 못 미치는 크기
였다. 샤워를 하고 침대에 누웠지만, 304호 그녀가 계속해서 눈
앞에 어른거렸다. 침대에서 일어난 나는 책상 서랍에 있던 양주
를 꺼내 몇 모금 마셨다. 그러자 마음이 차분해지면서 욕정도 가
라앉았다.

그때였다. 전화벨이 울렸다. 같은 학과의 후배였다. 동아리 전
시회 문제로 의논을 해왔다. 나는 내일 만나 의논하자고 퉁명스
럽게 대꾸했다. 전화의 혼선이 빚어졌던 것은 그 순간이었다. 오
히려 후배의 목소리보다 갑자기 끼어든 여자의 목소리가 더 잘
들렸다. 전화 속의 여자는 까르륵거리며 누군가와 잡담을 나누
고 있었다. 문득 나는 304호 그녀를 떠올랐다. 분명 말이 끝날
때마다 공명을 일으켰던 304호 여자가 틀림없었다.

오늘 대학로 근처에 있는 원룸으로 이사했어. 좁지만 그런대로
자유로워. 언제 만나서 밤새 춤이나 추자.

그녀의 이야기는 시시껄렁했다. 그러나 핑크빛이 돌던 그녀의
유두와 마술사의 검은 망토 빛 같았던 음모가 눈앞에서 어른거
렸다. 어느 새 내 손가락은 불끈 솟아오른 성기를 움켜쥐고 있었
다. 나는 전화기에서 흘러나오는 그녀의 목소리를 들으며 수음
을 하고 말았다.

그날 밤, 나는 어머니 꿈을 꾸었다. 앙상하게 마른 뼈가 무겁다

며 숨을 헐떡거리던 어머니의 모습이 아니었다. 어머니는 검은 비로드 치마를 입고 있었다. 젊었을 때 어머니가 입었던 옷이었다. 어머니는 황톳길을 한동안 걸어가더니 도깨비바늘이 무성한 숲으로 들어갔다. 나는 계속해서 어머니 뒤를 밟았다. 숲을 헤쳐가는데 도깨비바늘이 옷에 달라붙어 살갗이 따가웠다. 그러다가 헛발질을 했는데 그만 웅덩이에 미끄러지고 말았다. 내 비명 소리에 놀란 어머니가 돌아서서 나를 노려보았다. 그런데 어머니의 얼굴이 아니었다. 304호 그녀였다. 나는 소스라치게 놀라 꿈에서 깨었다.

그녀의 얼굴을 통해 젊은 날의 내 어머니를 떠올렸다는 게 너무나 충격적이었다. 가슴이 답답했다. 문을 열고 베란다로 나가 담배 연기를 깊게 들이켜도 가슴은 여전히 꽉 막혀 있었다. 언제쯤 어머니의 그늘에서 벗어날 수 있을지…… 별이 없는 텅 빈 밤하늘을 올려다보았다.

누나와 내가 조금도 닮지 않았다는 사실은 집안 행사가 있을 때마다 늘 화젯거리였다. 행사라야 봤자, 집안 제사가 전부였지만 말이다. 혈액검사에서 나는 RH-B형이라고 나왔다. 집안 혈통을 따져 보아도 도저히 나올 수 없는 혈액형이었다. 빌어먹을 외딴집, 그러니까 내가 고등학교 3학년 때였다. 그 외딴집 남자와 나의 혈액형이 RH-B형이란 사실을 마을 사람들 모두가 알고 말았다. 외딴집 남자의 맹장이 터지는 일이 벌어졌다. 당장 수술을 해야 했는데, 피가 모자랐다. 작은 마을이라서 그런 피를 가진 사람이 없었다. 외딴집 남자와 같은 혈액을 찾는다고 마을이 홀링 뒤집혔다. 그런데 그 많은 사람들 중에서 오직 한 사람, 내가 외딴집 그 남자와 혈액형이 같았다. 결국 내가 병원으로 가서 수혈을 해주었다. 외딴집 남자와 내가 혈액형이 같다는 것은 우연의 일치라고 말할 수도 있었을 것이다. 돌아가신 아버지의 혈액형을 정확하게 몰랐으니까 그나마 우연이란 말이 성립될 수 있었다.

그 후부터 가끔 외딴집 남자와 내가 길에서 마주치면, 그의 눈빛은 한없이 어두워졌다. 아니 외딴집 남자는 내가 사라질 때까지 말뚝처럼 그 자리에 서 있었다. 나는 그런 외딴집 남자의 엉거주춤한 모습을 보는 게 정말 싫었다.

아버지가 눈을 감고 난 뒤, 정확하게 나는 열두 달 만에 태어났다는 말을 들었다. 출산일보다 두 달이나 늦게 태어난 것이다. 어머니가 달을 잘못 쳤는지, 아니면 도깨비바늘 숲에서 만든 아이였는지 모르는 일이었다. 단지 유복자로 태어난 나를 집안에선 반겼을 뿐이었다. 4대 독자였기 때문이었다. 나는 혈액형이 식구들과 왜 다르냐고 어머니에게 물었던 적이 있었다. 그러자 어머니의 얼굴이 갑자기 새파래지더니 훌쩍훌쩍 울기 시작했다. 그리고 어머니의 치맛자락엔 도깨비바늘이 더 이상 매달려 있지 않았다. 그리고 외딴집 남자가 그 곳을 떠나버렸다. 외딴집 남자가 왜 그곳을 떠났는지 아무도 말해주지 않았다. 또한 알고 싶지도 않았다.

나는 룸을 빠져나와 슈퍼를 향해 걸어갔다. 조금만 건드려도 몸을 동그랗게 말아버리는 쥐며느리가 된 기분이었다. 음지를 좋아하는 쥐며느리는 쉴 새 없이 발을 옴지락거린다. 어쩌면 나는 살아남기 위해서 쥐며느리처럼 발을 동동거리고 있는지도 모

른다. 매일같이 원룸 앞을 서성거리던 김 형사가 보이지 않자, 동
그렇게 말았던 몸을 풀고 밖으로 나온 내가 정말 우스웠다. 내 등
에 쥐며느리처럼 딱딱한 껍질이 생긴 것은 아닌가 하고 등을 긁
어보았다. 정말 딱딱한 게 느껴졌다. 쇼윈도 앞에 서서 내 모습을
보았다. 역시 쥐며느리처럼 등이 구부정했다. 햇빛을 보지 못한
얼굴은 누렇게 떠 있었다.

그녀의 집에 설치했던 도청기는 도깨비바늘 모형이었다. 도깨
비바늘 모형에다 집게발을 부착했던 것이다. 처음 그 도청장치
를 세운상가에서 발견했을 때 섬뜩한 느낌이 들었다. 어머니의
치맛자락에 붙어 있던 도깨비바늘이 떠올랐기 때문이었다. 나는
망설이지 않고 도깨비바늘을 닮은 도청기를 구입했다. 도청기는
3센티미터 정도의 크기였다. 그녀가 없는 틈을 타 몰래 문을 열
고 들어가 전화기 뒤에 꽂아 두었다. 그런데 생각했던 것보다 성
능이 떨어졌다. 우연히 전화선을 통해 엿들었던 그녀의 목소리
와 전혀 달랐다. 지지직거리는 잡음에 가려 이야기를 정확하게
들을 수가 없었다. 그녀는 전화를 걸었다 하면 한 시간은 기본이
었다. 어떤 날은 새벽까지 통화했다. 그녀가 내 손아귀 안에 있다
는 생각이 들자, 묘한 기분에 사로잡혔다. 예전의 내가 아니었다.
물론 그녀에게 정식으로 데이트 신청을 해서 떳떳하게 만날 수
도 있었다. 그러나 나는 여자를 만나는 일에 자신이 없었다. 더군
다나 내 성기에 대한 자신감도 없었기 때문에 그녀 앞에 나서지
도 못했다. 오히려 그녀를 훔쳐보는 것에 더 희열을 느꼈다. 나는
도청기를 통해 들려오는 그녀의 목소리를 들으며 자위행위를 하
는 일에 차츰 빠져들었다. 자위행위를 하고 나면, 나는 그녀를 소

유했다는 기분에 젖어 들었다. 벽 하나를 사이에 두고 나는 날마다 그녀를 껴안았던 것이다.

그녀가 사귀고 있는 남자는 셋이었다. 처음에는 옥외단자함에 도청기를 설치하지 않았기 때문에 어떤 사람들인지 파악되지 않았다. 다만 그녀가 세 명의 남자와 전화를 한다는 것을 알았을 뿐이었다. 쉽지가 않았을 텐데, 그녀는 세 명의 남자에게 제각기 다른 사람처럼 행동했다. 그녀는 종종 남자들에게 폰 섹스를 하자고 졸라댔다. 그럴 때마다 나는 전화 속의 남자가 되어 그녀와 폰 섹스를 했다. 나는 그녀의 네 번째 남자이길 간절히 바라고 있었다. 그녀의 사생활을 엿들으면서 전혀 양심의 가책을 느끼지 않는 것은 아니었다. 그러나 선택의 여지가 없었다.

나는 그녀의 목소리를 듣기 위해 실내 도청 장치 이외에 옥외 전화단자함에 도청기를 부착했다. 설명서만 봐도 도청기가 어떤 원리로 이루어졌는지 쉽게 알 수 있었다. 도청 장비는 보청기와 원리가 똑같았다. 도청기의 내부 구조는 소리를 잡아내는 집음기(集音器)와 이를 증폭시키는 앰프, 잡은 소리를 전송하는 송신 장치로 이루어져 있었다. 간단한 전자 상식만 있으면 얼마든지 도청기를 만들 수 있었다. 심지어는 몰래 카메라가 부착된 수천만 원대의 최첨단 고성능 도청기가 비밀리에 만들어지고 있었다. 마이크로웨이브 송신기와 몰래 카메라가 부착된 휴대폰 영상 겸용 도청기를 일부 심부름센터에서 사용하고 있다는 이야기를 판매업자에게서 들었을 땐, 오히려 밀려오던 죄책감마저도 사라져버렸다. 전혀 색다른 전율을 느끼며 자위행위를 즐길 수 있을 거라는 막연한 기대감까지 생겨날 정도였다. 그런데 일이 그렇게까지 커질 줄은 몰랐다. 어찌어찌하다가 304호 그녀의 나체를 훔쳐보고 난 뒤에 자위행위를 하게 된 것쯤으로 생각했었다. 일시적인 관음증이라고 여겼다. 아니 그녀 때문에 남자가 되었다는 기쁨에 들떠 있었다. 그 동안 성기가 발기되지 않아 여자들을 사귀어보지도 못했다. 그랬기에 그녀는 나에게 특별한 여자였다.

시간이 흐르면서 나는 그녀의 남자에 대한 정보를 알아내기 위해 늘 옥외단자함에 설치된 도청 스위치를 열었다. 그녀는 철저하게 규칙을 세워놓고 남자를 사귀는 것 같았다. 그녀의 세 남자 중 두 명은 유부남이었고, 한 명은 같은 과 남학생이었다.

그녀는 연극 영화를 전공하고 있었다. 그러나 학교 가는 날은 그렇게 많지 않았다. 두 명의 유부남과는 드러내놓고 만나지 않았다. 그들과는 언제든지 헤어질 수 있다는 듯 행동했다. 가볍게 즐기다가 헤어지려는 태도를 보였다. 일명 원조교제 형태였다. 그녀가 사귀고 있는 남자들과 많은 금전이 오고 가는 것을 알았을 때 정말 화가 머리끝까지 치밀었다. 거센 질투심이 타올랐다. 나 혼자만 그녀를 독차지하고 싶었다. 설령 그녀가 여러 남자와 섹스를 했더라도 오직 나만의 여자이길 바랐다. 좀더 정확하게 그때의 기분을 말한다면 그녀를 죽이고 싶었다. 여대생들 가운데는 원조 교제를 해서 경제적인 문제를 해결하는 이들이 있다는 소리를 들었지만, 304호 그녀가 그런 여자 중의 한 사람이라고는 전혀 생각하지 못했던 일이었다. 그녀의 남자들에게 번호를 매긴 것도 도청기를 통해 남자들의 나이를 안 뒤부터였다. 그녀는 언제나 첫 번째 남자에게는 어린 딸처럼 굴었다.

나 벌써 떠돌이 집시가 된 거 알죠? 옷도 한 벌 사고 싶
고…….

그녀는 노골적으로 돈을 달라고 했는데, 그럴 때마다 미팅을
갖는 것 같았다. 두 번째 남자는 그녀에게 명령조로 말했다.

그 곳으로 7시까지 나와 있어. 물론 후문을 이용하도록 하고.

늘 그는 그런 식이었다. 두 명의 유부남과는 달리 세 번째 남자
와 전화를 할 때면 그녀는 전혀 다른 사람처럼 행동했다.

너는 세상을 좀더 리얼하게 살 필요가 있어. 그렇게 결벽증 환
자처럼 행동하면 끝낼 수밖에 없어. 나를 구속하려 들지 마.

그녀의 말을 듣자, 나는 코웃음이 나왔다.

나쁜 계집애, 아주 사람들을 가지고 놀고 있어.

나는 주먹을 불끈 쥐어 벽을 향해 내리쳤다. 그러자 쿵하고 벽
이 울렸다. 그녀도 틀림없이 벽이 뒤흔들리는 소리를 들었을 것
이다. 예상했던 것과 달리 벽이 두껍지가 않았다. 작은 벽돌 한
장 이외에 다른 자재를 쓴 것 같지가 않았다. 날림 공사였다. 순
간, 나는 벽을 뚫고 싶다는 충동을 느꼈다. 벽 하나를 사이에 두
고 날마다 그녀를 관찰하고 도청한다는 게 우스웠다. 직접 그녀
를 볼 수만 있다면, 분명 나는 그녀의 네 번째 남자가 될 수 있을
것 같았다. 결국 나는 그녀보다 일찍 원룸으로 들어와 벽에다 구
멍을 뚫기 시작했다. 그녀가 깊이 잠들었을 때라든가, 샤워를 하
는 시간이면 조심스럽게 십자드라이버로 벽을 긁어냈다. 그때마
다 나는 생쥐가 된 기분이 들었다.

어머니가 세상을 뜨기 전까지 나는 어머니와 함께 약수동 산동
네에서 살았다. 외딴집 남자가 떠나고, 도깨비바늘이 나의 관심

밖으로 밀려난 다음 해였다. 어머니는 약수동으로 이사 와서 얼마동안 누군가를 미친 듯이 찾아다녔다. 어머니가 외딴집 남자를 그곳에서 만나기로 했던 모양이었다. 그러나 외딴집 남자는 우리 앞에 나타나지 않았다. 몇 년 후, 고향에 내려갔던 어머니는 외딴집 남자가 세상을 떠났다는 소식을 갖고 올라왔다. 나는 주름살이 자글자글한 어머니의 얼굴을 물끄러미 쳐다보며 도깨비바늘 따위는 두 번 다시 떠올리지 않겠다고 마음먹었다.

약수동 산동네의 낡은 지붕은 밤마다 생쥐들이 득실거렸다. 어떤 날은 벌건 쥐새끼가 벌어신 천장 틈에서 둑 떨어시는 바람에 혼비백산한 적도 있었다. 매일 나는 이불을 뒤집어써야만 안심하고 잠을 잤다. 그곳은 재개발이다 해서 늘 시끄러웠다. 산동네에서 기세가 등등한 것은 오직 쥐새끼들뿐이었다. 허구한 날 흘레를 하는지 쥐들은 천정을 우르르 몰려다녔다. 참지 못한 나는 씨팔눔의 쥐새끼들이란 소리를 내지르며, 빗자루를 들어 쥐새끼들이 모여 있는 곳을 향해 사정없이 올려쳤다. 집안이 쿵하고 흔들리자, 머리가 멍해졌다. 그런 뒤엔 한동안 정적이 휩싸이는가 싶었다. 그러나 또다시 쥐새끼들이 모여들었다. 지독한 놈들이었다. 그 놈들은 이미 산동네 사람들의 마음을 훤히 꿰뚫고 있었다. 재개발 딱지를 받으려고 악을 써대는 산동네 뜨내기들이 곧 그곳을 떠날 거라는 것을 알고 있었다. 쥐새끼처럼 벽을 뚫고 있는 내 자신이 혐오스럽지 않은 것은 아니었다. 그러나 그 일을 멈출 수는 없었다. 오히려 십자드라이버로 벽을 파고 있으면 온갖 잡념들이 사라졌다. 사람들이 샤워하는 소리는 물론, 일정한 간격으로 침대가 삐걱대는 소리와 그릇들이 바닥에 나뒹구는 소리까지도 벽을 타고 흘러들었다. 조금씩 벽이 뚫리기 시작하면서 어찌나 긴장을 했던지 겨드랑이에 땀이 흠씬 배어들었다. 나는 쉬지 않고 쥐새끼의 날카로운 송곳니처럼 십자드라이버를 바짝 세워 벽을 후볐다. 드릴로 단숨에 벽을 뚫어버릴까 하고 생각해보았다. 하지만 건물 주인이 여간 까다로운 사람이 아니었다. 벽에다 못을 치는 것조차 간섭했다. 그래서 드릴로 벽을 뚫는다는 것은 상상도 할 수 없는 일이었다. 드디어 그녀의 방으로 통하는 작은 구멍이 뚫렸다. 그러나 304호 내부를 전부 볼 수는 없었다. 안타까운 것은 그녀의 침대가 2센티미터의 구멍 안에 들어오지 않는다는 것이었다. 그 구멍을 통해 볼 수 있는 것은 빨간 전화기가 놓여 있는 이태리 풍의 테이블과 붉은 카펫이었다. 그녀가 자주 앉는 자리였기에 그나마 다행이었다.

그날부터 나는 어머니가 도깨비바늘을 치맛자락에 매달고 몰래 집 안으로 들어섰던 것처럼, 그녀의 방을 수시로 들락거렸다. 물론 직접 들어갔다는 게 아니라 작은 구멍을 통해 들락거렸던 것이다. 뭐라고 꼬집어 말할 수 없었지만 구멍을 통해 그녀의 모습을 훔쳐보기 시작하면서부터 전혀 생각해보지 못했던 스릴이 느껴졌다.

아직 김 형사는 그 구멍을 발견하지 못했다. 만약 그 구멍이 발견된다면 나는 꼼짝없이 304호의 그녀를 죽인 범인으로 몰릴 게 뻔한 일이었다. 나는 라면과 빵이 든 검은 봉지를 들고 원룸으로 돌아왔다. 내 발소리조차 위압적으로 느껴질 정도로 건물은 조용했다.

304호 원룸은 그녀의 마지막 연극 무대였던 것 같다. 이태리

풍의 테이블과 붉은 카펫은 그녀에게 딱 어울리는 소품이었다. 한 달 남짓, 그녀와 함께 지내는 동안 나는 누구보다도 그녀를 잘 알고 있었다. 그녀의 속 울음소리까지도 도청기를 통해 들었으니까 말이다. 어쩌면 그녀도 나처럼 병적인 외로움에 시달렸던 것 같다. 그래서 어둡고 텅 비어 있는 가슴을 채우기 위해 여러 남자들을 만나 몸부림쳤는지도 모른다. 마지막 순간까지도 연극 무대를 떠나지 못한 채 죽어갔던 것은 아니었을까.

3층 계단을 올라서자, 김 형사가 언제 왔는지 복도를 서성거리고 있었다. 가슴이 쿵하고 서 밑바닥으로 가라앉았다. 김 형사가 나를 발견하고는 천천히 다가왔다.

어디를 다녀오세요.

먹을 걸 좀 사러요.

김 형사의 말에 대꾸를 했지만 조바심이 났다. 담배를 꺼내 불을 당긴 김 형사는 다짜고짜 어디 가서 소주나 한 잔 하자고 했다. 나는 눈을 동그랗게 뜨고 김 형사의 얼굴을 올려다보았다.

범인이 잡혔어요. 그 동안 헛수고를 했지 뭐요. 어제부터 이곳을 후배가 잠복했는데, 물증을 없애려 했던 용의자를 뒤쫓아 가서 잡았어요. 이제 나도 옷을 벗을 때가 되었는지, 헛 다리를 짚었지 뭡니까. 어찌되었든 그 동안 고생 많았어요.

나는 아무 말도 하지 못한 채 멍하니 서서 눈시울이 뜨거워지는 것을 참았다. 눈물이 고인 두 눈을 깜박거렸다. 그 동안 용의자로 몰린 게 여간 고통스럽지 않았다.

누가 범인인지 궁금하지 않아요?

대답 대신 나는 옷소매로 그렁그렁하게 맺혀 있던 눈물을 닦아냈다.

범인은 바로 303호였소. 도청장치 장비와 피 묻은 망치를 은닉하려다가 덜미를 잡혔어요. 여자를 훔쳐보면서 그 짓거리를 했다지 뭐요. 예전에 관음증으로 정신과 치료를 몇 번 받았다는군요. 304호 여자가 여러 남자들과 놀아나는 게 미워서 죽였다지 뭡니까. 어쨌거나…… 그자는 여자를 훔쳐보는 상습범이었소. 몹쓸 놈, 그렇다고 사람은 왜 죽여.

나는 앞서 계단을 내려가는 김 형사의 뒤를 따라가다가 그만 헛발질을 했다. 그 바람에 계단을 한 바퀴 굴렀다. 라면과 빵이 들어 있는 검은 봉지가 밑바닥 계단까지 나뒹굴었다. 나는 얼른 일어나 검은 봉지를 주워 들었다. 얼굴이 몹시 화끈거렸다. 주워 든 검은 봉지에서 마른 나뭇잎이 바스락대는 소리가 들려왔다. 어쩌면 내 가슴에서 나는 소리였는지도 모른다.

이미경 1965년 충북 영동에서 태어났다. 1997년 〈농민신문〉 신춘문예에 단편소설 〈오라의 땅〉이 당선되어 등단했으며, 2002년 제6회 동서커피문학상 단편소설대상에 〈청수동이의 꿈〉이 당선되었다. 대전대학교 문예창작학과에 재학 중이다. 장편소설 《는개》를 출간하였다.

편하게 앉으세요. 제가 램프를 켤 테니까 앞쪽을 보시고요. 네, 그렇게 움직이지 마세요. 아래에 달린 둥근 거울을 들여다보세요. 피부 표면이 보일 거예요. 양쪽 볼에 얼룩진 부분이 보이시죠? 기미로 착색이 되어서 그래요. 눈두덩이 밑에 다크서클이 보이고요. 피부가 너무나 건조한 상태군요.

여자는 얼굴에 '캐츠코프'를 쓰고 있다. 쓴 모습이 고양이를 닮아서 그런 이름이 붙은 피부 측정기이다. 버튼을 누르면 우드 램프에 불이 들어와 피부 표면의 모습과 각질층까지 들여다볼 수 있게 된다. 나는 여자의 머리

동굴

다. 여자의 피부는 옅은 보라색을 띠고 있다. 상담 신청서에 건성피부라고 휘갈겨 쓴다. 여자는 동작을 멈춘 내 손을 물끄러미 바라본다. 그녀의 눈 아래쪽에는 자외선 때문이거나, 임신, 약물에 의해 생겼을 기미가 두드러져 있다. 마사지를 조금 전에 마친 여자는 맨 얼굴이다. 신청서를 끌어다 가 생년월일을 들여다본다. 삼십대 초반이다. 여자에게 해야 할 말 을 고르지만 생각이 갈래갈래 흩어진다. 손이 가운 주머니 속 으로 미끄러져 들어간다. 핸드폰에 손가락이 가 닿는 다. 고리에 매달린 폰을 힘을 주어 잡아당긴 다. 짤그랑거리며 전화기에 부딪히는 소 리가 들린다. 이도에게 연락

편하게 앉으세요. 제가 램프를 켤 테니까 앞쪽을 보시고요. 네, 그렇게 움직이지 마세요. 아래에 달린 둥근 거울을 들여다보세요. 피부 표면이 보일 거예요. 양쪽 볼에 얼룩진 부분이 보이시죠? 기미로 착색이 되어서 그래요. 눈두덩이 밑에 다크서클이 보이고요. 피부가 너무나 건조한 상태군요.

여자는 얼굴에 '캐츠스코프'를 쓰고 있다. 착용한 모습이 고양이를 닮아서 그런 이름이 붙은 피부 측정기이다. 버튼을 누르면 우드 램프에 불이 들어와 피부 표면의 모습과 각질층까지 들여다볼 수 있게 된다. 나는 여자의 머리에서 캐츠스코프를 벗긴다. 그리고 램프의 전원을 끄고 의자를 당겨 앉는다. 여자의 피부는 엷은 보라색을 띠고 있다. 상담 신청서에 건성피부라고 휘갈겨 쓴다. 여자는 동작을 멈춘 내 손을 물끄러미 바라본다. 그녀의 눈

아래쪽에는 자외선 때문이거나, 임신, 약물에 의해 생겼을 기미
가 두드러져 있다. 조금 전에 마사지를 마친 여자는 맨 얼굴이다.
신청서를 끌어다가 생년월일을 들여다본다. 삼십대 초반이다.
여자에게 해야 할 말을 고르지만 생각이 갈래갈래 흩어진다. 손
이 가운 주머니 속으로 미끄러져 들어간다. 핸드폰에 손가락이
가 닿는다. 고리에 매달린 종을 힘을 주어 잡아당긴다. 짤그랑거
리며 전화기에 부딪히는 소리가 들린다. 이도에게 연락 있었습
니까? 남자의 목소리가 허겁지겁 튀어 들어왔었다. 무슨 일이 생
긴 것일까. 성류굴에서 보았던 이도의 번들거리던 눈빛이 떠오
른다. 기어코……. 손을 빼내 옷섶에 문지른다. 손바닥이 미끈
거릴 정도로 땀이 축축하다. 여자는 사람들로 북적이고 있는 사
무실을 불안하게 두리번거린다. 여자의 눈길이 벽을 따라 늘어
서 있는 캐비닛으로 향한다. 그 위에는 회사에서 나오는 미용 교
양지와 샘플들이 수북하게 쌓여 있다. 강 부장이 자리에서 일어
나 캐비닛을 열고 화이트 앰플 한 상자, 컨트롤 마스크, 비타젠을
한 손 가득 꺼낸다. 화장품을 꺼내기 위해 허리를 굽혔던 강 부장
이 빙글 돌아선다. 얼굴에 미소가 가득하다. 그 웃음은 이제 막
한 건을 올렸다는 만족감의 표시일 것이다. 뒤에 서 있던 수습사
원이 화장품을 받아들고 자리로 돌아간다. 강 부장의 책상에는
사십대 후반으로 보이는 아줌마가 앉아 있다. 화장을 지운 얼굴
이어서 나이를 짐작하기가 더 쉽다. 저 나이의 여자들은 조금만
분위기를 띄우고, 비위를 맞추면 금세 고객이 된다. 강 부장이 활
짝 웃으며 아줌마를 향해 앰플을 들어올리는 것을 보다 고개를
돌린다. 벽에 그려져 있는 이번 달 매출 그래프를 보지 않더라도

강 부장은 벌써 선두를 달리고 있을 것이다. 아마 내년에 그녀는 나보다 빨리 승진을 할 것이다.

여자의 눈이 벽에 가 머문다. 몹시 불안정한 눈길이다. 나는 주머니 속의 핸드폰을 만지작거리며 여자의 눈길을 따라간다. 오후 세 시, 여자는 제일신탁 앞의 은행나무에 기대어 있었다. 거리엔 바람이 불고 있었다. 바람에 노란 은행잎이 동전처럼 달그락거리며 떨어져 내렸다. 여자는 짧은 단발머리에 입술에 거스러미가 일어나 있었다. 누군가를 기다리는 것 같지 않았다. 트렌치코트의 앞단추가 벌어져 카키색의 스카프가 무방비하게 펄럭거렸다. 우리가 다가갈 때까지 깊은 생각에 빠져 있었던 듯, 화들짝 놀라는 모습이었다. 지금 홍보 기간이라서 무료로 마사지를 해드려요. 2회까지 해드리니까 놓치지 마세요. 전 별로 생각이⋯⋯. 우물거리는 여자에게 미스 장이 활짝 웃었다. 한번 받아보세요. 후회하지 않을 거예요. 여자는 발끝만 내려다보다가 느린 걸음으로 우리를 따라왔다. 여자는 룸에서 한 시간 동안 마사지를 받았다. 침대에 반듯하게 누워서 곤한 잠으로 빠져 들어갔다. 내가 다가갔을 때 여자는 가늘게 코를 곯고 있었다. 가운 주머니에 있던 핸드폰이 울린 것은 그때였다. 곤히 잠든 고객들을 깨우지 않기 위해 서둘러 밖으로 나갔다. 이도의 친구였다. 나는 겨우 남자를 기억해냈다. 그는 이도를 찾고 있었다. 수요일에 봉화에 있는 동굴에 간다고 했어요. 오늘쯤은 돌아왔을 텐데요. 내가 덤덤하게 말했다. 남자의 목소리가 숨차게 흘러나왔다. 어제 연구회 사람들이 너뱅이굴에서 이도의 랜턴을 발견했어요. 회사에도 출근하지 않았고, 집에도 연락이 없습니다. 이도가 실종된 것 같아요. 실종⋯⋯. 한순간 맥이 탁 풀렸다. 복도가 갑자기 시끄러워졌다. 오후의 커피 브레이크를 갖는 국장들이 짝을 지어 걸어가고 있었다. 김 국장이 전화기를 붙들고 있는 나를 마뜩찮은 시선으로 쳐다보았다. 그녀는 머릿속으로 이번 달 내 실적을 더듬고 있을 것이다. 다리에서 힘이 빠져나갔다. 벽에 손을 짚는 내게 남자의 말소리가 들렸다. 연락해보고 다시 전화드리죠. 남자의 목소리가 심하게 갈라졌다.

미스 장이 부장님, 하고 작게 부르며 옆구리를 쿡 찌른다. 나는 핸드폰을 만지작거리고 있던 손가락을 가운 주머니에서 힘들게 빼낸다.

마사지 받으니까 좋으셨어요?

여자의 피부는 적당하게 촉촉해져 있다. 건조한 얼굴을 감안해 집중적으로 수분 팩을 한 탓이다. 미스 장이 따뜻하게 데워진 캔 커피를 들고 온다. 미스 장은 아직 수습 중이다. 그녀는 내 고객들을 끌어오고, 대신 내게 피부 관리사 현장 교육을 받는다. 일종의 도제수업이다. 본사 교육이 턱없이 부족해 대부분 부장들 밑에는 한두 명씩의 수습사원이 짝을 이루어 같이 일하고 있다.

피부가 전체적으로 수분이 부족해 탄력이 떨어지고 있어요. 게다가 각질층이 얇아져 있어 주름이 생기기 쉽고요. T존 부위에 거뭇거뭇한 블랙 헤드가 있어 피부색이 어둡게 보이죠. 관리를 한번 받아보세요. 금세 피부가 좋아질 거예요.

내 말을 묵묵히 듣던 여자가 휘둥그레진 눈으로 바라본다. 여자의 눈동자가 초조하게 굴러간다. 잘못 짚은 건가. 여자는 내 말에는 관심이 없어 보인다. 불현듯 한쪽 머리가 둥 하게 울리며 현기증이 몰려온다. 좀 가라앉을 때까지 기다렸다가 몸을 일으킨다. 웬만하면 미스 장에게 상담을 맡기지 않지만, 여자는 마사지를 받을 사람 같지가 않다. 이 일을 시작한 지 벌써 사 년이 넘었다. 이제는 상담을 할 때 상대방이 고객이 될지 안 될지 감이 온다. 마사지를 받은 후 매끈하고 촉촉해진 피부 상태에서 여자들을 설득하는 일은 어렵지 않다. 상담을 할 때 석고 팩이라든가, 콜라겐 벨벳 마스크, 모델링 등 특수 관리가 세 번쯤 들어간다고 말하면 여자들의 표정이 흔들리기 시작한다. 그때를 놓치지 않고, 개인 숍에서는 특수 관리에 옵션이 붙지만 회사 영업팀인 이곳에서는 무료로 들어간다는 말을 잊지 않는다. 이쯤 되면 웬만한 여자들은 신청서에 사인을 하게 되어 있다. 미스 장은 눈치껏 캐비닛으로 가서 컨트롤 마스크, 비타젠, 화이트 앰플 한 상자를 꺼내 올 것이다. 관리에 들어가는 고객들에게 지급되는 화장품들이다. 나는 미스 장에게 적당히 하다 보내라고 눈짓을 한 후 마사지 룸으로 들어간다.

침대에는 현이 엄마가 누워 있다. 그녀는 몇 달 전에 내 고객이 되었다. 현이 엄마는 군살 하나 없이 날씬하다. 의자를 끌어와 머리맡에 앉는다. 어디 갔다 왔어. 내 기척에 그녀가 눈을 뜨며 묻는다. 상담이 있어서요. 죄송합니다. 좀 주무시지 않고요? 내 말에 현이 엄마가 다시 눈을 감는다. 수영장에 다녀오는 길이라면서도 그녀는 매번 화장을 꼼꼼히 하고 있다. 리무버를 적신 솜으로 현이 엄마의 눈 가장자리를 닦아낸다. 면봉으로 마스카라가 칠해진 속눈썹 한 올 한 올을 닦아낸 다음, 립스틱도 화장솜으로 눌러가며 왼편 입꼬리에서 오른편으로 움직이며 지운다. 그리고 깨끗한 물에 적신 퍼프를 잘 짜서 다시 한 번 눈가와 입술을 닦는다. 색조화장을 다 지울 동안 현이 엄마는 고른 숨을 내쉬며 눈을 감고 있다. 클렌징크림을 그녀의 얼굴에 펴 바르고 양손 전체를 이용해 턱 부위부터 둥글게 원을 그리기 시작해 위로 따라 올라간다. 손목이 리듬을 타기 시작한다. 가운뎃손가락과 넷째손가락을 이용해 양 뺨 주위를 둥글게 돌리며 클렌징을 한다. 손가락들이 현이 엄마의 콧등으로 따라 올라가 이마에서 큰 원을 그리며 돌린다. 관자놀이를 통과하여 양 뺨을 다시 한 번 마사지를 하고 턱으로 내려와 본래의 원 모양을 그리며 돌려준다. 오른손과 왼손 전체로 번갈아가며 목에도 마사지를 시작한다. 목 부근에서 갑자기 손가락이 비틀하더니 현이 엄마의 쇄골까지 미끄러져 내린다. 손목에 힘을 준다는 것이 잘못해서 그녀의 목을 힘껏 눌러버린다. 순간 눈앞이 아득해진다. 고른 숨을 내쉬던 현이 엄마가 깜짝 놀라 눈을 뜬다. 어디 아파? 안색이 안 좋아. 그녀가 눈을 감으며 중얼거린다. 언제 들어왔는지 뒤에 서 있던 미스 장이 작게 혀를 찬다. 티슈를 눌러 얼굴의 유분기를 제거하고, 미스 장에게 보온기에서 스팀 타월을 꺼내오라고 말한다. 혀가 두부처럼 엉겨 말하기가 힘들다.

현이 엄마의 턱에 뜨거운 타월을 덮고 양손으로 두세 번 눌러준다. 그 모습 그대로 이마 쪽으로 잡아당긴다. 다시 턱 쪽으로 수건을 잡아당기며 얼굴이 뜨거운 열에 익숙해지도록 잠깐 기다린다. 그리고 코를 빼놓고 수건을 삼각형 모양으로 접어 얼굴에 덮는다. 잠시 후 손바닥으로 얼굴을 눌러주고, 신경점을 꾹꾹 지압시킨다. 타월을 펴서 이마에서부터 시작해 아래쪽으로 움직이며 클렌징크림을 닦아낸다. 현이 엄마의 얼굴에 스킨과 로션을 바르고 난 뒤, 마사지 크림통을 가지러 가는 내게 미스 장이 따라붙는다. 부장님, 제가 할게요. 좀 쉬세요. 얼굴이 너무 창백해요. 미스 장은 걱정스럽게 나를 쳐다본다. 아까 그 여자 말예요. 카드로 계산했어요. 영 관심 없는 눈초리더니……. 미스 장이 머리를 갸웃거리며 손가락으로 크림을 떠서 현이 엄마의 얼굴에 바른다. 나는 무거운 다리를 끌고 밖으로 나간다.

책상으로 다가가 서랍에서 담배를 꺼낸다. 고개를 들다가 김 국장과 눈길이 부딪힌다. 김 국장은 내가 담배를 꺼내 든 것을 본 모양이다. 그녀의 흰 이마가 찌푸려진다. 화장실로 들어가 변기에 걸터앉는다. 가운 주머니에서 일회용 라이터를 꺼내 불을 붙인다. 깊숙이 한 모금 빨아들인다. 가슴이 불안정하게 후득인다. 핸드폰 소리에 놀라 기어코 담배를 바닥에 떨어뜨린다. 황급히 발로 비벼 끄고 수화기를 연다. 아까 전화한 이도의 친구다. 좀 이따, 잠시 볼 수 있을까요. 제가 근처로 가겠습니다. 대답을 하려는데 기침이 터져 나온다. 담뱃불은 이미 꺼졌는데 이 기침은 어디에서 오는 걸까. 간신히 알았다고 대답을 하고 폴더를 닫는다. 다시 전화기를 열어 이도의 회사 전화번호를 누른다. 손가락이 떨려서 두 번이나 번호를 잘못 누른다. 신호음이 길게 떨어진다. 전화를 받은 여자에게 이도를 바꿔 달라고 말한다. 여자는 잠시 머뭇거리더니, 오늘 출근하지 않았는데요 한다. 지금……. 여자의 말이 채 끝나기도 전에 전화기를 닫아버린다. 사실이다. 그는 돌아오지 않았다. 겨우 화장실 문을 밀고 나간다. 다리가 저릿저릿하다. 세면대 거울로 얼굴을 들여다본다. 퍼렇게 질려 있다.

그런 어둠을 한번 보았으면 좋겠어. 처음 노동굴의 사진을 보았을 때처럼 말이지.

어디선가 이도의 목소리가 들려온다. 그냥 좋아서 다니는 거야. 특별한 이유는 없어. 말도 안 되는 소리라고 내가 일축했을 때, 그는 낮은 소리로 으르렁거렸다.

'네가 나에 대해서 뭘 그렇게 잘 알아. 나도 모르는데 네가 무슨 수로 다 아느냔 말이야! 이 세상의 그 무엇도 우리는 온전히 알 수 없어. 흉내만 내다 가는 거지.'

이 년 전 성류굴이었다. 경북 울진에 있는 그 동굴에 갔었을 때가 말이다. 이도는 항상 굴을 찾아다니느라 주말엔 대개 서울을 떠나 있었다. 그가 없을 때 나는 여자 친구들을 만나거나, 혼자 콘서트에 가서 무명가수의 노래를 들었다. 아니면 시장을 걸어다니다 혼자 물건을 사 모으기도 했다. 왜 그러고도 헤어지지 않는 거야. 이도에 대해 들은 강 부장이 하던 말이다. 글쎄, 왜 그랬을까. 그런 식으로 팔 년을 만났으니 말이다.

그 여행은 동해 바다를 따라 7번 국도를 달리는 여정이었다. 통일 전망대가 있는 고성에서부터 포항까지 굽이굽이 바다를 돌고 산을 돌아 달리는 길이다. 바다색은 비취였다가 블루였다가 옥빛으로 수시로 몸을 바꾸었다. 강원도 도계를 지나 경상북도 도계를 넘어섰을 때까지 그는 별로 말이 없었다. 가끔 담배를 비벼 끄고 새로 불을 붙일 뿐이었다. 왕피천을 지나 수산교를 넘었을 때 성류굴에 가 볼까 하고, 생각난 듯이 이도가 입을 열었다. 그는 수산교 앞에서 유턴해 차를 돌렸다. 동굴이 처음 발견된 것은 1929년 용진에서였지. 하지만 근대적인 굴 탐사가 시작된 것은 58년 울진에서 성류굴이 발견되어서야. 관광굴이지만 한번 들어가 보는 것도 좋을 거야. 주차장에 차를 세우고 왕피천의 물길을 따라 걸어가며 그가 말했다. 강물에 선유산의 나무들이 물그림자를 이루며 어른거렸다. 동굴 머리 쪽에는 하늘을 향해 쭉쭉 뻗은 측백나무들이 바람에 흔들거렸다. 입구부터 시작해 각종 기념품을 파는 집들이 즐비했다. 한참을 기다려 입굴을 할 수 있었다. 여름철인데도 굴 속이라 그런지 시원했다. 그러나 굴로 들어섰을 때부터 매캐한 냄새에 나는 비위가 상했다. 석회 냄새라고 그가 말했다. 사람들이 걸어가는 통로를 따라 더듬거리며 걸었다. 그는 빨대 모양의 종유석 앞에 서 있다가 사진 촬영을 하는 사람들을 보며 눈살을 찌푸렸다. 종유석에는 나이테 모양의 단면들이 어지럽게 나 있었다. 내가 저것이 종유석의 나이를 뜻하는 거냐고 묻자 그는 고개를 흔들었다. 아냐. 저것은 우기와 건기가 반복되면서 표면이 저렇게 패는 거지 나이와는 상관이 없어. 그는 굴 속에 들어오자 갑자기 활기에 넘쳐 유쾌해졌다. 그러나 나는 빨리 밖으로 나가고 싶은 생각밖에 없었다. 습하게 차 있는 습기와 매캐한 석회 냄새에 속이 메슥거렸다. 비좁은 통로를 버르적거리며 걸을 때는 꼭 죽을 것만 같았다. 30미터가 넘는다는 석회호수 앞에서 그는 뿌연 물 속을 굽어보고 있었다. 그가 어둠 어쩌고 하며 말을 꺼낸 것이 그때였다. 내가 가까이 다가가자 그는 절리를 따라 오목하게 패인 구멍을 손가락으로 가리켰다. 저런 형태는 주로 이곳같이 석회동굴의 포화수대에서 많이 생기는 모양이지…… 사람들에게 발견되기 전에 이곳에 어떤 어둠이 있었을까 상상해봐. 그의 목소리가 낮아졌다. 눈빛이 물개 등처럼 번들거렸다. 어둠은 사람을 홀리게 만들어…… 무섭다가도 포근하지…… 그런 어둠을 한 번만 보았으면…… 심연(深淵)이라고 하더라. 깊은 못……. 나는 그의 말을 중간에서 자르고 밖으로 나가자고 소리쳤다. 답답해서 견딜 수가 없었다. 밀실 공포증이 있는 거야? 그의 눈이 일그러졌다. 그는 그 안에 더 있고 싶어 했지만 나는 나가자고 소리를 질렀다. 우리는 막장 끝까지 갔다가 돌아서 나왔다.

세면대 거울로 얼굴을 들여다보며 오래오래 손을 씻는다. 혹시라도 담뱃진 냄새가 배어 있다간 고객들에게 낭패다. 룸으로 들어가니 미스 장이 현이 엄마에게 벨벳 마스크를 하고 있다. 화이트 앰플을 손가락으로 눌러 짠 미스 장은 현이 엄마의 얼굴에 구석구석 바른다. 내가 옆에 서서 지켜보자 미스 장은 손놀림을 계속하며 괜찮으세요? 하며 묻는다. 미스 장은 눈, 코 및 입 주위를 절개한 벨벳 마스크를 현이 엄마의 얼굴에 덮는다. 그리고 화장수를 솜에 적셔 마스크를 꾹꾹 눌러가며 적신다. 미스 장은 마스크를 다 붙이고 현이 엄마의 눈에 물기를 짜낸 아이 패드를 올려놓는다. 티슈로 손을 훔치는 미스 장을 구석으로 끌고 간다. 다른 사람들이 듣지 않도록 작게 소곤거린다. 약속이 있어서 삼십 분쯤 나갔다 와야 되거든. 5시쯤에 고객이 올 거야. 누군지 알지? 미스 장은 고개를 끄덕인다. 내 얼굴에서 무슨 단서라도 잡는 것처럼 뚫어지게 쳐다본다. 부장님, 무슨 일 있는 거죠? 나는 미스 장의 어깨를 두드리고는 고개를 돌린다. 가운을 벗어놓고 사무실로 나간다. 아니나 다를까 김 국장이 뜨악한 얼굴로 나를 쳐다본다. 한창 바쁜 시간에 가운을 벗고 나가는 내가 못마땅한 표정이다. 강 부장은 또 새로운 고객과 상담 중인 것 같다. 아이를 데리고 앉아 있는 여자가 열심히 얘기를 듣고 있다. 강 부장은 이 지국에서 가장 많은 고객을 가지고 있다. 김 국장이 유난히 강 부장을 예뻐하는 것도 다 이유가 있는 것이다. 김 국장에게 고개를 꾸벅 숙이고 빠르게 걸어 나간다. 등이 연신 따끔거린다. 엘리베이터를 기다리며 김 국장이 뒤따라 나오지 않을까 신경이 곤두선다. 마주쳐보았자 좋은 소리 듣기는 글렀다. 이도는 봉화로 내려가기 전날 밤에 나를 찾아왔었다. 전에 없던 행동이었다. 언제나 슬그머니 사라졌다가 어니 나녀왔어, 하던 식에 비하면 의외였다. 그에게 연락이 없으면 으레 그러려니 했다. 어느 때는 그를 기다린 날들도 있었을 것이다. 그러나 시간은 모든 것을 통과한다.

이도가 찾아온 날은 밤늦게 예약 손님이 있어서 몸이 더 피곤했다. 밤안개가 다가와 주위가 부옇게 흐려 있었다. 현관 열쇠를 꽂는데 복도 끝에 검은 그림자가 일렁거렸다. 그 그림자는 내게 점점 가까이 왔다. 이도였다. 또 탐사를 떠나는 듯 무거워 보이는 키스링 배낭을 짊어지고 있었다. 그는 밥은 먹고 일하냐? 뭔 퇴근이 이렇게 늦어 하며 씩 웃었다. 현관으로 들어오자 그가 배낭을 텅하고 바닥에 내려놓았다. 커피 드립퍼에 물을 붓는 동안 그는 베란다 창으로 흐린 밖을 내다보고 있었다.

오늘 좀 자고 가자. 내일 일찍 깨어주면 더 좋고.

이번에는 또 어디야?

봉화군 석포면에 있는 굴이야. 아직 사람들에게 잘 알려지지 않은 곳이지.

말 끝에 그가 비밀스럽게 웃었다. 무언가 잔뜩 기대하고 있는 눈빛이었다. 커피잔을 그에게 주고 바닥에 앉았다. 말없이 커피를 홀짝이다가 무릎걸음으로 배낭으로 다가가 매듭을 풀고 안을 들여다보았다. 없는 게 없었다. 암벽 등반용 장갑, 헬멧, 랜턴, 너무 많아 개수를 셀 수 없는 건전지, 펜치, 니퍼, 드라이버, 약간의 전선줄, 테이프 등 시장의 잡화점을 보고 있는 것 같았다. 나는 노란 헬멧을 꺼내어 머리에 써보았다. 앞쪽에 불이 들어오는 헤드 랜턴이 장착되어 있었다. 불을 켜니 갑자기 눈이 부셨다. 어리둥절한 내 모습에 그가 웃음을 터트렸다. 헬멧을 벗어놓고 랜턴을 들어 불을 켰다.

왜 랜턴에 끈이 달려 있는 거지?

동굴을 수직으로 내려갈 때 잘못해서 랜턴이 퉁탕거리며 아래로 떨어질 때가 있어. 그때 초보자들은 랜턴을 찾으려고 겁 없이 내려가려고 하지. 그러다 실족을 해서 아래로 추락하거든. 끈이 있으면 손에서 놓치더라도 밑으로 떨어지지가 않아. 안 그래도 굴 속은 항시 위험이 도사리고 있거든.

그가 곁에 가까이 앉았다. 무언가 할 말이 있는 것 같았다.

한 달 전 너뱅이굴에서 심연(深淵) 같은 어둠을 보았다. 정말 깊은 못에 빠진 것처럼 정신이 하나도 없었어. 그날 처음으로 두려움이 들기 시작했다.

이도의 얼굴이 급하게 어두워졌다. 그는 일어나 방 안을 이리저리 돌아다녔다.

어둠에 점점 더 내성이 생기는 내가 두렵다. 한 번만, 온전히 본다면…… 돌아와서 나를 붙들어 맬 거야. 이젠 솔직히 겁이 난다.

나는 믿기지 않는 눈으로 그를 바라보았다. 동굴을 멀리하겠다니. 내가 옆에서 지켜본 그는 결코 굴을 멀리할 사람이 아니었다. 한동안 그는 자신의 약속을 지키기 위해 노력하며 내게 전화를 걸어댈 것이다. 일요일에 영화라도 보러 갈까? 인사동에서 퍼포먼스가 벌어진단다. 그러다 어느 날부터 그는 자주 짜증을 부리고, 주변 사람들에게 사소한 일을 가지고 신경을 곤두세울 것이다. 그런 날들이 얼마쯤 흐르면 그는 키스링 배낭을 짊어지고 다시 굴을 찾아 떠날 것이다. 몇 년 전 그때처럼 말이다. 수요일 아침, 그는 이르게 현관문을 나섰다. 복도로 그의 등산화가 텅텅 울리며 멀어져갔다. 문을 닫다 신발장 위에 그의 머리키락이 떨어져 있는 것을 발견했다. 고개를 떨구고 그것을 오래 들여다보았다.

엘리베이터 문이 텅 하고 열리며 여자가 올라탄다. 5층 어학원의 창구에 앉아 있는 여자다. 가끔 얼굴을 마주칠 때마다 여자는 치열을 드러내며 환하게 웃었다. 내가 고개를 숙여 인사를 하자 여자는 문 앞으로 바투 다가가 선다. 엘리베이터에서 내린 어학원 여자는 약국으로 들어간다. 여자의 등을 보다가 나는 그제야 느리게 계단을 내려간다. 지하의 커피숍에 이도의 친구가 기다리고 있을 것이다. 문을 들어서자 눅눅한 공기가 기도로 달려든다. 커다란 수족관이 놓여져 있는 뒤편에 언젠가 본 적이 있는 남자가 앉아 있다. 이도와 남자는 동굴연구회 보임의 멤버들이나. 그들은 십여 명의 남자들로 이루어져 각지의 알려지지 않은 굴들을 찾아 케이빙을 다닌다. 그 멤버들 대부분이 대학시절 동굴탐사 동아리에서 만났다고 들었다. 어느 날 이도의 전화를 받고 나간 자리에서 이 남자를 보았다. 나를 보자 남자는 반쯤 허리를 곧추세웠다가 다시 주저앉는다. 물잔을 탁자에 내려놓는 초록색

에이프런의 여자에게 커피를 주문한다. 남자는 물컵을 들어 한 모금 마시고 나를 쳐다본다. 눈초리에 탐색하는 빛이 역력하다.

이도에게 연락 없었죠?

고개를 끄덕이는 내게 남자도 묵묵히 머리를 끄떡인다. 남자는 목이 타는지 연신 컵으로 손이 올라간다.

어젯밤 봉화에서 전화가 왔습니다. 너뱅이굴에서 이도의 랜턴을 발견했다고요. 그곳은 한 달 전 연구회에서 1차 탐사를 갔던 곳이죠. 회원들의 말에 의하면 굴 입구를 막았던 커다란 돌이 밀려져 있었대요. 이상하게 생각했지만 그냥 들어갔답니다. 너뱅이굴은 850미터 고지대에 만들어진 함몰구 형태여서, 수직으로 7미터를 내려간 후 70도의 경사로 계속 내려갈 정도로 위험한 코스지요. 이도는 토요일에 봉화역에서 사람들과 합류하기로 했다는데, 오지 않아서 무슨 일인가 했답니다.

그는 수요일에 떠났어요. 이삼 일 월차를 내어 다녀온다고 하더군요. 오늘은 출근을 한다고 들었어요…….

그럼, 혼자서?

남자의 얼굴이 은종이가 구겨지듯 파삭 일그러진다. 그는 양복 주머니에서 담배를 꺼내어 입에 문다. 라이터를 갖다대는 손이 부자연스럽게 흔들린다.

이도는 미리 내려갔군요. 욕심이 많은 건 알고 있었지만, 이렇게 무모한 행동을 하리라고는……. 너뱅이굴은 막장이 발견되지도 않은 곳인데.

오늘은 월요일이다. 오늘은……. 그리고 이도는 아직 돌아오지 않고 있다. 남자의 눈길을 비켜 느리게 헤엄을 치고 있는 금붕어를 쫓는다. 머릿속으로 물고기의 숫자를 세기 시작한다. 하나, 둘, 셋…… 열둘을 세는데 남자가 일어선다. 시계를 들여다보고 그는 곤혹스러운 표정을 짓는다. 나를 바라보는 눈길에 안쓰러움이 가득하다. 걸음이 흔들리지 않도록 등을 꼿꼿이 세운 채 지하 계단을 올라간다. 등 뒤에서 친구의 긴 한숨이 터져나온다. 무슨 연락이 있으면 알려드릴게요. 지금도 그곳 119와 회원들이 수색을 하고 있으니 곧 소식이……. 남자는 급히 말을 삼키고 고개를 꾸벅 숙인다. 갑자기 급한 볼일이 생긴 듯 허둥지둥 걸어간다. 나는 몸을 간신히 지탱하고 걸음을 옮긴다. 저기요. 건물을 향해 걸어가는 등 뒤로 어떤 목소리가 다가온다. 네? 고개를 돌리니 주저하는 미소를 머금은 얼굴이 가까이 있다. 좀 전에 내가 상담을 한 여자다. 입술에 거스러미가 일고 불안하게 눈동자를 굴리던 그 여자다. 제가 어디를 가야 하거든요. 그래서 계약한 걸 취소했으면 해서……. 여자는 우물거리는 음성으로 느리게 말을 잇는다. 그러세요. 지금 올라가셔서 취소하세요. 영수증 가지고 있지요? 몸을 돌리다 머리를 갸우뚱한다. 마사지 받은 지가 언젠데 아직 이곳에 있을까. 고개를 돌려 여자를 바라본다. 여자는 제일신탁이 바라보이는 가로수에 다가가 머리를 기댄다. 곧 깊은 생각에 잠기며 두 눈이 가라앉는다. 여자를 한동안 지켜보다 다리를 끌고 건물 안으로 들어간다.

사무실은 나갈 때보다 뒤숭숭하다. 김 국장은 보이지 않는다. 강 부장의 모습도 없다. 등으로 더운 기운이 몰려온다. 힘들게 걸어가 룸의 손잡이를 돌린다. 창 쪽의 가까운 침대에서 강 부장이 고객의 얼굴을 만지고 있다. 그녀의 분홍색 가운이 리듬을 타며 흔들린다. 미스 장이 고객에게 마사지를 막 끝내고 스팀 타월을 덮고 있다. 나를 보자 미스 장은 어떤 얼굴인가 궁금하다는 듯 흘깃거린다. 평소와 다른 내가 아무래도 이상한 모양이다. 행거로 다가가 웃옷을 벗고 가운을 걸친다. 주저앉을 것 같아서 허리에 힘을 주며 등을 편다. 내가 가까이 다가가자 미스 장은 기다렸다는 듯이 입을 연다. 부장님, 아까 그 여자 보셨지요? 은행 앞에 서 있던 여자. 내가 고개를 끄덕이자 미스 장의 목소리가 더 은밀해진다. 가출한 여자 같지 않아요? 미스 장은 탐정처럼 고개를 끄덕이며 스팀 타월로 얼굴의 크림을 닦아낸다. 퍼프에 가득 스킨을 묻혀 여자의 얼굴에 바르며 그녀는 계속 종알거린다. 아무래도 수상해. 나는 누워 있는 고객에게 가까이 다가가 손으로 얼굴을 만져본다. 50대 후반의 여자는 다섯 달 이상 관리를 받았는데도 별다른 변화가 없다. 내게 왔을 때 이미 피부가 노화단계로 접어들어 있었다. 피부도 많이 늘어져 있고, 수분 공급이 제때 이루어지지 않아 탄력을 잃은 상태였으며, 얼굴이 트고 갈라져 있었다. 나는 여자에게 묻는다. 혹시 밀실 공포증이 있으세요? 반쯤 잠이 든 여자는 웅얼거리며 손가락을 허공에 내젓는다. 석고 팩은 눈과 입을 모두 가리기 때문에 밀실 공포증이 있는 사람이 해서는 안 된다. 마치 동굴에 들어와 있는 것처럼 답답하고 심하면 불안감을 느낄 수도 있다. 나는 미스 장에게 석고 팩을 할 테니 준비하라고 말한다. 미스 장은 석고 가루와 거즈, 고무 그릇과 스푼을 가지고 온다. 나는 스킨과 로션을 바른 상태인 여자의 얼굴을 손바닥으로 톡톡 두드린다. 잘 스며들기를 기다린 다음, 영양 크림을 듬뿍 바르고 같은 동작으로 피부를 두드린다. 화이트 앰플의 뚜껑을 열어 내용물을 얼굴에 쏟아 붓듯이 아끼지 않고 바른다. 그리고 에센스 액이 묻어 있는 얇은 거즈를 얼굴에 붙인다. 미스 장은 옆에 서서 진지한 눈으로 보고 있다. 석고가 묻어서는 안 되기 때문에, 여자의 눈썹과 입술에 패드를 올려놓는다. 거즈를 물에 꼭 짜서 얼굴부터 시작해 목까지 잘 덮어준다. 그 상태에서 영양 크림을 또 한 번 얼굴에 골고루 바른다. 다시 크림을 발라야 석고가 마르는 동안 떠버리지 않는다. 그리고 석고가 피부에 닿지 않도록 하기 위한 이유도 있다. 돌아서서 깨끗한 종이 위에 석고 분말 500그램 정도를 준비하고, 고무 그릇에 물을 넣는다. 준비된 물에 석고를 골고루 부어 넣고, 잠시 기다린다. 석고가 충분히 물을 빨아먹고 난 후에 천천히 저어가며 잘 갠다. 나는 충분히 개어진 석고를 미스 장에게 고객의 얼굴에 바르라고 말한다. 미스 장은 스푼으로 석고를 이마, 볼, 턱 주위에 떠놓고 펴 바르기 시작한다. 나는 미스 장이 하는 양을 지켜본다. 미스 장은 석고를 여자의 코와 인중 등 굴곡이 진 부분에 바르고 있다. 나는 그녀에게 석고 마스크가 1센티미터가 넘지 않도록 골고루 펴 바르라고 얘기한다. 얇은 부분은 내가 손으로 일일이 가리키며 다시 한 번 덧바르게 한다. 고객이 답답한지 어깨를 슬쩍 비튼다. 괜찮아요. 조금 있으면 석고가 열을 내면서 굳거든요. 20분쯤 지나면 떼어드릴게요. 여자는 알아들었는지 대꾸 없이 잠잠하다. 답답하니까 잠을 자기로 마음을 다잡은 모양이다.

　미스 장에게 뒷정리를 시키고 밖으로 나간다. 사무실 의자로 걸어가 앉는다. 몸살이 나려는지 식은땀이 연신 흘러내린다. 두통과 함께 몸도 덜덜 떨려오기 시작한다. 만일, 그가 돌아오지 않는다면……. 나는 맥없이 고개를 흔든다. 창 밖은 어스름이 다가오고 있다. 바람결에 나뭇잎이 우수수 떨어진다. 벌써 10월인 것이다. 꼭 이맘 때였다. 도서관 뒤편 무성한 수풀이 누렇게 말라가고 있을 때, 이도는 긴 계단을 내려와서 저벅저벅 걸어왔다. 혹시 동굴탐사 동아리에 나오지 않았어요? 그랬다. 일면 신기해 보이는 이름 때문에 호기심이 생겨, 친구와 어울려 그 동아리에 한번 가보기는 했다. 하지만 실제로 동굴 답사에 참여해야 한다는 말을 듣고 깨끗이 포기했던 곳이다. 그는 그곳에서 나를 보았던 모양이다. 등 뒤로 땅거미가 다가왔다. 그는 학교 앞, 카페에서 우리들에게 동굴 사진을 보여주었다. 친구의 감탄에 고개를 숙여 그것들을 들여다보았다. 내 눈에는 모든 굴들이 엇비슷하게 보였다. 그는 한 사진을 가리켰다. 이곳이 단양에 있는 노동 동굴이에요. 어떤 졸업한 선배가 동아리 방에 찾아와 이런 얘기를 하더군요. 자신이 우연한 기회에 그 동굴 탐사에 참여한 적이 있었대요. 아직 사람들에게 개방되기 전이었죠. 그곳엔 태초의 컴컴함이 똬리를 틀고 있더래요. 마치 누군가 자신의 머리카락을 움켜잡고 어둠 속으로 용을 쓰며 끌어당기더랍니다. 선배는 깊은 못에 빠지는 사람 모양 허우적거렸답니다. 저도 그런 어둠을 보고 싶어요. 그의 눈이 반짝 빛났다. 나는 그에게서 오래 눈을 떼지 못했던 것 같았다.

사람들이 빠져나간 사무실은 이 빠진 빗처럼 성글다. 김 국장은 남편과 저녁 약속이 있는 듯 서둘러 나갔고, 강 부장도 한 시간 전에 마무리를 짓고 떠났다. 나는 미스 장을 불러 먼저 퇴근하라고 이른다. 미스 장은 거울 앞에서 머리를 빗다가 구두 소리를 내며 다가온다. 안 가세요? 더 이상 올 고객도 없잖아요. 몸도 안 좋으신 것 같은데. 미스 장은 창가의 캐비닛에 다가가 화장품 샘플을 집어 든다. 몸을 돌리던 그녀가 밖을 보며 소리를 지른다. 부장님! 은행 앞에 그 여자 아직도 서 있어요. 정말, 집 나온 여잔가 봐요. 계약도 취소하더니만. 미스 장이 쩝 소리를 내며 머리를 설레설레 흔든다. 창으로 다가가 거리를 내려다본다. 셔터가 내려진 건물 앞 가로수에 여자가 상체를 기대고 서 있다. 네온사인이 번쩍이며 여자의 얼굴을 할퀴고 지나간다. 미스 장이 종알거리며 가방을 꾸리는 동안, 나는 여자의 모습을 가만히 내려다본다. 여자는 밤거리에 깃발처럼 꽂혀 있다. 온종일 누구를 기다리는 걸까. 아니면 미스 장 말대로 집 나온 여잘까. 여자의 머리를 펄럭이고 지나가는 밤바람이 차갑게 느껴져 나도 모르게 몸이 떨려온다. 팔 년 동안 나는 이도의 무엇과 만나왔던 것일까. 나는 저 낯선 여자보다 더, 그를 잘 안다고 말할 수 있을까. 그와 나 사이에 또 얼마나 깊은 동굴이 가로막고 있는 것인가. 끊임없이 길을 떠나는 그를 탐탁치 않아 했을 뿐 한 번이라도 그를 이해하려고 노력하지 않았다. 신발장 위 그의 머리카락이 불쑥 떠오른다. 이도의 등산화가 쿵쿵 울리며 멀어져갔었다. 바람이 덜컹거리며 유리를 흔들고 지나간다.

사무실에는 나와 한 명의 수습사원만이 남아 있다. 나는 무심한 눈으로 화장을 고치고 있는 수습사원을 바라본다. 그녀는 검은 머리를 틀어 올려 핀으로 고정시킨다. 책상 위로 립 팔레트와 아이섀도 등 화장 도구들이 잔뜩 어질러져 있다. 그녀는 경쾌하게 손놀림을 하면서 사이사이 콧노래를 흥얼거린다. 머리를 다시 한 번 매만지고 의자를 밀며 자리에서 일어선다. 그녀는 룸으로 들어가 흰색 가운을 벗고 겨자색 블라우스와 랩 스커트 차림새로 걸어 나온다. 그새 향수를 뿌렸는지 코코 샤넬이 실내에 맵싸하게 번져간다. 그녀가 인사를 하고 총총히 사라지자 넓은 사무실에는 나만 덩그마니 남는다. 강 부장의 책상에 놓인 전화가 울리기 시작한다. 한 번, 두 번, 세 번…… 전화는 열 번을 울리다 끊어진다. 유리창으로 걸어가 창문을 모조리 걸어 잠근다. 다리가 후들거려 책상 모서리에 손을 짚고 한참을 서 있는다. 다시 누군가의 책상에 놓인 전화벨이 요란하게 울리다 제풀에 끊어진다. 신경이 바스러질 것 같아 수화기를 집으러 갈 엄두도 나지 않는다. 출입문을 잠그고, 사무실의 형광등을 모두 끄고 의자에 주저앉는다. 차도를 구르는 자동차들의 바퀴 소리와 급정거하는 마찰음이 희미하게 들려온다. 후들후들 떨리는 손으로 어깨를 움켜쥔다. 창으로 거리의 네온사인과 불빛이 쏟아져 들어와 사방이 어슴푸레하게 떠 있다. 이도가 찾는 어둠은 어디에도 없다. 천천히 일어나 마사지 룸으로 들어간다. 갑자기 환한 불빛 때문에 두 눈이 시큰거린다. 벽에 걸려 있는 전신 거울에 무심코 눈이 부딪힌다. 피부가 퍼렇다. 내 눈이 검게 번들거린다.

어둠은 사람을 홀리게 하지…… 심연이라고 하더라, 깊은 못…… 나는 꼭 보고 싶다.

이도의 목소리가 아득히 울린다. 캐비닛을 열어 석고 가루와 종이, 고무 그릇을 꺼낸다. 물에 석고를 부어 넣고 천천히 젓는다. 그릇에 석고를 잘 개어, 침대로 가지고 올라가 눕는다. 가운 주머니에 있던 핸드폰이 퉁 하고 바닥으로 떨어져 내린다. 배 위에 석고가 담긴 그릇을 올려놓고 눈과 입에 패드를 놓는다. 더듬 거리며 얼굴에 짓이겨진 덩어리를 바르기 시작한다. 석고가 열을 내고 굳으며 피부에 단단히 둘러붙는다. 고개가 무거워지며 움직일 수조차 없다. 점점 숨이 가빠온다. 눈을 떠보려고 해도 잘되지 않는다. 사방이 온통 칠흑이다. 콜타르 같은 어둠의 입자들이 끈끈하게 얼굴을 죄여온다. 심장이 빠르게 뛴다. 매캐한 석회 냄새가 코를 찌른다. 뚝뚝 석회수가 종유석을 타고 떨어지는 소리도 들리는 것 같다. 이제 내게도 깊은 어둠이 몰려올 것인가.

임정연 1967년 전남 영암에서 태어났으며, 평택대학교 사회복지학과를 졸업했다. 2003년 〈서울신문〉 신춘문예에 단편소설이 당선되면서 등단했다.

최옥정

WANTED

"내 방은 잘 있나요?" 뺨을 갈기듯 차지게 달라붙는 목소리에 놀라 상체를 벌떡 일으켰다. 나는 대답 대신 자명종을 확인한다. 12시 40분. 젠장. 겨우 잠들었는데. 집주인 행세도 이쯤이면 재수 없다. 앞으로 쏟아지는 머리카락을 귀 뒤로 넘기며 호흡을 고른다. "망가뜨린 물건도 없고 집도 잘 관리하고 있으니 걱정 말아요." 쏘아붙이고 만다. 어쩔 수 없이 짜증 섞인 목소리다. 이 시간의 방문은 상대가 누구든 달갑지 않다. 비록 전화일망정. 사실 나는 청소를 열심히 하는 편은 못된다. 진공청소기 소리를 끔찍이 싫어하

갖다놓고 쓰레기나 빨랫감도 그때그때 치워서 청소할 거리를 만들지 않는 전략을 쓴다. 여자는 내가 어떤 사람인지 누구보다 잘 알 것이다. 한 달을 같이 살지 않았는가. "다른 용건이 있는 건 아니죠? 자다 깼거든요." 아무 대답도 없다. 더 할 말이 없으면, 나는 전화를 끊겠다는 뜻으로 대화를 정리했다. 잠깐만요. 잠깐만 전화 끊지 말아요. 여자의 목소리는 수화기를 빠져나와 스탠드 불빛에 희미하게 드러난 방으로 울렸다. 갈급하게 그 말을 뱉어놓고도 여자는 내내 침묵이다. 주위는 지나치게 고요하다. 어둠 속에서는 사물의 존재가 더 뚜렷하다. 이부자리와 책상으로 쓰는 낮은 테이블 말고

"내 방은 잘 있나요?"

뺨을 갈기듯 차지게 달라붙는 목소리에 놀라 상체를 벌떡 일으켰다. 나는 대답 대신 자명종을 확인한다. 12시 40분. 젠장, 겨우 잠들었는데. 집주인 행세도 이쯤이면 재수 없다. 앞으로 쏟아지는 머리카락을 귀 뒤로 넘기며 호흡을 고른다.

"망가뜨린 물건도 없고 집도 잘 관리하고 있으니 걱정 말아요."

쏘아붙이고 만다. 어쩔 수 없이 짜증 섞인 목소리다. 이 시간의 방문은 상대가 누구든 달갑지 않다. 비록 전화일망정. 사실 나는 청소를 열심히 하는 편은 못 된다. 진공청소기 소리를 끔찍이 싫어하는 데다 걸레 들고 닦는 건 더더욱 질색이다. 그래서 쓴 물건은 제자리에 갖다놓고 쓰레기나 빨랫감도 그때그때 치워서 청소할 거리를 만들지 않는 전략을 쓴다. 여자는 내가 어떤 사람인지 누구보다 잘 알 것이다. 한 달을 같이 살지 않았는가.

"다른 용건이 있는 건 아니죠? 자다 깼거든요."

아무 대답도 없다. 더 할 말이 없으면. 나는 전화를 끊겠다는 뜻으로 대화를 정리했다. 잠깐만요. 잠깐만 전화 끊지 말아요. 여자의 목소리는 수화기를 빠져나와 스탠드 불빛에 희미하게 드러난 방으로 울렸다. 갈급하게 그 말을 뱉어놓고도 여자는 내내 침묵이다. 주위는 지나치게 고요하다. 어둠 속에서는 사물의 존재가 더 뚜렷하다. 이부자리와 책상으로 쓰는 낮은 테이블 말고는 내 살림이 거의 없다. 이 집은 확실히 그녀의 것이다. 귀를 기울여보지만 전화 저편에서 다른 말은 들려오지 않았다. 한밤중에 자다 깨서 팔을 고인 채 말없는 수화기를 붙들고 있는 내 꼴이 우스웠다. 십 초, 이십 초쯤 더 들고 있다가 가만히 내려놓는다.

잠은 벌써 달아나버렸다. 눈을 감고 아무리 애를 써도 졸음은커녕 하품조차 나오지 않는다. 콘솔 위에 놓인 토분을 가져다 머리맡에 놓았다. 이 터키도라지꽃은 매일 새 물로 갈아주는 걸 좋아해요. 떠나던 날 여자는 하얀 꽃잎에 보라색 테두리가 들어간 꽃을 식탁 위에 올려놓으며 말했다. 나한테 꽃 이름 가르쳐주지 말아요. 이름을 알게 되면 더 신경을 쓰게 되니까. 물만 잘 주면 되지 굳이 이름까지 알 필요는 없었다. 이 꽃의 기운이 몸을 따뜻하게 하고 마음을 풀어주어 불면증에 도움이 될 거예요. 밤에 잠을 잘 못 자는 것 같던데. 여자는 내 눈을 똑바로 겨누며 덧붙였다. 눈동자에 생선 아가미 모양의 실핏줄이 번져 있었다.

진정 내 불면증을 염려한다면 몇 시간 뒤에 출근할 사람의 잠을 깨우는 짓은 하지 말았어야 했다. 불면증 치료의 제1원칙은 매일 일정한 시간에 자고 일정한 시간에 일어나는 것이다. 의사의 지시사항을 지킬 수 없게 만드는 일이 도처에 도사리고 있다. 끝내 잠이 안 오면 아침까지의 긴 시간을 어째야 하지. 왜 밤중에 전화를 걸어서 집의 안부를 물을 수도 있다고 광고란에 써놓지 그랬어. 나는 듣는 사람도 없는데 혼자 불퉁거렸다. 이게 웬 횡재냐며 덤벼들던 그때 일이 벌써 까마득하다. 그 당시 여자는 내게 구세주나 다름없었다. 남자친구가 원룸을 떠나달라고 말한 기한이 이 주일밖에 남지 않았을 때 그녀의 광고를 발견했다. 커피에 관한 정보를 주고받고 커피가 맛있는 집을 소개하는 다음카페 게시판에서였다. 커피전문점에서 초짜 바리스타로 아르바이트를 하던 중이라 참고할 게 많아 수시로 들락거리던 참이었다. 아이디가 마끼아또인 여자가 'WANTED'라는 제목의 글을 올렸다. 이탈리안 커피를 좋아하는 사람답게 마끼아또를 비롯한 진한 커피에 관한 리뷰를 몇 번 올린 적이 있는 여자였다. 커피전문점에서 직원을 구하는 모양이구나 싶었다. 심심풀이로 열어봤는데 아주 흥미로운 내용이 올라와 있었다.

WANTED

룸메이트를 구합니다.

다음달에 몇 달 예정의 여행을 떠나요. 그동안 우편물을 받아주고 화분에 물 줄 사람이 필요해요. 부엌과 방 두 개, 마당이 달린 초록색 대문 집입니다. 시디와 책, 조리기구, 텔레비전을 맘대로 쓸 수 있어요. 자전거와 인라인스케이트도 있구요. 가끔 고양이가 울지만 조용한 편입니다.
보증금 200만 원에 월세 20만 원. 전화주세요. 029547843

아예 사적인 편지에 가까운 광고였다. 절친한 친구에게처럼 시
시콜콜한 정보까지 알려주었다. 나는 당장 전화를 걸었다. 여자
는 한번 와서 집을 보고 결정하라고 말했다. 스타카토로 끊어지
는 건조한 목소리. 사무적이라기보다 상대에게 여지를 주지 않
는 말투였다. 별 기대 없이 순전히 절박감에서 여자의 집을 방문
했다.

여자는 키가 작고 말이 없어 보이는 인상이었다. 집은 햇볕이
정면으로 들이치는 남향이었다. 대문 옆의 목련나무와 오동나무
는 그 아래에다 의자를 갖다 놓고 낮잠을 자도 좋을 만큼 그늘이
깊었다. 마당도 꽤 넓었다. 집 안은 깨끗했고 무엇 하나 부족한
것 없이 다 구비되어 있었다. 가재도구가 이리저리 채이며 널려
있는 원룸과는 비교도 되지 않았다. 부엌의 식기조차 기호에 맞
게 하나하나 사들인 도자기들이었다. 나는 소지품과 옷만 챙겨
오면 되었다. 방도 썩 마음에 들었다. 여자가 마음을 바꿔 세를
놓지 않겠다고 할까 봐 겁이 날 정도였다. 방 한쪽에 옷을 걸 수
있는 행거, 텔레비전과 비디오, 화장대로 쓸 콘솔까지 갖춰져 있
었다. 현관에 들어서면 바로 거실 역할을 하는 마루가 건넌방 앞
의 부엌까지 이어졌다. 내가 쓸 예정인 방은 그 집의 안방에 해당
했다. 마당을 향해 커다란 창이 있어서 문을 열면 바로 대문과 목
련이 눈에 들어왔다. 오후의 햇살이 겨자색 커튼을 뚫고 들어와
방을 노랗게 물들였다. 안방은 여자가 쓰고 내게 건넌방을 줄 것

으로 예상했던 나는 조금 의아했다.

집 안을 한 바퀴 돌아보는데 이상한 느낌이 들었다. 뭐랄까. 방금 전까지 이곳에서 누군가 잠을 자고 밥을 먹다가 방문객이 있다는 말을 듣고 후닥닥 치운 느낌이랄까. 절로 고개를 돌려 외면하고 싶어졌다. 갑작스레 내장을 들어내 아직 눈을 껌벅이고 있는 짐승을 본 것처럼. 방에 살림살이가 있어서 그런가. 나는 곧 기분을 바꿨다. 내가 지금 그딴 거 따질 처지야. 그 돈으로 이만한 집을 어디서 얻겠는가. 보증금 이백만 원으로는 고시원밖에 갈 곳이 없다. 거실 유리창 앞에는 여러 개의 화분이 줄맞춰 햇볕을 받고 있었다. 화초마다 관리방법이 꼼꼼히 적힌 이름표가 달려 있었다. '품명: 파비안, 관수: 4, 5일마다 화분에다 물을 충분히, 관리방법: 5일에 한번 스프레이, 햇빛 잘 드는 곳에 둘 것.' 줄기는 회초리처럼 가늘고 이파리가 쑥처럼 생긴 관상수 이름이 서양여자처럼 파비안이었다. 여자는 등 뒤에서 내가 하는 양을 지켜보았다. 내가 방을 보고 결정하는 게 아니라 여자가 나를 보고 입주 여부를 정하는 것 같았다. 뜻밖에 여자는 선선했다. 별 까탈을 부리지 않고 광고에 나와 있는 내용을 다시 한 번 주지시키는 것으로 계약을 맺었다.

번역을 한다는 여자는 주로 집에서 일을 했다. 외출하는 일도 드물었다. 밤늦게 집에 들어오다가 식탁에 앉아 맥주를 마시고 있는 여자와 몇 번 마주친 적이 있었다. 힐끗 나를 한번 올려다보고 목례를 하면 그만이었다. 말을 건넬 틈도 없이 맥주병을 들고 자기 방으로 들어가버렸다. 그런 성격의 소유자가 자신의 책이나 시디를 쓸 수 있도록 허용한 건 의외였다. 여자는 자신의 방문을 잠그지 않았다. 책과 시디를 활용하기 위해서는 아무 때나 드나들어야 하니까 당연했다. 그것은 광고의 내용이기도 했고 같이 사는 동안 여자가 내게 충분히 알려준 바이기도 하다. 시디 칸 두 번째 줄 중간쯤에 있는 시디 한번 들어볼래요? 언젠가 그녀가 외출하려다 마루에서 기지개를 켜는 나한테 한 말이다. 내 방과 대조적으로 여자의 방은 단출했다. 책꽂이를 빼면 두 개의 커다란 여행용 가방과 붙박이장뿐이었다. 일용근로자들의 임시숙소나 창고 같았다. 게다가 창문이 옆집 벽을 향해 있어서 밖이 전혀 보이지 않고 볕도 잘 들지 않았다. 시디꽂이에 반쯤 빼놓은 시디가 한 장 있었다. 그 '시그문트 그로븐'의 하모니카 연주곡은 요즘도 가끔 듣곤 한다.

함께 살기 시작한 지 한 달이 조금 넘어 여자는 캐나다로 떠났다. 부모가 거기 살아서 자주 왔다갔다하는 모양이었다. 언제 돌아올지 몰라도 여자가 없는 동안 이 집은 내 집이나 마찬가지다. 여자가 월세를 입금하라고 알려준 통장의 예금주는 다른 사람이었다. 아무려나 그건 내가 상관할 바가 아니었다. 여자는 떠난 지 꼭 한 달 만에 전화를 걸어온 것이다. 한밤중에 특별한 용건도 없이.

그 전화는 시작에 불과했다. 여자는 이따금 전화를 걸어왔다. 언제나 깊은 밤이었고 그때마다 집이 잘 있는지 물었다. 나는 아무 염려 말라고 뻔한 대답을 했다. 그러면 여자는 잠시 뜸을 들이다 주변에서 일어난 일을 얘기했다. 특별히 피곤하다거나 졸리지 않으면 그냥 들어주었다. 인색함을 거두고 생각해보면 이해 못할 것도 없다. 그곳은 아침일 테니 잠자리에서 일어나자마자 갑자기 고향 생각이 났고 세입자가 집은 제대로 쓰고 있는지 궁금했을 수도 있다. 그렇다 해도 밤중에 자다 깨서 친하지도 않은 사람의 하소연을 들어주다니, 나도 참 많이 변했다. 옛날 같으면 당장 계약을 파기해도 상관없으니 이따위 전화하지 말라고 소리 질렀을 것이다. 여자한테는 그런 면이 있었다. 너무 태연하게 밀고 들어와서 상대로 하여금 멈칫거리다 거부의사 표현하는 걸 잊게 만든다. 하긴 이 집에 이사 온 후로 그럭저럭 잠을 잘 잤다. 하루 열 잔 넘게 마시던 커피도 다섯 잔으로 줄여가고 있다. 그나마 다행인 건 그녀의 전화를 끊고 낯선 곳에서의 생활은 이떤 것일까 이런저런 상상을 하다가 어느새 잠든 적이 많다는 점이다.

"쇼핑센터 가는 길에 공사장이 있거든요. 콘도를 짓는다는데 공사현장 주변을 거대한 나무 벽으로 둘러쳐 놓았어요. 나무 벽에 가로세로 삼십 센티 크기의 구멍이 두 개 뚫려 있는데……. 지나가던 사람들은 걸음을 멈추고 그 구멍으로 공사현장을 들여다봐요. 지금은 기반다지기가 한창이라 지하 5층 정도의 깊이로 땅이 파헤쳐 있어요. 토론토 사람들은 옛 건물을 부수고 다시 짓는 게 아니라 그대로 리노베이션을 해요. 역사가 짧은 나라라서 그런지 불과 오륙십 년 된 건물도 문화재 취급하죠. 공사장의 구멍을 볼 때마다 건축주의 배려를 생각하곤 해요. 보통 사람들은 나무판자 뒤에 뭐가 있을까 하는 궁금증을 참기 힘들 테고, 나도 그렇거든요. 좁은 틈새나 작은 구멍으로 훔쳐보다가 사고가 나는 일이 종종 있다잖아요."

너무도 나른한 목소리여서 귓속말을 듣는 것 같았다. 누군가의 어깨에 머리를 기대고 속삭이는 듯한 말투였다. 이 말을 들어야 할 사람이 내가 아니라는 생각이 퍼뜩 스쳤다. 말투나 내용 모두 나를 향한 것이라기엔 지나치게 친밀했다. 이 방에는 내가 아닌 누군가가 있어서 그 사람이 여자의 근황을 들어주어야 하는 게 아닐까. 그런 건 금방 알아차릴 수 있다. 단어와 단어 사이의 공간은 그것을 전달하기에 충분했다. 전화선을 타고 수억만 리를 넘어 바다를 건너온 목소리는 주인을 찾지 못했다. 길을 잃은 것이다. 대놓고 그렇지 않느냐고 물어볼 수는 없었다. 희한하게도 내가 누군가를 대신하고 있다는 게 그닥 불쾌하지 않았다. 내게도 그 누군가가 있다면 아마 이렇게 말하겠지. 나는 속으로 그녀를 흉내 내본다.

오늘 무슨 일이 있었는 줄 알아요? 아침 열 시까지 출근해서 가게 문을 열어야 하는데 그만 깜빡 잊고 열쇠를 집에 두고 출근한 거예요. 영업은 열한 시에 시작하지만 한 시간 일찍 가서 커피 머신 세팅도 해야 하고 청소도 해야 하거든요. 시간은 자꾸 가고 집에 왔다 가려면 한 시간 반이나 걸리는 상황이라 이것저것 생각할 겨를이 없었어요. 문득 정신을 차려보니 제가 담을 타넘고 있었어요. 주택을 개조한 카페라 담이 별로 높지 않거든요. 지나가던 사람이 도둑으로 오해를 해서 고래고래 소리를 지르는 바람에 할 수 없이 내려왔지만……. 그 아저씨가 열쇠집에 전화해서 열면 될 것을, 그러는 거예요. 난 왜 그 생각을 못했는지…….

내가 생각에 빠져 있는 동안에도 여자는 꽃들이 잘 있는지 화장실의 방향제를 교환할 때가 되지 않았는지 물었다. 터키도라지꽃은 벌써 시들었다. 관리방법대로 물을 주는데도 웬일인지 다른 화초들도 자꾸 시든다. 잎이 누렇게 마르고 비틀어졌다. 나는 머뭇거리고 빨리 대답을 못한다. 꼭 대답을 원하는 것 같지는 않았다. 정말 쓸데없는 질문이다. 내가 대충 둘러대도 확인할 수 없을뿐더러 그게 한밤중에 전화해서 챙겨야 할 일인가. 이쪽의 대답은 듣지도 않고 뜬금없는 질문을 거푸 들이대는 일에는 이제 익숙해졌다. 나는 이런 사람을 대하는 방법을 알고 있다고 생각했다. 지독히 사무적으로 묻는 말에만 대답하기. 그것이 대화를 엉뚱한 방향으로 흘러가지 않게 하는 방법이다. 물론, 감정이 전혀 섞이지 않은 어조로. 그래왔다. 적어도 지난번까지는.

"잘 지내나요?"

그런데 지금은 뭔가. 여자는 나의 안부를 묻고 있다. 처음이었다. 같이 살 때조차 여자는 내게 사적인 관심을 보이지 않았다. 그저 그렇다고 심심한 대답을 해주었다. 사실 오늘은 최악의 날이었다. 오후부터 열이 나면서 머리가 빠개지게 아팠다. 일찍 퇴근하려고 카페 주인한테 말했더니 웬만하면 다음 아르바이트생이 올 때까지 기다리라고 했다. 웬만하지 않았다. 몸에 열이 펄펄 끓어 내 정신이 아니었다. 게다가 손님은 평소보다 배는 많았다. 나중에는 어떻게 커피를 걸렀는지 기억도 안 난다.

좌석버스를 타고 오면서 밖을 내다보는데 눈물이 한 방울 툭 떨어졌다. 비가 그친 지 얼마 되지 않아 가로수 이파리 끝에서 뚝뚝 떨어지는 빗방울을 바라보고 있을 때였다. 전염이라도 된 듯 내 눈에서도 눈물이 방울방울 흘러내렸다. 다시는 이 버스를 타고 출근할 일이 없었으면 좋겠다는 생각을 했다. 이 일도 집어치울 때가 되었나. 가출과 무단결근, 행방불명에 대한 욕망은 좀체 수그러들지 않았다. 늘 내 속에서 나를 지켜보고 있다가 느닷없이 나타나 발을 걸어 넘어뜨렸다. 그때마다 핑계는 마련되어 있었다. 주인이 너무 인정머리가 없는 데다 거리는 멀고 미래도 암담해. 나는 가로수를 똑바로 쳐다보았다. 빗방울을 세는 일은 아무리 오래 해도 지루하지 않았다. 나뭇잎은 인공눈물을 넣은 눈처럼 구슬 같은 눈물을 한 알씩 떨구었다. 인공눈물이라는 데 생각이 미치자 거짓말처럼 내 눈에서 물기가 걷혔다.

버스에서 내려 집까지 오는 길은 멀고 멀었다. 몸을 질질 끌다시피 집에 들어와 이불 위로 몸을 던졌다. 누워서 생각했다. 누군가 수심이 가득한 얼굴로 나를 내려다보며 이마에 손을 얹고 많이 아프냐고 물어주었으면. 문득 깨달았다. 한 번도 다정한 남자와 사귀어본 적이 없었구나. 이래서 건강관리를 잘해야 한다. 몸이 아프면 마음도 함께 무너진다. 배가 몹시 고팠다. 속이 텅 비어 검은 비닐봉지처럼 바람에 흩날리며 허공을 떠도는 느낌을 즐겼다. 참으로 오랜만이었다. 그동안 줄곧 기름진 음식으로 배를 채웠고 늘 사람들 주위를 서성거렸으며 시간은 아르바이트와 계획으로 빈틈없이 채워져 있었다. 터엉 빈, 이런 시간을 그리워했던가. 어떤 순간이든 내 의지와 상관없이 주어졌었지. 그러다스르르 잠이 들었는데 여자의 전화가 온 것이다.

"당신이라도 그 집에서 행복해졌으면 좋겠어요."

역시 예민한 여자였다. 내 목소리에서 뭔가를 읽어낸 게 분명하다. 나는 대꾸하지 않았다. 행복이 그렇게 말로 주고받을 수 있는 건가. 내가 행복한지 아닌지 한 번도 생각해본 적이 없다. 왜 그런 짓을 해야 하는가. 이 세상에 행복이란 게 있기나 한가. 행복이란 애초에 사람들이 지어낸 조작된 개념이 아닐까. 입술이 바스러질 것처럼 건조하고 목도 마르다. 목줄기가 쩌르르하게 독한 술을 빈속에 흘려 넣고 싶은 충동을 느낀다. 발이 부르트도록 낯선 거리를 걷고 싶은 충동도. 이건 내가 뭔가를 잃었을 때 보이는 증상들이다. 잃었다면 무엇을.

앞이 안 보이도록 술을 마시고 밤거리를 헤맨 적이 있었다. 술을 너무 마시면 눈의 기능이 떨어질 수도 있다는 걸 알았다. 웅성거리는 소리는 들리는데 앞이 보이지 않았다. 사람들은 나를 노숙자쯤으로 알았는지 혀를 차며 지나갔다. 왜 집을 나왔는지 왜 전화 걸 사람이 아무도 없는지에 대한 기억도 시력과 함께 잃었다. 다음날 술이 깨고 눈앞이 부예지면서 앞이 보이기 시작했을 때에도 기억은 끝내 돌아오지 않았다. 나무 벤치의 차가운 감촉만 선명했다. 머지않아 그때처럼 남자도 없이 돈벌이도 못하고 홀로 거리를 헤매게 될는지도 모른다. 홈리스. 집이 없다는 말을 이보다 더 적나라하고 직접적으로 표현한 말이 또 있을까. 내 쪽의 침묵이 심상치 않음을 알아채고 여자는 화제를 바꿔 그곳의 날씨를 전한다.

"외투를 두 개나 껴입고 다녀요. 오리털 파카 챙겨오기를 잘했어요. 서울의 겨울이 너무 추워서 겨울만 되면 집에 틀어박혀 지냈는데 이곳은 더해요 한 블록만 가면 슈퍼가 있는데도 며칠째 냉장고 음식만 축내고 있어요. 나 엄마집에서 나왔어요. 너무 자주 옮겨 다니죠? 얼마나 버틸지 모르지만 지금은 혼자 지내요. 난 혼자 있는 거 죽도록 싫어하는데. 그래서 화분도 사 모으기 시작했어요. 혼자 있으면 밤에 자꾸 소리가 들렸어요. 옆에 있는 사람이 누구든지 꼭 껴안을 수밖에 없었어요. 우리 엄마는 어쩌자고 그 집에 애들만 남겨두고 떠날 생각을 했는지 몰라요."

여자의 목소리가 눅눅해졌다. 나는 대충 듣고 있던 전화기를 귀에 바짝 갖다댔다. 전화 끊을 타이밍을 놓쳤다. 이런 얘기를 하는 상대를 두고 전화를 끊을 만큼 냉정하지 못한 나를 나무란다. 그러나 어쩌란 말인가. 나도 모르는 새 그녀가 거기서 어떻게 살고 있는지 다 알게 되어버렸다. 심지어 이 집에서의 그녀 모습까지. 그래서 완전히 나 몰라라 할 수가 없다. 하마터면 내 쪽에서도 같이 살던 남자친구한테서 쫓겨나 이 집에 이사 오게 되었노라고 고백할 뻔했다. 여자와 얘기하는 동안 나는 새로운 사실을 깨달았다. 정말 놀랍게도 그를 까맣게 잊고 있었다. 한번쯤 분통을 터뜨리거나 원망할 만도 한데 그가 전혀 생각나지 않았다. 같이 살 때는 좋아한다고 믿었는데 헤어져보니 그와의 관계가 명료해졌다. 우리는 아무 사이도 아니었다. 그냥 같이 산 거였다. 그것이 더 편리하고 유익했으니까. 넌 왜 나랑 사니? 내가 옆에 있는 걸 알기나 하는 거야. 그는 느닷없이 소리를 질렀다. 뭘 바라는데. 집을 핑크색으로 꾸미고 같이 요리하고 종일 침대에서 뒹구는 것, 진작 말하지 그랬어. 그런 거라면 뭐가 어렵겠니? 나는 읽던 만화책으로 다시 눈을 돌렸다. 그게 아니잖아. 사람 참 치사하게 만든다, 너. 내 말은 옆에 있는 나를 좀 봐달란 말이야. 너 혼자 너무 잘 노는 것도 병이다. 만화책을 뺏어서 집어던지는 그에게 따졌다. 이게 뭐야. 부모랑 사는 거랑 하나도 다르지 않잖아. 추궁하고 몰아붙이고 왜 너도 나를 가두지 그러니? 나는 그냥 가만히 있고 싶을 뿐이야. 그에게는 그게 불가능한 일이었나 보다. 그가 데려온 비쩍 마르고 눈꼬리가 올라간 여자와는 어떻게 살까. 정말 나는 그를 잊은 걸까. 아르바이트하는 데서 잠자는 것보다 훨씬 편했지만 그게 같이 산 이유랄 수는 없었다.

"뜨끈한 북어국이 먹고 싶어요. 그 생각을 하다 전화했어요. 괜찮죠?"

여자는 나를 더 구석으로 몰아붙인다. 차라리 괜찮냐고 묻지를 말든지. 이제는 나도 힘이 빠져 그냥 끝까지 들어주자고 체념한다. 내가 왜 이런 역할을 떠맡아야 하지, 따위의 생각은 접어두기로 하자. 세상에 일어나지 못할 일이란 없다지 않는가. 담배연기를 한숨처럼 길게 뽑아내는 소리가 들렸다. 마치 내 앞에서 고개를 무릎에 파묻고 있는 여자를 본 것만 같다. 목련나무 사이에 몸을 말고 누운 고양이처럼. 내가 이사 온 뒤로는 고양이 소리를 듣지 못했다. 어쩌면 고양이 울음은 그녀의 환청이었는지도 모른다.

"당신은 요리를 잘 하나요? 나는 누군가 나만을 위해 만든 음식을 먹어본 지가 언젠지 몰라요. 음식점에서 만든 불특정다수를 위한 음식 말고 나 혼자를 위해 공들여 만든 음식 말이에요. 뜨거워서 혀를 데이고 간이 안 맞더라도……."

그러고 보니 여자가 음식 먹는 것을 별로 본 적이 없다. 요리를 하는 것은 더욱더. 갖가지 조리기구와 그릇을 사 모은 사람치고는 요리에 관심이 없었다. 주로 빵이나 김밥을 사다 먹었다. 음식 되게 맛없게 먹네. 핏줄이 도드라진 손가락으로 빵을 뜯어먹는 것을 보면서 생각했었다.

"나도 열심히 끼니를 챙기는 편은 아니에요. 배고픔을 해소하는 차원에서 뭔가를 먹죠."

"경복궁을 지나 삼청공원 쪽으로 걸어가다 보면 서울에서 두 번째로 맛있는 팥죽집이 있어요. 겨울에는 가끔 거기 가서 달지 않은 옛날 팥죽을 사먹었는데. 언제 한번 들러봐요."

"전화요금 아껴서 코리아타운에 가보지 그래요. 혹시 알아요? 그곳에도 팥죽집이 있을지."

야단치는 소리가 내 입에서 튀어나왔다. 너무 모질게 말했나. 짜증이 나긴 했다. 난데없는 음식타령에다 청승맞은 목소리까지. 그곳에서 뭐든 잘해보려는 생각 없이 시간과 돈만 낭비하는 어리광쟁이 여자한테 화가 났다. 불필요한 감정이다. 몸만 아프지 않았어도 이토록 과잉반응을 하지는 않았을 텐데. 나는 이렇게 마음의 평정을 잃은 상태가 싫다. 여자는 뭔가를 한참 생각하더니 잘 자라면서 전화를 끊었다. 빈 수화기를 들고 어둠 속에 앉아 있는 내가 뚜렷이 인식되었다. 뭔가 나를 비껴간 기분이다. 내 숨소리가 방 안을 울렸다. 내가 여태 혼자 살고 있었구나. 갑자기 집이 너무 커 보였다. 다음에는 제발 밤중에 전화해서 잠 깨우지 말라고 꼭 말해야겠다. 여자는 마치 내 결심을 알고 있기라도 한 듯 전화를 걸어오지 않았다. 나는 자연스레 여자를 잊고 지냈다. 여기저기 일자리를 알아보느라고 다른 생각을 할 틈도 없었다. 그 일은 항상 사람의 진을 뺀다. 녹초가 되어 쓰러져 잠드는 날이 많았다.

빗소리를 뚫고 전화벨이 울린다. 전화벨 소리인지, 물 끓는 소리인지, 비바람 소리인지, 아니면 그 모든 게 뒤섞인 소리인지 모호하다. 꽃잎이 죄다 떨어져 발에 밟혔다. 빗소리는 점점 커졌다. 짓이겨진 꽃잎에서는 빗물 냄새가 났다. 그래서 내가 꽃 키우기 싫다고 했잖아! 나는 소리를 지르다 깼다. 전화벨은 기다리고 있었다는 듯 목청을 돋운다. 술에 취한 남자는 여자 이름을 불렀다. 정수연. 낯선 목소리의 남자가 그녀를 찾기 전까지는 정말 여자를 까맣게 잊고 있었다. 그건 내 주특기다. 지난 일은 바로바로 완전히 잊는다. 삭제키를 누른 듯. 나는 그에게 정수연은 지금 여기 없다고 알려주었다.

"그 여자가 그렇게 말하라고 하던가요?"

남자는 느슨해지려는 끈을 잡아채듯 말을 받았다. 그게 아니라 서울을 떠나 외국에 갔다고 구체적으로 말했다. 그는 조금 놀라면서 그게 사실이냐고 되물었다. 그렇다고 대답하고 전화를 끊으려는 찰나 남자가 다급한 소리로 불렀다. 잠깐만요. 제발 전화 끊지 마세요. 남자는 울먹였다. 뭔가 섬뜩한 기운이 등을 타고 내려갔다. 이 남녀가 대체 왜들 이러는 거야. 짜기라도 한 것처럼 번갈아 전화를 걸어 밤잠을 설치게 하니 미칠 노릇이었다. 남자는 그 집을 떠났을 리가 없는데, 라고 힘없이 되뇌었다. 그만 전화 끊겠어요. 내 목소리는 차갑고 퉁명스러웠다. 너무 늦었죠. 그는 신호음을 남기고 전화 저쪽으로 사라졌다. 온몸이 비에 젖은 것처럼 꿉꿉하고 무거웠다. 잠시 후 대문 두드리는 소리가 들렸다. 난폭직으로 철제대문이 흔들리는 소리가 들렸지만 나는 이불을 뒤집어쓰고 꼼짝도 하지 않았다. 초인종이 울렸다. 한 번 두 번 세 번…… 절대 포기하지 않겠다는 듯 연거푸 울려댔다. 공포감을 이기지 못해 나는 문에서 멀리 떨어진 벽에 몸을 붙였다. 꿈속에서도 벨소리를 들었다. 그 소리가 꿈까지 따라왔을까. 어쩌면 그것은 환청이었는지 모른다.

다음날 그는 다시 전화를 걸어왔다. 술이 취하지 않아서인지 소심하고 조용한 말씨였다. 어제는 죄송했어요. 찾을 물건이 있어서 전화를 했는데 엉뚱한 사람이 전화를 받아서 놀랐어요. 책꽂이 아래서랍에 하모니카가 있는데 언제 그걸 찾으러 갈게요. 하지만 남자는 찾아오지도, 더는 전화를 하지도 않았다. 맨 위 서랍에는 오래된 잡동사니가 가득 들어 있었다. 구겨지고 변색된 사진들, 새총, 병뚜껑, 떨어진 단추. 그리고 그의 말대로 귀퉁이가 우그러진 낡은 하모니카가 서랍 안쪽에 있었다. 나는 하모니카 아래에 깔려 있는 사진 한 장을 집어 들었다. 네댓 살 된 여자애와 돌이 갓 지난 남자애가 큰 목욕통에서 물장난을 하는 사진이었다. 여자는 정수연일까. 알 수 없었다. 한때는 그녀도 이 집에서 행복한 시절을 보냈겠지.

나는 내내 남자의 목소리를 떠올렸다. 여자는 이 집에 안 오는 게 아니라 못 오는 게 아닐까. 내가 알지 못하는 무엇이 있다는 느낌을 떨쳐버릴 수 없었다. 왠지 여자가 얼마 안 있어 전화를 할 것만 같았다. 내게 할 말이 있을 거라는 예감이 들었다. 불길한 예감일수록 잘 들어맞는다. 여자의 전화는 어김없이 새벽 한 시가 넘어 걸려왔다. 한 달씩이나 전화를 하지 않다가 옆에서 지켜본 것처럼 남자가 전화를 하자마자 연락을 해오다니. 기가 막혔다. 나는 여자한테 따졌다. 자꾸 이런 식이면 계약을 파기할 것이며 일방적으로 전화선을 뽑아버리겠다고 소리쳤다. 여자는 미안하다는 말만 거듭했다. 상황이 뒤바뀐 것 같았다. 결코 큰소리칠 형편이 아닌데도 나는 당당했고 여자는 사정을 했다. 그러면서도 꽃들은 잘 자라냐고 빠뜨리지 않고 물었다. 죽이지 말고 잘 키우세요. 여자의 잦아들어가는 목소리에 일말의 죄책감을 느꼈다. 화분 열심히 돌보고 있으니 걱정 말라고 다소 누그러진 목소리로 대답해주었다.

"당신이 만든 커피를 마시고 싶군요. 우리 동네 커피숍에 가면 바리스타가 뽑은 커피 맛있게 먹고 꼭 고맙다고 인사해요. 세심한 주의를 기울여 한 잔의 에스프레소를 만들 당신 생각이 나서요."

"에스프레소나 마끼아또 같은 진한 커피를 마실 때는 리치한 맛의 티라미스 케이크를 드세요……. 거기서 뭐해요? 돌아오겠다고 말한 시간이 다 돼가잖아요."

나는 그녀의 안부를 묻고 있다. 내가 어떻게 반응하든 여자가 발끈하지 않으니까 나까지 긴장이 풀렸다. 갑자기 그녀가 친근하게 느껴지기조차 했다. 마음을 종잡을 수가 없다.

"사실 아무 생각 없이 살아요. 그러려고 여기 왔는걸요. 외국에 있으면 그 시간 동안 인생이 유보되고 있는 것 같은 착각에 빠져요."

"나도 새 일자리를 찾고 있어요. 바리스타라고 해봤자 서빙하는 아르바이트생하고 월급이 비슷하거든요. 먹고살기도 빠듯해요. 나중에 이사 가려면 돈을 모아야 하는데. 새로운 일을 시작하고 싶어요. 아직도 직업을 바꾸면 새로운 인생이 시작될 거라고 믿고 있어요."

"당신한테는 인생이 무척 선명한 것 같아요. 집에 있는 조리기구로 맛있는 거 많이 만들어 먹어요. 그러고 싶었는데 별로 그러지 못했어요. 여기선 더 안 되고……. 빌트인 가구가 있는 아파트에 가방 하나 달랑 챙겨왔거든요. 학교에 다니게 될지 몰라요,

내년에는. 당신한테는 기쁜 소식이 되겠군요. 여기 있어도 그 곳
에 내 집이 있으니까 이곳이 내가 있을 곳이라는 생각이 영 안 들
어요."

여자한테 전화를 걸어온 남자에 대해 얘기를 할까 말까 망설이
다 그만두었다. 무언가 더 복잡해질 거라는 예감이 들었다. 혹시
그 말이 듣고 싶어서 여자가 내게 전화를 건 거라면 나는 그녀를
배반한 셈이다.

네거리에서 오른쪽으로 20미터쯤 올라가면 퓨전 중국요리집
이 있고 바로 옆이 카페라고 했다. 건물 전체에 흰 칠을 한 중국
집이 보였다. 목을 빼고 옆 건물의 간판을 찾았다. '비탈'. 언덕
위 카센터에서 카페로 내려오는 길은 비탈이라고 부르기엔 경사
가 별로 없었다. 어쨌거나 카페 '비탈'을 찾기는 어렵지 않았다.
외벽에 회칠을 한 유럽풍의 고풍스런 카페였다. 아슬아슬하고
가파른 비탈의 이미지와는 사뭇 거리가 있었다. 문을 밀자 나무
문에 매달린 청동 재질의 종이 요란한 소리를 냈다. 창가 자리에
앉아 남자에게 전화를 걸었다. 아, 네. 그는 사무실이 카페에서
일분 거리에 있다는 말로 통화를 줄였다. 황갈색의 빳빳한 종이
봉투를 탁자 위에 올려놓았다. 용건을 전달할 시간을 줄이기 위
해서다. 이것만 전하면 내 일은 끝난다. 이깟 소포 하나쯤 택배로
보내면 간단할 것을 여자는 직접 전해달라고 부탁했다. 요즘처
럼 택배가 보편화된 세상에 구태여 번거로운 방법을 고집하는
이유는 묻지 않았다. 정진우. 봉투 겉에 써어진 이름을 속으로 읽
어본다. 어디서 들어본 것 같다. 흔한 이름이긴 하다. 나지막한

목소리의 진중한 남자 얼굴이 연상되는 이름이다. 밤에 전화를 걸었던 남자와 같은 인물일까. 목소리로는 분명 그 사람 같은데 왜 아는 척을 하지 않았을까. 낯모르는 사람을 기다리는 기분은 그리 나쁘지 않았다. 남자에게 전화를 걸었을 때 나 역시 그를 한 번 만나보고 싶었다. 호기심을 불러일으키는 어떤 기미를 느꼈다.

여자가 내게 소포를 보내온 것은 일주일 전이었다. 납작납작하면서 가이 진 글씨로 쓴 내 이름은 낯설었다. 낯선 봉투와 낯선 발신자 때문이었다. 이런 식으로 누군가에게서 소포를 받아본 건 처음이었다. 내 이름이 씌어진 우편물조차 받아본 적이 없었다. 포장을 뜯어내자 상자 안에는 똑같은 크기의 봉투가 두 개 들어 있었다. 하나는 내 앞으로 보낸 거고 다른 봉투는 수신자가 정진우였다. 그 소포를 직접 전해달라는 부탁의 편지도 동봉되어 있었다. 알래스카에 여행을 갔다가 그곳 원주민인 이누이트족이 파는 백퍼센트 진짜 양털로 짠 스웨터를 샀는데 겨울이 오기 전에 입을 수 있었으면 좋겠다고 했다. 소포 겉봉의 남자이름 옆에 직장으로 보이는 출판사 주소와 전화번호가 적혀 있었다. 헉, 이게 뭐야. 이젠 전화하는 것도 모자라 심부름까지. 나는 소포를 바닥에 던졌다. 가을이 되어 마루 깊숙이까지 들어온 햇살이 소포 위로 쏟아졌다. 그녀 또한 햇살처럼 내 영역 안으로 거침없이 침범해 들어오고 있다. 편지 내용을 싹 무시하고 소포 뭉치를 그녀 방에 던져놓고 싶었다. 어째야 하지. 따지고 보면 간단한 일인데 왜 그리 기분이 찜찜했는지 모른다. 나한테 온 소포를 뜯었다. 손으로 직접 짠 두툼한 아이보리색 스웨터는 지금 입으면 적당한

두께였다. 손에 닿는 감촉이 부드럽고 따뜻했다. 나는 스웨터를 집어 들어 양 볼에 비볐다. 비릿한 냄새가 코를 찔렀다. 짐승의 냄새였다. 살갗 가까이까지 양털을 깎아서 만든 스웨터라는 걸 증명이라도 하듯이 땀내 비슷한 살냄새가 물큰 났다. 엉겁결에 스웨터를 얼굴에서 떼어냈다. 쉽사리 팽개쳐버리기엔 마음에 걸리는 게 있었다. 방금 살에서 깎아낸 듯한 양털 냄새 때문이었을까. 며칠 버티다 남자한테 전화를 걸었다.

나는 물을 한 모금 마시고 밖을 내다보았다. 일분 거리에 있음직한 건물들을 하나씩 눈으로 훑어나갔다. 페인트타운, 아베뉴, 세븐일레븐, 5월의 신부, 미도리 스시. 음식점과 옷가게가 대부분이었다. 오층 정도의 건물은 비슷비슷한 구조에다 업종까지 유사해서 아무런 특징도 찾을 수 없었다. 이런 곳 어디에 출판사가 박혀 있는지 아는 사람이나 알겠지. 내가 처음 여자의 집을 찾던 날도 엇비슷한 골목을 대여섯 번쯤 돌았다. 여자가 대문 앞에 나와서 기다리고서야 만날 수 있었다. 주위는 다 재개발이 이루어져 삼사층짜리 다세대주택으로 바뀌었는데 그녀의 집만 단층의 일자형 주택이었다. 서울에 아직 이런 집이 남아 있었나. 문 앞을 지나쳤지만 초록대문집이 그 집일 거라곤 생각하지 못했다. 이거라고 가리키기 전에는 아무리 특징을 말해도 찾아내기가 힘들다. 방 두 개, 부엌, 마루, 한 가족이 살기 딱 알맞은 구조였다. 그런데 여자는 오래전에 부모가 캐나다로 떠났다고 했다. 아이들만 살기엔 손이 많이 가는 집이었을 텐데.

플라타너스는 벌써 이파리를 떨어뜨리기 시작했다. 건너편 가게 앞에 내놓은 국화는 시커멓게 시들었다. 꽃은 흉측한 모습으로 화분 치우는 것을 잊은 게으른 주인을 행인에게 고발하고 있었다. 어느새 가을이 깊었다. 늦여름에 이사를 했으니 벌써 한 계절이 지나갔다. 창문을 다 닫아걸고도 커튼을 쳐야 할 만큼 추워졌다. 피카소 거리가 한눈에 보이는 카페는 실내장식을 앤틱스타일로 꾸며 단골들만 드나들 것 같은 분위기였다. 물컵에 레몬을 띄우는 세심한 배려는 찻값이 꽤나 비싸다는 암시로 읽혔다. 왜 자꾸 이런 걸 유심히 보는지 모른다. 이 카페에 오기 전에도 홍대 앞 근처의 커피전문점 몇 군데를 기웃거리며 돌아다녔다. 바리스타의 복장과 브루잉 시간, 서빙하는 매너 등을 꼼꼼히 살폈다. 곧 그만둘 거면서 이런 건 조사해서 뭐 하나 헛웃음이 나왔다. 이 버릇을 고치려면 시간이 좀 걸릴 것이다. 습관에 길들여진 몸은 나약하다. 그래서 가엾다. 한 가지 버릇을 고치는데 이십일 일이 걸린다고 한다. 본인이 죽어라고 고치려는 노력을 하는 경우에 말이다. 영국에서 어떤 의사가 연구를 했다는 뉴스를 보았다. 그 사람도 고질적인 버릇 때문에 어지간히 고생한 모양이다. 발을 떤다거나 머리를 긁는 버릇은 물론 일찍 자고 일찍 일어나는 습관도 포함된다. 그리 절망적인 이론은 아니다. 이십일 일이면 삼 주인데 그 정도야 투자할 수 있다.

가방에서 막 담배를 꺼내는데 한 남자가 문을 열고 들어섰다. 이 분 삼십 초 걸렸다. 걸음을 또박또박 떼어놓는 규칙적인 걸음걸이, 검고 숱진 머리칼, 흔들지 않고 걷는 마르고 날카로운 어깨, 느리게 감았다 뜨는 눈, 단정한 입술. 내성적이고 이지적인 사람이 갖는 일반적인 특징은 다 갖고 있었다. 그는 내 쪽을 바라보았다. 실내에는 나를 빼면 대학생으로 보이는 커플 두 쌍밖에 없었다. 나는 손을 들었다. 첫눈에 그가 정진우임을 알아보았다. 남자는 생각보다 젊었다. 스물일곱쯤. 낯설면서도 어딘지 낯익은 얼굴. 이 시대의 미남은 그런 느낌을 주어야 한다지. 진회색 데님바지에 받쳐 입은 초콜릿색 스웨터는 자유로운 전문직에 종사하는 사람의 차림새였다.

남자는 자리에 앉으면서 탁자 위에 놓인 소포꾸러미로 눈길을 보낸다. 우리나라에서는 잘 쓰지 않는 광택 나는 브라운백. 두꺼운 매직으로 쓴 그의 이름, 출판사 주소와 전화번호를 라틴어를 판독하려는 시선으로 새기고 있다. 마치 보낸 사람의 얼굴이나 몸을 구석구석 뜯어보듯이. 작은 단서라도 찾아내려는 탐색의 눈길이었다. 나는 담배를 한 개비 꺼내 불을 붙였다. 그는 담뱃갑에 그려진 고양이와 내 얼굴을 똑같은 시선으로 쳐다본다. 나 또한 그런 그의 모습을 눈여겨보고 있다. 한 대 피우실래요? 그는 고개를 젓는다. 그 사이 종업원이 주문을 받으러 왔고 남자는 나한테 눈짓으로 물었다. 메뉴판에는 꽤 다양한 종류의 커피가 적혀 있었다. 나는 카페모카를, 그는 카페마끼아또를 시켰다. 그가 전화를 걸어 정수연을 찾던 그 남자라는 사실이 확실해졌다. 마끼아또, 마끼아또. 나는 입 속으로 그녀의 아이디를 발음해본다. 반갑습니다. 겨우 한마디하고 그는 다시 입을 다물었다. 나는 어깨를 으쓱해 보였다. 바리스타를 겸하는 종업원이 커피를 가져왔다. 카페모카는 어떤 초코파우더를 쓰는지 부드럽고 깊은 맛이 났다. 아마도 초코와 커피가 잘 섞인 덕분인 것 같다. 커피잔 밑에 잔받침 외에도 은접시를 받쳐서 서빙하는 건 배워둘 만했다. 그가 시킨 마끼아또는 먼저 만들었는지 서빙해야 할 시간을 놓쳐 크레마가 흐릿했다. 갈색과 흰색이 적당히 어우러져야 제 맛이 난다. 커피 맛이 조금 쓸 것이다. 그는 간장종지만 한 잔에 담긴 마끼아또를 조금씩 마셨다. 거품을 입술에 묻혀가며 커피를 다 마시고 나서 종업원을 불렀다.

"벡스 맥주 한 병 주세요."

근무 중인 사람이 낮 시간에 맥주라니. 그것도 처음 만나는 사람을 앞에 두고서 나는 좀 어이가 없었다. 어쩌면 쓴 커피 맛을 씻어내려는 건지도 모른다. 저두요. 얼른 덧붙이는 내게 그의 시선이 조금 오래 머문다. 나이에 걸맞지 않는 무거운 일굴로 잠자코 고개를 숙인 채 생각에 잠겨 있다. 허튼 대화라도 시도할 법한데 그의 입은 좀체 열리지 않는다. 그러나 나는 이런 어색함을 잘 견딘다. 속이 뻔히 들여다보이는 인사치레로 자신을 매너 좋은 사람으로 착각하는 부류보다는 훨씬 낫다. 하지만 인생을 즐거이 사는 것까지는 아니더라도 세상을 향해 늘 석연찮은 눈길을 거두지 않는 불평불만분자는 사절이다. 내 주위에는 괴팍한 인간들 투성이라는 생각을 한다. 최근 얼마동안은 그랬다. 세상의 괴팍한 인간들은 다 내 주변에 모여 사는 게 아닌가 의심한 적도 있었다. 그러나 그중에서도 내가 가장 괴팍한 인간임을 깨닫고 그 의심을 거두었다.

"선물 궁금하면 한번 뜯어보세요."

내 말에 그는 봉투로 시선을 떨군다. 잠시 후 손을 봉투 위에 올려놓는다. 손의 무게 때문에 봉투가 푹 꺼진다. 푹신한 스웨터의 느낌을 그의 손바닥은 감지했을 것이다. 어디선가 짐승의 냄새가 풍기는 것 같았다. 그는 도로 손을 내리고 담뱃갑으로 시선을 옮긴다. 종업원이 담배를 옆으로 치우고 맥주 두 병과 너트 접시를 탁자에 내려놓았다. 이번에는 내가 맥주병을 노려보았다. 밤이면 여자가 마시곤 하던 맥주였다. 초록색 라벨이 붙은 독일산 맥주. 뭔가 몸에 끈끈한 게 들러붙는 기분이다. 그는 라벨 부분을 손으로 잡고 오프너로 병뚜껑을 따서 내게 건넸다. 몹시 마른손이다. 뼈마디가 드러난 데다 푸석한 게 물기라곤 없었다. 만져보나마나 차가울 것이다. 나는 깔깔한 입을 헹구어내듯 맥주를 단숨에 삼분의 일쯤 마셔버렸다. 그는 내 얼굴을 뚫어져라 보았다.

"목이 몹시 말랐나보군요."

이제야 그의 입이 열렸다. 맥주 한 모금을 마시고 나서 자못 심각하게 말을 이었다.

"고맙습니다. 그리고 미안해요. 이곳까지 오시게 해서. 그런데 궁금했어요. 어떤 분인지."

나는 그의 얼굴을 빤히 쳐다보았다. 나를 궁금해할 이유가 뭐지. 남자는 나를 경계하지도 예의를 차리지도 않고 오래 만나온 사람처럼 대했다. 무례하다기보다 무람없는 태도였다. 그럼에도 점점 그가 불편했다. 그와는 대화를 하지 않는 편이 나을 뻔했다. 물건만 전해주고 바로 일어설 것을. 나는 나머지 맥주를 마저 비웠다.

"이제 제 일은 끝난 거죠? 그만 일어날게요."

그는 고개를 끄덕인다. 내가 담배를 챙겨 넣고 가방을 들고 일어서는 동안 그는 묵묵히 소포꾸러미만 내려다보고 있다. 찻값은 대신 내주세요. 나는 돌아서서 카페를 나왔다. 오후 네 시의 대학가는 한가하지도 붐비지도 않는 그저 그런 서울 거리였다. 극동방송 쪽으로 가는 신호등 앞에 섰다. 초록불로 바뀌어 길을 건너려다 그가 앉아 있는 자리를 돌아보았다. 그는 내게서 시선을 떼지 않고 있었다. 나는 걸음을 서둘렀다. 그 순간 그를 어디서 많이 본 것 같다는 느낌이 얼핏 지나갔다. 그는 분명 내가 아는 누구와 많이 닮았다.

최옥정 1964년 전북 익산에서 태어났다. 건국대학교 영문과와 연세대학교 국제대학원을 졸업했다. 2001년 《한국소설》 신인상에 〈기억의 집〉이 당선되어 등단했다. 〈원의 중심〉, 〈유실물〉, 〈그의 지문〉, 〈얼룩〉 등의 작품을 발표했다.

금방 갈아입힌 아이의 옷에 어느새 푸른색 밥풀이 여러 개 들러붙어 있다.

아니, 보라색 밥풀이다. 흑태라고 불리는 검은콩을 넣고 지은 밥은 온통

보랏빛이다. 그것도 그냥 보랏빛이 아니라 거무죽죽한, 왠지 물기 없고 진

이 빠져 훅 하고 불면 날아갈 것 같은 보랏빛이다. 밥에 넣은 검은콩에서

왜 보랏빛 물이 나왔는지 모르겠다. 그러나 무슨 상관이란 말인가. 나는 지

금 두 아들에게 밥을 먹이고 있다. 빨리 밥을 먹여 유치원에 보내야 한다.

그런데 밥풀이 문제다. 밥풀은 죽은 파리 같다. 찐드기에 달라붙은 파리.

풀을 조심스럽게 떼어낸다. 그러나 결국 흔적은 남는다. 아빠가 돌보는 아

이라는 티를 내고 싶지 않다. 왜 이렇게 소심하고 남의 이목에 신경을 쓰

는 사람이 되었는지 알 수 없다. 언제부턴가 동네 사람들이 내 뒤에서

수군거리기 시작했다. 그러나 어쩔 수 없는 일이다. 이런 걱정을 하게 된

것은 유치원에서 옆집 아줌마를 만나면서부터였다. 그때 나

는 석주의 왼손을 꼭 쥐고 있었다. 그날 이후 동네 아

줌마들과 마주치지 않으려고 애썼다. 유치원에도 되

도록이면 늦게 갔다. 자칫 시간을 못 맞추면 수

업중인 여선생과 얼굴을 마주쳐야 했다. 한 겨

울 언 이밥보다 더 뽀얀 얼굴

금방 갈아입힌 아이의 옷에 어느새 푸른색 밥풀이 여러 개 들러붙어 있다. 아니, 보라색 밥풀이다. 흑태라고 불리는 검은콩을 넣고 지은 밥은 온통 보랏빛이다. 그것도 그냥 보랏빛이 아니라 거무죽죽한, 왠지 풀기 없고 진이 빠져 훅 하고 불면 날아갈 것 같은 보랏빛이다. 밥에 넣은 검은콩에서 왜 보랏빛 물이 나왔는지 모르겠다. 그러나 무슨 상관이란 말인가. 나는 지금 두 아들에게 밥을 먹이고 있다. 빨리 밥을 먹여 유치원에 보내야 한다. 그런데 밥풀이 문제다. 밥풀은 죽은 파리 같다. 찐드기에 달라붙은 파리. 찐드기는 천장에 길게 매달려 있다. 파리는 찐드기에 점점이 박혀 있다. 밥풀을 조심스럽게 떼어낸다. 그러나 결국 흔적은 남는다.

아빠가 돌보는 아이라는 티를 내고 싶지 않다. 왜 이렇게 소심하고 남의 이목에 신경을 쓰는 사람이 되었는지 알 수 없다. 언제부터인가 동네 사람들이 내 뒤에서 수군거리기 시작했다. 그러나 어쩔 수 없는 일이다. 이런 걱정을 하게 된 것은 유치원에서 옆집 아줌마를 만나면서부터였다. 그때 나는 석주의 왼손을 꼭 쥐고 있었다. 그날 이후 동네 아줌마들과 마주치지 않으려고 애썼다. 유치원에도 되도록이면 늦게 갔다. 자칫 시간을 못 맞추면 수업 중인 여선생과 얼굴을 마주쳐야 했다. 한 겨울 언 이밥보다 더 뽀얀 얼굴이었다. 그녀는 아이의 손을 잡고 있는 나를 은밀한 안쓰러움이 어린 눈빛으로 쳐다보았다. "석기 아빠신가 봐요." 하며 쳐다보던 그녀의 눈빛이 나는 두려웠다. 그녀의 눈에서는 푸르스름한 빛이 났다. 지금 생각해보니 보랏빛이었던 것 같기도 하다. 그녀의 눈을 보면 무슨 사건이 터질 듯한 불안감이 내 안에 꿈틀거린다. 첫날부터 느낌이 그랬다. 처음 본 얼굴에서 그런 느낌이 들었다는 것은 이상한 일이지만 사실이다.

다른 옷을 찾아본다. 입힐 만한 것이 없다. 아내는 빨래까지 내가 하길 원하는 것 같다. 빨래는 정말 싫다. 까딱하면 오늘도, 애들은 유치원에 못 갈지도 모르겠다. 그러면 내가 애들을 돌보아야 한다. 애들이 집에 있으면 나는 고시 준비생이 아니라 애 보는 남자가 된다. 애 보는 남자의 세계란 모든 것이 뒤죽박죽이다. 어떤 돌발사태가 발생할지 모르는 혼돈의 세계다. 아무것도 예측할 수 없고, 모든 것이 불확실한 양자역학의 세계다. 우주의 질서가 해체되고 모든 물체의 원자구성이 파괴된 무(無)의 상태다. 언제 터질지 모르는 빅뱅 직전의 밤이다. 아무것도 없는 상태란 더 이상 빼앗길 게 없는 상태를 말한다.

도대체 이게 무슨 소리인가. 아이들에게 밥을 먹이다 말고 우주의 질서를 나불거리고 있다니, 뚱딴지같은 일이다. 양자역학이니, 원자의 구성이니, 빅뱅이니 하는 생각이 왜 떠오르는지 모르겠다. 내가 미쳐도 단단히 미친 모양이다.

둘째 아이 석주가 골똘한 표정으로 식탁에 떨어진 밥알을 주워 먹고 있다. 옷에 묻은 것까지 떼어 먹는다. 석주는 뭔가를 먹을 때면 표정이 매우 심각하다. 뭔가 중요한 생각에 잠긴 듯한 표정이다. 지금도 그렇다. 녀석도 우주의 질서를 걱정하고 있는 것일까.

갑자기 전화벨 소리가 요란하게 울렸다. 아내는 가는귀가 먹었다. 나는 전화벨이 울릴 때마다 깜짝깜짝 놀란다. 우리 집 전화벨 소리는 너무 크다. 두 아이와 내가 동시에 창문 쪽으로 고개를 돌린다. 혼자 떠들고 있는 TV 옆에서 하얀 전화기가 소리 높여 울고 있다. 만화의 한 장면처럼 수화기가 들썩거린다. 나는 꼼짝 않고 앉아 전화기만 뚫어져라 쳐다본다. 이 시간에 누구일까. 전화기는 계속해서 울어댄다. 마지못한 듯 나는 천천히 일어난다. 최대한 느릿느릿 전화기 쪽을 향한다. 불과 사오 미터를 가는 동안 전화벨 소리는 정확히 다섯 번 더 울렸다.

"여보……."

내 말이 끝나기도 전에, 아니 시작되기도 전에 전화는 딸각 소리를 내며 끊어진다. 어떤 전화였을까. 찜찜한 생각에 마음이 편치 않다. 석주는 아무 일도 없었다는 듯 찌푸린 표정으로 다시 밥알을 주워 먹기 시작한다. 네 살 바기 아이가 생각이란 걸 할 수 있나, 하는 의문이 든다. 나의 사고체계는 언제부터 시작되었을까. 알 수 없는 일이다. 초등학교에 입학할 때쯤일까. 아니, 여덟 살이 되어서야 어떤 생각을 할 수 있다니, 얼토당토않다. 어쩌면 엄마 뱃속에 있을 때부터 생각을 했는지도 모른다. 언젠가 낙태 수술 장면을 본 적이 있다. 태아는 자궁 속을 헤집고 들어온 퀴레 트를 피하기 위해 바둥거렸다. 어머니는 나를 떼기 위해 병원에 갔었다고 말했다. 내가 그때의 일을 기억하지 못할 뿐이다. 그러고 보면 진리 역시 사람의 기억력에 의존하는 매우 불확실한 것에 불과하다.

사람은 하는 일이 있어야 한다는 말도 그렇다. 그것은 직업 없이 빈둥빈둥 노는 사람이 얼마나 행복한지 모르는 사람들의 이야기다. 그런 논리는 인간을 착취하기 위해, 지배자들이 만들어 놓은 덫에 불과하다. 사람이 직장을 갖고 있는 것보다 더 불행한 일은 이 세상에 없다. 이것은 내 개인의 생각이 아니다. 대부분의 직장인들이 일이란 것을 어떻게 생각하고 있는지, 나는 알고 있다. 그래서 나는 당신들도 한번 집에서 놀아보라고 권하고 싶다. 자고 싶을 때 자고 일어나고 싶을 때 일어나는 생활이 얼마나 행복한지 곧 깨닫게 될 것이다. 물론 집에서 애를 봐야 한다는 게 조금 불행한 일이기는 하다. 그러니까 현재의 나는 아주 불행한 상태에서는 벗어나 있지만, 그렇다고 아주 만족하고 행복한 상태는 아니라는 말이다.

직장에 다닐 때, 나는 빨리 늙고 싶었다. 그렇다고 젊은 청년보다 늙은 할아버지가 더 좋았다는 의미는 아니다. 직장을 갖지 않아도 타인이 내게 어떤 눈초리도 어떤 스트레스도 가하지 않을 것이란 의미에서, 늙고 싶었다는 뜻이다. 자식들 공부 다 시키고

난 다음에는, 아내가 있어도 좋고 없어도 좋다고 생각했다. 아무
런 부담 없이 하고 싶은 일을 할 수 있다면 얼마나 좋을까. 아내
가 있어서 같은 길을 가면 좋겠지만, 혹시 다른 길을 간다 해도
상관없었다. 서로에게 짐이 되는 거추장스러운 존재는 되고 싶
지 않았다. 몸이 늙어서 거동이 조금 불편해진다한들 그것은 견
딜 만한 일이라고 여겼다. 어떤 의무도 없는 자유를 누리기 위해
그 정도쯤은 감수해야 한다. 그러나 돈은 조금 있어야 했다. 그렇
다, 돈은 반드시 있어야 한다. 그런 이유로 빨리 늙기를 바랐던
것인지도 모른다. 나이가 예순쯤 되면 수중에 돈이 조금은 있을
것 같았다. 그때까지 나는 무슨 일이든 할 것이고, 노후를 대비해
서 저금도 해놓았을 것이고, 연금보험에도 들어놓았을 것이다.
그때쯤이면 우리나라도 사회보장제도가 어느 정도는 실시될 것
이 틀림없었다. 자식과 가정을 위해 내 인생을 포기하고 사는 이
젊은 시절의 시간이 하루에 일 년씩 지나갔으면 좋겠다고 생각
했다.

그러나 나의 희망은 너무 빨리 이루어졌다. 나이 서른아홉에
직장에서 해고된 것이다. 애들은 이제 겨우 일곱 살과 네 살이다.
이놈의 고시공부 때문에 나는 서른셋에 결혼을 했다.

인사팀장의 면담요청에 나는 당황했다. 회사의 사정이 여의치
못해 어쩔 수 없다, 감원을 해야 하니 이해해라, 미안하지만 어쩔
수 없다. 그렇게 되었다 등등……. 인사팀장의 입에서 그런 말들
이 줄줄이 흘러 나왔다. 결론은 나더러 나가달라는 말이었다. 장
기불황이 계속되고 있는 데다 삼팔선이니 사오정이니 하는 판이
니, 현실적으로 다른 회사에 취직할 가능성은 거의 없었다. 삼팔

선을 넘긴 것만 해도 다행이었다. 이건 진짜 변명에 불과하지만 해야겠다. 나는 꽤 유능한 샐러리맨이었다. 그럼에도 불구하고 나는 늘 불안했다. 그래서 더욱 열심히 일했다. 그럴수록 불안은 더욱 커져갔다. 어느 정도 예상은 하고 있었지만 그 불안이 현실로 나타났다. 나는 받아들일 수 없었다. 어떻게 해서든 그 상황을 뒤집고 싶었다.

직장이 없으면 얼마나 좋을까 하는 생각을 언제 했느냐는 듯 나는 가족 네 명의 생계가 걸린 문제라고 애원했다. 어떻게 나에게 이럴 수 있느냐고 따지고 들었다. 실장에게로 화살을 돌렸다. 매일 점심 때마다 술 마시고 오후 내내 잠만 자는 실장이 무슨 염치로 나를 지목했느냐고, 대체 기준이 무엇이냐고, 술을 못 마시는 것이 기준이냐고 횡설수설했다. 인사팀장은 미안하지만 어쩔 수 없다는 말만 되풀이했다. 그는 자기도 언제 잘릴지 모르는 신세라며 한숨지었다. 그는 나보다 더 불쌍해 보였다.

사람은 의연해야 할 때가 있다. 지금 생각하면 내가 왜 그렇게 나약하게 굴었는지 부끄럽다. 나는 고백한다. 당시의 내 행동은 아주 수치스러운 것이었다고. 지금 나의 아내는 초등학교 교사라는 대단히 훌륭한 직업을 갖고 있다. 또 내게는 고시공부를 다시 시작한다는 명분도 있다. 서른두 살까지 했던 고시공부다. 불안해할 이유가 없다.

그런데 나는 지금 예상치 못한 불안감을 갖고 있다. 바로 아내의 상냥함이다. 내가 직장에 다닐 때, 아내는 전혀 부드럽지 않았다. 뭐가 그리 불안한지, 내 행동이 조금만 평소와 달라도 이상한 눈초리를 보냈다. 늘 바가지를 들고 다니던 아내가, 요즘은 부드럽다 못해 사근사근하다. 지난 달 사법고시 최종 합격자 명단이 발표되었다. 나보다 14살이나 어린 까마득한 대학 후배가 수석 합격을 했다. 그날 나는 혼자서 취하도록 술을 마셨다. 만신창이가 되어 집에 돌아와 침대 위로 엎어졌다. 쓰러져 있는 내게 그녀는 여유를 가지라고 위로했다. 다시 시작한 공부인데 금방 되겠느냐며 용기를 북돋워주었다. 직장 다니던 사람이 일 년 만에 사법고시에 붙는다면 누가 고시공부를 마다하겠느냐고도 했다. 아내의 마음을 모르는 바는 아니다. 그러나 그런 아내의 태도가 나를 더욱 불안하게 만든다. 아내는 내 마음을 모른다. 나는 아내에게 물질뿐만 아니라 정신까지도 원조를 받아야 견딜 수 있는 금치산자(禁治産者)이자 심신상실자(心神喪失者)이다. 쉽게 말해서 미쳤다는 말이다.

또 전화벨이 울렸다. 전화기 쪽으로 얼굴을 돌린다. 검은 텔레비전 옆에서 하얀 전화기가 울리고 있다. 조금 전에 전화했던 사람이다. 틀림없다. 그냥 알 수 있다. 이건 직감이다. 나는 전화를 거는 사람이 아내에게 볼일 있는 남자라고 단정 짓는다. 천천히 전화기로 발걸음을 뗀다. 수화기를 집어 들 때까지 벨은 다섯 번을 더 울었다. 소리에도 색깔이 있다면 지금의 전화벨 소리는 보라색이다. 어떤 놈인지 확인해야겠다. 내가 먼저 말을 하지는 않을 것이다. 수화기를 귀에 갖다대고 잠자코 그쪽의 목소리를 기다린다. 남자의 목소리를 기대한다. 그쪽도 침묵이다. 숨소리조차 들리지 않는다. 전화기가 먹통이 된 것인지, 정말 누가 전화를 걸기는 한 것인지 혼란스럽다. 몇 초가 지났을까, 아니면 몇 분이 지났을까. 전화는 딸깍 하는 소리와 함께 끊어진다.

요즘 이렇게 끊어지는 전화가 자주 온다. 이런 전화는 나를 불안하게 만든다. 그러고 보니 아내가 집에 있을 때 유난히 많았다. 어제도 말없이 끊어지는 전화를 몇 번 받았다. 마지막에는 신경질적으로 수화기를 쾅 하고 내려놓았다. 다시 전화기가 울렸을 때, 아내가 황급히 수화기를 집어 들었다. 아내는 그쪽의 말을 듣기도 전에 잘못 걸었다고 소리쳤다. 분명 수화기를 들자마자였다. 아내의 얼굴이 약간 일그러져 있었다. 전화는 다시 걸려오지 않았다.

모든 것에 자신이 없다. 이제 석기에게 야단치는 일조차 조심스럽다. 다행히 석주는 아직 조금 만만하다. 석기는 벌써부터 빨리 어른이 되었으면 좋겠다고 한다. 내가 서른이 넘어서야 생각한 걸 녀석이 주절거리고 있는 것이다. 녀석은 이제 겨우 일곱 살이다. 아니 이게 무슨 짓인가. 일곱 살짜리 어린애의 말과 내 생각을 같은 수준에 놓고 비교하다니, 말도 안 되는 일이다. 석기의 말과 내 생각에는 분명한 차이가 있을 것이다. 녀석은 자기가 어른이 되면 겪어야 할 고통을 알지 못한다. 지금 내가 저 녀석을 돌보지 않아도 된다면 얼마나 행복할까. 그런 생각을 하면 오줌을 찔끔찔끔 지릴 만큼 온몸에 전율이 흐른다. 그런데도 나는 애들을 돌봐야 한다. 이것은 어쩔 수 없는 내 운명이다.

석주는 어느 틈에 현관 앞에 앉아 장난을 치고 있다. 플라스틱 모형 칼을 치커들었다가 내려친다. 다시 그 칼끝을 신발에 넣고 번쩍 들어 신발 안을 들여다본다. 반복적 작업이다. 저 녀석은 무슨 생각을 하고 있을까. 녀석처럼 생각이 없으면 얼마나 좋을까. 저 녀석에게 생각이 없는 것처럼, 내게 저 녀석이 없으면 얼마나 좋을까.

"얍! 정의의 칼을 받아라."

석기의 고함소리가 들려왔다. 칼을 든 동생을 보고 석기도 장난감 칼을 치켜들었다. 내가 저들에게 정의의 칼을 휘두르면 어떻게 될까. 머리를 흔들어본다. 아들에게 칼을 휘두르다니, 아들이 내 적이라도 된단 말인가. 그렇다. 녀석들은 내 적이다. 내 인생을 담보로 잡고 있는 놈들. 두 발에 족쇄를 채워 나를 꼼짝 못하게 하는 놈들. 사방에 출구라고는 없는 이 집에서, 감옥 같은 이 상황에서 탈출하고 싶다. 칼이든 총이든 상관없다. 어떤 무기든 내리쳐 차꼬를 깨부수고 싶다.

"야, 빨리 밥 안 먹을래?"

나는 소리를 빽 지른다.

'말 잘 듣고 공부 열심히 하는 아이는 정신병에 걸릴 우려가 많습니다.'

전화기 옆 검은 텔레비전 속에서 유명한 정신과 의사가 나를 향해 말하고 있다.

'이 집 아이들이 로보트지 어디 애들인감. 어쩜 이렇게 모두들 조용히 책상 앞에만 앉아 있어. 당신들은 착한 아이들 둬서 좋겠수. 공부도 잘하고 말썽도 안 피우고……'

내가 어렸을 적 우리 집에 놀러온 부모님의 친구 분들 말이다. 그분들은 입에 침이 마르도록 우리 형제를 칭찬했다. 그러나 사실 그 말은 칭찬이 아니라 비아냥이었다는 것을 나는 안다. 부모님 친구분들은 우리들을 꼭 로봇 같다고 말했었다. 나는 그 말이 정말로 듣기 싫었다. 그러나 싫다는 말을 할 줄 몰랐다.

일곱 살 때의 내 모습은 말 잘 듣는 어른 같은 아이였다. 나는 결혼할 때까지도 계속 그런 모습이었고 결국은 이렇게 미쳐버렸다. 공부, 혹은 다른 사람이 시키는 일 외에는 어떤 일도 무서워했다. 그런 내 자신을 되돌아본다. 오히려 아이들이 대견스러워 보이기까지 한다. 한정 없이 초라해진 내 모습과는 달리 옷에 밥풀을 묻힌 채 칼싸움을 하는 아이들이 존경스럽다. 아이들은 유치원에 가야 한다는 강박관념이 없다. 그래도 나는 그들을 유치원에 보내야 한다. 달래야 한다. "이제 그만하고 밥 드세요" 하고 존댓말이 튀어나왔다. 애들에게 존댓말을 하다니, 무슨 짓인가 하는 생각도 들지만 어쩔 수가 없다. 이렇게 해서라도 아이들을 빨리 어디론가 보내야만 한다.

아이들에게 빨리 먹이기 위해서 밥을 물에 만다. 밥풀에서 보랏빛 물이 우러나온다. 왠지 물에 만 밥이 침통해 보인다. 숟가락으로 퍼 올린 밥은 옅은 보라색이다. 아이들은 여전히 밥을 먹지 않을 모양이다. 밥을 먹이지 못하고 유치원에 보낼 바에는 괜히 물에 말았다. 그러나 이미 후회해도 소용없는 일이다. 버릴까 했으나 아깝다는 생각이 들어 숟가락을 들었다. 순간 아이들이 남긴 밥을 먹고 싶지 않았다. 두 아이는 어느 틈에 텔레비전 화면에 눈동자를 고정시키고 있다. 화면 속에서는 인형극이 펼쳐지고 있다. 인어공주 이야기다.

한 달 전에 다녀온 부산 해운대의 바닷가에는 인어공주 조각상이 있었다. 태어나서 처음 가본 남해안이었다. 해운대 모래밭은 넓고 편편했다. 몇 번 가본 적이 있는 동해안의 좁고 가파른 모래밭과는 달랐다. 밀려왔다 밀려가는 파도에 모래밭이 묻혔다가

다시 드러나곤 했다. 밀려든 바닷물에 아이들의 얼굴이 얼핏 스
쳤다. 아이들이 걱정되었다. 출근 시간에 애들에게 옷을 입히며
허둥대는 아내의 모습이 눈앞에 어른거렸다. 애 보기가 싫어 무
작정 떠난 여행지에서 나는 애 보는 문제를 생각하고 있었다. 내
가 어디론가 떠난다 해도 그것은 떠남이 아니었다. 나는 언제 어
디에 있든지 애들에게 잡혀 있는 것이다.

　오늘은 어디론가 가고 싶다는 생각이 간절하다. 유치원 앞마당
에 그 여선생이 나와 있다. 여선생과 같이 떠나면 더욱 좋을 것
같다. 이런 경우는 없었다. 무슨 일이라도 있는 걸까. 나와 아이
들을 본 그녀가 눈길을 다른 곳으로 돌린다. 그녀의 얼굴에 겸연
쩍어하는 기색이 역력하다. 다시 언 이밥이 생각났다. 희다 못해
푸른빛이 도는 얼굴이다. 고개 돌려 인사하는 그녀의 목소리가
파르르 떨린다.

　"안녕……하세요……."

그녀의 얼굴이 옅은 보랏빛으로 변한다. 나는 대답 대신 품에
안겨 있는 석주를 그녀에게 넘겨준다. 석주가 아버지를 외치며
내 목을 끌어안는다. 그녀가 "석주 착하지"를 연발한다. 우는 아
이를 내게서 떼어내 안기 위해 그녀가 두 팔을 벌려 나와 석주의
가슴 사이에 집어넣는다. 석주의 등을 붙잡고 있던 내 손등에 그
녀의 가슴이 뭉클 와 닿는다. 젖가슴이 크다. 순간 그녀와 나 사
이에 어떤 전율 같은 것이 흐른다. 찌르르 한다. 잠시 정신이 아
득해지면서 세상이 온통 보랏빛으로 변한다. 그러나 우리는 약
속이라도 한 것처럼 시치미를 떼고 아이를 주고받는다. 아이를
안은 그녀가 빠르게 돌아선다. 바람 때문인지 그녀의 머리칼이

휘날린다. 허리가 돌고 머리가 돌고 이어서 머리칼이 그 뒤를 잇는다. 그녀의 품에 안긴 석주도 함께 돈다. 돌아선 그녀가 교실 쪽으로 걸음을 옮긴다. 그녀의 몸이 한 번 휘청한다. 회전력 혹은 관성 때문이다. 석주가 그녀의 목을 그러안은 팔에 힘을 준다. 그녀에게 안긴 석주가 나였으면 좋겠다. 그녀는 하얀 블라우스를 입고 있다. 어제도 입었다. 어쩌면 그것은 유치원 선생들의 제복일지도 모른다. 나는 하얀 블라우스를 입지 않은 그녀의 모습을 본 적이 없다. 결국은 오늘도 그녀의 애처로운 눈빛과 석주의 원망 섞인 외침 속에서 우리는 헤어졌다. 내 눈빛은 어떠했을까, 궁금하다. 석기는 무덤덤한 표정으로 발걸음을 뗀다.

이별이란 슬픈 거다. 사람을 만나다가 안 만나면 왜 슬픈가. 애초부터 만나지 않은 것이 더 슬퍼야 할 텐데 그렇지 않다. 어떻게 행동해야 할지 판단이 서질 않는다. 그녀와 마주치지만 않았어도 조금은 덜 슬펐을 것이다. 언뜻 그녀에게 안긴 석주의 옷에 들러붙은 보라색 밥풀이 보였다. 그 밥풀이 멀어지면서 까만 점으로 변한다. 우습게도 초등학교 시절 미술시간에 배운 짧은 지식이 생각났다. 어쩌면 중학교 때일 수도 있다. 아무튼 물감은 섞으면 섞을수록 검은색이 된다고 한다.

그렇다, 이 세상에는 사람이 너무 많다. 울타리 밖의 세상을 보라. 온통 검은빛뿐이지 않은가. 이놈의 세상은 곧 망하고 말 거다. 태양의 흑점이 커지고, 일식으로 달이 지구를 삼키고, 우주는 팽창하다 못해 급기야는 '팡' 하고 터져버린다. 세상이 검다니 그것은 터무니없는 말이다. 그렇다. 빛은 섞으면 섞을수록 하얗게 변한다는 사실을 잊고 있었다.

아, 모르겠다. 아무것도 모르겠다.

이 세상이 밝은 것인지 어두운 것인지 혼란스럽다. 산산이 헤쳐졌을 때, 검은색이 나올지 흰색이 나올지 상상이 안 된다. 우주의 끝에 당도하면 뭔가 보일지 모를 일이다. 그러나 끝이 있다면 끝 다음은 우주가 아니고 뭘까. 하다못해 그 끝 다음에는 아무것도 없는 빈 공간이라도 있어야 논리에 맞다. 그 빈 공간은 또 무엇이란 말인가. 다른 우주인가? 그런 논리는 결국 우주는 하나가 아니고 수천 개, 수만 개, 아니 무한대라는 결론을 이끈다. 그 수많은 우주들의 집합을 우리는 무어라 부르는가. 그것은 거울 속의, 거울 속의, 거울 속의, 거울을 들여다보는 것만큼 난해하다. 석주를 안은 여선생이 유치원 안으로 사라지자 갑자기 희지도 검지도 않은 공허감이 밀려들었다. 이제 뭘 하지, 할 일이 없다. 아무 할 일이 없다는 것은 직장을 다니는 것보다 더 불행한 일이다.

돌아서며 고개를 떨군다. 담장 아래 나팔꽃이 피어 있다. 보라색이다. 붉은 빛이 강한 보라색이다. 오늘은 왜 이렇게 자꾸 보라색이 보이는지 알 수가 없다. 정서불안이다. 브라질인지 인도인지에서는 아침에 보라색을 보면 슬프거나 재수 없는 일이 일어난딘다. 내가 무엇을 하는 사람인지도 모를 때가 종종 있다. 지금도 그렇다. 나는 고시 준비생인데 그걸 잊고 있었다. 할 일이 없다는 것은 엄청난 불행이라고 말하고 있으니, 어처구니가 없다. 요즘의 나는 제정신이 아니다. 애 보기와 고시공부 사이에서 갈팡질팡이다. 시간이 궁금하다. 가끔 이렇게 시간을 알고 싶어질 때면 시계를 차지 않는 걸 후회한다. 시계를 보지 않아도 아홉 시가 넘은 것은 확실하다. 자동차의 시동장치에 열쇠를 꽂고 오른쪽으로 돌린다. 부르릉거리는 소리와 함께 손과 다리의 떨림이 느껴진다. 전자시계가 '09:34' 라는 글자를 그린다.

차를 뒤로 빼면서 룸미러를 들여다본다. 룸미러 속으로 유치원 출입문에 걸려 있는 거울을 본다. 거울 속에 나팔꽃이 가득하다. 한 사내가 나팔꽃을 보고 있다. 수많은 나팔꽃이 보랏빛 웜홀 속으로 빨려든다. 사내도 웜홀 속으로 빨려든다. 사내가 있는 곳은 보랏빛 우주 끝자락이다. 그곳에 보랏빛 혹성이 있다. 혹성은 온통 보라색이다. 혹성은 거울 속에 존재하는 나팔꽃의 우주다. 혹성에 가까워질수록 사내의 몸은 작아진다. 사내의 몸이 작아질수록 혹성은 상대적으로 커진다. 모든 것은 상대적이다.

사내는 혹성 위를 떠다닌다. 날개가 없는데도 사내의 몸은 가고 싶은 쪽으로 날아간다. 신기한 일이다. 사내는 몸을 흔들지도 두 팔을 휘젓지도 않는다. 두 다리를 버둥거리지도 않는다. 그냥 앞으로 가고 싶다고 생각하면 앞으로 가고, 되돌아가고 싶다고 생각하면 되돌아간다. 발끝에 살짝살짝 나팔꽃잎이 닿는다. 그곳에는 아내도 없고 아이들도 없다. 오로지 보라색 나팔꽃뿐이다. 하늘은 파란색이다. 해도 없고 달도 없다. 혹성뿐이다. 어디서 빛이 나오는지 알 수 없다. 사내는 끝없이 누워만 있다. 그곳에서 사내가 할 일이라곤 누워 있는 일뿐이다. 잠도 안 잔다. 공상도 할 수 없다. 아무런 생각도 떠오르지 않는다. 배도 고프지 않다. 오로지 불안하다. 불안. 다시 앞으로 간다고 생각한다. 두 발이 땅에 들러붙어 있다. 사내의 다리가 보라색으로 변해 있다. 나팔꽃 줄기다. 비명도 나오지 않는다. 사내가 서서히 나팔꽃으로 변한다. 두 팔에서 넝쿨이 솟아난다. 보라색 넝쿨이다. 나팔꽃이 꽃봉오리를 터트린다.

팡! 팡! 팡!

경적소리에 룸미러를 흘끗 쳐다본다. 뒤에 차들이 꼬리에 꼬리를 물고 있다. 앞에 서 있던 자동차는 벌써 저만치 달리고 있다. 황급히 액셀러레이터를 밟는다. 서둘러야 한다. 요즘 도서관 주차장은 항상 만원이다. 그 주차장이 도서관 주차장인지 아니면 도서관이 있는 중앙공원의 주차장인지는 분명치 않다. 주차장은 늘 차들로 빼곡하다. 며칠 전에는 차를 주차시킬 수가 없어 산 너머까지 갔다. 산 너머 약수터 입구에 차를 세우고 산길을 걸어 도서관에 가면 일석삼조(一石三鳥)일 것이라고 생각했다. 산길을 걸으며 미리 운동을 조금 하고 들어가면 공부가 훨씬 능률적일 것 같았다. 가끔 도서관 열람실에 자리를 잡고, 산책을 한 후 공부를 시작하기도 했다.

반대편 산을 넘어 도서관에 가겠다고 생각한 것은 예전에 건너편 약수터에 가본 적이 있기 때문이었다. 물통을 들고 가는 사람들과는 달리, 그날 나는 책가방을 어깨에 메고 걸었다. 앞서 가던 두 여자가 나를 흘끔흘끔 쳐다보며 뒤로 처졌다. 여자들이 나를 두고 수군거렸다. 머리가 근질거렸지만 그 여자들이 내 뒤통수를 바라보고 있을 것 같아 긁지 않았다. 앞사람의 손에 매달려 흔들리는 큰 물통을 보자 차 안에 작은 물병을 두고 온 것을 깨달았다. 약수터에서 헐떡이며 물 한 바가지를 전부 먹었다. 약수터를 지나자 산길이 가팔라졌다. 발이 아팠다. 고개를 꺾었다. 슬리퍼를 신고 있는 맨발에 먼지가 뽀얗다. 아픈 다리를 끌고 고갯마루에 올랐다. 길은 사방으로 뚫려 있었다. 도서관이 멀리 보였다.

산길로 가기에는 너무 먼 곳이었다. 지나온 약수터와 도서관 옆 산 너머 약수터는 서로 다른 곳이었다.

도서관 옆의 산길 중간중간에는 철봉, 평행봉, 복근운동기, 링 등 간단히 할 수 있는 운동기구들이 있다. 제일 먼저 나타나는 것은 평행봉이다. 평행봉을 지나 얼마를 더 오르면 철봉이 나온다. 나는 철봉 옆에서 법전을 뒤적거리며 숨을 가다듬곤 했다. 간간이 내려다보는 도서관 앞 잔디밭에 노란 옷을 입은 아이들이 줄지어 걷고 있다. 석기, 석주는 무엇을 하고 있을까. 그만 내려가야지 하면서도 몸은 자꾸만 위쪽을 향한다. 양복을 입고 구두를 신은 젊은 남자를 만났다. 남자는 무표정하게 터덜터덜 산 아래를 향하고 있다. 남자의 두 발이 미끄러지면서 기우뚱한다. 희붐한 먼지가 날린다. 남자가 이곳에서 올라갔다가 다시 내려오는 것인지, 아니면 반대편에서 산을 넘어오는 것인지 궁금하다.

"저기, 아저씨!"

남자가 뒤를 돌아본다. 물어볼까 망설이다 그냥 돌아서 위로 향한다. 남자가 뭐라고 중얼거린다. 나는 계속 위를 향해 걷는다. 링 옆에까지 왔다. 모두들 알겠지만 링은 체조의 한 종목이다. 이곳 원미산 중턱에 있는 링은 체조경기장의 그것과는 다르다. 낮은 철봉에 굵은 쇠사슬이 한 뼘쯤 걸려 있고, 그 끄트머리에 수갑처럼 생긴 손잡이가 달려 있다. 그것에 매달려 몸을 흔들면 철그렁거리는 소리가 난다. 그것이 왜 수갑처럼 느껴졌는지 모르지만, 나는 그것을 처음 보았을 때 수갑을 떠올렸다. 쇠로 된 손잡이는 늘 차가웠다. 그 차가운 느낌은 시간이 갈수록 더욱 짙어졌다. 왠지 링에 매달리면 내가 고문을 당하는 것 같아 두렵다. 나는 링에서만 운동한다. 링에 매달려 몸을 축 늘어뜨리고 있으면 모든 것이 막막해지고 마음도 편해진다. 아무것도 생각나지 않는다. 몸을 비틀면 링은 철그렁철그렁 운다.

눈꺼풀이 점점 내려앉는다. 자리에 앉아 한 시간 정도 지나면 으레 찾아오는 현상이다. 손등으로 눈을 한 번 비비고 다시 책으로 눈길을 돌린다. 희미하게 '간통죄는 친고죄(親告罪)'라는 글귀가 눈에 들어왔다. 서양에서는 이미 사라진 지 오래된 죄목임에도 우리나라에서는 여전히 그 위용을 자랑하고 있다. 십 년 전만 해도 가장 점수 따기 쉬운 과목이 형법이었다. 이미 오래전의 일이다. 요즘은 형법이 가장 점수가 짜다. 점수야 어떻든, 간통이라는 글자에 유치원 여선생의 얼굴이 겹쳐진 것은 이상한 일이었다. 간통이라는 글자를 보는 순간 그녀가 떠오르다니, 보통 야릇한 일이 아니다. 그녀와 내가 커피라도 함께 마신 적이 있느냐 하면 그런 것도 아니다. 그런데 왜 자연스럽게 그녀가 떠오르는지 알 수 없는 일이다. 나는 아내가 있는 유부남이니까, 그녀와 내가 성관계를 갖는다면 물론 간통에 해당한다. 그러나 다행스럽게도 그녀와 내가 성관계를 가질 가능성은 거의 없다. 만에 하나 관계를 갖는다 해도, 간통죄는 친고죄이므로 내 아내가 처벌해달라고 요구하지 않는 한 간통이 아니라 로맨스가 된다. 내 아내만이 죄를 주장할 수 있다. 따라서 남들을, 심지어 경찰까지도 두려워할 필요가 없다. 다시 말해 아내만 조심하면 되는 것이다. 이 얼마나 다행스러운 일인가. 그런 생각을 하면서 무슨 죄라도 지은 사람처럼 힐금힐금 주위를 둘러보았다. 바로 옆자리에 머리가 희끗한 남자가 엎드려 있다.

다시 책을 들여다본다. 내용이 눈에 들어오지 않는다. 약수터에 갈 수도 없다. 오전에 산에 갔다 보았던 남자가 생각난다. 오늘 읽은 책의 양은 백 쪽이 채 안 된다. 벽에 걸린 시계는 4시를 알리고 있다. 하루 목표량 삼백 쪽을 채우려면 다섯 시까지 백 쪽은 족히 더 읽어야 한다. 불가능하다. 다시 책으로 눈을 돌리자 간통죄 운운의 글귀 위에 여선생의 얼굴이 떠오른다. 아침에 느낀 그녀의 큰 가슴이 자꾸 눈앞에 어른거린다. 그녀는 지금 무얼 하고 있을까. 그녀의 이름은 무엇일까. 아뿔싸! 이름도 모르는 여자와의 간통을 꿈꾸다니. 내가 미쳐도 단단히 미친 모양이다. 마음이 자꾸 조급해진다. 한 시간 만에 형법 책을 백 쪽 남짓 읽는다는 것은 도저히 불가능한 일이다. 오히려 이름도 모르는 여선생과 정을 통하는 일이라면 그나마 가능성이 있다. 내가 원하는 것이 그녀와의 성관계라면 간통보다 강간이 훨씬 쉽다.

유치원을 향하여 차를 몬다. 도로는 차들로 빽빽하다. 이토록 많은 차들이 무슨 볼일이 있어서 도로를 질주하는지 모르겠다. 오늘도 독서량 목표를 채우지 못할 것 같다. 조금이라도 책을 더 읽으려면 아내가 빨리 와야 한다. 아내는 지금 무엇을 하고 있을까. 아내가 어떤 남자와 벌거벗은 채 엉켜있는 모습이 떠오른다. 차들 사이로 여자의 누드가 보인다. 세 편을 연속해서 상영하고, 지정좌석도 없고, 시간제한도 없는 극장이다. 상영장과 매표소 사이의 공간에서는 컵라면도 팔고 만화도 있다. 누드화는 두 개다. 하나는 '흥분' 다른 하나는 '원시적 본능'이다. 나머지 하나는 제목이 적혀 있지 않다.

며칠 전에도 나는 그 극장에 갔었다. 입구부터 어둠침침했다.

하얀 아크릴판에 '입장료 5,000원'이라고 적혀 있었다. 돈을 받는 작은 구멍이 있다. 나는 그냥 문을 밀고 들어가 의자에 앉아 있는 아줌마에게 4천 원과 할인권 한 장을 건네주었다. 튀긴 강냉이를 먹고 있던 아줌마가 묘한 웃음을 지으며 할인권을 되돌려주고 다시 손을 강냉이 그릇으로 옮겼다. 아줌마의 손은 작달막했다. 작은 손을 크게 벌려 여자의 젖가슴을 애무하는 듯 천천히 강냉이를 그러모았다. 서너 개의 강냉이가 손아귀에 잡혔다가 떨어졌다. 다시 손을 벌려 강냉이 위로 얹었다. 손을 웅크리자 몇 개의 강냉이가 그릇 밖으로 튕겨 나갔다.

아이들에게 옷을 입히는 그녀의 손이 떨리고 있다. 수척한 모습이 고혹적이라고 느낀다. 내가 그녀와의 간통 혹은 강간을 생각하고 있기 때문이다. 아침의 포동포동하던 얼굴이 조금 헬쑥하다. 오히려 야윈 반달 같은 얼굴이 더욱 요염하다. 보랏빛 나팔꽃은 이미 시들었다. 시든 나팔꽃 넝쿨 위로 내리꽂히는 저녁 햇살에 나른함과 귀찮음의 잔해가 스멀거린다. 오늘 하루는 이렇게 되도록 이미 결정되어 있었는지도 모를 일이다. 아침에 아이들이 그놈의 보라색 밥풀을 옷에 떨어뜨려 애를 먹이더니 결국 이렇게 되고 말았다.

여섯 시가 넘었는데도 아내는 돌아오지 않는다. 이런 적은 없었다. 무슨 사고가 난 것은 아닐까. 자꾸 불안하다. 휴대전화도 불통이다. 혹시 교통사고라도 난 것은 아닐까. 내가 왜 이렇게 불길한 생각을 하는지 모르겠다. 어쩌면 나는 아내가 어떤 사고를 당하길 은근히 바라는지도 모르겠다. 그 이유는 무엇일까. 높은 빌딩 난간에 서면 뛰어내리고 싶어지는 충동과 비슷한 것일까.

뛰어내리면 안 된다는 것을 알고는 있지만, 그래도 뛰어내리면 하늘을 날 수 있으리라는 그런 생각 말이다. 베란다 천장에서, 잉꼬를 가둬둔 새장이 바람에 흔들린다. 지금은 세 마리가 함께 있지만 한 마리만 갇혀 있던 적이 있었다. 지난 봄 새장을 청소하기 위해 잠시 거실 바닥에 내려놓은 사이, 석주가 문을 열었다. 한 마리는 다시 잡혔지만 다른 한 마리는 기어이 창문을 통해 밖으로 날아갔다. 그리고 며칠 동안은 저녁이면 다시 날아와 맞은편 빌라 지붕 위에서 제가 살던 집을 바라보며 재재거렸다. 일주일이 지나자 잉꼬는 더 이상 나타나지 않았다. 남은 새가 외롭다는 아내의 말에 한 달 만에 한 쌍을 더 사왔다. 아내도 잉꼬처럼 외로웠던 것일까. 아내는 지금 다른 남자와 저녁을 먹고 있을지도 모른다. 만약 아내가 불륜을 저지른다면 나는 어떻게 할 것인가. 아내의 외도를 이유로 이혼을 청구할 것인가. 그렇게는 못할 것 같다. 모른 척하며 그냥 살 것 같다. 내가 생각해도 우스운 일이다. 아내가 다른 남자와 밥을 먹고 있을 것이라는 상상이 불륜으로 치닫다니. 여자는 남자와 밥을 같이 먹으면 잠자리도 같이 한단 말인가. 틀림없다. 나는 미쳤다. 미치지 않았다면, 미치지 않았다면……, 잘 모르겠다.

일곱 시가 넘었는데도 아내는 소식이 없다. 두 아들은 배가 고프다고 자꾸 보챈다. 애들을 데려올 때 유치원 여선생도 같이 데려올 걸 잘못했다. 그랬다면 밥을 해줄 수도 있을 텐데, 지금 그녀는 없다. 결국 라면을 끓였다. 라면이 끓기 시작하는데 파가 어디 있는지 찾을 수 없다. 파를 넣지 않으면 라면은 느끼하고 맛이 없다. 면이 풀어지기 전에 스프와 파를 넣어야 하는데 마음만 급했지 파가 보이지 않는다. 그런데도 나는 느릿느릿 움직인다. 석기와 석주가 식탁에 턱을 고인 채 나를 바라보고 있다. 스프를 먼저 넣고 파를 찾기로 한다. 스프 봉지가 잘 찢어지지 않는다. 아내는 지금 어디에서 무엇을 하고 있는가. 화가 난다. 나는 지금 이 고생을 하고 있는데, 알고 있기나 한 것일까. 빨리 아내가 왔으면 좋겠다. 가스레인지 위에서는 라면이 보글보글 끓고 있다.

요즘 아내의 태도는 전과 사뭇 다르다. 전에는 적극적이지는 않아도 요구하면 응했던 섹스다. 요새는 자꾸 귀찮다고 하고, 이 남자가 왜 이러느냐며 번번이 뿌리친다. 누군가 전화를 해서 내가 받으면 끊어버린다. 그 남자 때문에 나와의 섹스를 거부하는 것이 틀림없다. 오늘 아침에 온 전화도 그 남자일 것이다. 거실의 전화기는 검은 텔레비전 옆에 조용히 앉아 있다. 아침처럼 요란스럽게 울리지 않는다. 소리 없는 전화기가 나를 더욱 불안하게 만든다. 오늘 저녁 약속 때문에 아침에 전화를 했던 것이 분명하다. 아내는 지금 그 남자를 만나고 있는 것이다. 끊어지는 전화의 주인공이 아내의 남자라고 나는 확정짓는다.

스프봉지는 잘 찢어지지 않고 늘어나기만 한다. 나는 얼굴이 벌개져서 현관 쪽으로 내동댕이친다.

“썅, 으이그……”

바닥에 부딪힌 스프봉지가 터지면서 주욱 미끄러진다. 보라색 가루가 바닥으로 흩어진다. 식탁에 턱을 괴고 기다리던 둘째가 기어이 울음을 터뜨린다. 동시에 텔레비전 옆 전화기가 신경질적으로 울리기 시작한다. 나는 엉거주춤 전화기를 쳐다본다.

움직일 수가 없다. 발걸음이 떨어지지 않는다. 맨발에 밟힌 마른 밥풀이 간지럽다. 아침에 먹던 보라색 밥풀이다.

정승재 1959년 충청북도 충주에서 태어났다. 경희대학교 법과대학원 박사과정을 수료했다. 2002년 《문학나무》 신인상을 수상하며 등단했다. 〈밀레니엄의 커피나무〉, 〈아내는 지금 무얼 하고 있을까〉, 〈밥 굶는 남자〉 등의 작품과 다수의 평론을 발표했다. 솟대문학 편집차장과 장안대학 강사로 활동 중이다.

여기, 새로운 깃발

윤후명

이들이 모여 공동의 작품집을 내는 것만으로도 이즈음 우리 문단에 새로운 파장을 일으키는 일이 아닐 수 없다. 이들의 작업이 지금 우리의 소설이 어디에 와 있는지를 인증하는 단초가 되리라는 믿음을 보내는 나로서는, 감회가 깊다. 이들이 소설가가 되려 했을 때부터 나는 이들과 함께하며 우리 소설의 과거, 현재, 미래를 아우르는 특별한 공부를 헤온 셈인데, 그 한 이정표가 여기에 있기 때문이다.

물론 그 동안 나와 함께 공부해온 사람들은 이들만이 아니다. 우리 소설이 세계를 향한 안목/맥락 속에 놓여져야 한다는 뜻에서 '비단길-서울 문학 포럼'을 이끌고 있는 40명에 달하는 소설가들이 그들이다. 이들과 함께 보낸 치열한 시간이 뇌리에 생생하게 남아 있는데, 구체적으로는 '글은 삶' 이라는 추상적인 정의밖에 읊지 않았다는 기억만 또렷하다. 바로 좀 전의 시간일지라도 지난 시간은 전생과 같다는 생

각이 뒤따르며, 우리의 여러 생(生) 속에 글을 삶의 목적으로 삼되 수
단과 도구로는 여기지 말자는 교조적인 명제를 읊조리는 나를 본다.
글로서 삶을 살지 않고는 못 배기는 사람이 글을 쓰는 것이다. 누가 뭐
라 해도 자신의 삶을 불태울 방법이 오로지 글밖에 없다면, 그는 천래
의 작가가 아닐 수 없다.

　지난 90년대에 이르러 문학을 공부하는 대안학교들이 무수히 생겨
났다. 한때 문학이란 혼자 하는 것으로 잘못 인식되어 문학인 지망생
들 중에는 데뷔하기 위해 혼자 암중모색하는 경우도 많았다. 그러나
그러한 인식 자체가 그릇된 것이었다. 문학을 누가 혼자 공부하는 것
이라고 어림없는 정보를 퍼뜨렸을까. 그리하여 많은 사람들로 하여금
플라톤이 말하는 '동굴' 속에 집어넣어 삶을 불구로 만들었을까. 문학
이야말로 타인과의 대화, 사회와의 소통이 본질이므로 마치 참선하듯
이 연마할 수는 없는 분야이다. 또 비록 혼자 공부했다고 하더라도 나
름대로 만남과 모임을 통해 알게 모르게 공부를 해왔음을 알 수 있다.
또한 아무개 선생한테 배움으로써 그 아무개의 아류 작품을 쓰게 되는
게 아닐까 터무니없는 우려를 갖는 사람도 있지만, 이는 예전에 김동
리 선생께 드나들며 소설을 배운 이문구 선배의 작품을 예로 들면 문
제도 되지 않을 성질의 것이다.

　그러므로 대안학교들의 등장은 기다려져 온 것이었고, 그럴 필요가
절실했다. 여기에 평범한 대학 교육만으로는 충족시킬 수 없는 전문적
인 방법론이 요구되었다. 더군다나 여성들의 지위가 향상됨으로써 뒤
늦게나마 자아를 발견하고 발현하려는 인간 본래의 욕망이 시대적 요
청으로 자리 잡게 된 것도 큰 변화 요인이었다. 보통의 대학들과는 달
리 대안학교들은 뜻을 확고히 세운 사람들이 문을 두드림으로써 이제

는 일반 대학들보다 더 활발하게 문학 혹은 문학자 교육에 앞장서고 있는 것이 현실이다.

이들의 소설을 읽으며 내가 해온 말은 무엇이었을까.

알려져 있다시피 나는 문학을 전공으로 배운 사람이 아니며, 따라서 문학 이론에는 다분히 무지한 편이다. 그러나 오랫동안 소설을 말해오면서 창작이란 이론에 선행한다는 사실을 나 자신 익히게 되었다. 소설을 쓰겠다는 뜻을 가진 사람들 중에는 흔히 이론적 바탕이 부족해서 쓰기 어렵다고 믿는 사람들이 상당히 많다. 이는 '문학=삶' 이라는 등식에 맞춰보아도 쉽게 판별된다. 이를테면 사랑학 책을 아무리 많이 읽는다 해도 사랑을 실천하는 일과는 무관한 것이다. 참선 책을 아무리 읽는다 해도 참선의 경지에 이를 수 없다. 철학 책을 공부하는 것은 철학자의 일이며, 철학적 삶을 사는 것이 철인임과 같이 소설 학자가 아니라 소설가를 지망할 때, 이론보다는 실천이 무엇보다 중요하다 하겠다.

실천이란 무엇인가. 한마디로 소설을 읽고 소설을 쓰는 것이다. 소설가가 되는 길에 왕도는 없다. 읽기와 쓰기만이 있을 뿐이다. 이것은 오래전부터의 고전적인 가르침으로, 언제나 살아 있는 황금률이다. 오죽하면 한 평론가는 명작 쓰기에 대해 '동서고금의 모든 소설을 읽고 그와 다르게 쓰면 된다' 는 명언을 첨부했을까. 나는 이 읽기와 쓰기의 실천을 통해 소설의 3대 요소인 소재, 주제, 구성을 말한다. 그리고 '소설이란 소설에 대한 고정관념을 깨는 것' 임을 강조한다. 그러므로 내 소설 강의란 언제나 기본이 같을 수밖에 없다. 우스개 소리로 '앵무새 학당' 이 되는 것이다. 소설이란 개개의 소설에 맞는 개개의 틀이 있으므로 '천편천률' 이 되어야 하기에 한마디로 말하기는 어려우나, 가장 잘 아는 것을 쓰라는 것(소재), 뜻에 짓눌려서는 안 된다는 것(주제), 구슬이 서 말이라도 꿰어야 보배라는 것(구성)으로 요약된다. 여기서 몇 번이고 짚는 점은 '소설은 문장이다' 라는 대전제이다. 문장이 좋으면 다른 요소들은 저절로 극복된다는 게 내 지론이기도 하다. 오리무중 속에서 끊임없는 절차탁마를 거쳐 자기만의 이야기로 자기만의 방법론을 얻는 것만이 진정한 소설가가 되는 길이다. '자기만의 이야기, 자기만의 방법론' 은 자기가 소설가가 될 수 있을까 의구심을 갖는 사람들에게 누구나 될 수 있다는 대답을 들려줄 수 있는 근거이다. 자기가 가진 것만큼 쓰면 되는 것이다. 이 평범한 진리가 만고의 진리이다. 자기가 가진 세계를 솔직하게 쓰라. 솔직성만이 위대한 스승이다. 솔직성에 대한 부담은 소설 쓰기의 가장 큰 장애 요인이다.

다시 말하거니와, 소설 창작에서 이론에 얽매여서는 안 된다. 한 편의 소설이 이론 전반을 다시 쓰게 할지도 모르는 일이기 때문이다. 따라서 작가는 한 편 한 편의 완성에 승부를 걸고, 아울러 그의 삶을 걸어야 한다. 지금 '소설의 위기' 운운할 시간과 여유와 필요가 있단 말인가. 그런 말을 하기에 앞서 소설가는 소설을 쓸 뿐이다. 쓸 뿐이다. 안으로부터의 광기와 밖으로부터의 오해를 제몫으로 다스리며, 모름지기 쓸 뿐이다.

이들 신예 작가들의 소설을 읽으며 우리 소설의 과거, 현재, 미래를 가늠해본다. 그리고 희망과 기대를 나누어 갖는다. '비단길-서울 문학 포럼' 은 이 작품집의 출간과 함께 보다 새롭고 뜻 깊은 문학 가치의 창출에 앞장서 매진할 것이다.

(한국소설학당/비단길-서울 문학 포럼 대표)